Les fruits de l'exil

Édition : Colette Lens
Infographie : Marie Gouret
Révision : Patricia Juste
Correction : Odile Dallaserra et Brigitte Lépine

Catalogage avant publication de Bibliothèque et Archives nationales du Québec et Bibliothèque et Archives Canada

Titre: Les fruits de l'exil / Jacques Orhon.
Noms: Orhon, Jacques, auteur.
Identifiants: Canadiana 20200073982 |
ISBN 9782761954938
Classification: LCC PS8629.R5 F78 2020 |
CDD C843/.6—dc23

DISTRIBUTEURS EXCLUSIFS :

Pour le Canada et les États-Unis :
MESSAGERIES ADP inc.*
Téléphone : 450-640-1237
Internet : www.messageries-adp.com
* filiale du Groupe Sogides inc.,
filiale de Québecor Média inc.

Pour la France et les autres pays :
INTERFORUM editis
Téléphone : 33 (0) 1 49 59 11 56/91
Service commandes France Métropolitaine
Téléphone : 33 (0) 2 38 32 71 00
Internet : www.interforum.fr
Service commandes Export – DOM-TOM
Internet : www.interforum.fr
Courriel : cdes-export@interforum.fr

Pour la Suisse :
INTERFORUM editis SUISSE
Téléphone : 41 (0) 26 460 80 60
Internet : www.interforumsuisse.ch
Courriel : office@interforumsuisse.ch
Distributeur : OLF S.A.
Commandes :
Téléphone : 41 (0) 26 467 53 33
Internet : www.olf.ch
Courriel : information@olf.ch

Pour la Belgique et le Luxembourg :
INTERFORUM BENELUX S.A.
Téléphone : 32 (0) 10 42 03 20
Internet : www.interforum.be
Courriel : info@interforum.be

09-20

Imprimé au Canada

Dépôt légal : 2020
Bibliothèque et Archives nationales du Québec

ISBN (version papier) 978-2-7619-5493-8
ISBN (version numérique) 978-2-7619-5494-5

Gouvernement du Québec – Programme de crédit d'impôt pour l'édition de livres – Gestion SODEC – www.sodec.gouv.qc.ca

L'Éditeur bénéficie du soutien de la Société de développement des entreprises culturelles du Québec pour son programme d'édition.

Conseil des arts du Canada | Canada Council for the Arts

Nous remercions le Conseil des arts du Canada de l'aide accordée à notre programme de publication.

Financé par le gouvernement du Canada
Funded by the Government of Canada | Canadä

Nous reconnaissons l'aide financière du gouvernement du Canada par l'entremise du Fonds du livre du Canada pour nos activités d'édition.

Jacques Orhon

Les fruits de l'exil

Roman

LES ÉDITIONS DE L'HOMME

À mes enfants Julie et Jean-Nicolas,
et à mes petits-enfants Alice, Charlotte et Clément

« L'objet que l'on pleure dans l'exil,
c'est le lieu de son origine, celui qui nous a vus naître,
ce lieu duquel nous nous sommes arrachés pour fêter
notre rencontre avec le soleil. »

Olivia Bianchi,
Penser l'exil pour penser l'être

Niagara

Stéphane éprouva une vive poussée d'adrénaline en apercevant au loin les hélices de l'hélico jaune canari qui bourdonnait depuis vingt bonnes minutes sur une des pistes de l'héliport Wilson de Toronto.

Il était 10 h, en ce 20 septembre 2019, lorsqu'il y prit place.

Il avait remarqué la jeune et sémillante pilote qui préparait son plan de vol, coiffée de la traditionnelle casquette rouge et équipée des écouteurs et du micro qui leur permettraient de communiquer en plein ciel.

Il faisait un temps splendide. « Mère Nature est de notre côté », se dit Stéphane, aussi excité de monter dans cet engin que la première fois, en 2007, avec James Grégoire aux commandes. Un sentiment de bonheur l'envahit, malgré la petite angoisse qu'il ressentait en songeant à ce pilote et propriétaire du château de La Rivière qui lui avait offert son baptême de l'air. Et puis, c'était surprenant, cet hélico jaune, comme le jaune des machines à vendanger qui avaient fait la gloire de la famille Grégoire, et celui de l'appareil avec lequel James…

— Dis donc, t'as déjà la tête dans les nuages ? Tu as préparé ton matériel ?

— Mais oui, Charlie, tout est prêt!

Son fidèle compagnon de route s'installa lentement à ses côtés, en toute décontraction. Rompu aux arcanes de la profession, mais en aucune façon blasé, Charlie en avait vu d'autres et allait bientôt prendre sa retraite du journalisme. D'origine bordelaise, il était envoyé par le magazine français *Terre de Vins* pour ce reportage en sol canadien. Stéphane, la quarantaine bien sonnée, était le photographe qui l'accompagnait.

C'était leur dixième et dernière collaboration, ce qui les peinait, car ils avaient tissé un lien de confiance qui s'était rapidement transformé en une réelle connivence. Dès le départ, Stéphane avait décelé en Charlie un être chaleureux, un bon vivant au langage coloré, qui avait mis l'art de vivre au centre de sa vie. Et puis, surtout, il était né la même année que son père, ce père qu'il n'avait jamais connu. Si Stéphane en avait naturellement souffert, il avait pu compter sur son grand-père Jorge qui avait pris le relais et l'avait gratifié de tout l'amour qu'il lui était possible d'offrir en l'absence du père légitime.

Sur ces entrefaites, Nancy, une femme dans la fin trentaine, prit place à côté de la pilote. Elle serait leur guide à titre de directrice des communications du Cool Climate Œnology and Viticulture Institute installé à St Catharines, au cœur de la péninsule du Niagara. Le CCOVI, comme on a coutume de le nommer, était le point de chute recommandé à Stéphane par son complice Donald Ziraldo. Ce pionnier du vignoble canadien avait providentiellement croisé sa route par deux fois au cours des huit dernières années. Cette troisième rencontre, en revanche, ne devait rien au hasard. Stéphane avait planifié ce reportage dans le vignoble ontarien en espérant profiter des contacts de Ziraldo pour clore sa longue quête en vue de retrouver son père. Mais ça ne s'était pas fait du jour au lendemain.

Il avait vu cet homme affable pour la première fois en 2011 près de Vérone, en Italie. Stéphane s'y trouvait sur invitation d'un journaliste italien qui lui avait proposé de couvrir le Premio Masi, une remise de prix d'excellence organisée par la maison de vins éponyme. Il s'avérait que ce journaliste connaissait le comédien Giuseppe Battiston, qui devait y recevoir un prix important.

S'il avait accepté de faire gracieusement des photos, moyennant un séjour entre Vérone et Venise, Stéphane avait une autre idée en tête…

Parmi les lauréats se trouvait également un auteur québécois, un sommelier d'origine française. Ils avaient échangé quelques mots, mais rien de bien excitant, et il ne se souvenait même plus de son nom. Il ignorait alors que le destin allait remettre ce spécialiste du vin sur son chemin, puis changer le cours de son existence.

Sans doute avait-il égaré sa carte, tout comme celle de Ziraldo, qui avait été invité à l'événement parce qu'il avait lui-même reçu ce prix prestigieux trois ans auparavant. Il faut reconnaître que Stéphane avait passé le plus clair de son temps avec son ami florentin à photographier l'imposant Giuseppe, sorte de Depardieu italien, barbu et fort sympathique au demeurant.

Quatre ans et demi plus tard, dans la vallée du Douro au Portugal, il était tombé fortuitement sur le vigneron canadien.

Assis dans l'hélicoptère depuis une bonne vingtaine de minutes, Stéphane ne pensait qu'à une seule chose : retrouver ce producteur de Niagara qui devait se joindre à eux le lendemain, et grâce auquel il allait peut-être vivre l'un des moments les plus décisifs de sa vie.

Peu à peu, l'aéroport international Pearson, où ils étaient arrivés la veille, s'éclipsa sous leurs yeux écarquillés devant le spectacle qu'offrait la métropole canadienne. Ses gratte-ciels haut perchés lui donnaient des airs de New York, la légendaire mégapole.

La pilote, qui n'avait pas froid aux yeux, vira en direction sud et leur en mit plein la vue avec l'impressionnante tour du CN se dressant face à eux dans un ciel légèrement moutonné.

— Stef, tu es né en quelle année déjà ? demanda Charlie.

— En 1976 !

— C'est bien ce qui me semblait, vous avez à peu près le même âge, toi et cette structure. Tu sais, elle est aujourd'hui l'emblème de Toronto. Je me souviens d'un reportage sur la Ville Reine en l'an 2000, nous avions dîné tout en haut de la tour, au Restaurant 360 où tu as un panorama d'enfer. C'est comme si tu te trouvais au cent quinzième étage d'un édifice, tu te rends compte ?

— Oui et non... Tu sais, j'ai facilement le vertige. Pas en hélico, mais dans d'autres circonstances.

— Dommage... En tout cas, si tu avais eu le cœur bien accroché, tu aurais pu t'offrir une petite promenade de santé sur un plancher de verre, ou faire un tour complet les mains libres et harnaché sur un rebord d'une largeur de moins de deux mètres, je crois. Complètement dingue, non ? Tu imagines les putains de photos que tu pourrais faire ?

— Je ne pense pas que ce soit pour moi, ça...

Ils survolaient maintenant le lac Ontario, le plus petit des cinq grands lacs d'Amérique du Nord. Coupé en deux par une ligne imaginaire qui sépare le Canada des États-Unis, le « lac aux eaux étincelantes », comme l'appelaient les Iroquois, fait la pluie et le beau temps dans la vie des habitants de Toronto, mais surtout dans celle de l'écosystème viticole de la région.

À la vue de ce paysage grandiose, Stéphane fut submergé par une émotion qu'il tenta de camoufler dans son foulard bleu, qui ne le quittait pratiquement pas.

Il avait choisi avec soin les dates de ce voyage, et cela, pour plusieurs raisons. Profitant d'une mission en Californie, il avait convaincu ses patrons qu'il pouvait faire d'une pierre deux coups en passant par le Canada.

Mais c'était aussi, lui avait-on assuré, la saison la plus remarquable dans ce pays. Passé un long hiver qui s'éternise trop souvent, un printemps qui parfois n'en a pas l'air, rattrapé par un été qui a bien hâte de s'installer sans que l'on sache pour combien de temps, l'automne est LA saison de ce pays gigantesque, d'ailleurs symbolisé par une feuille d'érable rouge sur son drapeau. En effet, pendant dix jours, parfois plus, les forêts s'enflamment et se parent des couleurs les plus chatoyantes où domine le rouge feu. On pourrait presque imaginer que le Vénitien Vittore Carpaccio passe par là chaque année, armé de ses pinceaux.

Dans un français approximatif mais charmant, la jeune pilote leur expliqua que ce splendide bouquet naturel aux tons de rouge, de jaune et de vert est créé par l'étonnante diversité des essences d'arbres qui se côtoient, des érables, des aulnes, des bouleaux, des frênes et des mélèzes. Stéphane et Charlie étaient simplement émerveillés par ce saisissant patchwork qui se mirait sur les contours du lac, illuminé par le carmin des érables à sucre.

— Waouh ! s'exclama le journaliste, les yeux ronds. C'est donc ça, l'été indien ?

— Je m'y attendais, intervint Nancy dans un français métissé d'anglais, qu'elle devait à une mère canadienne-anglaise et à un père né en France. L'été indien, l'été indien, c'est une obsession chez vous !

Elle leur indiqua que le véritable été des Indiens, que l'on appelle l'été de la Saint-Martin en France, se produit généralement en octobre ou en novembre, après les premières gelées. Que cette période de redoux doit durer au moins trois jours pour qu'on puisse la qualifier d'été indien. Et que la plupart des gens ont tendance à la confondre avec celle du changement des couleurs, qui survient beaucoup plus tôt.

— Ah ! ce cher Joe Dassin ! ajouta-t-elle.

Notre jeune pilote revint à la charge en précisant que si bien des gens associent ce changement de couleur à la baisse des températures, c'est plutôt la baisse de luminosité qui explique ce phénomène naturel. Les rayons du soleil se faisant moins présents, la chlorophylle diminue, dévoilant d'autres pigments qui existent déjà, mais qui sont masqués. Ainsi, les teintes de rouge, de violet et de pourpre si typiques des érables sont révélées par l'anthocyane, le pigment des pensées, des pivoines, des…

— Absolument! la coupa Nancy, qui prit de nouveau le contrôle du micro. Et c'est ce même pigment qui donne leur couleur à l'aubergine et à de nombreux fruits, comme la prune, la mûre, le bleuet ou la myrtille et aussi… *dear gentlemen*, je vous le donne en mille, aux beaux raisins noirs que vous allez bientôt goûter, les cabernets, le merlot et le pinot noir.

Charlie était comblé.

— Merci, mesdames, voilà un exposé magistral!

Nancy, qui avait fait des stages en France chez des producteurs renommés, en Champagne et dans le Bordelais, savait de quoi elle parlait, et ce n'est pas pour rien qu'elle avait été embauchée par le CCOVI.

— C'est en Ontario qu'a véritablement débuté l'histoire vinicole du pays, poursuivit-elle. La première entreprise d'importance a vu le jour vers 1866, sur l'île Pelée du lac Érié. De nos jours, l'aire d'appellation Niagara Peninsula est située entre les lacs Érié et Ontario. À l'est de la péninsule, la rivière Niagara marque une partie de la frontière canado-américaine. Et c'est cette bande de terre séparant les deux lacs qui est le berceau d'une merveille naturelle connue mondialement, les chutes du Niagara! Nous allons d'ailleurs les survoler dans une quinzaine de minutes. Vous n'y échapperez pas! conclut-elle avec un petit sourire narquois.

— Il paraît qu'on trouve ici une véritable notion de terroir, avança Stéphane.

— Assurément, répondit Nancy. Ce terroir exceptionnel a attiré investisseurs et vignerons, à tel point qu'à présent plus des deux tiers des caves ontariennes y sont installées, avec une centaine de producteurs. On y cultive principalement les cépages chardonnay, riesling, sauvignon, merlot, cabernet-sauvignon, cabernet franc et pinot noir, et, on peut le dire sans hésiter, l'appellation a acquis une notoriété internationale !

— Et dans le reste du Canada ? demanda Charlie.

— Bon, fit Nancy, un tantinet chauvine par son côté français, on produit des bons vins en Colombie-Britannique, dans la vallée de l'Okanagan, et des produits intéressants pas loin d'ici, dans le comté de Prince Edward.

— Et au Québec, ils font du vin, les cousins, si je ne m'abuse, lança Stéphane.

— Oui, sur un peu plus de cinq cent cinquante hectares, ce qui est peu dans une si grande province, si on les compare aux six mille cinq cents hectares cultivés en Ontario. Ils se sont donné une appellation il y a deux ans environ, mais de méchantes langues disent qu'ils font ce qu'ils peuvent avec ce qu'ils ont, des cépages hybrides la plupart du temps.

— Ah ! il faut leur laisser le temps, intervint Stéphane. Je connais un sommelier écrivain, un Français qui vit ici et qui m'a dit que plus d'un fait de belles choses, et que le pinot noir, le gamay et le chardonnay tirent bien leur épingle du jeu.

— Tant mieux ! dit Nancy. Même si on murmure que deux ou trois petits malins laissent encore couler dans leurs cuves des quantités importantes de jus venant de Niagara. On appelait ça en France des vins médecins. Vous en avez entendu parler ?

— Mon grand-père me l'a raconté, répondit Stéphane, tout en continuant de mitrailler tous azimuts avec son Nikon D500. Il avait du mal à supporter cette fumisterie.

— Les vins provenaient d'Algérie, je crois ? se risqua Charlie.

— Oui, les vignes de cuve avaient été plantées entre 1830 et 1860, expliqua Stéphane, avant l'arrivée des colons viticulteurs qui avaient quitté la France après le passage du phylloxéra, un insecte qui avait ravagé leurs vignobles.

— Incroyable tout de même, renchérit Nancy, de penser que la superficie viticole de ce pays musulman allait atteindre à son apogée quatre cent mille hectares à la fin des années 1930, si mes souvenirs sont bons...

— Messieurs ! l'interrompit brusquement la vaillante pilote, nous survolons actuellement *the Niagara falls* ! Ce ne sont pas les plus hautes, mais elles sont spectaculaires, n'est-ce pas ? En face de vous, les chutes américaines, et sur la droite, sur près d'un kilomètre, les canadiennes en forme de fer à cheval. Pas mal, non ?

Malgré le bruit du moteur, le silence était total dans la cabine. Bien qu'habituées, Nancy et la pilote restaient chaque fois bouche bée devant tant de beauté, magnifiée ce jour-là par un soleil radieux et une végétation flamboyante, à son paroxysme.

Quant à Charlie et à Stéphane, ils étaient à la fois interloqués par cette nature rugissante au débit si puissant et frappés par la proximité urbaine où l'homme – surtout du côté canadien – semblait avoir tiré profit d'un environnement extraordinaire pour attirer des hordes de touristes.

Entre les hôtels, les restaurants, les parcs d'attractions et les boutiques, ce n'était pas toujours du meilleur goût, les avait-on avertis.

— En tout cas, ils ne doivent pas manquer d'électricité, avança Charlie. C'est déjà ça de pris ! Cela dit, je suis soufflé par tant de splendeur, ajouta-t-il en multipliant les clichés avec son téléphone intelligent.

Il ne détestait pas, la journée terminée, taquiner le photographe « officiel » avec ses photos prises sans se casser la tête, à l'aide de son iPhone.

— Avec tout ce monde qui grouille en bas, et comme je sais que nous allons nous consacrer au vin dès demain, j'aime autant garder l'image des chutes vues d'en haut, déclara Charlie. Ça me suffira !

— C'est vrai que nous n'y reviendrons pas avant votre départ, répondit Nancy, mais, croyez-moi, la balade sur le bateau qui s'approche des chutes vaut le détour.

— Merci, mesdames, de nous offrir ce majestueux spectacle ! lança Stéphane, ravi de bosser avec des appareils photo numériques lui permettant de photographier à qui mieux mieux et de faire ensuite le tri à tête reposée. Et cette écume blanche qui se renouvelle sans cesse, c'est trop beau. Nous vivons un grand moment !

— Profitez-en ! Nous allons encore survoler les chutes pendant quelques minutes, puis faire un demi-tour avant d'atterrir. Un lunch nous attend ensuite chez Cave Spring, avant la présentation du vignoble dans les locaux du CCOVI.

Ils atterrirent en douceur à l'héliport de St Catharines. Tous trois prirent congé de leur pilote, à qui nos deux Français, tradition oblige, ne purent s'empêcher de faire la bise.

Nancy s'installa au volant de son auto et fila en compagnie de Stéphane et de Charlie vers Jordan, à une quinzaine de kilomètres à l'ouest, où se trouvait Cave Spring Cellars, une exploitation viticole qui tirait son nom du paysage en terrasse formé dans l'escarpement de la rivière Niagara, où l'on pouvait apercevoir des cavités et bon nombre de sources.

— Vous allez comprendre l'incidence des vieux pays sur la place du vin dans le Nouveau Monde, annonça Nancy. Le vignoble où nous nous rendons provient justement de l'heureuse association entre Leonard Pennachetti et son ami de jeunesse Angelo Pavan, tous deux issus de l'immigration italienne au Canada.

— Ah… les Italiens ! Croyez-moi, il y en a partout ! s'exclama Stéphane. Et pas rien qu'au Canada et aux États-Unis ni seulement dans les vins. Ils sont dans la musique, la mode, dans les sports, au cinéma, derrière et devant la caméra. Ils ont la fibre artistique, paraît-il.

— C'est curieux en effet de constater les répercussions de cette immigration sur le vignoble mondial, répondit Nancy. Il n'y a qu'à penser à la Californie avec les Gallo, Mondavi et Coppola. Vous le savez, puisque vous en arrivez. Et c'est la même chose en Argentine, au Brésil et en Uruguay. À Niagara, Colio, Pillitteri et Ziraldo, évidemment, en sont aussi de bons exemples.

Confortablement installés au restaurant du Inn On The Twenty, un luxueux hôtel appartenant aux Pennachetti, Stéphane et Charlie se dirent une fois de plus qu'ils avaient de la chance de pratiquer ces métiers qui leur permettaient de voyager dans des conditions pas trop désagréables. Leonard Pennachetti lui-même, Len pour les intimes, se libéra pour prendre l'apéritif en leur compagnie et leur proposa de déguster un bon riesling, le cépage phare de la maison.

Jouant les interprètes, Nancy fit les présentations :

— Len a été l'un des maîtres d'œuvre de l'industrie viticole canadienne, avec Donald Ziraldo et Paul Bosc. Ce dernier a d'ailleurs fait de son château des Charmes une des destinations les plus en vue de la péninsule. Comme convenu, vous le visiterez demain matin.

Quand Stéphane dit son nom de famille, il remarqua le regard curieux que lui lança l'hôte des lieux. Mais Leonard, malgré son sang italien, était né à St Catharines et avait vite acquis la réserve anglo-saxonne, presque *british*, des gens du secteur. Il fit donc comme si de rien n'était et raconta comment il avait planté en 1978 les bons cépages au bon endroit, en apprenant aux côtés de son père et surtout de son grand-père qui, en bon vigneron, savait tout de la vigne de sa contrée natale des Marches, en Italie. Avec beaucoup de classe, il tint à préciser qu'il y était parvenu grâce à son entente avec Angelo, le *winemaker* en chef, qui avait étudié les climats froids, et avec lequel le courant passait si bien que leur entreprise faisait partie des cinq meilleures de l'Ontario.

Ensemble, ils avaient décidé de miser, à l'instar de l'Europe, sur le lien étroit entre un territoire, la qualité et la personnalité des vins. En toute humilité, ils étaient persuadés que c'était à la vigne, plus qu'à la cave, que s'élaboraient les cuvées ayant quelque chose à raconter.

Leonard prit ensuite congé de ses invités pour les laisser déjeuner à leur aise. Il serra la main du photographe avec une certaine insistance et lui adressa quelques mots en français, tout en le fixant avec une grande bienveillance.

— Au revoir, monsieur Almeida. Vous êtes encore jeune… alors je ne vous souhaite que le meilleur…

La présentation de Nancy allait bon train dans l'une des salles de conférence du CCOVI, mais Stéphane était ailleurs, remué par les mots de Leonard et par ce regard qui disait tout et qui ne disait rien, mais qui avait allumé en lui une petite lumière de satisfaction et l'avait conforté dans sa démarche.

« Et s'il l'avait connu ? Allez ! On verra demain », se dit-il pour se calmer.

La conférence fut clôturée par une belle dégustation de dix vins provenant de maisons de la région, à la suite de laquelle Nancy proposa, en guise de bouquet final, trois vins de glace : un riesling non boisé d'Inniskillin, expressif et ciselé à souhait, un vidal de Henry of Pelham aux fines saveurs d'abricot bien mûr, et enfin l'original sangiovese, le cépage emblématique de la Toscane, de Pilliterri. Ce dernier, paré d'une belle robe aux reflets saumonés, juteux et onctueux en bouche, se révéla étonnant de fraîcheur malgré ses 190 grammes de sucres résiduels.

Nancy fut tout de même intriguée de voir le photographe se limiter à l'aspect olfactif de ces grands nectars.

— Vous n'y goûtez pas, Stéphane?

— Heu... oui... bon, je vais en prendre une petite goutte, mais je dois faire attention à mon taux de sucre...

Vingt kilomètres séparaient St Catharines de Niagara-on-the-Lake, une petite ville coquette qui semblait tout droit sortie d'un décor de cinéma avec ses jolies pelouses, ses rues proprettes et fleuries, ses maisons victoriennes, ses galeries d'art et ses boutiques, et où les Bordelais comptaient passer deux nuits.

Après s'être rafraîchis à l'hôtel, ils se dirigèrent vers le Cannery Restaurant, où Stéphane commanda sans hésiter un Cabernet Franc Laundry Vineyard 2015 de Tawse Winery.

— Tu connais cette maison? s'étonna son collègue. Tu n'as pas hésité, toi qui passes d'habitude vingt minutes sur une carte des vins avant de te décider.

— Ouais, bien vu! C'est qu'il existe un lien entre le propriétaire de cette cave, un homme d'affaires fortuné, et un vigneron bourguignon de souche québécoise que j'ai rencontré pas loin de Nuits-Saint-Georges. Mais tu as raison, je vais auparavant commander deux verres de chardonnay de ce fameux vignoble en vogue situé à deux cents kilomètres environ à l'est de Toronto, le Prince Edward County. Juste pour me faire une idée, après ce que nous a confié Nancy.

— Merde! Ils n'y vont pas avec le dos de la cuillère! s'écria Charlie, un peu râleur lorsqu'il était fatigué, en trempant ses lèvres dans le vin blanc. Dix-huit beaux dollars le verre, plus taxes et service. C'est plus cher qu'un verre de Laville Haut-

Brion à Bordeaux. D'accord, c'est pas mauvais mauvais, mais trop boisé pour moi ! Cela dit, il est servi tellement froid qu'on s'en fout un peu. Allez, j'ai hâte de goûter à ton rouge !

Le lendemain, au petit-déjeuner, Charlie remarqua l'état d'agitation dans lequel Stéphane se trouvait. Celui-ci, qui avait préféré ne rien dire de ses démarches personnelles et familiales, arriva le teint pâle, un œuf à la coque à la main, laissant échapper sur le tapis ses couverts et le kiwi qu'il n'avait pas encore pelé. Le journaliste connaissait bien son ami, mais il l'avait rarement vu dans un tel état. Beaucoup plus timide qu'il ne le paraissait, mais prêt à en découdre quand il voulait défendre une opinion, Stéphane était un être déterminé, un peu distrait parfois, perdu dans ses réflexions, mais de là à devenir un maladroit à la Pierre Richard, Charlie n'avait jamais vu ça.

— Ça va, Stef ? T'as bien dormi ? As-tu fait de belles rencontres au cours de la nuit ?

— Disons que j'ai déjà vu mieux…

Et il n'en dit pas plus, même s'il était conscient que son comportement trahissait sa nervosité avant sa rencontre avec Ziraldo. Il n'en avait surtout pas envie, d'autant plus qu'il n'aimait guère bavarder au petit-déjeuner, lui qui pouvait être si prolixe habituellement. Il adorait prendre la parole lorsqu'il était en forme – ce qui lui arrivait fréquemment, Dieu merci –, mais il se fermait comme une huître quand quelque chose le tracassait, se comportant au petit matin tel un abbé qui n'aspire qu'au silence.

Si c'était facile d'agir de cette manière à la maison, c'était parfois complexe en déplacement, car il se sentait obligé de faire la causette à tous ceux qui, pendant le café matinal, lui parlaient ou lui posaient des questions.

« Et puis cet œuf qui n'est pas cuit ! Misère de misère… »

Nancy arriva à 9 h et Charlie prit place à ses côtés. Stéphane, qui s'était ressaisi, s'assit sagement à l'arrière, en bon petit soldat, et observa dans le rétroviseur les yeux pétillants de cette fille née d'un père français.

— Il vient d'où en France, votre papa ? lui demanda-t-il par curiosité.

— Du sud de la Bretagne, pas loin des marais salants où l'on produit le sel de Guérande. C'est mignon là-bas et on y mange très bien !

— Oui, je connais, j'allais en vacances près de La Baule dans ma jeunesse.

— Eh ! que le monde est petit !

Ils prirent la direction du château des Charmes, la fameuse propriété de Paul Bosc, situé tout près de là, dans le secteur de St. David's Bench. Ouvert vingt-cinq ans plus tôt, il en imposait par ses lignes altières, à la limite ostentatoires.

Dans ce décor champêtre entouré de vignes, tout avait été pensé pour accueillir des visiteurs de marque. De grandes salles de réception permettaient la tenue de réunions d'affaires, de séminaires ou de concerts, tandis que des tours guidés publics et privés étaient organisés, sans compter les dégustations de vins et de fromages ou les pique-niques romantiques. Les propriétaires, à n'en point douter, pouvaient donner des conférences sur l'œnotourisme !

— Hélas, on ne rendra jamais assez hommage à la famille Bosc, souligna Nancy en attendant le propriétaire. Imaginez qu'un beau jour de 1978, elle a décidé d'installer ses pénates dans cette partie de l'Ontario qui allait devenir le fer de lance du vignoble canadien. Stéphane, vous avez eu raison de demander à visiter ce domaine.

C'est sur ces mots que Paul-André, le fils de la maison, arriva d'un pas alerte, et qu'il invita le petit groupe à le suivre entre deux rangs de cabernet-sauvignon afin de profiter du chaud soleil de septembre.

— Mes parents sont désolés de ne pouvoir se joindre à nous, car ils sont occupés avec des amis, mais c'est avec plaisir que je vais vous raconter un peu leur histoire. Mes ancêtres ont quitté l'Alsace pour émigrer en Algérie en 1840. Paul, mon père, était responsable d'une grande coopérative. Et puis, en 1963, après la guerre d'Algérie, mes parents ont débarqué au Québec. Mon père travaillait à la Régie des alcools du Québec, le monopole des vins et des spiritueux de la province qui allait devenir la SAQ, quand il a reçu une proposition d'une maison de vins ontarienne pour venir s'installer à Niagara. Vous savez, c'est avant tout un expert en viticulture et un passionné, je ne vous dis pas...

— Ah! fit Nancy, lorsque je l'ai rencontré la première fois, sa vivacité d'esprit m'a impressionnée. Avec ses petits yeux gentiment malicieux et sa grosse moustache, il me racontait ses rêves et ses espoirs avec son accent pied-noir coloré. Il m'avait emmenée voir, ce jour-là, une parcelle qu'il venait d'acquérir, m'expliquant l'importance de couvrir les vignes de filets afin de les protéger des oiseaux gourmands. Que de chemin vous avez parcouru!

— Moi-même, je me tourne parfois vers le passé, et je n'en reviens pas. Il fallait voir, au cours des années 1980, l'écurie vétuste qu'ils avaient retapée pour faire déguster aux passants leurs premiers vins. Ma mère Andrée, qui l'a toujours soutenu, a mis la main à la pâte elle aussi, croyez-moi.

Une heure plus tard, dans la grande salle de dégustation, un verre de vin de glace à base de savagnin[1] à la main, tout ce petit monde vit Donald Ziraldo débarquer sans tambour ni trompette, affublé de son éternel panama.

1. Le cépage du rare vin jaune dans le Jura français.

— Nous avons pour ainsi dire terminé, lui indiqua Paul-André en lui serrant la main. Je vous les confie. Et bonne fin de séjour chez nous! Je vous laisse, car les vendanges ne sont pas finies.

Même s'il savait que rien n'était gagné, Stéphane était enchanté de revoir Ziraldo et se permit une accolade afin de lui manifester sa reconnaissance pour l'aide qu'il lui avait offerte dans les derniers mois.

— Quelle affaire! Je suis content pour vous et confus en même temps. Je vais vous expliquer dans deux minutes, lui glissa-t-il à l'oreille. Comment vas-tu, Nancy? Tout s'est bien passé depuis l'arrivée de nos amis? *Sorry*, je ne pouvais me joindre à vous avant, car je suis rentré tard de Montréal, hier soir.

— *No problem*, on comprend très bien! répondit Nancy.

— Et vous, vous êtes Charlie, le journaliste, je suppose? Bon, je prends Stéphane avec moi et on se retrouve à la maison pour le lunch. Tu connais le chemin, Nancy...

Avant de partir, ils passèrent à la boutique acheter plusieurs bouteilles de vin de glace.

— Ah! Stéphane, je suis content d'avoir cette occasion pour vous parler. Comme je vous l'ai mentionné, j'ai retrouvé les traces d'un Almeida, mais d'un Ronaldo et non d'un Henri ou d'un Henrique. Ce qui veut dire qu'il n'y a rien pour l'instant qui prouve qu'il s'agit de votre père.

— J'en suis très conscient, mais je ne veux négliger aucune piste.

— J'ai parlé il y a deux semaines avec sa fille qui est employée dans une maison d'importation de vins à Toronto.

— Quel est son nom?

— Livia, Livia Bauer Almeida.

— Livia! Et elle travaille dans le vin? Ça alors!

— Eh oui! Alors que je parlais de vous à une amie, à la suite de votre premier courriel qui faisait référence au sommelier québécois, elle a tout de suite réagi et m'a ramené près de quarante ans en arrière. Je savais bien que votre nom me disait quelque chose...

— J'avais remarqué que cela vous avait titillé. C'est vraiment curieux ! On se voit en Italie d'abord, puis par hasard au Portugal, cinq ans après... *Amazing !*

— Quand je pense que ce Ronaldo a fait partie de notre équipe ! Comme je vous l'ai dit, il est arrivé dans les parages deux ou trois ans après la création de notre propriété d'Inniskillin et il y est resté environ trois ou quatre ans. Après, il a peut-être eu un job chez Len, mais je l'ai perdu de vue.

— Voilà pourquoi Len a semblé troublé lorsqu'il a entendu mon nom.

— Ensuite, en surfant sur Internet, j'ai pu trouver trois personnes portant le vôtre, mais ça n'a rien donné.

— Je suis désolé de vous avoir dérangé...

— Pas de problème ! Je peux te tutoyer ? Nous sommes tous les deux des fils d'immigrants... Et puis cette amie a fait des recherches de son côté, et elle est tombée sur Livia Bauer.

— Invraisemblable ! Mais Bauer, ce n'est pas Almeida...

— Tu as raison. Mais, en approfondissant ses recherches, elle s'est rendu compte qu'Almeida est le deuxième nom de Livia, le nom de son père.

— J'aurais pu chercher longtemps...

— Je suis content d'avoir pu t'aider. Alors voilà, elle a trente-cinq ans et m'a raconté qu'elle avait appris le français avec son père et que ce dernier s'était installé à Toronto en 1984. Elle y est née un an plus tard. Elle semble avoir eu une bonne vie, mais ses parents se sont séparés il y a une quinzaine d'années environ.

— Comme ça, elle a accepté de me rencontrer demain midi, avant notre départ... Et lui, je vais pouvoir le voir ?

— *Sorry !* Justement, je cherchais mes mots pour te le dire... Euh... écoute, ça va être difficile... Le papa de Livia a eu une attaque hier matin. Je l'ai appris tout à l'heure. Il est hospitalisé et sa fille est à son chevet. Je suis désolé, mais je crois que ça ne sera pas possible...

— Oh ! Que s'est-il passé ? J'avais tellement hâte... Il est dans quel état ?

— Un AVC si j'ai bien compris. Elle ne m'a pas donné de détails. Il a été transporté en ambulance dans la nuit, c'est tout ce que je sais.

— Elle a confirmé qu'il s'appelle Ronaldo Almeida ?

— Tout à fait ! Mais faut pas que tu t'emballes trop. Tiens, voici son numéro de portable. Appelle-la demain vers 13 h. Si elle peut, elle te répondra, elle me l'a assuré. Ah ! nous voici arrivés, un bon déjeuner nous attend.

Nancy, fort occupée, avait fait ses adieux assez tôt avant la fin du repas.

— Nous allons faire le tour de mon petit domaine, et puis, vers 17 h, nous ferons une dégustation. Ensuite, je vous conduis à votre hôtel.

Si Donald était un gentleman qui savait faire du vin, il était avant tout celui dont la clairvoyance et la persévérance avaient permis de mettre les vins de glace de son pays sur la carte du monde. En créant ce vignoble en 1975, passé depuis dans le giron d'un groupe américain, il était une source d'inspiration pour tous ceux qui avaient décidé de s'installer à Niagara. Quarante-cinq ans plus tard, non seulement ce natif de St Catharines était toujours l'un des grands ambassadeurs du vignoble canadien, mais il était aussi resté humble et proche de son environnement, lui qui venait d'une famille de fermiers du Frioul, dans le nord de l'Italie, et dont le père avait débarqué dans l'État de New York à l'âge de seize ans.

Stéphane, la tête ailleurs, tenta de surmonter sa déception en se plongeant dans le Icewine Riesling, vinifié à partir de raisins gelés sur pied et vendangés pendant la nuit un mois de décembre.

— Donald, il est magnifique, votre vin ! Avec ses saveurs d'agrumes confits, de pêche blanche et de mangue... Mais c'est surtout son équilibre qui est remarquable, entre la douceur et la concentration en sucre, et l'acidité très élevée qui lui donne cette fraîcheur... Charlie, tu es d'accord avec moi ?

— À cent pour cent ! Il parle bien du vin, mon ami, n'est-ce pas ? C'est moi qui écris, mais c'est lui qui en connaît le plus sur le sujet !

— Il en parle très bien ! Mais je m'en doutais un peu, après nos conversations. Bon, c'est l'heure de rentrer à l'hôtel. Demain, un taxi vous prendra à 9 h 30 pour vous conduire à l'héliport.

— Merci pour tout, Donald !

— Allez ! Si ce n'est pas au Canada, on se reverra peut-être dans la vallée du Douro, ou pourquoi pas dans le Frioul ! Je te ferai goûter mon picolit.

La soirée fut très calme et ils se couchèrent tôt. Charlie, qui avait ressenti le désarroi de son compagnon de voyage, avait préféré ne pas lui poser de questions.

Le lendemain, dès qu'ils arrivèrent à Toronto, Stéphane appela Livia. Il tomba sur le répondeur qui débita un message en anglais.

— C'est Stéphane Almeida à l'appareil. Je rentre en France ce soir. J'espère que votre papa va mieux. Je vous rappellerai très vite.

Impostures

Jusqu'à présent, la vie de Stéphane avait été tout sauf un long fleuve tranquille.

Au cours de ses douze premières années, il était persuadé que son père était mort dans un accident de voiture quand il n'avait que quelques mois. C'est du moins ce que sa mère et ses grands-parents paternels lui avaient révélé à son cinquième anniversaire.

Durant ses années d'enfance, sa maman, Juliette, le laissait régulièrement aux bons soins de ses beaux-parents, trop occupée à gagner péniblement un maigre salaire dans une petite usine où l'on fabriquait des chaussures de cuir, et à tenter, non sans efforts, de raccommoder sa vie affective. Il avait longtemps pensé qu'elle ne s'était jamais remise du départ inopiné de son jeune mari, et qu'elle en voulait à mort, si c'est nécessaire de le préciser, à la grande faucheuse d'avoir rayé si vite le beau Henri de sa vie.

Peu à peu, il avait pris ses habitudes dans le pavillon de papi Jorge et de mamie Telma, qui habitaient à un petit kilomètre de l'endroit où il résidait, à Issy-les-Moulineaux ou « Issy-les-Moulinettes », le sobriquet que l'on donnait parfois avec un brin de fantaisie à cette commune de la banlieue parisienne.

Telma venait le chercher presque chaque après-midi à la maternelle, puis à l'école primaire. Et lorsque Stéphane avait eu douze ans, juste avant son entrée au collège, Jorge avait pris le relais, puisqu'il avait devancé la date de sa retraite.

C'est à cette époque que sa mère lui avait avoué que son père n'était pas mort comme on le lui avait fait croire, mais qu'il était parti peu de temps après leur mariage, sans savoir qu'elle était enceinte, une confession qui l'avait à peu près rassuré, malgré la rage qui s'était emparée de lui. Une sourde colère mêlée à un sentiment d'injustice l'avait torturé, mais l'innocence de l'âge et ses activités scolaires et parascolaires avaient dilué dans son esprit le tourment dont il était l'objet.

Quant à son grand-père Jorge, toujours attentionné, probablement davantage que Telma, il s'était fait un point d'honneur à s'occuper de son éducation en l'absence de son fils Henrique qui n'était plus là pour assumer ses responsabilités.

Non seulement le petit Stéphane lui faisait, depuis des années, des confidences qu'il n'aurait jamais faites à sa propre mère, mais il avait pris la mesure de l'affection et de la confiance que son papi lui portait, ce jour où, alors qu'il avait dix ans, ils s'étaient retrouvés tous les deux à la cave, fidèles à leurs habitudes.

Cette fois-là, cela avait été nettement différent. Au lieu de lui énumérer machinalement, comme il avait coutume de le faire, les noms des bouteilles allongées les unes contre les autres, Jorge avait jeté son dévolu sur l'une d'entre elles, emmaillotée dans un voile tissé par des araignées besogneuses.

Sans hésiter, il s'était arrêté devant le flacon, l'avait pris dans ses mains un peu comme on prend un bébé naissant, et s'était mis à souffler doucement sur la toile, laissant apparaître l'étiquette éclairée de sa lampe de poche.

— Regarde, mon petit, un porto 1937, de la maison Ferreira. Viens, asseyons-nous sur le petit banc, c'est le temps de te raconter son histoire, à vrai dire la mienne, et celle de ta mamie, avec ce vin qui a aujourd'hui quarante-neuf ans...

— Beuh ! Il est vieux !

— Il est quand même plus jeune que moi... Bref, je t'ai parlé plusieurs fois du Portugal, mais je ne suis jamais entré dans les détails. Tu sais à quel point j'aime prendre mon temps ; je crois que ça le ralentit. Maintenant que tu es grand, tu es prêt à en entendre davantage.

Stéphane se souvenait parfaitement de ce moment. En remontant de la cave, dans la clarté de l'escalier, il avait bien vu les yeux rougis de son papi.

— Tu le sais déjà, je suis né dans un pays pauvre où rien n'était facile. Mais nous vivions dans un des plus beaux villages de la planète, Pinhão, au cœur de la vallée du Douro, un fleuve qui prend sa source en Espagne sous le nom de Duero, et qui change de nom en passant la frontière. Tu sais, le portugais, c'est différent de l'espagnol. Ce n'est pas mieux, mais c'est différent. Un jour, je te dirai ce que je pense de la notion du meilleur et tu comprendras que ça n'a pas grand-chose à voir avec ce qu'on voudrait nous faire croire. Tu comprendras qu'il est souvent préférable d'être différent, et surtout soi-même, que d'être soi-disant le meilleur. Donc, je reviens à mes moutons, et Dieu sait qu'il y en avait, des moutons et des chèvres, dans le pays. Mon papa était vigneron, mais il peinait tellement à l'ouvrage qu'il a tout fait pour me dissuader de le devenir à mon tour.

— Ça veut dire quoi, « dissuader » ?

— Ça veut dire « décourager »... Avec mon frère aîné, comme tous les autres vignerons du coin, ils vendaient le fruit de leurs vignes, qu'ils avaient tant de mal à cultiver, à de grandes sociétés qui transformaient le raisin en vin. Tu verras si tu y vas un jour.

— J'aimerais ça...

— Je me souviens, quand j'étais jeune, de ces étés torrides à effeuiller, de ces vendanges qui n'en finissaient pas, et pendant lesquelles il fallait se démener comme des esclaves, et des hivers si rudes, lors de la taille, que nous étions habillés à la manière des Esquimaux pour nous protéger des vents violents.

— Comme les Esquimaux dans le livre que tu m'as donné ?

— C'était pire ! J'entends encore mon vieil oncle qui répétait sans cesse lorsqu'il était de mauvaise humeur : « La vallée du Douro, c'est neuf mois d'hiver et trois mois d'enfer ! » Et c'est de ces terrasses vertigineuses qui longent ce fleuve aussi rude que majestueux que provient ce porto que nous allons goûter.

— Que TU vas goûter, papi !

— Que NOUS allons goûter ensemble... Bon, quand j'ai eu dix-sept ans, mon père m'a découragé de devenir vigneron, et il m'a trouvé un emploi chez un type qu'il connaissait, un maçon. J'ai fait mon apprentissage en participant à la construction de kilomètres de murets qui servaient à délimiter et à soutenir les *patamarès*, des lopins de vignes qui s'étagent jusqu'au sommet des collines. Il fallait trimer du matin au soir... Cinq ans plus tard, un beau jour de septembre, j'ai pris un bateau pour me rendre à Madère. Je m'en souviendrai toujours, j'avais vingt-deux ans, je me sentais coincé dans une région au climat trop rigoureux, et on m'avait parlé de la douceur de cette île située au large du Maroc, mais qui faisait partie de notre pays, et surtout du fait qu'on y manquait d'ouvriers spécialisés. J'ai donc quitté mon patelin pour construire des kilomètres de *levadas*, des canaux d'irrigation caractéristiques de ce lieu magique qui a su garder un côté sauvage. Faudrait qu'on y aille un jour, quand tu seras plus grand...

— Papa aurait pu venir avec nous...

— Je sais, mon petit, je sais... mais ce n'est pas possible, malheureusement. Et puis, j'ai rencontré la belle Telma au marché des Laboureurs à Funchal, la ville principale. Elle était belle, ta grand-mère, elle avait vingt et un an, et déjà ses yeux noirs de braise, je ne te dis pas...

— Tu étais gêné ?

— Ah ! je l'ai d'abord approchée timidement, et ce n'est qu'un an plus tard que ses parents nous ont autorisés à sortir sans chaperon, en l'occurrence sa grande sœur qui était chargée de nous surveiller.

— Dis, c'était si compliqué…

— Eh oui ! C'était une autre époque… Et puis, nous nous sommes mariés dans son village natal, un samedi d'avril ensoleillé et merveilleusement fleuri, et, un an et demi plus tard, nous débarquions ici. Voilà, tu sais tout, mon petit.

C'est ainsi, avant de porter le précieux nectar à ses lèvres débutantes, que Stéphane avait appris le parcours de son grand-père pas comme les autres, qui venait d'un pays lointain où l'on parlait une autre langue.

Il dut cependant attendre les prémices de l'adolescence pour connaître les détails sur sa lignée du côté maternel. Sa maman, qui s'appelait Juliette Gaspar avant de se marier, faisait tout pour se rattraper le samedi et le dimanche en donnant en deux jours à son fils tout l'amour qu'elle pouvait, malgré un vague à l'âme sans cesse grandissant.

Le garçon avait bien vu débarquer des hommes de temps en temps, mais il avait assez vite compris que ce n'était pas évident pour elle, et qu'il en était certainement un peu la cause. Cette tendance à culpabiliser ne l'avait plus lâché, même si son papi faisait tout pour le rassurer à ce sujet.

En réalité, Juliette Gaspar avait dû toute sa vie faire face à ce que l'on pourrait appeler le syndrome de l'imposteur, ce qui, dans son cas, s'apparentait surtout à une usurpation d'identité, pour ne pas dire un jeu de dupes qu'elle s'était violemment infligé.

Stéphane n'oublierait jamais ce jeudi de mai 1991. Il avait quinze ans quand il prit la décision avec des copains et des copines de classe de monter une pièce de théâtre, comme l'avait suggéré leur prof de français. C'était congé d'école et, sans le dire à sa mère, il monta au grenier familial qu'il n'avait guère fréquenté depuis qu'il y avait croisé un bon nombre d'araignées velues et pas invitantes pour un sou.

Cette fois-là, il surmonta sa peur et eut l'idée d'ouvrir avec un pied-de-biche cette malle dans laquelle sa mère avait placé des vêtements élimés qui feraient d'intéressants costumes. Mais pourquoi lui avait-elle toujours interdit de l'ouvrir ? Il le lui avait pourtant demandé deux ou trois fois. « Oh, il ne contient rien d'intéressant, lui avait-elle dit, des guenilles de jeune fille et de vieilles fringues qui ont appartenu à ton père. Les mites ont dû tout bouffer et je ne sais même pas où j'ai mis la clé des deux serrures. »

Trop respectueux de la mémoire de son père, il n'avait jamais insisté, ni voulu transgresser ce choix appartenant à cette femme pour qui il ressentait autant d'admiration que d'affection.

Mais la jeunesse est un puissant moteur d'énergie qui fait parfois voler en éclats toute forme d'inhibition. Stéphane ne fit ni une ni deux et décida de forcer les deux loqueteaux rouillés. Juliette était à l'usine, et puisqu'elle avait perdu la clé, aussi bien en finir, il était temps de procéder. Une grosse surprise l'attendait.

— Mais qu'est que c'est que ce foutoir ? Où sont les guenilles ?

Il y avait bien des chemises, mais des chemises en carton dans lesquelles se trouvaient pêle-mêle papiers et documents. Stupéfait, il tomba sur une photo, avec au verso la date et un nom indiqué clairement, celui de son géniteur. Plutôt beau gosse, ce dernier posait devant une Simca 1000 bleu ciel, une voiture de la fin des années 1960. Et que contenait cette grande enveloppe sur laquelle était inscrit en lettres majuscules le mot « *famiglia* » ?

Intrigué, Stéphane en sortit un rouleau sur lequel il découvrit ce qui ressemblait à un arbre généalogique amateur tracé à gros traits. Il s'assit, ébranlé, et n'en crut pas ses yeux. À gauche, il pouvait lire « Francesco Gaspari (1911-1980) » et à droite, « Antonella Bellina (1915-1981) ». Au-dessous apparaissaient trois prénoms : Maria, née en 1938, Simonetta (1941-1941) et Giulietta, née en 1949 et mariée à Henri Almeida en 1975.

« Giulietta Gaspari… Juliette Gaspar ! Ça alors ! Ma mère est Italienne et elle ne m'a jamais rien dit ! Mais pourquoi ? »

L'adolescent en oublia la raison pour laquelle il était monté au grenier, et se jeta dans la lecture des papiers jaunis. Voilà comment il dénicha le livret de famille de ses grands-parents maternels, dont il avait peu de souvenirs du fait qu'il avait quatre ans quand ils étaient partis pour un monde meilleur. Et l'expression semblait leur être toute dédiée vu que c'étaient des gens qui en avaient bavé, d'après la lecture de ces archives et ce qu'en disait sa mère.

« Pour quelle raison m'a-t-elle caché son histoire et celle de ses parents ? »

Il savait que son grand-père était mort de la silicose, une maladie pulmonaire causée par l'inhalation de particules de silice, courante chez les mineurs de fond. Ces ouvriers trimaient dur dans les mines du nord de la France et peuplaient les corons, des habitations grises à un étage toutes semblables dans un alignement sinistre, avec des petits jardins potagers à l'arrière, dont sa mère lui parlait de temps en temps, et qui représentaient une oasis de paix et de verdure dans cet environnement hostile où tous les papas rentraient du boulot la gueule noircie par le charbon.

La grand-mère de Stéphane ne s'était jamais remise du décès de son mari et l'avait rejoint six mois plus tard. C'était en 1981. Certes, sa mère lui avait livré au compte-goutte des bribes de ses jeunes années à Lens et du travail difficile de son père dans les mines, mais c'était à peu près tout. Il gardait une vague image de personnes âgées et ridées, qui l'avaient tenu dans leurs bras. Impressions fugaces rapidement balayées par le temps et l'insouciance de l'enfance.

Le garçon était dans tous ses états. Sa mère Juliette lui avait caché que son grand-père François s'appelait en réalité Francesco Gaspari, qu'il était né en Sicile en 1911, qu'il avait épousé en 1938 une certaine Antonella Bellina (sa grand-mère Antoinette), née à Marsala en 1915, donc une Sicilienne, elle aussi. Elle lui avait bien parlé à deux ou trois occasions de la petite Simone, une sœur qu'elle n'avait pas connue étant donné qu'elle était décédée de la maladie du nourrisson à trois mois, mais elle n'avait jamais dit un mot sur Maria, sa sœur aînée.

« Comme ça, ma mère s'appelle Giulietta ! J'ai du sang portugais et italien qui coule dans mes veines, et je l'apprends quinze ans plus tard. Quelle famille ! »

Un détail attira son attention : les photos en noir et blanc, de piètre qualité il va sans dire, de ce qui semblait être ses grands-parents posant dans la vigne à différentes époques de l'année. Tous ces raisins posés sur l'herbe… Et ces cactus qui poussaient ici et là… Mais pourquoi avaient-ils quitté ce pays de rêve et de soleil pour se retrouver dans la grisaille d'un autre à extraire le charbon mille mètres sous terre ?

Entendant du bruit, Stéphane referma le couvercle de la malle et se prépara mentalement à redescendre pour affronter cette mère qui avait gardé le secret de ses origines pendant tout ce temps. « Je vais la jouer finement… », se dit-il.

— Bonjour, Giu-lie-tta ! déclama-t-il en articulant de façon exagérée.

— Mais qu'est-ce qui te prend de m'appeler ainsi ? C'est à cause de ta pièce de théâtre ?

— Que pensez-vous, chère Giulietta, de cette contrée sicilienne où l'on produit le marsala avec lequel, les rares jours fastes, vous nous cuisinez cette savoureuse escalope de veau ?

— Non mais, tu me vouvoies tout d'un coup ? C'est quoi, cette plaisanterie ? Tu répètes tes textes ou quoi ? C'est dans ta pièce ?

— Et Palermo, belle Giulietta ? Je vous en prie, parlez-moi de Palermo ! Je suis impatient ! déclara Stéphane sur un ton théâtral en prenant la pose d'un bellâtre sur le retour.

— Bon, tu me préviendras quand tu auras cessé tes élucubrations.

— Maman, si je te dis : Francesco, Antonella, Maria, Simonetta, Giulietta, tu n'as rien à ajouter ?

— …

— Maman ?

— Écoute, c'est compliqué, je…

— Mais encore ?

— C'est bon, assieds-toi, je vais t'expliquer… Tu as donc trouvé la clé de la malle ? Je suis désolée, balbutia-t-elle avant d'éclater en sanglots.

Une fois qu'elle eut repris ses esprits, Juliette se mit à raconter :

— Alors voilà, mes parents sont nés en Sicile. Papa à Samperi, un hameau perdu au sud de Marsala, d'où était originaire ta grand-mère. J'ai eu une grande sœur, Maria, qui a dépassé la cinquantaine – si elle est toujours vivante –, puis Simonetta que je n'ai pas connue. Le quotidien était difficile en Sicile et, comme beaucoup d'Italiens qui crevaient la faim, ils sont venus s'installer dans le nord de la France en 1948.

— Et toi, tu es bien née en 1949 en France ? Tu es donc Française ?!

— Oui, et mes parents m'ont appelée Giulietta. À la maison, nous parlions l'italien et un peu de dialecte sicilien, et le français à l'extérieur. Et puis, un jour, nous n'avons plus été capables d'entendre toutes ces moqueries dans la rue et au travail, de nous faire traiter de macaronis ou de sales Ritals… La honte a pris le dessus, et ton grand-père a décidé de franciser notre nom en Gaspar. Ça a été officialisé en 1960 et c'est de cette façon que Francesco est devenu François, maman, Antoinette, et Maria, Marie. Je venais d'avoir onze ans, et mes camarades ont appris à m'appeler Juliette. Voilà, tu sais tout !

— Non, je ne sais pas tout ! Où est ma tante Maria ? Et toi, as-tu des oncles, des tantes et des cousins ? Mais, bordel, maman, pourquoi tu ne m'as rien dit ?

— S'il te plaît, Stéphane, calme-toi !

— Mais enfin, maman, j'ai quinze ans ! Tu me prends pour un môme attardé ? Et papi qui ne m'a rien dit ?! Il n'a pas fait disparaître ses origines portugaises, lui ! C'est si infâme d'être Italien ? Dis donc, je suis peut-être un vrai bâtard que tu as adopté…

— Ne dis pas ça, Stéphane ! Je te l'interdis. Quand papa a décidé de nous franciser, il nous a fait jurer de ne jamais aborder le sujet. Tu comprendras un jour ce que représentent le déshonneur, surtout pour un Sicilien, la déchéance, le discrédit et le mépris. Et puis, tous ces petits mots prononcés insidieusement au quotidien qui n'apportent que la honte et l'humiliation.

— Et Maria, et grand-mère ? C'est quand même pas croyable de rester dans le déni aussi longtemps !

— Ta grand-mère se serait jetée à l'eau pour son mari. Mis à part toi, c'est vraisemblablement ce que j'ai connu de plus beau dans ma vie, cette infinie tendresse entre mes parents. Papa l'avait remarquée la première fois dans une crèmerie où elle était vendeuse. Il disait toujours qu'elle était la plus belle de l'île, et la Sicile, tu sais, ce n'est pas une petite île, avec ses cinq millions d'habitants.

— Dis-moi, tu es déjà allée là-bas ?

— Oui, j'y suis allée une fois seulement, je te raconterai. Mais laisse-moi d'abord terminer l'histoire de mes parents.

— Oui, excuse-moi, je t'écoute…

— Francesco a fait sa connaissance en allant livrer du vin pour Noël, en 1936. Ils se sont revus régulièrement par la suite et ils se sont mariés en février 1938. Maria est arrivée la même année, en décembre. Ils s'aimaient très fort, et je suis convaincue que leur vie d'immigrants avait réellement cimenté leur relation. Maman était folle de papa...

— J'en reviens toujours pas! Ma mère est Italienne...

— N'exagère pas! Je suis née en France, comme Francis Cabrel, tu sais, le chanteur qu'on entend partout avec sa chanson *Sarbacane*. Il est Français, non? Il habite près d'Agen, je crois. Tu as entendu son accent du Sud-Ouest? Pourtant, il est né de deux parents originaires du Frioul. Son grand-père paternel avait émigré au cours des années 1920 dans un département français où on avait besoin de main-d'œuvre, et ses ancêtres s'appelaient Cabrelli...

— C'est pour ça que tu mettais sa cassette si souvent?

— Peut-être! Et c'est pour ça que j'aime bien Adamo, parce que son parcours a des points communs avec le nôtre, à la différence près que le petit Salvatore avait trois ans quand il a quitté sa Sicile natale et que ses parents ont émigré en Belgique pour se retrouver dans les mines, eux aussi. Dans ces années-là, des tonnes d'Italiens ont quitté le pays de la soi-disant *dolce vita* pour gagner leur vie décemment, même s'il fallait mettre son orgueil de côté et renoncer au *parmigiano* au profit du camembert.

— J'y pense, tu aimais bien Dalida, aussi! Et Reggiani et Angelo Branduardi, et Belmondo et Lino Ventura au cinéma, tu m'as souvent parlé d'eux. Je commence à comprendre...

— Eh oui, tous des Italiens d'origine! Quoique Branduardi vit en Italie, lui. Mais je sais également que Christophe, tu sais, celui qui criait après Aline sur la plage, s'appelle en fait Daniel Bevilacqua. Que le grand Yves Montand est originaire de Toscane, Ivo Levi de son vrai nom, et Nino Ferrer, avec Mirza et ses cornichons, a été baptisé Agostino Ferrari, né à Gênes d'un père italien et d'une mère française.

— Tu devrais écrire un livre sur le sujet...

Juliette était devenue intarissable. Elle pouvait enfin parler en toute liberté de ces gens célèbres avec lesquels elle partageait un pan de sa vie.

— Et je ne te parle pas de Frédéric François, le Belge qui s'appelle Francesco Barracato, mais qui me tombe sur les nerfs avec ses rengaines pour minettes. Il est né en Sicile, lui aussi, et, avec ses parents, il a émigré en Belgique deux ans après nous, il me semble, pour les mêmes raisons.

— Ça alors ! Je vois que tu es bien renseignée ! Surtout pour une Italienne refoulée qui a tenu son passé secret !

— Tu es impitoyable ! Tu comprendras plus tard ce que c'est de vivre avec ses contradictions. Au début, tu ne veux pas les accepter, mais, en vieillissant, tu te dis que si tu veux acquérir un peu de sérénité, t'as intérêt à lâcher prise et à faire avec. Et puis, tu les enfouis ici et là dans ton subconscient. C'est vraiment bizarre, je me sens soulagée tout à coup...

— C'est ça, dis-moi merci tant que tu y es. D'ailleurs, on dit « merci beaucoup » comment, en italien ?

— *Grazie mille*, mon chéri. *Grazie mille !*

— Avec ce que j'ai appris il y a trois ans sur mon père, tu me gâtes... *Grazie mille, Giulietta...*

— Oh, ne mélange pas tout !

— Tu vois, tu t'es fait du mal pour rien pendant toutes ces années. Et tu ne m'as toujours rien dit à propos de ma tante, ta frangine qui s'appelle Maria ou Marie, je ne sais plus. Où est-elle ?

— Ah ! ma grande sœur ! Elle avait près de dix ans quand mes parents ont débarqué à Lens et, huit ans plus tard, elle est repartie au pays avec un Sicilien ténébreux, fils d'immigrés, lui aussi. Je n'ai jamais su si elle n'avait pas supporté le déracinement, puisque je n'avais que quatre ans quand elle s'est mariée avec l'autorisation de nos parents, et cinq lorsque son mari et elle ont quitté la France précipitamment.

— Mais c'est un véritable roman!

— Mes parents croyaient la retenir en lui permettant d'épouser Marcelo, mais ça s'est gâté quand ils ont découvert qu'il s'agissait d'un petit délinquant. L'année suivante, sentant la soupe chaude, ils se sont barrés, tous les deux, et se sont installés à Palerme. Puis mes parents ont appris deux ans plus tard qu'il fricotait avec la mafia palermitaine, et ils ont coupé les ponts une fois pour toutes avec Maria et son petit mafioso de mari, devenu, paraît-il, un fieffé matamore. La honte, Stéphane, tu ne peux même pas imaginer…

— Bon, j'apprends que j'ai une tante qui trempe dans la mafia… T'en as beaucoup, des histoires pareilles?

— N'exagère pas! Ta tante ne s'est certainement pas compromise. Il s'agit en général d'une affaire d'hommes, mais, je te l'accorde, c'est bien triste. Tu comprends mieux maintenant, avec cette fille qui a gâché leur vie, pourquoi ils ont voulu tirer un trait définitif sur leur passé. C'est la goutte qui a fait déborder le vase.

— Tu n'as pas essayé de reprendre contact avec elle?

— Si, justement, à l'automne 1981, plusieurs mois après le décès de tes grands-parents, j'ai décidé d'aller voir mon cousin Lorenzo et mon oncle, le frère de ton grand-père qui avait racheté le petit vignoble de papa, ce qui explique les photos dans les vignes que tu as sûrement vues.

— Ils étaient donc vignerons comme dans la famille de papi au Portugal.

— Eh oui! Mais papa avait décidé d'oublier ce passé douloureux. Ils faisaient la navette entre leur vignoble sicilien et la petite île de Pantelleria, des plus ingrates d'après ce qu'on dit, située au large de la Tunisie et qui dépend de la Sicile.

— Bon, ça y est, tu ne vas pas me dire qu'on a de la famille en Afrique du Nord ?

— Non, pas que je sache. Et pour en revenir à ta tante, j'avais profité de ce voyage pour rester deux jours à Palerme. J'ai cherché dans les annuaires téléphoniques, mais mon oncle m'a dit qu'elle avait divorcé, et je n'ai rien trouvé.

Dans les mois qui suivirent, Stéphane dévora les dictionnaires et éplucha tout ce qu'il pouvait trouver sur le pays de ses ancêtres maternels. Il décida d'apprendre l'italien avec une méthode rapide, mais sa vie de jeune adulte ne tarda pas à prendre le dessus.

En effet, même s'il suivait consciencieusement ses cours au lycée Eugène-Ionesco d'Issy-les-Moulineaux, son intérêt pour les études s'était tranquillement érodé, et il se demandait ce que lui réservait son avenir professionnel. Dès l'âge de quinze ans, il s'était rendu compte, sans tomber dans la marginalité, qu'il avait du mal à jouer le mouton de service en faisant aveuglément comme tout le monde, en s'habillant comme tout le monde et en allant là où tout le monde voulait se rendre. C'était son petit côté anticonformiste, avec lequel il allait devoir composer. Le foot, très peu pour lui. Il s'était essayé mais il était mauvais et ça avait été la catastrophe.

Ce qui le branchait, c'était d'aller seul écouter du Bach à Notre-Dame, au cœur de Paris, sur l'île de la Cité. Les grandes orgues le faisaient frémir, surtout sous ces voûtes centenaires où s'étaient déroulés tant d'épisodes religieux et politiques de l'histoire de France. Mais il ne détestait pas, quand l'occasion se présentait, assister à des émissions de variétés qui se donnaient en direct à la radio d'Europe 1, où il avait ses entrées grâce au fils du gérant et chef de la cantine. Il côtoyait à sa façon les vedettes du cinéma ou de la chanson, qui passaient par là faire leur promo.

C'est au cours de ces rencontres impromptues avec les grands artistes de l'heure que lui vint l'envie de gratter la guitare, et c'est aussi à cette époque qu'il s'intéressa à Coluche, l'humoriste préféré des Français pendant longtemps et décédé beaucoup trop jeune, surtout lorsqu'il apprit qu'il était né Colucci, d'un père italien, peintre en bâtiment.

Il fut encore plus étonné quand il sut que Georges Brassens, dont il fredonnait timidement les textes, était né à Sète, dans le Languedoc, mais d'une mère italienne qui s'appelait Elvira. Les parents de cette dernière, originaires de la Basilicate, avaient transité par Naples pour émigrer en France. Et ça chantait dans la maison, surtout Elvira qui avait manifestement transmis à son fils, en plus de ses yeux noirs et brillants, le goût des mots et de la mélodie.

Décidément, les similitudes familiales et sociales entre ces personnages et sa propre mère étaient frappantes, et Stéphane devina d'autant plus les déchirements et l'existence tortueuse de ces gens abîmés par la vie.

Pour toutes ces raisons, l'origine des artistes l'interpellait. Était-ce le fait d'émigrer qui donnait à certains une sensibilité à fleur de peau propre à faire éclore un talent artistique ? Était-ce simplement le talent à l'état brut qui se manifestait de génération en génération ? Ou était-ce plutôt la conjugaison des deux ?

En plus de tous ces Italiens, il y avait Charles Aznavour, ce fils d'artistes arméniens, qui faisait une sacrée carrière ! Et la chanteuse yé-yé Sylvie Vartan, née en Bulgarie, d'un père lui aussi de souche arménienne. Et Serge Gainsbourg, et Georges Moustaki... La liste était longue, mais ce constat, indiscutablement, n'était pas pour lui déplaire.

Il tenait là la preuve que non seulement la France avait été de tout temps une terre d'asile, même si, ce qui pouvait se concevoir, la cohabitation avec les Gaulois n'était pas toujours aisée, mais aussi que son statut de descendant d'immigrants portugais et italiens lui conférait un avantage qui pouvait lui permettre de se distinguer et de réussir sa propre vie.

À défaut de traîner dans les boîtes et de s'éterniser dans les bars où il allait de temps en temps, il se mit à recevoir ses copains pour des repas improvisés. Il s'était découvert, sans doute grâce à ses racines fortement latines, un sérieux penchant pour la cuisine, même s'il était conscient que ses compétences culinaires égalaient celles d'un marmiton.

Il adorait aller au marché acheter des fruits, des légumes, du poisson frais, et capter toutes les fragrances chez l'épicier voisin, qui n'avait pas usurpé son titre dans la mesure où il ne vendait que des épices, des plus douces aux plus relevées.

Tout naturellement, Stéphane créa ainsi ses premiers « Rendez-vous bachiques ». Au début, il préparait des plats assez simples, sans pour cela négliger les vins, qu'il sélectionnait avec une attention avérée.

Ses invités de la première heure étaient un peu sceptiques, mais les recettes s'affinaient à chaque fois. On était passé du steak-frites au magret de canard aux figues, et des simples moules à la marinière aux coquilles Saint-Jacques au poivre vert. En un mot, ses soirées devenaient populaires, d'autant plus qu'on s'y dilatait la rate allègrement et que le vin n'était pas rationné...

Plus de doute, depuis que sa mère l'avait mis au parfum de ses origines siciliennes, Stéphane comprenait pourquoi il aimait cuisiner.

En se gardant bien de le crier sur tous les toits, il était devenu un client assidu des surgelés Picard, qui avaient bonne réputation, et améliorait la recette avec une sauce maison, une garniture qui sortait des sentiers battus ou un accompagnement de légumes frais. Quant aux fromages et aux desserts, il avait ses adresses parmi les plus courues de la capitale, et le tour était joué.

Lors de ces agapes largement arrosées, autour d'une table ronde pour contourner les écueils de la communication, sa mère lui laissait le champ libre en allant voir un film au cinéma ou prendre un verre avec des connaissances, habituellement avec Cristina, sa grande amie et confidente. Tout ça pour lui faire plaisir et lui faciliter les choses. Bref, c'était presque le monde à l'envers…

Comme la plupart des gens, il aurait pu inviter ses camarades à une bonne « bouffe », sans façon, à tel point que l'un d'eux lui avait dit qu'il trouvait très pompeux le thème de ces rendez-vous. Mais Stéphane préférait se détacher du lot et assumait son choix. De toute manière, son grand-père n'aurait pas apprécié une expression qui, d'après lui, ne faisait que voler au ras des pâquerettes. Pour Jorge, le mot « bouffe » était réservé aux repas vite expédiés, ordinaires le plus souvent, et il ne comprenait pas comment on pouvait accoler un terme si réducteur à un moment privilégié pour lequel on avait cuisiné finement des mets qui seraient escortés de vins subtils et parfaitement appropriés.

Sans tomber dans le calcul et la cupidité, mais habité selon toute vraisemblance par un chouia d'opportunisme, Stéphane savait qu'il pouvait de la sorte compter sur la complicité du papi, qu'il voyait certes moins qu'avant, mais qui se faisait un devoir de lui dénicher un vin plus rare, une appellation moins connue, qu'il lui donnait chaque fois avec une satisfaction non dissimulée.

— Dis, Stéphane, tu m'inviteras un jour ? avait-il osé demander, rien qu'une fois.

— Mais oui, papi, très bientôt, avait répondu son petit-fils, qui en vérité ne se voyait pas imposer à ses amis la présence d'un vieux pépère…

L'ingratitude, quand on a seize ou dix-sept ans, c'est à peu de chose près une seconde nature, mais il aurait une bonne occasion de se rattraper, auprès de cet homme qui n'avait eu de cesse de veiller sur lui avec tant d'affection.

— Et comme ça, il paraît que tu as des origines italiennes? ajouta Jorge.

Stéphane n'était pas dupe et avait bien senti que son grand-père faisait semblant de s'en étonner. Ils descendirent d'ailleurs aussitôt à la cave, assurément dans le but de couper court à la discussion, puis, pour mieux noyer le poisson, Jorge ouvrit une bonne bouteille de madiran du château Montus, dont on parlait de plus en plus.

NEO

Trois ans après avoir appris la vérité sur la famille de sa mère, Stéphane annonça à ses proches qu'il partirait passer quelques semaines sur la terre de ses aïeux.

Cela faisait un certain temps qu'il rongeait son frein, trois longues années à être obnubilé par la Sicile, par Marsala et cette île de Pantelleria qu'avait évoquée sa mère et qui l'intriguait depuis qu'il avait appris qu'on la dénommait « la perle noire de la Méditerranée ».

En réalité, il était hanté par le parfum des fleurs d'oranger qu'il n'avait jamais senti, taraudé par ce soleil palermitain qui ne l'avait jamais réchauffé, et obsédé par Taormina qui, selon Maupassant qu'il venait d'étudier, séduisait tout à la fois les yeux, l'esprit et l'imagination.

— Maman, c'est décidé, je pars en juin pour deux ou trois semaines, avait-il dit à sa mère au courant du mois de mai 1994.

— Trois semaines ! Mais avec quel argent ?

— T'inquiète ! J'ai pas mal économisé, depuis le temps que je fais les marchés ou la plonge. Je vais faire du stop jusqu'à Rome et, après, je prends un avion pour Palerme. Je vais coucher dans des auberges de jeunesse. Ne t'en fais pas, je vais me débrouiller.

Et puis, je vais passer un peu de temps chez ton cousin Lorenzo et son épouse Marina. Ils ont reçu ma lettre et Lorenzo m'a répondu qu'une petite chambre m'attendait dans leur maison de Samperi.

Il avait méticuleusement préparé son périple pour les deux premières semaines ; ensuite, il verrait...

Pendant que ses copains de classe se repassaient dans la tête *À nous les petites Anglaises*, un film de 1976, Stéphane avait d'autres projets. Sa copine lui suffisait. Ils se voyaient de temps en temps à Paris où elle résidait, et il n'avait pas envie pour l'instant d'aller butiner en terre inconnue. Ses potes pouvaient draguer les jeunes Britanniques sexy ou les grandes Suédoises, son intérêt à lui se trouvait dans le sud de l'Europe. Il avait hâte de vérifier sur le terrain si les gars de son âge lui ressemblaient, avec sa peau légèrement basanée, ses cheveux noirs et ses sourcils passablement fournis. Il faut dire qu'avec du sang portugais et sicilien, il ne pouvait guère avoir des airs de Ken, le compagnon de la poupée Barbie... Et il pourrait mieux se fondre dans la foule.

Il se rendit chez ses grands-parents pour les saluer avant son départ. Et cette fois-ci, Jorge ouvrit un flacon contenant du marsala, le vin fortifié emblématique de l'île italienne.

— Si j'ai bien compris, tu vas te rendre directement en Sicile ? Tu en dégusteras beaucoup d'autres, mais ça va te donner un avant-goût. Il s'agit d'une cuvée spéciale appelée Solera, m'a dit le caviste spécialisé dans les vins italiens chez qui je l'ai achetée. Et puis, voici un petit cadeau pour toi. Tu liras attentivement le mode d'emploi parce que, personnellement, je n'y comprends rien.

— Un Nikon ! Mais tu es fou ! Oh, merci beaucoup, papi Jorge ! lui dit-il en le serrant dans ses bras. Je vais te faire des super photos !

Stéphane embrassa sa mère la veille parce qu'elle devait partir travailler très tôt le lendemain.

— Fais attention à toi ! Si les Siciliens sont charmants, il y en a parmi eux qui ne sont pas des enfants de chœur. Ne te laisse pas embarquer dans des affaires louches. Mais tu sais que je fais confiance à ton jugement. Tu n'oublies pas ton dictionnaire, hein ?

On ne peut pas dire qu'il avait dormi sur ses deux oreilles. Mais quand il se réveilla le lendemain, un peu tourneboulé, il vit une enveloppe blanche sur la table de nuit, sur laquelle étaient inscrits ces mots : « *Buon viaggio !* » Il s'empressa de l'ouvrir et découvrit des billets en lires et un mot qui disait : « Ce qui m'est resté de mon voyage en 1981. Profite ! Ta maman qui t'aime. »

L'auto-stop avait moyennement fonctionné et, après trois jours et deux nuits, dont une en Avignon et l'autre à Gênes, Stéphane arriva très tard à Ladispoli, où il put se reposer. De cette ville balnéaire située au nord de la capitale, il savait qu'il pouvait rallier facilement l'aéroport Fiumicino, d'où il décolla en fin d'après-midi pour la Sicile et Palerme, son chef-lieu.

— *E' fortunato, signor Almeida, restano ancora tre posti disponibili per il volo delle 16,55.*

Aussitôt débarqué à l'aéroport de Punta Raisi qui venait d'être rebaptisé Falcone-Borsellino en hommage aux deux juges antimafia Giovanni Falcone et Paolo Borsellino, assassinés deux ans auparavant, il resta baba devant la foule dense et grouillante venue accueillir les voyageurs. Il y avait au moins quatre ou cinq personnes qui attendaient dans le hall d'arrivée pour chaque passager qui débarquait. Ça faisait du monde, mais c'est ainsi que les Siciliens l'entendaient. Stéphane se rendit en train au centre-ville, d'où il allait pouvoir rejoindre une des auberges de jeunesse de Palerme.

Dès le lendemain, pour se faire une idée, il se fondit dans la foule palermitaine et marcha toute la journée de la Piazza Verdi au Palazzo dei Normanni – ou palais des Normands –, en passant par la cathédrale et la Piazza S. Domenico.

C'est en se baladant dans le marché, le Mercato Ballarò, et ses ruelles avoisinantes, qu'il put sentir l'esprit de la ville. Murs décrépis, trafic infernal et chaotique dans lequel il vaut mieux se pousser avant de se faire accrocher par une mobylette, cris des camelots, poubelles qui débordent avec les odeurs en prime. Après le luxe des palais aux dorures ostentatoires, Palerme se dévoilait dans toute sa laideur, mais aussi dans toute son authenticité.

Stéphane s'étonna de voir tout à coup l'agitation retomber – quelqu'un lui expliqua que c'était le moment sacré de la sieste – avant de reprendre de plus belle vers 17 h. C'est dans la soirée, au cours de la promenade, la traditionnelle *passeggiata*, qu'il comprit que cette ville envoûtante abritait une âme empreinte de mystères qui serait difficile à saisir.

Véritable rituel du quotidien à l'italienne, la *passeggiata* permet aux gens et aux familles de se retrouver, de déambuler dans les rues en fin de journée, d'offrir aux enfants un *gelato* ou de s'asseoir, ravis, à l'une des innombrables terrasses où l'on vous sert avec un verre de vin des antipasti maison. Jeunes et moins jeunes se côtoient et se déplacent à pas comptés, au ralenti, *pianissimo*, diraient les mélomanes.

Trois jours plus tard, afin de se rendre à Marsala, Stéphane opta pour l'autobus, lequel, après avoir parcouru cent vingt-cinq bornes, traversa une bonne partie de la cité portuaire avant de s'arrêter au terminal.

« Quand je pense qu'il s'agit d'une ville qui a donné son nom à l'un des vins les plus connus dans le monde et que ce nom est né de l'arabe *Marsah el Allah*[2] lors de l'invasion musulmane ! C'est un peu ironique… Bon, il faut que j'appelle Lorenzo. »

---

2. Le port de Dieu.

En l'attendant, il se délecta à la Gelateria Scialò, qui se trouvait juste à côté et qui proposait un choix indécent de parfums et de couleurs. *Pistacchio* et *fragola* feraient l'affaire !

Lorenzo se pointa seul, un peu plus tard, et immobilisa sa voiture près du jeune routard au sac à dos qui avait de toute évidence un air de famille assez prononcé.

— Ça alors, Stéphane, tu es le portrait de ma cousine ! s'écria dans un français convenable le petit-cousin, âgé tout de même de quarante-huit ans. Enfin, je dis ça d'après le souvenir que j'en garde lors de son passage il y a... *quanti* ?

— Treize ans déjà !

— *Allora*, elle n'a pas voulu te parler de ses racines siciliennes lorsque tu étais enfant ? Bon, on va essayer de rattraper le temps perdu. Tu reviendras à Marsala, car c'est un port important et il y a de jolis endroits à visiter. Mais, auparavant, *direzione Samperi*, c'est à quinze kilomètres plus au sud. C'est un bled perdu, mais c'est là que nous avons été élevés, et que j'ai repris la maison de mon père.

— Dis-moi, Lorenzo, tu es vigneron depuis toujours ?

— Oui, on peut dire ça. Tu sais, on a commencé tôt à travailler à la vigne. Mon père était un petit producteur qui s'est agrandi un peu quand l'oncle Francesco, ton grand-père, est parti s'installer en France. On vend toujours notre raisin à des grosses compagnies qui font du marsala. Mais, depuis dix ans environ, je fais des blancs secs et des rouges qui n'ont à rien à voir avec le vin fortifié que tu connais sans doute.

— Et l'île de Pantelleria, c'est facile d'y aller ?

— Ah ! Pantelleria, tu connais ? J'ai une petite surprise pour toi... Je t'y emmène *mercoledi*, ah ! pardon, mercredi.

Notre aventurier en herbe s'était vite habitué à sa vie sicilienne. Il s'était découvert un penchant pour les *melanzane alla parmigiana*, des aubergines au parmesan, et les *peperoni ripieni*, des poivrons farcis à la viande, de Marina. La veille, ils avaient mangé un succulent *baccalà in bianco a sfincione*, de la morue avec des pommes de terre et du fenouil, accompagné d'une bouteille de grillo, un délicieux vin blanc sec de Lorenzo.

Mais, après la longue route, il avait particulièrement apprécié le vin d'inzolia aux parfums d'agrumes que ses hôtes avaient sorti pour fêter son arrivée. Et puis, quelle joie de découvrir un autre cépage autochtone qu'il ne connaissait pas, le nero d'avola, d'un rouge foncé avec des saveurs de prune bien mûre et d'épices douces. Il pensa naturellement à son papi. Avec les *spiedini alla palermitana*, une tranche de bœuf roulée et farcie de raisins, de pignons, de fromage et de chapelure, c'était à se rouler par terre…

Un après-midi, Lorenzo et Marina emmenèrent Stéphane à Marsala. En traversant la Piazza della Repubblica, il fut fasciné par le charme suranné qui se dégageait de l'architecture baroque des édifices qui l'entouraient et la quiétude de cette vieille cité peu fréquentée par les touristes. Il eut l'étrange sensation de se retrouver dans un décor de cinéma, mais en compagnie de personnages réels et non de comédiens ou de figurants.

Stéphane savait qu'ici tout était vrai, autant les plus fortunés qui faisaient partie de la petite bourgeoisie de Marsala que les plus démunis qui avaient du mal à boucler les fins de mois. Alors qu'il prenait place dans la Trattoria Garibaldi, sur la Piazza dell'Addolorata, il ne put s'empêcher de réagir.

— Lorenzo, en voyant sur les murs toutes ces peintures et ces gravures qui représentent votre héros national, je me souviens à présent que c'est ici que Garibaldi est arrivé en 1860 pour ouvrir la voie à l'unification du pays. C'est bien ça ?

— Tu as tout à fait raison !

— C'est très symbolique tout ça pour moi depuis que j'ai étudié l'histoire de votre pays, qui est un peu le mien maintenant.

— Et quand tu vas goûter au couscous de poissons, tu vas comprendre pourquoi il est passé par là. Il était pas fou, le Garibaldi…

Le lendemain était le grand jour, celui où Stéphane foulerait enfin le sol de cette île mystérieuse. Ils prirent le bateau, un trajet de six heures en direction de Bukkuram, l'un des villages de Pantelleria où Lorenzo possédait deux hectares de vignes.

— Tu sais, spécifia ce dernier, on ne l'appelle pas « l'île du vent » pour rien. Mais tu as choisi la bonne saison, le vent est calme. J'espère que ce sera la même chose dans deux jours pour le retour.

— Merci, Lorenzo. Tu ne peux pas imaginer… Je suis si ému d'être sur ce bateau. Et dire que mon grand-père faisait la même traversée pour se rendre sur ses terres. C'est fantastique !

— Je ne suis pas allé à l'école très longtemps, mais je peux te dire que cette île a été convoitée de tout temps, notamment par les Romains, les Normands et les Arabes qui allaient lui donner son nom, Bent El Riah, ce qui signifie « fille des vents », devenu en italien Pantelleria.

— J'ai tellement lu sur cette île que j'ai hâte de marcher sur sa terre « noire comme la suie », si je me fie à l'un des auteurs. C'est bien ce qui lui a donné son surnom de « perle noire » ?

— Bravo, Stefano, c'est exactement ça ! Et nous, on a de la chance de cultiver la vigne sur un sol volcanique riche en silice… Tu sais, c'est bon pour le vin.

Ils se connaissaient depuis trois jours, et c'était la première fois que Lorenzo l'appelait Stefano. Il en fut tout remué et, sur ce bateau qui l'amenait sur cette île et loin de tout, il eut le curieux sentiment d'entamer une deuxième vie.

— Demain, je te présenterai un type épatant, il s'appelle Marco. Nous sommes amis et voisins de vignes à Samperi et à Bukkuram. Je crois qu'il est arrivé il y a deux ou trois jours.

Son vin est très connu dans le monde. Dis-moi, tu sembles beaucoup aimer le vin. C'est étonnant pour un gars de ton âge !

— Oui, j'aime le vin et non, je ne bois pas de coca-cola, si tu veux savoir. J'ai plusieurs années d'avance parce que mon autre grand-père, qui est né au Portugal, m'a initié aux plaisirs de la bouteille.

— *Questa è una buona notizia !* Ici, tu vas te ré-ga-ler ! Tu vas goûter à notre zibbibo. Tu verras que beaucoup de noms ici viennent de l'arabe, et le zibbibo est en réalité le muscat, parce que « *zabib* » signifie « raisin sec » en arabe, et « *bukkuram* », « père de la vigne ». C'est également le nom du passito de mon voisin.

En un éclair, Stéphane crut se rappeler avoir vu dans la cave de Jorge un flacon de ce divin nectar.

Après avoir accosté, ils se rendirent en Jeep chez Lorenzo, et le jeune visiteur s'imprégna instantanément de cette île qui semblait presque indomptée, et où il allait enfin pouvoir arpenter en long et en large les vignes et les câpriers, se laissant porter par les vents qui la décoiffent depuis toujours.

Dans le guide qu'il s'était procuré avant de partir, il avait relevé tout ce qui faisait le charme de ce bout de terre minuscule et retiré, ses sites archéologiques, ses criques et ses grottes creusées par la mer et les rafales, mais il avait surtout retenu que ce havre à la fois beau et sauvage, couvert de figuiers de Barbarie, n'était pas destiné aux profanes, mais aux rares initiés qui cherchent autre chose que le tourisme primaire et ne demandent qu'à se laisser séduire, quitte à se sentir coupés du monde pendant quelques jours.

Après un léger déjeuner arrosé d'un blanc sec à base de muscat à gros grains, tout le monde fit une sieste obligée de trente minutes, histoire de se remettre des longues heures de navigation.

— Allons dans la vigne. *Andiamo!* Ici, tu vois, c'est simple, on prépare la terre et on creuse un trou dans lequel on plante le zibbibo. Ensuite, on taille la vigne pour produire six branches et former un buisson qui sera protégé du vent.

— À quel moment se fait la cueillette?

— Les raisins sont cueillis à la main fin juillet, début août.

Stéphane se surprit à mitrailler chaque pied, s'accroupissant, se relevant, posant des questions, soulevant les feuilles et suivant pas à pas Lorenzo qui semblait à la fois comblé de pouvoir dévoiler son environnement à un étranger et étonné de le voir s'extasier devant ses plants de moscato.

— Après, on fait sécher les raisins pendant deux ou trois semaines en plein air sur des toiles ou des nattes. Le rendement est très bas et la fermentation va se maintenir entre trente et…

Lorenzo fut interrompu par un grand gaillard.

— *Salve*, Lorenzo, tu as un visiteur?

— C'est mon petit-cousin français. Il vient de Parigi. Stefano, je pensais qu'on le verrait demain, mais je te présente Marco De Bartoli, ancien pilote de course. Il n'a pas fait le Grand Prix, mais il gagne tous les prix avec ses vins.

— Bonjour, jeune homme! Alors, as-tu appris des choses avec Lorenzo?

— Beaucoup, oui, c'est fascinant!

— Allez, suivez-moi, on va goûter un ou deux vins. *Sei fortunato*, Lorenzo, d'avoir un petit-cousin de Parigi. Stefano, c'est bien ça? Écoute, j'adore le français. Quand on était petits à la maison, nous devions parler le français et non l'italien. Je te raconterai un jour, peut-être…

Les limites du petit vignoble de Lorenzo dépassées, ils longèrent de nouvelles vignes. C'étaient celles de Marco. Ils pénétrèrent dans la maison construite au bout des rangs, sous laquelle se trouvait la cave.

— On va démarrer avec un blanc sec. Tu me diras ce que tu en penses.

Il était ainsi, Marco. Impétueux, pressé et enflammé, et Lorenzo l'avait toujours connu comme un homme qui en imposait, mais aussi généreux que loquace lorsque venait le temps de raconter ses vins. Stéphane, intimidé mais en confiance, ne s'était pas défilé.

— Belle couleur aux reflets paille et joliment aromatique. J'ai senti des fleurs, des roses probablement. Et puis, à la fin, je ne sais pas si je peux le dire, quelque chose de minéral, je dirais: indéfinissable.

Et il ne l'avait pas recraché.

— *Allora*, Lorenzo, il sort d'où, ton petit-cousin ? Il vient de débarquer et il me parle de ce vin comme s'il en avait bu toute sa vie, s'écria le vigneron, ému.

— Il est de *la famiglia, tutto qui* !

— Petit, ce vin, il s'appelle Sole e Vento. *Capito ?* C'est le meilleur des deux mondes, de mes deux mondes à moi. Il s'agit d'un assemblage de zibbibo cultivé ici, et tu as reconnu les arômes du moscato d'Alexandrie, et du grillo, en moins grande quantité, qui pousse sur ma terre à Marsala. Cette variété apporte la matière et l'acidité, et tous les deux expriment leurs terres respectives. Tu as dit le mot « minéral »… C'est ça, petit…

— J'ai pas de mérite. En arrivant chez Lorenzo, j'ai bu son grillo et, ce midi, j'ai découvert le côté suave et l'arôme prononcé de son moscato.

— *Complimenti, Stefano !* Tu possèdes la mémoire des bons dégustateurs. *Allora*, dis-moi ce que tu penses de celui-là !

Stéphane fit tourner le vin dans son verre, tel un pro, sans le brusquer. Il le huma à diverses reprises, le fit rouler dans sa bouche, puis fut littéralement troublé. Il ferma les yeux et le passa de nouveau sous ses narines. Par la suite, tout se confirma avec ce côté balsamique et les saveurs de noix et d'écorce d'orange qui refirent surface et imprégnèrent sa glotte après qu'il l'eut avalé.

« Merde, c'est impossible ! songea-t-il. On dirait le vin que papi m'a fait goûter quand il m'a offert mon Nikon avant de partir. Le fameux vin de solera... » Il n'en revenait pas, mais décida de dire la vérité, sinon ça risquait de paraître un peu gros.

— Tu as aimé ?

— Il s'agit d'un très grand vin... avec cette robe ambrée et ce bouquet de noix et d'orange...

— Tu m'enlèves les mots de la bouche !

— Il faut que je vous dise... Je crois l'avoir dégusté chez mon grand-père avant de partir. On dirait le même.

— C'est formidable ! Et Lorenzo le connaît bien, c'est mon Vecchio Samperi Riserva de vingt ans, une solera issue du grillo, le même grillo que dans le premier vin. Des journalistes disent qu'il est élégant et tout en équilibre. Peut-être, mais moi, je leur dis qu'il s'agit d'un vin de méditation, c'est tout ! Et c'est parfait, je me plais à méditer quand je viens ici.

— En tout cas, vous pouvez en être fier !

— On va finir avec un vin de Pantelleria, annonça Marco en le versant dans le verre de ses invités. Comme ça, tu sauras pourquoi j'ai l'intention de finir mes jours ici sur cette île... Pour celui-ci, je fais macérer les raisins séchés dans un moût frais, et la fermentation se prolonge doucement jusqu'en décembre. Après, on fait un élevage et un vieillissement de deux ans en fût.

Puis, de sa voix de stentor, il déclama avec grande fierté :

— Le Bukkuram Passito Naturale Dolce ! Je t'écoute, petit !

— Quelle couleur magnifique avec ces beaux reflets dorés ! J'aime beaucoup les parfums de pain d'épices et de raisins secs. Le vin est moelleux et concentré, mais merveilleusement équilibré, car il y a encore de l'acidité. La longueur est incroyable ! Et puis, je me régale avec ces saveurs d'abricot séché, de figue et de miel qui persistent pendant que nous discutons.

— *Allora?* Il sait de quoi il parle, le Stefano?

— *Grazie mille*, monsieur De Bartoli! s'exclama Stéphane. Cette rencontre avec vous et Lorenzo restera gravée pour toujours dans ma mémoire. J'espère que nous nous reverrons.

Il savait qu'il avait rencontré quelqu'un d'exceptionnel. On lui dirait par la suite que Marco De Bartoli était en effet un infatigable défenseur de l'authentique vin de Marsala, fougueux lorsqu'il parlait de ses terroirs, et qu'il dérangeait fatalement bien des gens dans le microcosme viticole de l'Ouest sicilien.

Stéphane avait en tout cas la certitude que Marco était un homme sincère, un visionnaire qui n'avait pas peur d'afficher ses convictions, qu'il était passionné des bonnes choses et que sa simplicité n'avait d'égale que sa détermination à élaborer des cuvées d'une rare noblesse.

— Lorenzo, peux-tu nous prendre en photo avec la bouteille de passito? Moi, je vais tenir le Vecchio Samperi dans mes mains. C'est pour mon grand-père. C'est lui qui m'a tout appris.

Il réalisa à cet instant précis combien son papi avait cerné avec une grande lucidité les conditions qui permettaient d'obtenir des vins de ce calibre. Mais il se demanda en même temps s'il serait un jour à la hauteur de ce professeur privé qui lui avait transmis tout son savoir depuis son plus jeune âge.

Le séjour à Pantelleria se poursuivit avec un bain de boue dans un lac appelé «le miroir de Vénus», et les gourmandises pantesques, dont les câpres, omniprésentes dans les salades et avec le *tuma*, un fromage frais garni d'origan.

En prenant part à une grande dégustation, Stéphane avait découvert d'autres vins de l'île, dont le vibrant Ben Ryé de Donnafugata, issu des vignes en terrasses ceinturées de murets en pierres sèches, qu'il avait prises en photo, et auxquelles Lorenzo faisait référence quand il parlait de viticulture héroïque.

— *Grazie mille*, Lorenzo ! s'écria-t-il en accostant à Trapani. Je n'oublierai jamais ces bons moments en votre compagnie. *Domani, direzione Palermo per una breve settimana !*

— *Che peccato !* Eh, Stefano, tu parles italien ? Ta mère va être contente…

Après avoir remercié et salué ses hôtes, Stéphane s'engouffra dans l'autobus qui allait le ramener à son point de départ, l'auberge de jeunesse de Palerme.

Jusqu'à présent, il s'était débrouillé comme un chef et ne détestait pas le fait de se retrouver seul, même si le dortoir contenant une dizaine de lits superposés était plutôt spartiate et loin du petit confort de sa chambrette à Samperi. « Demain matin, visite de la chapelle palatine », pensa-t-il avant de s'endormir.

Son billet lui permit de faire partie d'un petit groupe de touristes francophones qui avaient opté, cela allait de soi, pour une visite de la Cappella Palatina dans la langue de Molière. La guide, Daniela, qui était ravissante, parlait un français assez châtié, même si les intonations trahissant ses origines siciliennes apportaient une touche exotique qui n'était pas pour lui déplaire.

Un peu en retrait, Stéphane suivit le petit groupe, prenant des photos sans flash ainsi que le demandait le panonceau installé à l'entrée. « Le résultat sera forcément pitoyable, mais je peux essayer », songea-t-il.

— On a commencé à construire cette chapelle en 1132, sur l'ordre de Roger II, roi de Sicile, et elle a été consacrée en avril 1140, déclara la guide. Elle représente parfaitement le style arabo-normand qui associe des éléments d'architectures romane, byzantine et arabe. Vous pouvez apprécier la magnificence de la décoration. Regardez ce plafond de bois ouvragé et ces superbes mosaïques de style byzantin…

Pendant qu'elle exposait dans les moindres détails ce qui faisait la splendeur de ce joyau palermitain, Stéphane était subjugué par le charme naturel qui se dégageait de cette jeune guide, une brune aux yeux verts qui l'inspirait éminemment. Tout conscient qu'il était de se trouver dans un lieu de beauté à nul autre pareil, son émotion se logeait ailleurs, dans le ton de sa voix et les gestes qu'elle exécutait de ses bras délicats, avec une grâce indicible, alors qu'elle mettait au premier plan un élément qu'il ne fallait surtout pas rater.

Après la visite, il s'assit sur un petit muret qui bordait une plate-bande du jardin entourant la chapelle. Il changeait la pellicule de son Nikon quand il aperçut, vêtue d'une veste rouge contrastant avec la sobriété de son uniforme, la belle Sicilienne qui marchait à pas cadencés.

— Vous avez l'air pressée, mademoiselle...

— Ah ! je vous reconnais, vous faisiez partie de mon dernier groupe. Vous ne m'avez pas posé beaucoup de questions !

— Non, mais je vous écoutais religieusement. Normal dans une église... Je suis impressionné par la qualité de votre français.

— *Grazie !* Mais je dois vous quitter. Je vais manger un morceau parce que je reviens dans une heure.

— Bon appétit, mademoiselle !

Stéphane fit demi-tour et vérifia, à l'entrée de la chapelle, les horaires des visites avant de se diriger vers le Mercato Ballarò, qu'il avait découvert la première semaine. Il y trouva des *arancini*, des boulettes de riz fourrées. Avec les trois poires un peu tapées que la marchande de fruits lui avait données quand il s'était acheté des nèfles et du raisin, ce serait un vrai festin.

Tout allait bien lorsque, deux minutes plus tard, arc-bouté sur le châssis d'une fenêtre d'un quartier crasseux à étudier le plan de la ville, il assista impuissant à ce qu'il pensa être un règlement de comptes qui avait duré quinze secondes. Un homme, qui devait marcher sur le trottoir d'en face, venait de se faire tirer dessus par un quidam assis sur le siège arrière d'une moto.

Il profita de la foule dense pour partir sans demander son reste. Il ne sut jamais si la personne avait été seulement blessée ou si elle s'était fait proprement zigouiller par un nervi audacieux. Après s'être éloigné calmement et sûrement de la scène du drame, il se regarda dans le miroir d'un café. Il était livide !

Stéphane flâna dans les ruelles des secteurs Castellammare et Albergheria, avec une seule idée en tête depuis qu'il était sorti de la Cappella Palatina, revenir s'asseoir sur le muret à 17 h.

Vingt minutes plus tard, la belle Daniela passa de nouveau devant lui, *lento* cette fois-ci.

— Mais vous êtes encore là ? Vous n'avez pas bougé, ma parole ?

— C'est drôle, vous parlez comme une Française, « ma parole »...

Tout en rougissant légèrement, il se mit à rire.

— Non, je suis allé casser la croûte au marché, et puis j'ai vadrouillé dans votre ville, qui est tout aussi surprenante que dangereuse.

— Vadrouillé... Qu'est-ce que cela veut dire ?

— Si on allait prendre un verre, je pourrais vous l'expliquer. Qu'en pensez-vous ?

— Mais on ne se connaît pas vraiment !

— Ce serait justement une bonne raison d'y aller.

Avec un peu de réticence, Daniela accepta de se rendre à la Piazza Bellini où se trouvait une grande pizzeria qui possédait une vaste terrasse face à l'église de la Martorana. Elle la choisit pour se donner bonne conscience, se disant qu'elle continuerait d'une certaine manière son travail de guide.

— J'ai souvent fait visiter cette église, qu'on appelle aussi Santa Maria dell'Ammiraglio, Sainte-Marie-de-l'Amiral, et qui date également du XIIIe siècle. Elle est magnifique, n'est-ce pas ?

— Elle est très belle, mais, dites-moi, j'ai besoin d'être rassuré...

Et il lui raconta sa mésaventure, précisant qu'il avait été étonné de voir dans les journaux locaux des pages intitulées « *Speciale mafia* » !

— C'est terrible ! On ne s'habitue pas à la Cosa Nostra... Que vous dire ? Il y a actuellement une vague d'attaques contre les *pentiti*, des repentis qui ont tourné le dos à la mafia. C'était sans doute ça. Je suis désolée...

Après quatre bières et deux heures à deviser sur la complexité historique de la Sicile et de sa capitale, le tutoiement s'était imposé tout naturellement. Daniela Ridolfi, dix-neuf ans, étudiante en histoire de l'art, lui posa toutes sortes de questions sur le Paris culturel, ses musées et ses monuments.

— Je m'intéresse un peu aux dynasties royales, ici et en France. C'est justement à la Cappella Palatina, en novembre 1809, que votre dernier roi, Louis-Philippe d'Orléans, a épousé Marie-Amélie de Bourbon.

— Ah ! tu en sais plus que moi ! Mais je connais un peu ce Paris qu'on fait découvrir aux écoliers et aux étudiants du département et des alentours. Il paraît que nous sommes privilégiés... Faudra venir, un jour, et tu comprendras ce que signifie « vadrouiller », comme on peut le faire chez toi à Palerme et à Rome, fort probablement.

Daniela commanda une pizza aux légumes tandis que Stéphane se jeta sur un *pasta al nero di seppia*, des pâtes à l'encre de seiche agrémentées de tomate, d'ail et de vin blanc. Quand, en fin de soirée, il aborda ses liens familiaux avec le Portugal et la Sicile, elle parut réellement interloquée. Elle se sentait en confiance avec ce garçon qui était prévenant et respectueux. Et s'étonna même de s'entendre dire :

— Qu'est-ce que tu fais demain ? Je suis en congé l'après-midi, et je peux te montrer une très belle cathédrale qui se trouve pas loin d'ici, le Duomo di Monreale, à moins de dix kilomètres. On peut se donner rendez-vous au palais des Normands à 14 h et on prendra le bus, il s'y rend directement.

En apportant l'addition, le serveur déposa sur la table une petite assiette qui contenait quatre fruits miniatures et colorés : une banane, un abricot, une fraise et un citron.

— Ce sont des pâtisseries en pâte d'amande qui imitent des fruits. *È delizioso !...* On appelle ça la *frutta Martorana* parce que ce sont les sœurs du couvent de la Martorana, rattaché à l'église qui est en face de nous, qui ont commencé à les fabriquer il y a plusieurs siècles. Tu as dû en voir ; il y en a partout !

Stéphane déambula ensuite avec sa guide préférée en grignotant le citron et l'abricot, un peu trop sucrés pour lui, mais qui lui rappelaient le massepain, ou *marzapane*, d'une pâtisserie tenue par des Italiens, tout près de chez lui à Issy-les-Moulineaux.

— Bonne nuit, Daniela, et *grazie mille* d'avoir bien voulu me tenir compagnie.

Il attendit qu'elle grimpe dans son autobus pour se mettre à hurler comme un forcené : « *Viva la Sicilia ! Viva la Sicilia !* » en prenant la direction de l'auberge de jeunesse.

Il était prêt à faire le tour de toutes les églises, chapelles, basiliques et cathédrales de Palerme et de Sicile, et Dieu sait qu'il y en a. Il eut du mal à s'endormir. Quelle journée ! Quelle soirée ! Quelle belle fille ! « Je pourrais peut-être la photographier demain ? » pensa-t-il.

Il savait que son cœur s'était emballé et il ne ressentait qu'un vague sentiment de culpabilité en pensant à sa petite amie restée à Paris, moment aussi fugace qu'un éclair laissant revenir au galop le visage de sa Mona Lisa, plus beau que l'original, qui s'imprimait dans son esprit pour la vie.

Stéphane arriva à 13 h 30 et se prit un cappuccino en pensant aux capucins vêtus d'un habit marron surmonté d'un capuchon, ou *cappuccio* en italien, et qui avaient inspiré le mot « cappuccino », pour « petite capuche »...

Il était 14 h 10 et la jolie guide ne s'était toujours pas pointé le bout du nez. Son palpitant se mit à battre la chamade...

« Merde, que je suis naïf ! C'était trop beau ! Et je n'ai même pas pensé à lui demander un numéro de téléphone, au cas où. Je suis un vrai connard de débutant ! »

Le temps est long quand on s'affole. Mille et une pensées tournaient et se télescopaient entre ses deux oreilles. Il se disait de se calmer, mais n'y parvenait pas. Il se rongeait les sangs... Cinq minutes, dix minutes, quinze minutes, une éternité !

« Je m'en fous ! Je vais poireauter tout l'après-midi s'il le faut... »

Il n'avait pas terminé sa réflexion désespérée que Daniela arriva d'un pas assuré, pimpante, les cheveux détachés et vêtue d'une jupe noire et d'un chemiser blanc assorti d'un veston court vert olive, qui s'accordait subtilement à la couleur de ses yeux. Le soleil palermitain se remit à briller de tous ses feux.

— *Mi dispiace, ho perso il mio autobus. Mi scusi, Stefano !* Il y a un bus, le 389, toutes les trente minutes pour Monreale. On en a un à 14 h 30. *Va tutto bene !*

— Ah ! je n'étais pas inquiet ! On a tout notre temps, répondit Stéphane d'une voix si insouciante que Daniela ne put déceler l'affliction qui l'avait assailli un instant plus tôt.

Une fois à destination, elle obtint, en montrant sa carte, deux billets gratuits, droit accordé aux guides officiels du grand Palerme.

— Je vais te servir de guide, car je la connais presque par cœur, cette cathédrale dédiée à la Vierge Marie. Il faut remonter à la fin du XIIe siècle pour voir la construction du gros œuvre, conçu initialement comme un monastère et un mémorial. Tu verras ensuite le cloître, qui est splendide. La plupart des œuvres représentatives sont du style arabo-normand byzantin et font, si tu veux, la synthèse des trois cultures présentes ici à cette époque.

— C'est captivant !

— L'intérieur comprend trois nefs, séparées par dix-huit colonnes. Le sol et les murs sont couverts de marbre. Tu vois, on est en plein style byzantin, et on se croirait à la cathédrale Saint-Marc à Venise ou à la basilique Sainte-Sophie à Istanbul. Mais je dois préciser que je n'y suis jamais allée.

— Moi non plus !

— Tout le reste est entièrement couvert de fabuleuses mosaïques byzantines sur fond d'or, réalisées jusqu'à la seconde moitié du XIIIe siècle par des artistes locaux et d'autres venus d'ailleurs.

Daniela ne voulait pas trop abrutir son compagnon car, entre la présence du Christ sur chacun des transepts et la représentation de scènes de l'Ancien Testament sur les bas-reliefs de la nef centrale, on pouvait y passer une semaine.

Une heure plus tard, ils se dirigèrent vers le cloître, la seule partie qui reste du monastère bénédictin.

— Tu vois, de chaque côté, la galerie à arcades est portée par deux cent vingt-huit colonnettes sculptées ou incrustées de mosaïques polychromes. Je suis à chaque fois envoûtée par cet espace de recueillement d'une grande pureté.

Cette fois-ci, Stéphane prit des photos et s'en donna à cœur joie, puisque cela lui était interdit à l'intérieur. Il en profita pour photographier sa guide privée qui était un peu gênée, mais qui se laissa faire, comme la plupart des gens.

Puis elle s'assit sur un banc de pierre dans ce qui ressemblait à un jardinet clos de buis odoriférants, et s'adossa avec délicatesse et légèreté à deux colonnes ornées de belles mosaïques. Après l'avoir de nouveau photographiée, il s'assit à son tour. Il lui prit la main et la remercia en italien en chuchotant dans le creux de son oreille.

Ils restèrent ainsi dix minutes, main dans la main, sans rien dire, et il ressentit une forme de volupté, quelque chose de doux et de si profond qu'il en fut tout remué. Il avait compris qu'elle voulait se recueillir, et s'il n'avait jamais éprouvé une telle sensation, élevé entre une maman malheureuse qui parlait fort et un papi adorable mais qui n'avait pas le monopole de son éducation, il se laissa griser par ce silence qu'il ne connaissait pas.

— Est-ce que tu bois du vin? demanda Stéphane lorsqu'elle ouvrit les yeux et enleva doucement sa main de la sienne.

— Oui, j'en prends un peu à la maison.

— Alors, ferme encore les yeux et prends le temps de sentir. C'est le buis! Ce petit arbuste, là! Il y en a tellement plus que chez mon grand-père, c'est incroyable! L'odeur du buis, c'est un peu ce qu'on trouve dans les blancs à base de sauvignon, cette petite note herbacée que certains confondent, si c'est trop marqué, avec celle du pipi de chat. Tu connais?

— Ça ne me dit rien. Du sauvignon?

— Si tu veux, ce soir, je t'emmène à la Bottiglieria del Massimo.

— Tu connais? C'est pas croyable!

— Je suis passé deux fois devant, mais je n'ai pas osé y entrer. Avec toi, ce sera plus agréable. Il paraît qu'on y sert plein de vins siciliens…

— C'est tout près du Teatro Massimo.

La soirée se déroula gentiment, et les langues se délièrent prudemment entre deux verres de vins blancs du secteur d'Alcamo, alors que Daniela, qui aimait converser en français, lança:

— Il faut que tu découvres le golfe de Castellammare. En deux ou trois jours, tu auras un bon aperçu de cette partie de la Sicile, il y a tellement de belles choses à voir dans ce coin-là. Et puis, tu dois essayer un jour le couscous de poissons tel qu'il est préparé là-bas. Quand repars-tu en France?

— Je repars lundi. Il me reste donc deux jours complets. Ce sera difficile.

— Et dimanche, tu as quelque chose de prévu?

— Non !

— *Allora*, si tu veux, on peut aller faire un tour à Mondello. J'ai un dimanche de libre sur deux, et ça tombe bien, c'est après-demain. Je peux te retrouver à nouveau au Palazzo dei Normanni.

— Tu as un numéro de téléphone, au cas où ?

Stéphane n'avait pas hésité un seul instant. On ne sait jamais… et il ne voulait pas revivre les mêmes angoisses que l'après-midi.

— Mais tu es sûre d'avoir le temps ?

— Écoute, je peux pratiquer mon français avec toi. *Allora*, j'en profite…, répondit Daniela du tac au tac et sans donner d'autres explications.

— *Allora siamo d'accordo !*

— Amuse-toi bien demain, je vais rentrer à la maison. *Buonanotte !*

— *Buonanotte, Daniela*, dit-il, puis il l'embrassa en effleurant sa bouche du bout des lèvres, à la dérobée.

Elle ne réagit pas, mais se retourna dix mètres plus loin en levant la main.

— *Buonanotte, Stefano !*

Inutile de préciser que le Stefano passa un samedi aussi pénible qu'exaltant. Il eut beau essayer de ne pas penser à elle… *Impossibile !*

Il fit pourtant de gros efforts pour se concentrer au Palazzo Sclafani, puis au Teatro dei Pupi où l'on pratique l'art de la marionnette… et tenta enfin d'abréger ses souffrances à la Cana Enoteca en écoutant du jazz avec le verre de tancredi qu'on lui avait suggéré. *Impossibile !*

Il savait que Mondello se trouvait à une douzaine de kilomètres, et il s'imaginait prendre un bus encore une fois. Il commanda un autre verre de rouge, un agréable assemblage de nero d'avola et de cabernet-sauvignon au grenat profond, fleurant bon les mûres et les cerises noires, avec des saveurs très nettes de tabac et d'épices douces. Il pensait se changer les idées, mais ce fut pire, surtout en fermant les yeux. Les tanins soyeux du vin et sa texture charnue apportaient une sensualité qui le ramenait sans cesse à elle. C'était obsédant, mais Dieu que c'était bon !

Elle arriva le lendemain à 10 h 30 précises sur une vespa, rouge comme la veste qu'elle portait le premier jour en sortant du travail, mais cette fois-ci dans un jeans assez moulant, si bien qu'il se demanda si c'était la même personne qui se camouflait sous le casque bleu qu'elle ôta d'un coup sec.

— *Buongiorno, Stefano.* Tu as bien dormi ? dit-elle en soulevant le siège pour prendre un deuxième casque. Tiens, c'est pas obligatoire, mais je préfère…

C'était la première fois qu'il se retrouvait sur un scooter, et c'était la première fois qu'il devrait s'accrocher en enlaçant sa taille comme elle le lui avait demandé.

« *Mamma mia!* Est-ce que c'est ça, le bonheur ?! » s'interrogea Stéphane qui n'en croyait pas ses yeux. Pour être honnête, son expérience avec les filles était assez limitée, et ses complexes de jeune adulte qui n'avait rien, d'après lui, d'un apollon le tenaillaient passablement.

Il n'avait même pas eu le temps de saisir la balle au bond, de lui dire qu'il était content de la revoir et qu'il n'était jamais monté sur ce genre de bécane, que le sang sicilien coulant dans les veines de la belle avait fait son œuvre. Le casque à peine bouclé, ils étaient déjà partis, et sur les chapeaux de roue.

À l'aise comme un poisson dans l'eau, Daniela se faufilait dans la circulation avec une assurance déconcertante qui en mit plein la vue à son passager. Elle ne le lui dirait pas, mais c'était tellement plus facile le dimanche. « *È quasi il deserto* », pensa-t-elle en riant aux éclats.

Pendant le trajet qui les conduisait à Mondello, Stéphane se mit à chanter à tue-tête *Le temps de l'amour*, le vieux hit de Françoise Hardy.

Cette ritournelle ne pouvait mieux coller à son état d'esprit, si bien qu'il ressentit une bouffée de béatitude. Il faisait si beau, le ciel était aussi bleu que dans la chanson, ses mains, juste au-dessous des seins de cette fille, lui ouvraient, il en était convaincu, les portes de cette liberté, et c'était la première fois qu'il en concevait toute la portée.

— Voilà Mondello, mon cher Stefano ! C'est un ancien village de pêcheurs, devenu notre petite station balnéaire, expliqua Daniela après avoir enlevé son casque devant le Kursaal, un grand pavillon érigé sur la jetée où ils étaient stationnés. À gauche, le Monte Gallo et à droite le Monte Pellegrino. Et entre les deux, le sable et la mer où on peut se baigner, si tu veux.

Tous les deux y avaient pensé et, sans se le dire, avaient enfilé un maillot sous leur jeans.

— Super ! On n'a pas de serviette mais, avec ce cagnard, on va vite sécher...

— Cagnard ? Qu'est-ce que ça veut dire ?

— Oh, c'est un mot utilisé dans le sud de la France pour parler d'un soleil brûlant ou d'une grosse chaleur.

Était-ce le fichu cagnard qui s'en était mêlé ? Toujours est-il qu'après une bonne trempette dans la baie, pendant que tout le monde était à la messe ou au café, arriva ce qui devait arriver. Il n'était plus question seulement de batifoler, ni de s'effleurer ou de se tenir la main dans l'austérité d'un cloître cistercien. Ils s'embrassèrent tendrement, puis, pour reprendre une expression populaire, se roulèrent des patins avec une fougue assumée.

Stéphane, qui avait plusieurs longueurs d'avance en la matière sur Daniela, enchaîna vingt minutes plus tard avec des caresses, certes gracieuses, mais assurément câlines. Après tout, si ses mains avaient frôlé la courbe inférieure de sa poitrine pendant la balade en vespa, il pouvait se permettre, dans l'élan de ces baisers, une exploration un peu plus aventureuse. Entre la trouille et le culot, il choisit la deuxième option, mais avec un semblant de retenue.

Il détecta alors une légère protubérance logée entre les seins de Daniela. Délicatement, il écarta l'échancrure de son maillot pour faire, avec un brin de témérité, l'état des lieux.

— Je me doutais que tu en cachais un je ne sais où. Et celui-ci est proportionnel à ta splendeur. Il est bien là et il est superbe.

— Tu es gentil, mais je n'aime pas le montrer. Je trouve qu'il prend trop de place. Ce *neo*, c'est un cadeau de ma mère, j'imagine, parce qu'elle en a un identique au même endroit.

Son explication le plongea dans un état second alors que lui revint à l'esprit un instant étrange et fascinant, le jour où il avait surpris sa mère en train de s'habiller. Il n'avait pas onze ans, et il avait furtivement aperçu ce même grain de beauté juste avant qu'elle ne mette son soutien-gorge.

Daniela avait bien remarqué que la découverte de son lentigo avait refroidi les ardeurs de son nouveau compagnon, malgré les compliments qui avaient suivi.

— Et si on allait manger un morceau ? Toutes ces émotions m'ont donné une de ces fringales...

— Une fringale ? Je ne sais pas ce que c'est, mais j'ai très faim, moi aussi. *Anche io ho fame...*

Assis à une terrasse devant une assiette de *pasta con le sarde*, des pâtes avec des sardines, de l'aneth et des anchois, flanquée d'un verre de *rosato freschi*, Stéphane était plongé dans ses pensées, obsédé par ce nævus, espérant que Daniela ne pensait pas qu'il l'avait perçu comme quelque chose de repoussant.

— Dis-moi, si tu me parlais un peu de ta mère ? Quel âge a-t-elle ? Que fait-elle dans la vie ? Et ton père, que fait-il ? Il a quel âge ?

— Dis donc, tu mènes une enquête ou quoi ?

— C'est pour mieux te connaître, dit-il avec un grand sourire en réalisant sa maladresse. Excuse-moi, c'est que je me sens bien avec toi. J'ai l'impression de te connaître depuis toujours. Je suis triste parce que je repars demain, mais je te promets de revenir en Sicile. Après tout, c'est un peu chez moi, ici. Et je veux voir Taormina, l'Etna, Noto et Siracusa.

— Justement ! Tu ne m'as rien dit, toi non plus, sur tes parents et ta famille. Je sais que tes grands-parents sont originaires des environs de Marsala et c'est à peu près tout.

— Gaspari, est-ce que ce nom te dit quelque chose ?

— Évidemment, c'est le nom de jeune fille de ma mère. Des Gaspari, il y en a plein dans l'ouest de la Sicile. Comment as-tu deviné son nom de jeune fille ?

— Je n'ai rien deviné, mais c'est aussi le nom de jeune fille de ma mère. Et figure-toi que je l'ai appris par un curieux hasard, il y a trois ans seulement. Elle ne m'en avait rien dit. Officiellement, ils s'appelaient Gaspar, et on ne m'avait jamais parlé de mes racines italiennes. Ça m'a traumatisé, tu comprends ?

— J'ai un frère également, poursuivit Daniela. En réalité, il s'agit d'un demi-frère qui doit avoir environ trente-cinq ans aujourd'hui. Je ne le vois plus et je ne veux plus le voir. Il a suivi son père qui est, paraît-il, dans la mafia. Inutile de te dire qu'on ne parle pas de ça à la maison. Ma mère a quitté ce sale type en 1970 et ça n'a pas dû être facile pour elle. Il ne la lâchait pas une seconde et était très violent, une crapule sans scrupules, a dit papa une fois, lui qui adore faire des jeux de mots dans ta langue. Mais je n'ai pas trop de détails. Mon père est professeur de français dans une petite école, un homme bon et tranquille.

— Mais c'est pour ça que tu parles si bien le français ?!

— *Certamente !* Maman s'est remariée avec lui en 1974. Et moi, je suis arrivée en 1975. C'est vrai que papa est un bon prof, à l'école et à la maison.

— Dis-moi, Daniela, ta mère ne s'appellerait pas Maria par hasard ? Et son ex-mari, Marcelo ?

— Oui, mais qu'est-ce que tu vas imaginer ? Des Marcelo et des Maria Gaspari, il y en a à tous les coins de rue. Et ma mère n'a jamais quitté la Sicile.

— Écoute, un de mes profs nous a parlé cette année de la synchronicité. C'est un terme inventé par Carl Jung, le psychiatre. Il s'agirait d'un phénomène lié à l'inconscient qui amène des coïncidences et des rencontres frappantes et significatives. Il paraît que cela peut nous arriver plus souvent qu'on le croit, en fonction de notre intuition et de ce qu'on ressent. En d'autres mots, quand tu te trouves au bon endroit au bon moment, tu peux vivre ce genre d'expérience.

— Je ne comprends rien à ce carabia... *Niente!*

— Tu veux dire « charabia » ?

— Carabia, charabia, comme tu voudras, répondit-elle avec une pointe d'impatience qu'il n'avait pas discernée jusqu'à présent chez elle.

La discussion prenait un ton acide, et Daniela, qui se posait mille questions, prit les commandes pour la suite des opérations.

— Écoute, Stefano, je t'apprécie beaucoup, mais je sais que tu pars demain. Tu as sûrement des choses à préparer avant ton départ. Si on rentrait à Palermo ?

Stéphane n'avait pas grand-chose à ajouter et, une fois la note réglée, ils prirent la route du retour. Ses bras étaient toujours autour de la taille de sa ravissante pilote, mais la magie s'était volatilisée. « Tout ça à cause de ce foutu grain de beauté ! C'est effarant tout de même, ce qui arrive ! » pensa-t-il.

Daniela, qui n'était pas du genre à louvoyer, avait pris sa décision. Et sans rien dire à son compagnon – ce gentil Franco-Italien-Portugais qui embrassait comme il faut, mais qui commençait à dérailler gravement –, elle fonça vers les faubourgs au nord de Palerme, où elle habitait avec ses parents. Elle savait que son père était parti jouer aux boules et qu'il ne reviendrait pas avant 20 h.

— Mais tu ne me ramènes pas au centre-ville? Où sommes-nous?

— Chez moi, je vais te présenter ma mère. Et tu pourras lui poser toutes tes questions, *ispettore di polizia*!!!

— Tu exagères, je suis sincèrement désolé. Et je ne veux surtout pas déranger ta mère.

— Je crois qu'elle en a vu d'autres, tu sais.

En entrant dans le vestibule, elle cria:

— *Mamma, sai, il mio amico Stefano vorrebbe salutarti.*

Stéphane se figea en voyant la mère de Daniela arriver devant eux avec une hésitation manifeste, mais, connaissant la dévotion des Siciliennes pour la Vierge Marie, il se permit de l'évoquer et de sortir les violons. Il n'avait rien à perdre et, comment il n'avait pas eu le temps d'y penser, il fonça la tête la première avec un brin d'inconscience. Si sa dulcinée, qui était probablement sa cousine, avait provoqué cette confrontation, c'était le moment de crever l'abcès.

— Je peux vous parler en français, je crois. Votre fille est formidable! Et je remercie la Vierge Maria de l'avoir mise sur mon chemin. Je sais qu'elle vous a dit que mes grands-parents étaient originaires de Marsala… Francesco Gaspari et Antonella Bellina.

— *Non capisco!*

— Ils étaient vignerons à Samperi et à Pantelleria, mais ils se sont installés dans le nord de la France en 1948 avec leur fille Maria, comme vous. Ils ont eu une autre fille, Simonetta, mais elle n'a vécu que trois mois. Et puis Giulietta est née un an après leur arrivée en France. Hélas, mes grands-parents sont morts, lui à soixante-neuf ans à cause de la silice respirée dans les mines et elle six mois plus tard…

— Où voulez-vous en venir, jeune homme? Ma vie est ici depuis toujours.

— Tu vois, Stefano, c'est ce que maman m'a toujours dit. Elle n'a pas bougé de Palermo.

Il sortit alors de son sac une photo défraîchie en noir et blanc sur laquelle on voyait la famille réunie. C'était le jour du baptême de sa mère en 1949, et sa grande sœur Maria avait onze ans.

— *Abbastanza!* C'est assez! hurla Maria en courant vers la cuisine.

Daniela et Stéphane la suivirent et la trouvèrent éplorée, dissimulant son visage dans ses mains.

— *Mamma, perché non me l'hai detto?*

— Vous avez été mariée à un Marcelo avec qui vous avez eu un fils après être revenue en Sicile, n'est-ce pas? Votre fille me l'a dit et cela correspond à ce que ma mère m'a raconté.

— Pardon, Daniela, ça a été une période de ma vie trop douloureuse, et j'ai voulu t'épargner. Ça servait à quoi de remuer tout ce passé? Je savais que mes parents étaient furieux quand nous sommes partis subitement en Sicile, puis qu'ils m'avaient reniée par la suite. En réalité, je n'ai passé que huit ans en France…

— Je suis persuadé qu'ils vous auraient pardonné lorsque vous avez refait votre vie. Je ne les ai pas vraiment connus, mais maman, votre sœur, m'a dit qu'ils étaient bons et gentils.

— Je n'ai pas eu le courage de le leur dire. J'avais d'autres priorités, dont celle de sortir de cette vie miteuse dans laquelle Marcelo nous avait entraînés. *E poi, dopo…* avec le temps et tous les souvenirs qui s'entassent… la mémoire a dû me jouer des tours… Montre-moi encore la photo. Mon Dieu, je m'en souviens. *Incredibile! È completamente pazzo!* Tu sais que tu ressembles beaucoup à ton grand-père?

— C'est ce qu'on m'a dit.

Daniela, qui s'était mise à pleurer à son tour, prit Stéphane dans ses bras.

— Pourquoi tu ne m'as pas montré cette photo?

— J'ai hésité, je ne savais plus quoi faire. Je suis tout aussi bouleversé que toi, ma belle cousine. Je n'en reviens pas. Si je ne m'étais pas pointé à la chapelle palatine ce jour-là, nous ne saurions toujours rien l'un de l'autre. Voilà ce qui nous unit maintenant, nos mamans et leurs secrets...

— Il paraît que tu repars demain, lança Maria. Je suis désolée pour votre idylle... Euh... j'ai bien deviné ce matin... dans ses paroles... mais il faut vous faire une raison. Quand est-ce que vous avez eu des doutes? Tu me raconteras? Hein, tu me raconteras?

— On en est restés à de simples baisers si c'est ça que tu veux savoir. *Una relazione puramente platonica...*

— J'aimerais que tu manges avec nous ce soir, implora Maria en prenant son neveu par les mains. Que tu nous parles de ma petite sœur, de ton enfance. Nous serons juste tous les trois, Antonio m'a appelée tout à l'heure et il reste avec ses amis pour la pétanque de nuit. Tu es d'accord, Daniela?

— C'est entendu! Je te ramènerai après à l'auberge. Ce n'est pas très loin.

Le repas se déroula parfaitement, entre rires sincères et larmes étouffées, et Stéphane leur raconta que sa mère avait tenté de retrouver sa grande sœur lors de son bref passage à Palerme en 1981. Maria avait ouvert une bouteille de rosato de la Tenuta Rapitalà pour accompagner le reste de couscous de poissons qu'elle avait réchauffé.

— J'ai su que tu aimais le vin. Tout comme moi, puisque je suis née entre deux rangs de catarratto... Tiens, ce rosé provient d'une cave de Camporeale. Je m'y suis intéressée lorsque j'ai appris le destin de ses propriétaires, une riche Sicilienne qui a épousé un Breton de Saint-Malo, le comte de La Gatinais. Une belle histoire entre la France et la Sicile, beaucoup plus belle que la mienne.

— Faut pas dire ça! À chacun la sienne, je suppose... *Mille grazie per tutti, cara zia!* À propos, vous n'avez pas tenté de revoir votre oncle et votre cousin ? Votre oncle est mort en 1983, si je me souviens bien. Mais Lorenzo et sa femme Marina sont très gentils... Ils m'ont aimablement accueilli.

— Ah ! je sais ! Et plus on attend, plus c'est délicat. Je m'en veux terriblement... *Ma queste sono le circostanze, capisci ?*

— Je vais certainement revenir, je dois le faire, vu que j'ai retrouvé ma branche sicilienne, déclara Stéphane, sans préciser qu'il était en état de choc d'être passé des émois amoureux à la terrible réalité, et tout cela à cause d'un petit bout de peau, un grain de beauté qui s'était métamorphosé en grain de sable, celui qui allait tout faire dérailler.

— Voici les coordonnées de vos cousins à Samperi si ça vous dit, et notre adresse à Issy-les-Moulineaux si vous voulez écrire à votre sœur. Sa santé est fragile ces temps-ci...

Avant de partir, séance photos obligée.

— Sinon, qui me croira ?...

Petits désagréments

Le vol Palerme-Rome se déroula sans anicroche, mais le bagage de Stéphane n'avait pas suivi. Il s'agissait d'une petite valise qu'il s'était procurée à Marsala quand il s'était rendu compte que son sac à dos serait forcément trop petit pour rapporter quelques bouteilles. Faisant contre mauvaise fortune bon cœur, il se résolut à attendre durant cinq heures l'arrivée du prochain avion pour la récupérer.

— Vive les voyages ! s'écria-t-il devant le préposé qui n'y comprenait rien, éberlué de voir un passager à ce point heureux dans l'adversité.

Il était contrarié, mais sa déception était largement compensée par tout ce qu'il venait de vivre. Il faut dire qu'à son âge, il n'avait pas l'expérience du vieil habitué rompu aux codes et aux contraintes aéroportuaires.

« J'ai tant appris, pensa-t-il. Quel séjour ! Et en plus, j'ai désormais une famille que je n'attendais plus et une cousine qui est sensationnelle. »

— *Sono fortunato !* ajouta-t-il tout haut avec un soupçon de naïveté et un accent sicilien impeccable.

Mais, dans l'avion qui l'avait ramené vers la Ville éternelle, son esprit s'était égaré du côté sombre de cette rencontre inimaginable que personne ne voudrait croire. Naturellement, et ça avait été plus fort que lui, il avait repassé dans sa tête chaque instant de ces trois journées au cours desquelles son cœur avait joué au yoyo avec une totale inconvenance.

Il avait pensé en particulier à sa maman qui était passée à côté du bonheur, entre des parents déracinés et une sœur qui avait pris la fuite, et son jeune mari qui en avait fait autant des années plus tard. Il s'était mis à culpabiliser une fois de plus de n'avoir voulu penser qu'à lui en batifolant avec la première venue, et il avait réalisé combien il partageait avec sa Juliette préférée la douleur de l'abandon.

Avant l'atterrissage, il s'était promis de ne rien laisser passer, de défendre son intégrité, mais avec bienveillance, et, pour la tendresse que Daniela avait provoquée chez lui, il s'était juré qu'il ferait tout, dans les jours, les mois et les années à venir, pour ne regarder que le bon côté des choses et des gens, sans lunettes roses certes, mais avec un réel détachement.

Après avoir déposé son sac à dos dans une consigne, Stéphane décida de se rendre dans le centre de Rome pour un aller-retour qui lui permettrait de s'en faire une petite idée. Aussi bien s'instruire en attendant...

Il entreprit dès lors une excursion à pied dans la ville baroque, avec à son cou son Nikon qui ne le quittait plus.

Arrêt obligatoire à la Fontana di Trevi dans laquelle, en lui tournant le dos, il ne manqua pas de jeter deux pièces de monnaie, l'une, lui avait-on dit, pour un retour prolongé dans la capitale italienne, et l'autre pour un vœu qui allait se réaliser.

— Allez! Que cette expédition soit la première d'une longue série!

C'est alors qu'il longeait le Forum que la situation se gâta. De plus en plus de touristes et une faune bigarrée assiégeaient l'espace, entre des marchands insistants et des mendiants de tout poil. Mais, en prenant une ruelle discrète qui allait lui permettre de s'approcher du Colisée en évitant la meute, notre aventurier amateur se fit attaquer dans une bousculade improvisée par quatre gamines au teint hâlé.

Elles s'en prirent à son appareil photo, mais, dans un geste désespéré, il en saisit deux par les bras et se mit à virevolter avec une force proportionnelle à sa surprise. Il cria comme il ne s'était jamais entendu le faire, éloignant d'un coup sec ses jeunes agresseuses qui devaient avoir entre douze et quatorze ans, et qui eurent peut-être davantage la frousse que lui. Mais ça, personne ne le lui dirait. La preuve qu'elle n'est pas toujours romantique, la Rome antique...

Sa valise retrouvée, Stéphane rallia la Piazza Cavour, d'où il reprit un train qui le ramena à Ladispoli et à cette auberge de jeunesse où il avait dormi un peu à l'aller.

Le retour à Issy ne fut pas de tout repos, avec les aléas de l'auto-stop qui nécessita trois longues journées, mais qui s'avéra être, pour ainsi dire, une partie de plaisir comparativement à la secousse émotive, aussi fulgurante qu'une éruption du Stromboli, que ressentit Juliette en apprenant la nouvelle, qui l'assomma complètement.

— C'est pas possible ! Es-tu certain de ce que tu racontes ? Tu n'as pas pris de la drogue, au moins ? C'est inconcevable, cette histoire !

— C'est tel que je te l'ai raconté. Je suppose que le fait de me rendre en Sicile offrait déjà plusieurs possibilités. C'est sûr que si j'étais resté ici, ça ne serait pas arrivé. Il faut forcer un peu le destin et non le subir, tu ne crois pas ? Mais je ne m'attendais pas à ça non plus, tu l'imagines...

— Comme ça, tu as flirté avec ta cousine... Tu n'as pas honte ?

— Oh, maman ! Arrête avec ça ! Elle a été irréprochable, tu sais, du début à la fin. Et je vais d'ailleurs lui écrire pour le lui dire. En plus d'être belle, elle est intelligente et sensible, et très douée. Et je compte bien la revoir.

— Tu es toujours entiché d'elle ?

— Franchement, je n'ai pas envie d'en discuter. C'est mon problème, et je fais la part des choses, je m'entraîne depuis Rome… Et puis, quand tu verras les photos, non seulement tu devras t'y faire, mais je pense que tu seras contente. Ta sœur a été très gentille avec moi. Je crois qu'elle a décidé de faire la paix avec son passé.

— Et mon grain de beauté, comment as-tu su ?

— J'étais passé en coup de vent dans ta chambre, prendre quelque chose sans doute, et je ne savais pas que tu étais en train de t'habiller, c'est tout !

— Et tu as gardé ça pour toi…

— Je suppose que cela fait partie des énigmes de l'enfance. Au départ, on a un peu honte d'avoir aperçu une chose qu'on ne devait pas voir, et puis les années passent, et je suppose qu'on préfère garder pour soi ces images cocasses ou inattendues. Tu sais, cela ne m'a pas empêché de dormir, au contraire…

— Au contraire ? Qu'est-ce que tu veux dire par là ?

— Rien, maman, rien du tout ! Allez, goûte-moi le grillo de Lorenzo. On va se régaler avec ton *pasta* aux fruits de mer.

— Tu n'oublieras pas d'appeler le papi Jorge. Il n'attend que ça…

Le lendemain, dès qu'il eut raccroché, Stéphane partit déjeuner chez ses grands-parents avec trois bouteilles rapportées de son voyage, et les aventures qu'il s'empressa de raconter avec force détails, en omettant évidemment les plus intimes.

— Voilà, vous savez tout. Et la semaine prochaine, quand elles seront développées, je vous montrerai les photos.

— Et toi, mamie, ta santé ? ajouta-t-il à l'intention de Telma qui avait préparé le repas, mais qui chancela pour la deuxième fois en se levant de table.

— Ça va bien, mon petit ! Ça va bien. À chaque jour suffit sa peine.

Mamie Telma était trop vieille pour changer. Elle parlait peu et, au fil du temps, elle avait laissé à son Jorge le soin de compenser. Disons qu'il ne s'était pas fait prier. Il aimait se livrer et raconter des anecdotes parce qu'il s'intéressait à tout ou presque.

Et son goût prononcé pour le bon jus de la treille lui avait ouvert des horizons insoupçonnés d'un point de vue géographique – même s'il se déplaçait peu en dehors de l'Hexagone – et suscité chez lui un intérêt évident pour une multitude de sujets connexes tant artistiques que scientifiques, politiques et même, sans le savoir, anthropologiques.

C'est ce qu'il appellerait plus tard l'universalité du vin, un mot plus fort selon lui que l'université.

— Maintenant que j'ai pris mon café, que dirais-tu d'aller coucher les belles bouteilles que tu nous as apportées ?

— Allons-y, papi. Il y a un blanc sec de Lorenzo, à boire assez vite, le Bukkuram de Marco de Bartoli, que tu peux garder le temps que tu veux, et un nero d'avola que j'ai acheté à Palerme, un 1992 que tu peux conserver deux ou trois ans avant d'ouvrir.

— Je te remercie infiniment. C'est très gentil de t'être donné tout ce mal pour rapporter ces bouteilles. Mais je voulais surtout descendre à la cave avec toi pour te toucher un mot à propos de ta mamie.

— On dirait qu'elle n'est pas dans son assiette.

— Elle est malade et je sais que tu t'en es rendu compte. On a appris pendant ton absence qu'elle a une leucémie, une saloperie dans le sang.

— C'est grave ?

— À son âge, c'est moins virulent, paraît-il. On va voir ce que donnera le traitement. Elle l'a entamé il y a une semaine.

— Et toi, dans tout ça, c'est difficile ?

— Tu penses bien, j'étais complètement effondré. Je suis venu me réfugier ici pour me consoler. Tu vois ce que je veux dire… Et puis, j'ai eu un flash. Je t'imaginais en train de marcher dans le vignoble de ton petit-cousin, et je me suis dit, avec tout ce qui arrive, qu'il serait temps de revoir le pays avec elle. Qu'en penses-tu ?

— Super ! C'est un bon plan !

— Nous nous y sommes rendus brièvement à quatre reprises, pour le décès de nos parents. La dernière fois, c'était en avril 1976, deux ans exactement après la *Revolução dos Cravos…* Tu étais encore un bébé.

— L'indispensable révolution des Œillets dont tu m'as déjà parlé. Mais redis-moi, pourquoi les œillets ?

— Parce que les conjurés portaient en signe de ralliement un œillet rouge à la boutonnière. Et le *25 de Abril 1974*, ils ont fait tomber la dictature de ce salopard de Salazar qui gangrenait le pays depuis 1933.

— Le pays avait dû changer depuis ?

— On n'avait pas eu le temps de sentir la différence. Mais, vingt ans plus tard, les nouvelles sont bonnes. Et on a hâte de voir le résultat. Comme quoi il faut garder espoir…

— Oui, mais il faut rester vigilant car, hélas, et un de nos profs nous l'a assez répété, les tyrans et les despotes ne meurent pas. À l'instar des imbéciles, ils se reproduisent !

— Il a raison, ton prof. Mais il faut se projeter vers l'avenir. Alors, on irait passer deux petites semaines pendant les vacances de Pâques en avril prochain. Qu'en dis-tu ?

— C'est un beau projet, si vous pouvez le faire.

— Oui, on peut le faire, mais toi, que dirais-tu de te joindre à nous ? Ça me rassurerait. Avec ton expérience sicilienne, tu pourras nous aider. En contrepartie, je te paierai le voyage au grand complet. S'il te plaît, dis oui à ma proposition !

— Tu es sérieux, papi ?

— Je suis toujours sérieux, répondit Jorge avec une lueur de contentement dans ses yeux brillants et légèrement mouillés.

— Bon, tu sais que je dois reprendre une partie de mon bac, au grand dam de maman, et je ne suis pas sûr encore de m'inscrire à l'université. À dire vrai, c'est un peu à cause de toi.

— À cause de moi ???

— Avec l'appareil photo que tu m'as offert, tu m'as donné la piqûre, et j'aimerais trouver une école de photographie dans les parages avant de faire mon service militaire. Qu'est-ce que t'en penses ?

— Il faut que tu choisisses un métier dans lequel tu t'épanouiras. Il y a tellement de gens qui n'aiment pas leur boulot. Tu penses qu'il y a des ouvertures dans cette profession ?

— Ah ! papi, l'ouverture en photographie, c'est fondamental, plaisanta Stéphane, qui prenait goût aux jeux de mots. Tout dépend de l'objectif !... Sérieusement, quand je prends des photos, je ressens une grande liberté. Si je m'inscris pour cet automne, je devrais pouvoir prendre congé à Pâques et aller avec vous au Portugal. Le sachant d'avance, ce sera plus facile.

— Génial ! Si on ouvrait une autre bouteille ? Tu es majeur, non ?

— Si tu veux ! Que je te dise, papi, j'en ai pas touché un mot à maman pour ne pas l'inquiéter, mais je me suis fait alpaguer à Rome par quatre morveuses qui voulaient me piquer mon Nikon, et j'ai vécu un tr...

— Elles te l'ont volé ? demanda Jorge en découpant soigneusement la capsule d'un cru du Beaujolais.

— Non, j'ai réussi à m'en débarrasser, et curieusement j'ai senti ma force décupler, ce qui m'a beaucoup surpris. Mais je voulais te dire également que j'ai vécu un truc traumatisant au marché de Palerme.

— Qu'est-ce qui s'est passé ?

— Je crois que j'ai assisté à un règlement de comptes. Je n'ai pas été inquiété, mais ça m'a sidéré, tu ne peux pas savoir…

— Tu verras, ce sera plus calme dans mon pays.

— J'en suis convaincu. Le principal, c'est que je sois de retour, et avec tous ces événements, les petits comme les grands, j'ai tant appris. En passant, je te remercie pour les mille francs que tu m'as laissés, pliés et planqués dans le mode d'emploi du Nikon.

— Ah ! ce n'était pas grand-chose… Tiens, goûte-moi ce morgon de Dominique Piron, un bon gamay fruité et élégant… Ça va te remettre les idées en place !

— Il est à la bonne température. Hum ! C'est vraiment bon, on a l'impression de manger le clafoutis de mamie… Allez, trinquons à sa santé !

ENTRE *PATAMARÈS* ET *LEVADAS*

Mars 1995. Les préparatifs pour le Portugal étaient pour ainsi dire bouclés. Malgré la maladie qui avait progressé depuis les fêtes de fin d'année, Telma était fébrile à la pensée de revoir sa chère île où elle n'était pas retournée depuis près de vingt ans, quand sa mère était passée de vie à trépas.

Ce projet lui avait donné un coup de fouet salvateur, et la seule chose qui comptait désormais était de chasser ce petit goût amer que lui avaient laissé ces trois jours consacrés à l'enterrement et dont elle n'avait pu totalement se débarrasser.

Jorge était aux anges : il allait montrer la vallée du Douro à son petit-fils qui trépignait d'impatience deux semaines avant le départ. Bref, tout le monde avait hâte d'aller chanter *Avril au Portugal* au pays de Mário Soares.

Le séjour devait finalement durer douze jours et c'est à l'aéroport de Porto qu'ils débarquèrent le 7 avril, date qui n'avait pas été arrêtée à l'aveuglette, puisqu'il s'agissait jour pour jour de leur quarante-quatrième anniversaire de mariage. Stéphane, à qui Jorge avait confié les détails logistiques du transport et de l'hébergement, héla un taxi pour se rendre à l'hôtel Cristal, situé dans la zone historique de Lapa.

— Mamie, papi, repos ce soir et, demain matin, on prend le train pour Pinhão où on nous servira le café et les croissants!

Le lendemain, un taxi passa les prendre devant la porte de l'hôtel, à 8 h précisément.

— Êtes-vous en forme? s'inquiéta Stéphane, une fois confortablement assis dans la rutilante berline noire qui se dirigeait vers les quais de Vila Nova de Gaia.

— Nous avons très bien dormi. Dis-moi, il me semble que c'est pas la route de la gare, s'étonna Jorge, juste avant que la voiture ne stationne sur les quais.

À la stupéfaction de ses grands-parents, il leur avoua avoir menti en disant qu'il s'était renseigné sur les horaires des trains en direction de Pinhão. Et il réalisa du même coup qu'il adorait jouer des tours à ceux qu'il aimait pour mieux les surprendre.

— Eh oui, le train, ce sera pour le retour. Aujourd'hui, c'est le bateau qui nous attend!

— Comment ça, le bateau?

— Tu m'as tellement parlé de ton cher fleuve qu'il est temps que je fasse connaissance avec ce Rio Douro qui va nous mener directement dans ta ville natale!

Ils quittèrent Vila Nova de Gaia à 9 h et, vingt minutes plus tard, on leur servit un petit-déjeuner qui les combla d'aise. Stéphane perçut chez Jorge, tout à coup muet, un sentiment de plénitude qui le ravit plus que les délicieuses viennoiseries.

Même s'il était conscient qu'ils ne voguaient pas encore dans la plus belle partie du fleuve, le vieil homme savourait, au rythme lent du navire, ces instants de joie qui le ramenaient à la maison, cette fois sans funérailles dans le portrait.

Il connaissait cette zone fertile du Bas-Douro où les vignes situées en altitude moyenne occupent l'espace avec les oliviers, les figuiers, les céréales et les orangers. Il savait que les sols donnaient des vins qui n'avaient ni la complexité ni la puissance des crus issus des vignes qu'ils allaient trouver en arrivant à destination.

« Et puis, pensa-t-il, même si je préfère le présent au passé, merde à tous les esprits chagrins qui fuient ces doux moments de nostalgie, de crainte d'être confrontés à des passages pénibles de leur vie ou à des épisodes de leur enfance qui les ont plus ou moins cabossés. »

Une fois passé deux barrages, dont celui de Carrapatelo, on leur servit un repas composé de *bacalhau a Gomes de Sa*, une spécialité de morue servie avec des pommes de terre, des olives noires et des œufs durs, et la fameuse *feijoada*, à base de haricots rouges et d'un mélange de viande de porc, un plat goûteux et on ne peut plus nourrissant, pour ne pas dire roboratif...

— Telma, je te sers un verre de vin ?

— Je vais prendre le blanc avec le poisson et le rouge avec la *feijoada*.

— Bravo, mamie, bon choix !

— Mais pour qui tu me prends ? Jorge m'a appris des choses, mais n'oublie pas que je suis née sur la terre d'un des plus grands vins du monde. Tu comprendras tout ça la semaine prochaine, mon petit.

Avec son caractère bien trempé propre aux insulaires, Telma pouvait mettre les points sur les « i » quand cela s'imposait. Après la petite ville de Peso da Régua et le barrage Bagaúste, elle reconnut les rives du Douro qui les rapprochaient de Pinhão, où Jorge l'avait amenée la première fois pour rencontrer ses beaux-parents, quelques jours avant l'exil. C'était en 1952.

Stéphane donna discrètement un mouchoir à son papi qui avait les yeux aussi rouges que lorsqu'il lui avait raconté sa jeunesse dans la cave neuf ans auparavant. Et c'est dans un mélange de joie et de fébrilité qu'ils débarquèrent en fin d'après-midi.

Le frère aîné de Jorge étant décédé, Vasco, son neveu d'une cinquantaine d'années qui avait hérité de la demeure grand-paternelle, attendait sur les quais. À l'évidence bourru et sans doute dérangé dans ses habitudes, puisqu'il devrait loger trois personnes qu'il connaissait peu, il mena ses visiteurs sans ménagement, en conduisant comme un fou dans les virages en épingle à cheveux, sans se soucier de leur confort.

« Ah ! vous avez voulu venir ici ? Vous allez vous le rappeler ! » devait-il penser.

Cousin ou pas, Stéphane pensa que ce Vasco faisait partie de la confrérie des machos idiots qui ont un cerveau d'une grosseur inversement proportionnelle à celle de leur camionnette...

Fort heureusement, sa femme, qui attendait sur le pas de la porte, était beaucoup plus amène. Elle avait préparé un bon repas à la portugaise, qu'ils partagèrent en toute simplicité avant d'aller dormir.

Le dimanche, la messe à Pinhão terminée, Jorge retrouva sur le parvis deux anciennes connaissances avec lesquelles il s'empressa d'aller au café. Quant à Stéphane, qui était parti seul avec son appareil photo, il revint en fin d'après-midi, bluffé littéralement par cette nature saisissante, après avoir capté des images d'une rare beauté.

Le lendemain, Vasco les conduisit à trois ou quatre kilomètres de là, à la Quinta[3] do Noval, une splendide propriété historique qui avait été acquise deux ans auparavant par la compagnie d'assurance française AXA – ce qui avait facilité la prise du rendez-vous – et dont toute l'activité était centrée dans la vallée du Douro.

Pendant que les hommes arpentaient les vignes avoisinantes, Telma s'assit dans un coin pour souffler un peu en compagnie d'un bon livre.

Tous les trois participèrent ensuite à une expérience de dégustation en deux temps. Une série de trois tawnys tout d'abord, dont un de vingt ans qui les laissa pantois.

---

3. Domaine ou exploitation viticole.

Puis ce fut le tour des vintages, avec en point d'orgue le rare Noval Nacional, un vin d'une grande pureté issu de vignes non greffées.

Après le sympathique déjeuner, accompagné de vins secs et du LBV[4] avec un fromage à pâte persillée, ils se dirigèrent vers un espace ombragé au pied du cèdre séculaire qui faisait la fierté de la maison pour déguster un inoubliable tawny, un assemblage de vieux portos de différents millésimes, d'une moyenne d'âge de plus de quarante ans.

Comme convenu, la responsable des visites les ramena en fin d'après-midi, en faisant un bon détour pour leur montrer les vallées encaissées et grandioses du fleuve et de ses affluents.

Jorge était aussi lyrique qu'intarissable.

— Regardez ces terrasses ! Ne sont-elles pas majestueuses ? Et entièrement créés de la main de générations d'hommes courageux et persévérants.

— J'imagine que c'est unique au monde, papi, non ?

— Je le crois. Vous voyez là, ce sont les *patamarès*, des terrasses où les murets deviennent soi-disant inutiles, les ceps étant dressés sur plusieurs rangs au pied du talus.

— Vous semblez nostalgique, Jorge, releva leur guide d'un jour.

— C'est là que j'ai appris mon métier de maçon, vous comprenez, madame ?

— Je vous comprends. Je ne sais pas si les gens qui boivent du porto sont conscients du contexte exigeant de nos travailleurs.

— Je n'en suis pas sûr non plus, acquiesça Stéphane.

Dans la soirée, après le repas, Jorge profita de l'absence de Vasco pour donner à son petit-fils un cours plus approfondi sur le porto.

4. Late Bottled Vintage.

— Bon, il faut que tu saches que si on élabore du vin sur les rives du Douro depuis une éternité, il fut pendant longtemps plutôt ordinaire. En fait, il faudrait attendre le début du XVIIIe siècle pour qu'apparaisse le porto, tel qu'on le connaît de nos jours.

— C'est grâce aux Anglais, n'est-ce pas ?

— Tout à fait ! À cette époque, au Royaume-Uni, les cuvées portugaises remplaçaient celles de Bordeaux, sanctionnées par des taxes prohibitives. Le vin d'alors était assez chargé en alcool, mais pas suffisamment pour supporter la longue traversée qui le menait vers l'Angleterre.

— Et on décida d'y ajouter de l'eau-de-vie pour le renforcer et empêcher de soudaines reprises de fermentation. C'est ce qu'on appelle le mutage.

— Ah ! tu savais ça ?

— J'ai lu un peu avant de partir…

— On peut dire que le porto est né presque par hasard de la guerre franco-britannique, mais ce n'est que plus tard qu'on va généraliser cette pratique, qui permet d'obtenir un vin capiteux et sucré.

— Et il y a différents styles, si je ne me trompe ?

— Oui ! Tu as le porto blanc, du plus sec au plus sucré, et le porto ruby qui n'est pas toujours sensationnel et qu'on trouve partout en France. Là, faut se méfier… Ensuite, les tawnys et les tawnys avec indication d'âge, des vins qu'on dit de type oxydatif, semblables à ceux que nous avons dégustés ce matin, le colheita qui est un tawny millésimé, le LBV qui est une sorte de compromis entre le tawny et le vintage, en général d'un très bon rapport qualité-prix, et enfin les vintages dans les plus grands millésimes.

— Je comprends de mieux en mieux, mais je me mets à la place du consommateur, c'est pas si simple, comme tu dis.

— Bon, demain après-midi, on va à la Quinta Bom Retiro et je t'en dirai plus sur les sols et les cépages.

Cette fois-ci, au grand étonnement de son oncle et de son petit-cousin, Vasco avait accepté avec un large sourire de les conduire à la *quinta* où ils étaient attendus. Ils comprirent pourquoi quand ils constatèrent trois minutes plus tard qu'ils résidaient à moins d'un kilomètre de là. Ils auraient pu y aller à pied… Et Vasco repartit aussi sec.

Telma, Jorge et Stéphane furent accueillis très gentiment par le régisseur qui s'occupait de ce domaine on ne peut plus bucolique, appartenant à la maison Ramos Pinto. Et c'est en portugais, entre lui et Jorge, que la visite se déroula.

Ils en profitèrent pour marcher dans cette nature stupéfiante de singularité, où ils parlèrent des caractéristiques du sol composé de roches schisteuses et de son impact sur la personnalité du porto.

— Vous voyez ici, la terre se fragmente et les racines doivent parfois aller chercher l'eau à plus de dix mètres sous terre.

— Et pour les cépages ?

— Ah ! il y en a beaucoup, mais, parmi les plus recherchés pour obtenir une grande qualité, ce sont les plants de touriga nacional, de tinta roriz, de touriga francesa ou de tinta cão qu'on cultive ici, parce qu'ils s'adaptent à notre climat caractérisé par une faible pluviosité, des étés chauds et secs, suivis d'hivers rigoureux.

Après avoir goûté, près de la vénérable piscine, le blanc doux appelé « lagrima », suivi d'un excellent ruby et de deux vintages, un 1977 et un 1985, ils furent impressionnés par le merveilleux tawny de vingt ans, un vin équilibré qui peut garder ses propriétés pendant des semaines après l'ouverture du flacon.

Faisant abstraction des glycines blanches et mauves particulièrement odoriférantes, tous les trois se pâmèrent en humant le bouquet d'épices douces, de fruits secs et d'agrumes confits, avec en supplément des flaveurs de réglisse, de torréfaction et de fruits rouges séchés.

— La prochaine fois, indiqua le régisseur, vous pourrez découvrir la Quinta de Ervamoira qui se trouve à une bonne heure de route d'ici. Actuellement, les travaux sont suspendus à cause d'un projet de barrage, ce qui nous tracasse… mais on garde espoir. Il faut toujours garder espoir, comme le dit notre grand patron José Ramos Pinto Rosas.

— Il est toujours vivant ? s'enquit Jorge.

— Il est malade, mais nous gardons espoir, justement. Vous l'avez connu ?

— Non, mais j'en ai beaucoup entendu parler. On l'appelait « le pape du Douro », je crois.

— Tout à fait !

Ils auraient pu rentrer à pied, mais le régisseur insista pour les ramener chez Vasco, afin de soulager Telma.

Jorge et Stéphane passèrent la soirée au clair de lune à deviser en compagnie de ce qui restait du tawny de vingt ans de Ramos Pinto que ce bon Samaritain leur avait donné quand ils s'étaient quittés.

— Tu comprends pourquoi le vin de qualité, quel qu'il soit et d'où qu'il vienne, n'est pas le fruit de la fatalité.

— Quel monde fabuleux ! C'est très excitant.

— Je me souviens de t'avoir dit que je te parlerai un jour de la notion du meilleur. Après tout ce qu'on a dégusté depuis deux jours, comment peut-on affirmer, et de soi-disant experts le font allègrement, qu'un vintage est meilleur qu'un tawny, ou bien le contraire ? C'est différent, tout simplement, et c'est ce qui fait leur charme.

— C'est aussi ridicule que de dire d'un bordeaux qu'il est meilleur qu'un bourgogne.

— Quelle foutaise ! D'autant plus qu'il y a un temps pour tout. Un moment pour certains types de vins et un moment pour d'autres.

— Un moment pour boire du grand, et un autre pour goûter quelque chose de plus simple. Et puis, j'imagine que c'est aussi une question de goût et de préférence !

— Absolument ! Et tu vas avoir toute ta vie pour affiner les tiennes. Toi qui aimes les artistes, tu es d'accord avec l'idée qu'on ne peut pas dire que tel chanteur, par exemple, est meilleur qu'un autre, à moins d'une comparaison dans la même catégorie, et encore.

— C'est vrai ! Le plus important, dans le succès d'un artiste qui a du talent, surtout s'il veut durer, c'est de se faire connaître pour ce qu'il est, ce qui le caractérise et le rend incomparable. C'est sûrement plus exigeant que d'être soi-disant le meilleur, ce qui ne veut pas dire grand-chose.

— Tu sais, je suis tombé un jour sur un beau texte qui disait, si je me souviens bien, que « pour aimer, il est essentiel de s'aimer soi-même ».

— Eh ! oh ! papi, je vois que le tawny fait son p'tit effet…

— Tu sais que je t'aime, Stéphane ?

— Moi aussi, papi, tu le sais bien…

Après avoir trinqué de nouveau, Jorge se creusa les méninges pour rafraîchir sa mémoire et définir sa pensée.

— Et plus loin, l'auteur précisait que pour s'aimer et se respecter, fallait pas imaginer qu'on puisse être meilleur ou plus intelligent que les autres, ni croire que c'était d'abord ne penser qu'à soi. Non, s'aimer, c'est être bien dans sa peau, et s'accepter avec ses forces et ses faiblesses… Ah oui, il ajoutait également que l'idéal ?… oui, que l'idéal, c'est d'essayer d'être le meilleur de soi…

— Papi, crois-tu que mon père m'aurait parlé comme tu le fais ce soir ?

— J'ose espérer… Il n'avait probablement pas la maturité pour le faire quand tu es né, mais il aurait appris, j'en suis persuadé.

— Parle-moi de lui…

— Jeune, Henrique était turbulent, mais il était très gentil. Avec l'adolescence, ça s'est gâté, mais sa différence, en tant que fils d'immigrés, n'a pas arrangé les choses.

— C'est connu, même à la petite école, les enfants ne se font pas de cadeaux…

— Je dois admettre que lorsqu'il avait ton âge, c'était un écorché vif. Peut-être que nous n'avons pas su lui parler… Ça prend du temps, tu sais, pour faire un bon papa, et ça ne s'apprend pas à l'école.

— Crois-tu qu'il reviendra un jour ?

— Telma et moi, on y pense sans cesse.

— À force de voyager, je vais finir un jour par le retrouver.

— Si seulement, mon Stef, si seulement…, ajouta Jorge en laissant couler une larme.

— Merci, papi, c'est beau, tout ce que tu m'as dit. Bon, allons nous coucher, je suis sûr que tu es éreinté, tout comme moi.

Le lendemain, Vasco l'ostrogoth avait retrouvé sa bonne humeur quand il raccompagna nos touristes à la gare de Pinhão. Et en attendant le train, Jorge expliqua avec une immense fierté qu'il s'agissait de l'une des plus belles du pays, connue pour ses murs ornés d'une bonne vingtaine de panneaux composés d'*azulejos*, de ravissants carreaux de faïence bleus et jaunes qui illustrent les travaux de la vigne et l'élaboration du porto.

Ils arrivèrent suffisamment tôt à leur hôtel pour aller flâner dans la soirée de l'autre côté du fleuve sur les quais de Vila Nova de Gaia, le long des *lodges*, ces caves dans lesquelles la maturation et l'élevage du grand vin se font dans des conditions idéales.

Le mercredi 12 avril, Telma ne tenait plus en place. Le vol de 14 h de TAP Air les mena directement de l'aéroport de Porto à Madère, où les attendaient Inès et Thiago, sa nièce et son neveu.

— Bienvenue chez moi, déclara-t-elle, une fois installée dans la berline qui les conduisait à Câmara de Lobos, la petite ville où

Jorge et elle s'étaient mariés en avril 1951. Vous êtes sur l'île aux fleurs et aux grands vins ! Vous n'allez pas être déçus !

— Est-ce que je dois vous rappeler que je connais parfaitement votre île, madame Almeida ?

— Je sais, mais ce n'est pas la tienne, c'est MON île ! s'offusqua gentiment Telma, qui était d'humeur primesautière.

Et elle ajouta, un peu grinçante :

— Et ici, c'est Telma Loureiro... Je reprends mon nom de jeune fille.

Jorge savait que ce n'était pas la peine d'insister. C'était à son tour maintenant de vanter son coin de pays. Et elle en avait tous les droits.

— Vous voyez cette île enchanteresse, comme elle est verdoyante et attirante. Petit, tu verras au pied des falaises d'adorables et pittoresques petits villages de pêcheurs et d'agriculteurs.

— C'est magnifique, mamie !

— Je te l'avais dit. Les panoramas sont à couper le souffle, et on arrive à la bonne saison pour apprécier toutes les fleurs qui vont nous charmer de leurs couleurs et de leurs parfums.

Stéphane avait un peu étudié la configuration de Madère avant de partir. Il savait qu'il s'agissait d'un archipel situé dans l'océan Atlantique, très loin de Lisbonne, à des centaines de kilomètres au large du Maroc, mais, avec son insatiable curiosité, il avait besoin d'en savoir plus.

— Mamie, quelle est la longueur de ton île ?

— Ah ! une bonne cinquantaine de kilomètres sur une largeur d'environ la moitié. Et il y a d'autres îles, telles que Porto Santo, avec ses plages où on allait de temps en temps.

— Et le climat ?

— Très doux toute l'année. Je te le dis, c'est un petit paradis. Mais ton grand-père a eu raison d'aller voir ailleurs. Pour y vivre décemment, surtout il y a quarante ans, c'était la croix et la bannière. Jorge, toi qui aimes l'histoire, raconte celle de Madera.

— Bien, madame Loureiro ! Je la connais par cœur. L'archipel, qui figure sur de vieilles cartes espagnoles sous le nom de Isla de Madera[5], est découvert au début du XVe siècle par des navigateurs portugais, dont l'un s'appelle Zarco.

— Et d'où vient le nom de Funchal ? s'informa Stéphane.

— À la demande du roi du Portugal, ce Zarco prendra la partie sud, dans une vallée luxuriante collée à la mer et où pousse beaucoup de fenouil. C'est le mot portugais « *funcho* », pour « fenouil », qui donnera à la future capitale de l'archipel le nom de Funchal.

— Merci pour vos explications. C'est vraiment mieux d'aller sur place qu'à l'école…

Le lendemain fut consacré à la détente et aux retrouvailles à Câmara de Lobos, où ils iraient séjourner chez la nièce Inès.

— Câmara de Lobos signifie « chambre des loups », en référence aux phoques moines, sortes de loups marins qui y pullulaient autrefois. C'est joli, non ? demanda Telma. Hélas, ils ont vite été massacrés pour leur chair et l'huile extraite de leur graisse.

Au marché de la ville, près du port, notre apprenti photographe prit des clichés à volonté. Avec cette débauche de couleurs, entre les fruits, les légumes et les fleurs, il ne savait plus où et quand donner du déclencheur. Mangues, *maracujas*[6], bananiers nains, bananes-ananas, *anonas*, ananas, oranges, citrons, limettes, *amarillos*, *curubas*, grenades, goyaves, *pitangas*… se disputaient l'intérêt de l'artiste avec les capucines, les fleurs d'aloès, l'euphorbe des pêcheurs, les ficoïdes et les amaryllis, les glaïeuls, les géraniums et les soucis de Madère, les arums et les vipérines, sans oublier les incontournables orchidées et les oiseaux de para-

5. L'île du bois (*madeira* en portugais) était couverte de bois et de forêts.
6. Fruits de la passion.

dis que les fleuristes bichonnaient dans un recoin de leur échoppe.

— Tu en verras plus au marché de Funchal, mais c'est le moment de faire connaissance avec notre poisson national, l'*espada*, proposa Telma à son petit-fils. Il peut mesurer plus d'un mètre.

— Mais qu'il est laid!

— Tu as raison, mais il est délicieux! Regarde-le bien. En français, ça veut dire «sabre noir», noir comme la nuit pendant laquelle il a été pêché dans les profondeurs de l'océan.

— Tu es sûre que c'est bon?

— Tu vas en manger demain et tu me diras...

Le vendredi, après la cérémonie à l'église do Carmo, c'est Thiago qui reçut la famille. Au menu, igname rouge en friture, un légume-racine à la saveur sucrée, suivie du sabre noir aux bananes et de fromages de chèvre et de brebis, le tout arrosé d'un seul vin blanc sec de l'île. L'heure était encore à la semaine sainte.

Et après la sieste, Stéphane fut conquis par l'anecdote que sa mamie relata au cours de la balade au petit belvédère installé sur un côté de l'anse de Câmara, d'où l'on avait une vue d'ensemble parfaite sur la ville et son port.

— C'est ici que Winston Churchill installait son chevalet pour peindre.

— Ne me dis pas que tu l'as connu?!

— Eh oui, mon petit, et je l'ai même très bien connu. Tu sais, il taquinait le pinceau depuis longtemps. Dans les années 1920, il exposait à Paris sous le pseudonyme de Charles Morin, et il avait même vendu quelques toiles.

— Mais tu es drôlement renseignée!

— Attends, tu ne sais pas tout... Il est ensuite devenu le confident de nombreux peintres célèbres. Il a peint en Angleterre, mais aussi en France et au Maroc, à Marrakech précisément, d'où vient son œuvre *Le minaret de la Koutoubia*, qu'il a offerte à Roosevelt, je crois.

— Il avait tant de talent ?

— C'était un personnage extraordinaire, dans le sens juste du terme. En 1950, lorsqu'il est arrivé à Madère pour se remettre d'une vilaine grippe et rédiger ses mémoires, il avait soixante-quinze ans. Il a visité l'île avec sa femme, sa fille Diana, deux secrétaires et deux détectives. Le chauffeur avait équipé le coffre de la Rolls d'un bar dans lequel il pouvait se servir sans compter.

— Avec du champagne et du madère, je suppose.

— Oui, et du whisky avec du soda. Ils logeaient au luxueux Reid's Hotel de Funchal, mais il a eu un coup de foudre pour notre village, tellement qu'il a passé ici quatre ou cinq jours. Et puisque j'étais employée dans la pension située à côté du belvédère, je lui apportais de l'eau, des gâteaux et des allumettes pour ses cigares. Malgré les gardes du corps, j'ai eu la chance de discuter plusieurs fois avec lui.

— De quoi parliez-vous ?

— Il me posait des questions sur la vie des gens d'ici. Il m'impressionnait beaucoup et il était d'une grande gentillesse. Je ne l'ai jamais oublié.

Le samedi après-midi, Inès conduisit ses invités au jardin botanique situé dans les hauteurs de Funchal. Avec ses cultures d'orchidées, ses milliers de variétés disposées en parterres chorégraphiés à la Le Nôtre, ce jardin figure, dit-on, parmi les plus beaux du monde. Et il suffit de le parcourir dans tous les sens pour s'en convaincre.

Puis, avant de quitter le quartier Monte, Jorge proposa à sa femme une descente rapide en voiture-panier, une sorte de canapé en osier monté sur des patins de bois et piloté par un *carreiro* tout de blanc vêtu, portant fièrement un chapeau de paille.

— Tu es sûre, Telma ? Ça va aller vite !

Elle était si heureuse qu'elle riait à gorge déployée, tellement que son mari pensa sur le coup qu'elle s'était débarrassée une fois pour toutes de sa leucémie.

Pour immortaliser ce voyage mémorable, Stéphane fit provision de photos des portes colorées du quartier historique de Funchal.

Le dimanche 16 avril fut une véritable journée de célébrations. Telma n'avait rien perdu de ses convictions religieuses et, contre toute attente, elle allait fêter Pâques de nouveau à Câmara, quarante-trois ans plus tard, avec son mari et son petit-fils, mais aussi avec deux de ses trois nièces et le neveu, qui eux non plus n'avaient pas rajeuni.

— Je te remercie, Jorge. Tu me combles de bonheur. Ma santé n'est pas au mieux, mais je suis heureuse. C'est dur d'émigrer, de tout laisser, mais c'est possiblement le prix à payer pour réaliser tout ce qui nous construit.

— Dis donc, mamie, tu as l'âme philosophe !

— Tu sais bien, lança Jorge, que c'est Telma, parfois sans le savoir, qui m'a permis d'être un peu moins con...

— Et c'est toi qui me dis que je parle mal ?

— Le petit a raison, ironisa Telma. Tu n'es pas loin du blasphème en parlant de cette façon le jour de Pâques.

— Excusez-moi, *darling* ! Tu sais que je te dois tout !

Et après la célébration pascale, ils se retrouvèrent chez Amália, la nièce aînée qui avait l'indéniable privilège de vivre dans la maison familiale de son mari, laquelle avait une vue imprenable sur le Cabo Girão, un escarpement rocheux à la terre aux reflets rouille, comme on en trouve dans un vieux vin de moscatel.

— Incroyable ! s'écria Stéphane. Ça me donne le vertige !

— Oui, répondit Jorge, il s'agit d'une des falaises les plus spectaculaires d'Europe...

— La plus haute d'Europe et la troisième du monde, il me semble, trancha Telma avec une fierté teintée d'une pointe de vanité, laissant croire qu'elle et ses proches en possédaient l'exclusivité.

L'abondance retrouvée, chacun se régala de morue pêchée le matin même et d'ignames, blanches cette fois-ci, d'un ragoût d'agneau servi avec des patates douces et un vin rouge du Dão, suivi d'un cappuccino de marrons assorti d'un verre de muscat et, pour finir avec faste, d'un gâteau aux mangues et aux fruits de la passion et d'une crème brûlée mise en valeur par une admirable malvoisie 1952, l'année du grand départ.

— Merci, Thiago, pour cette délicate attention ! s'exclamèrent en chœur Jorge et Telma.

Juste avant la sieste, repu et radieux, personne n'avait pu se soustraire à la liqueur de griottes qui était la spécialité de la cousine Inès.

Amália avait fait la surprise, en fin d'après-midi, d'inviter d'autres cousins et quelques intimes pour souligner la présence de Telma en lui chantant du fado. Elle n'avait pas la puissance d'une diva, mais une grâce qui lui donnait un charisme à toute épreuve et qui lui permettait de séduire les gens ayant le bonheur de l'écouter.

Stéphane avait entendu à deux reprises sa grand-mère chanter ces mélopées à fendre l'âme. Et à chaque occasion, Jorge avait pleuré.

Cette fois-ci, c'est Telma qui lâcha prise, tout aussi émue que secouée.

Quand elle se leva pour aller embrasser sa nièce et la remercier, Jorge glissa deux mots dans le creux de l'oreille de son petit-fils.

— Tu sais, elle avait délaissé le fado après la disparition de ton père. Elle m'avait confié qu'elle se sentait vulnérable et plus du tout à la hauteur. Ensuite, elle me l'a chanté quatre ou cinq fois pour me faire plaisir.

Tous furent emballés par Amália et la justesse de son interprétation de ces chants populaires devenus l'expression de l'identité portugaise, mais personne ne pouvait se douter ce soir-là que ce fado, mot dérivé du latin «*fatum*» pour «destin», allait prendre toute sa signification deux jours plus tard.

Le lundi de Pâques, ils marchèrent dans les rues de Funchal pour assister à la première *Festa da Flor* de l'année, une fête dont les gens de Madère ont le secret, et s'extasier devant les chars allégoriques rendant hommage à la flore exceptionnelle de l'île.

Le lendemain matin, après un solide petit-déjeuner, tout avait pourtant bien démarré au Mercado dos Lavradores, là où Jorge avait aperçu pour la première fois sa Telma aux yeux de braise, comme il l'avait raconté à son petit-fils. Il fallait les voir se tenir par le bras, remontant les allées des légumes, puis celles des fruits séchés, avant de s'arrêter, sans se tromper, exactement là... à l'étal aux fruits multicolores près duquel Jorge avait pris les devants.

Pour donner le change et sans doute mettre un terme à son émoi, après s'être laissé tirer le portrait près de sa douce, il entraîna Stéphane dans la grande halle aux poissonniers affairés à lever les filets. Et de tous les poissons proposés aux ménagères, c'était sans contredit l'*espada* aux dents acérées qui était le maître des lieux.

Dans l'après-midi, ils se rendirent à la Levada do Caniçal qui part de Machico, avec une vue impressionnante sur la vallée. Jorge aurait aimé emmener ses proches à la Levada do Caldeirão Verde, mais il connaissait le dénivelé important du sentier et le risque élevé d'embûches que cela pouvait représenter pour sa Telma, même si elle n'était pas la dernière à vouloir revenir sur ces chemins de traverse qu'elle avait empruntés dans sa prime jeunesse.

Cette randonnée familiale revêtait tout son sens dans la mesure où Jorge, en bon maçon, avait participé à la fin des années 1940 à la construction de ces *levadas*, des canaux conçus pour diriger de grandes quantités d'eau du versant nord de l'île vers le versant sud-est, plus sec et propice à l'habitat et à l'agriculture.

En plus de servir à la production hydroélectrique, ce réseau d'envergure contribue à l'activité touristique de l'île vu que chaque *levada* est bordée par un sentier étroit, et tout cela au bénéfice des randonneurs qui peuvent admirer, au cœur d'une végétation luxuriante, les agapanthes bleues et blanches, les jardins grands comme des mouchoirs de poche cultivés en terrasses, sans oublier, ici et là, les vignes maigrichonnes qui donnent ce qu'elles peuvent bon an, mal an.

Jorge s'arrêta devant des rangs de tinta negra pour expliquer la naissance du vignoble local.

— Tu vois, Stef, après avoir brûlé les forêts, les premiers colons ont cultivé le blé et la canne à sucre, puis la vigne a fait son apparition au milieu du XVIe siècle avec des plants venant de Crète et de Chypre.

— Et les Anglais, dans tout ça?

— Devenu passage obligé des navigateurs qui y accostaient pour se ravitailler, le vin de Madère a intéressé les Anglais qui se sont rapidement adonnés à son commerce. En le transportant, ils ont constaté qu'à l'instar du marsala, le vin devait être fortifié avec de l'alcool pour supporter les longues traversées.

— Amusant, ce lien que tu fais avec le marsala…

— Eh oui! Mais ce qui est propre au vin d'ici, c'est qu'on a remarqué que le vin invendu qui revenait au port s'était bonifié pendant les chaleurs tropicales. On a alors décidé de le transformer sur place en le chauffant pour lui conférer toute sa personnalité. La renommée du vin de Madère s'est étiolée par la suite, dépassée par la réputation grandissante du porto.

— Ah non, s'insurgea Telma, l'œil malicieux, tu ne vas pas radoter en disant que le porto est supérieur au madère!…

— Différent, Telma! Différent, tu sais bien, je te l'ai toujours dit.

— Pas toujours, Jorge, souviens-toi!

— Allez, vous n'allez pas vous crêper le chignon aujourd'hui.

Il faisait pourtant beau et sec, mais Telma chuta une première fois. Ils décidèrent aussitôt de rebrousser chemin tout en marchant tranquillement. C'est peu avant l'arrivée que Telma glissa de nouveau sur une dalle de l'étroit défilé qui longeait les vignes. Tout à fait consciente, elle suggéra séance tenante à ses cousins, inflexible mais aimablement, d'aller chercher du secours, car non seulement elle ne sentait plus son dos, mais elle savait pertinemment qu'elle ne pourrait repartir de là sur ses deux jambes.

— Thiago, va dans la petite maison là-bas, et fais appeler une ambulance.

Les cousins s'exécutèrent sans délai et, une heure plus tard, ils arrivèrent à l'hôpital de Funchal où le docteur Carlos Coraçao, responsable des urgences, s'occupa de la blessée avec autant de célérité que de sévérité.

Faisant exception à la règle générale voulant que le peuple portugais soit d'une nature gentille et discrète, l'Esculape mal embouché, dans la cinquantaine, n'avait pas appris l'existence des mots «empathie» et «diplomatie», ce qui, pour eux, était un comble quand on est médecin et que l'on porte le mot «cœur», ou *coraçao*, en guise de patronyme.

L'air agacé et impatient, il fit le reproche à Jorge d'avoir laissé sa vieille épouse, comme il le lui dit, prendre une *levada* pour le chemin des écoliers.

Après une batterie d'examens, le résultat tomba net, reçu par Telma et son entourage comme un verdict beaucoup plus qu'un diagnostic: fracture du tibia et du col du fémur à la jambe gauche, et traumatisme cervical.

À la suite d'une vérification à la va-vite de son taux de sucre dans le sang, on emmena Telma passer des rayons X. Thiago,

Jorge et Stéphane assistèrent à chaque étape du protocole nécessaire avant l'opération.

Dans le couloir exigu, ils se retrouvèrent nez à nez avec un jeune handicapé allongé sur une civière en proie à de terribles convulsions qui les mirent à l'envers. Telma n'avait pas vraiment envie d'assister à cette déchirante crise d'agitation violente et spasmodique, qui sembla la terroriser.

— Jorge, je veux m'en aller.

— Tu sais bien que tu ne peux pas.

Ils s'installèrent ensuite dans une salle où s'entassaient une douzaine de patients qui attendaient pour des soins divers. Des personnes âgées sous perfusion, un couple de retraités anglais complètement désarmés, un jeune Suisse féru de randonnées avec un pansement autour de la tête, une vraie cour des miracles!

Une infirmière aussi attentive que décidée, à l'image de ses valeureux collègues, tenta de les rassurer.

— Ça va prendre deux heures entre les prises et les résultats. Mais vous devez comprendre qu'ici, aux urgences, on procède à une médecine paranoïaque. On ne peut pas se tromper.

— Et puis, intervint sa consœur, le bloc opératoire est encombré jusqu'à demain aux aurores.

— Et en plus, votre dame est atteinte de leucémie, asséna le «bon» docteur Coraçao qui, passant par là, n'avait pu s'empêcher de la ramener. Opération demain matin à sept heures!

Remonté comme une pendule, Stéphane se leva pour moucher le toubib impertinent et déplacé, qui commençait à le gonfler sérieusement.

— J'en ai ras le bol, docteur, de votre comp...

— Stéphane! Assieds-toi et souviens-toi de la chanson de Brassens: «Le temps ne fait rien à l'affaire... Quand on est con, on est con...»

Heureux changement d'ambiance lorsque Jorge et Stéphane se pointèrent vers 8 h, le lendemain, pour tomber un peu plus tard sur un autre spécialiste qui, désarmant de gentillesse, s'excusa pour l'absence de son confrère parti pour deux semaines de vacances, dont il avait manifestement un grand besoin.

— Ouf ! Que la vie est bien faite parfois, laissa échapper Jorge dans un portugais qui secoua le chirurgien.

— Je ne sais pas ce que vous voulez dire, mais vous maîtrisez notre langue en tout cas...

Jorge résuma leur histoire à un médecin admiratif, pour ne pas dire médusé devant leur destinée.

— Écoutez, monsieur Jorge, l'opération s'est déroulée normalement. Mais je me dois de vous faire part de mon inquiétude à cause de son état de santé général. Croyez-moi, nous allons tout faire pour accompagner votre épouse dans sa guérison.

— Merci, docteur, mais je ne sais plus quoi faire... Nous devions rentrer demain.

— Elle doit se reposer. Le mieux serait de reporter votre retour en France et de revenir demain après-midi. Nous pourrons faire le point ensemble.

Jorge, complètement dépité, fit une proposition à son petit-fils.

— Viens, si ça existe encore, je connais un endroit où on va se changer les idées.

Ils se dirigèrent vers le centre-ville de Funchal et pénétrèrent, près du Collège des Jésuites, dans l'antre de Pereira D'Oliveira, un des producteurs les plus respectés de l'île. Quand Jorge expliqua ce qu'ils étaient en train de vivre, Luis Oliveira, qui venait de prendre les rênes de l'entreprise, leur fit servir une douzaine de vins.

Assis devant des centaines de flacons sagement alignés, ils débutèrent avec cinq vins, dont une malvasia 1978, connue ici sous la dénomination Malmsey.

— Vois cette robe ambrée et acajou, quel éclat !... Et la fraîcheur est là avec cette acidité qui défie le temps !

— Des vins de méditation, comme tu dis souvent…

On leur proposa ensuite une petite verticale de Sercial, aux fragrances d'épices douces, qui en disait plus long avec quatre échantillons qu'un traité d'œnologie fastidieux, et qui se termina par un 1937. Même si Jorge dégustait avec soin, Stéphane, qui prenait des notes, avait bien vu que son esprit était ailleurs, à coup sûr près de sa Telma.

Puis on leur apporta des millésimes d'anthologie qui leur rougirent les yeux par leur rareté et leur jeunesse: Verdelho 1912, Boal 1908 et un Moscatel Reserva 1900!

— Papi, je suis aussi ému que toi. Et mamie qui est à l'hôpital, alors que depuis notre arrivée elle était si heureuse qu'elle se sentait revivre! Nous sommes dans une situation paradoxale…

— Que veux-tu dire?

— Hier soir, aux urgences, je croyais frôler les portes de l'enfer et, à l'heure qu'il est, avec ce qu'on vient de nous servir, pendant que mamie se débat, ce sont les portes du paradis qui devraient s'ouvrir à nous.

Le jour suivant, ils retournèrent à l'hôpital. Telma semblait dormir, mais le chirurgien, qui arriva une heure après, leur confirma qu'elle était toujours dans un état second.

— Son cœur est faible, mais votre épouse est courageuse, elle n'a pas dit son dernier mot.

Hélas, Telma ne survécut pas à sa chute. Elle rendit son dernier soupir quelques heures plus tard. La leucémie avait eu raison d'elle à la suite de l'opération. Jorge, qui était effondré, savait très bien que c'était le chagrin qui l'avait emportée, ce chagrin qui la minait depuis si longtemps… Lui d'ordinaire si bavard s'enferma dès lors dans un mutisme qui inquiéta son petit-fils jusqu'au lendemain, quand il vint le rejoindre dans sa chambre.

— Mon petit Stef, je ne te réveille pas au moins?

— Non, viens t'asseoir près de moi !

Et il enlaça son papi comme il ne l'avait jamais fait auparavant, avant qu'ils ne fondent en larmes tous les deux.

— Papi, nous sommes terriblement meurtris, mais on sait au moins qu'elle va reposer en paix sur son île...

Désemparés, ils s'occupèrent des funérailles avec les proches de Telma, avant de prendre le chemin du retour.

Guynemer

Sa situation familiale dès son plus jeune âge et ses incursions fréquentes dans le Paris intra-muros avaient fait de Stéphane une sorte de titi des banlieues, avec sa gouaille inimitable et ses écarts de langage.

Laissé un peu à lui-même, il avait vite appris à se débrouiller seul pour devenir un adolescent dégourdi, puis un adulte autonome.

De retour du Portugal, il poursuivit fiévreusement ses études en photographie. Il n'avait jamais su faire les choses à moitié, avec parfois une tendance à verser dans l'excès. Il participait à de nombreux ateliers, acceptait des stages ici et là et des petits contrats sur le terrain.

Tout cela ne lui laissait guère de répit, mais il était très content du CE3P, une école de photographie reconnue où il allait passer son brevet d'études professionnelles. Et puis, ce qui ne gâtait rien, elle était située à Ivry-sur-Seine, pas très loin d'Issy.

Jorge, voyant son petit-fils travailler si fort qu'il donnait l'impression d'aller à hue et à dia dans ses activités, profita du premier repas des fêtes sans son épouse pour lui faire un petit laïus sur la notion d'équilibre en faisant un parallèle entre l'homme et le vin, et en même temps lui passer le message d'y aller mollo.

— On va se régaler. Tu sais, Telma raffolait de ce bonnezeaux, surtout avec sa tarte aux abricots. Euh…

— Ça va, papi ?

— Oui, oui, ne t'inquiète pas, poursuivit Jorge en s'essuyant les yeux. Tu as remarqué, c'est un 1976, l'année de ta naissance. Le vin a donc dix-neuf ans, comme toi.

— Arrête-moi ça, papi, les sentiments vont une fois de plus prendre le pas sur l'objectivité.

— Objection, Votre Honneur ! On va d'abord en discuter concrètement, sans parti pris. Regarde, la robe a des reflets topaze. Mais quand il était jeune, ce vin avait une couleur paille, irisée de légers reflets verts. Et dix-neuf ans après, voilà le résultat !

— Quelle brillance ! s'exclama Stéphane.

— Allez, fermons les yeux. Tu sens ce merveilleux bouquet ? La cire d'abeille, l'abricot confit, et puis, et puis ? Allez, c'est à ton tour !

Il donna une nouvelle rotation à son verre, d'un petit coup sec.

— Attends, hum ! Je crois que j'ai trouvé… La gelée de coings… Ah oui, c'est ça ! Le coing et le zeste d'orange.

— Tu vois ce qu'on peut faire avec du chenin blanc ? C'est pas remarquable, ça ? Bon, en bouche, qu'est-ce que tu trouves ?

— La cire, mais aussi le goût des amandes grillées, et un peu de citron confit. Le vin est sucré, archi sucré…

— Oui, tu as raison, et avec mon diabète, je dois faire attention. Mais ce vin est un des fleurons de l'Anjou, et les raisins, atteints de pourriture noble, comme à Sauternes, ont été cueillis tardivement. Il doit avoir cent trente grammes de sucre par litre, alors que tu en trouves trois seulement dans un muscadet. Et comme ce vin, tu es né l'année de la sécheresse. Crois-moi, je m'en souviens. Il faisait chaud, très chaud. Les vaches n'avaient plus rien à bouffer, les rivières étaient à sec, mais les raisins en ont profité pour accumuler beaucoup de sucre. La récolte s'était terminée vers la fin novembre, je crois.

— Dis-moi, ça doit être bon avec le foie gras, non ?

— Eh oui, un beau mariage de textures. Mais surtout, et c'est là qu'intervient l'importance de l'équilibre, c'est que le chenin est une variété naturellement riche en acidité. C'est pour ça qu'il est superbe, car c'est cette acidité qui donne du relief au vin sucré. Et sans elle, tu aurais la sensation d'avoir une vulgaire bouillie dans la bouche. Par-dessus le marché, grâce à tout ça, le vin peut encore traverser deux ou trois décennies.

— En tout cas, avec des bonnes eaux pareilles, on peut aller à la source quand tu veux…

— Bon, vu qu'on a bien bossé, place au silence et à la méditation !

Trois longues minutes plus tard, Jorge interrompit d'un soupir ce savoureux temps d'arrêt.

— Eh bien, vois-tu, en ce qui nous concerne, c'est un peu la même chose. À ton âge, ce n'est pas dans tes priorités. Tu ne penses qu'à foncer et à toucher à tout, c'est un peu normal. Mais, en vieillissant, tu comprendras que cet équilibre, qui est essentiel, mène à une belle harmonie de vie, et même à la sérénité. Je sais que ce ne sont que des mots, mais penses-y… Bon, c'est toujours un peu compliqué. Et il paraît que, même en le cherchant assidûment, cet équilibre, certains y parviennent seulement avant de passer l'arme à gauche…

Stéphane consacrait le peu de temps qui lui restait à Elsa, sa nouvelle valentine, qu'il avait rencontrée à l'école de photographie où elle travaillait en tant que secrétaire. Ils se voyaient de temps à autre pour un flirt entre deux films ou un tête-à-tête romantique dans un bistro parisien, qui s'était terminé deux fois à l'horizontale. Tout cela se passait agréablement, la fraîcheur de l'inexpérience en prime. Mais si la voie était libre pour abriter leurs ébats érotiques, la ferveur était latente, et on était loin de l'exaltation et des grands débordements amoureux. Il faut dire que ses relations avec les filles n'avaient pas toujours été des plus reluisantes, et ses toutes premières rencontres avec le sexe opposé l'avaient laissé sur sa faim, comme au cours de cette nuit d'été dans le sud de la Bretagne.

Il venait d'avoir dix-sept ans et ses grands-parents, avec lesquels il passait ses vacances, l'avaient autorisé à se rendre à une soirée où il croyait s'amuser ferme. Mais la fille de son âge qui l'avait invité l'avait plaqué pour un blanc-bec, plus âgé et plus attirant. Les copains de ce dernier, de véritables mirliflores imbus d'eux-mêmes, s'étaient moqués, et pas gentiment, de son allure fluette qui était, il le savait, à des années-lumière de celle de Monsieur Univers.

Ils devaient tous rester à coucher, ce qui était émoustillant pour une idylle naissante, mais le pauvre Stéphane s'était retrouvé isolé dans un cagibi où l'on avait placé un matelas à la propreté douteuse. À 2 h du matin, aussi furibond que blessé et désemparé, il avait décidé de partir sans prévenir et de parcourir à pied les huit kilomètres qui le séparaient du Pouliguen.

Il avait gardé de cette aventure peu glorieuse un souvenir amer et s'était juré qu'on ne lui ferait plus ce coup bas qui ne l'avait pas aidé à se libérer de ses complexes de gringalet, qui le préoccupaient plus que de raison.

Stéphane dut se préparer psychologiquement au service armé qui arrivait à grands pas. Difficile pour un garçon qui préférait la guitare à la mitraillette et qui était un antimilitariste convaincu et allergique à toute forme de violence et à l'autorité érigée en doctrine. Il redoutait cette vie de caserne et la promiscuité qui lui serait imposée. Le simple fait de penser à l'uniforme – il n'avait toujours pas compris pourquoi tout le monde voulait s'habiller de la même façon – lui donnait des boutons.

Même s'il n'avait connu depuis vingt ans que le confort austère et limité de l'appartement de sa mère, il en avait pris son parti et s'était habitué à ne pas se plaindre, même quand ils tiraient le diable par la queue.

Ballotté entre sa maman et ses grands-parents paternels, il avait bénéficié de sa position de fils unique, ce qui lui avait permis, au bout du compte, de ne manquer de rien, si ce n'est de ce lien naturel et unique qu'un fils peut entretenir avec son papa.

Et très étrangement, il savait qu'il avait sans doute tiré avantage de la situation avec ce papi qui lui passait tout, ou presque, sans se taper les remontrances d'un père qui aurait pu, comme c'est parfois le cas, se comporter en zélote dans l'exercice de son autorité.

Mais ce qui le faisait surtout rager, c'était de savoir que les aléas de l'actualité politique l'empêchaient de profiter, à cinq ou six mois près, des nouvelles dispositions gouvernementales du président Chirac, qui allaient mener à la promulgation de la Loi du 28 octobre 1997 suspendant l'appel sous les drapeaux.

Né six ou sept mois plus tard, il aurait eu la possibilité de participer à des périodes volontaires dans divers secteurs, dont l'aide humanitaire ou la coopération, comme on le proposait aux objecteurs de conscience de l'époque.

— Papi, tu vas te marrer, je commence par le digestif, avait annoncé le conscrit à son grand-père quand il avait reçu sa feuille de route.

— Le digestif? Explique-moi!

— Je suis convoqué le 1er mars à la base aérienne de Cognac! C'est là que je vais faire mes classes. Je vais au moins pouvoir noyer ma peine dans la célèbre eau-de-vie.

— Tu auras des permissions et tu viendras nous raconter tout ça, à ta mère et à moi.

— Justement, j'ai appris que je n'aurai aucune perm avant le mois d'avril. Alors, pour fêter mon départ à ce foutu service militaire, que dirais-tu de participer à ce qui sera peut-être mon ultime rendez-vous bachique ? Je t'avais promis que je t'inviterais un jour avec mes amis, et maintenant que tu es seul…

— Ah ! je suis enchanté, tu sais ! Combien sera-t-on ? Je tiens à t'apporter quelques bouteilles. Quel sera le thème ?

— Le Portugal, évidemment. Après ce voyage, je te dois bien ça.

Notre chef en herbe avait déjà pensé à son menu : des beignets de morue pour l'apéritif, rebelote avec une entrée de poisson au four, mais cette fois-ci il s'agissait de vivaneau, puis le *cozido*, un genre de pot-au-feu à la portugaise, et enfin le *creme de leite*, un dessert qui se rapproche de la crème catalane des voisins espagnols.

Malheureusement, le jour du repas, tandis qu'il était en train de concocter ses petits plats en l'absence de sa mère, un incendie se déclara chez un locataire du deuxième étage. Il avait terminé le dessert, et les légumes étaient en train de mijoter avec les viandes, lorsqu'il entendit une sirène et un brouhaha dans la cage d'escalier. Il n'eut pas le temps d'aller voir ce qui se passait qu'un pompier lui intima l'ordre de rester à l'intérieur, de fermer sa porte et de la calfeutrer au pied avec une serviette mouillée pour empêcher la fumée de pénétrer dans le logement.

— Mais il est malade, ce type ! Je vais rôtir sur place…

Après une heure d'angoisse, le feu de cheminée était maîtrisé. Plus de peur que de mal, précisa le pompier venu le rassurer, mais l'intérieur de l'édifice sentait davantage le hareng saur que la crème brûlée, et une odeur âcre prenait à la gorge quiconque empruntait l'escalier transformé en un vaste chantier, plus endommagé par les trombes d'eau des soldats du feu que par le sinistre lui-même.

— Allô, papi ? J'ai un petit souci. Un voisin a voulu allumer un feu de joie pour vous accueillir ce soir, mais c'est raté… Il a failli foutre le feu à l'immeuble. C'est un peu bordélique et je te dis pas, mais ça sent le roussi, c'est le cas de le dire.

— Tu n'as rien, au moins ?

— Non, tout va bien, et mes préparations n'ont pas été touchées, mais, pour s'y rendre, c'est pas idéal.

— Bon, tu peux annuler et on se reprendra, c'est tout.

— Ah… c'est chiant… J'ai quasiment tout préparé.

— Non seulement tu parles mal, mais tu es vulgaire. Qu'est-ce que ce sera après l'armée ?

— Ah ! papi, excuse-moi, mais ça m'a un peu énervé, tu comprends ? Tout annuler, ça m'embête parce c'est compliqué de réunir tout le monde. Écoute, je vais demander à l'un d'entre eux si on peut le faire chez lui.

— J'ai une idée. Que dirais-tu de le faire à la maison ? Ce n'est pas la place qui manque. Si nous ne sommes pas plus de huit, c'est bon.

— Nous serons sept avec toi. Tu es sûr que ça ne te dérange pas ? insista Stéphane, qui n'en attendait pas moins de son grand-père.

— Si tu savais, j'y ai pensé plusieurs fois, mais je ne voulais pas déranger ta grand-mère…

— Tu es extra, j'appelle les potes, j'attends maman pour lui expliquer le problème, je ramasse tout et j'arrive.

Quand Juliette ouvrit la porte de l'immeuble en rentrant du travail, elle se rendit bien compte qu'il était arrivé quelque chose durant son absence. L'histoire que Stéphane lui raconta n'avait rien pour la rassurer, et même s'il tenait à ce qu'elle se joigne à eux pour ne pas passer la soirée seule, elle préféra décliner l'invitation, trop épuisée par sa journée.

— Tu es gentil, je vais rester ici, je vais en profiter pour me reposer.

La soirée démarra en beauté, même si le papi fit une entorse à la thématique prévue au départ. Il laissa au fond du frigo le vino verde qui devait servir d'apéritif avec les beignets de morue et, sans prévenir son petit-fils, se pointa fièrement avec une surprise devant ses copains qui discutaient assis sur le sofa.

— Mesdemoiselles, messieurs, la Cuvée Winston Churchill 1982 de la maison Pol Roger !

— Mais tu es fou ! Il s'agit d'un champagne qui coûte une fortune…

— Le vin est fait pour être bu et partagé, je te l'ai fréquemment répété, mon cher Stéphane. Ce soir, j'ouvre cette bouteille pour quatre raisons. Primo, en hommage à mon épouse qui est décédée il y a moins d'un an. Quand elle était jeune, elle a connu Winston Churchill. Oui, oui, vous pouvez sourire, votre ami vous racontera. Secundo, j'avais hâte d'y goûter, puisqu'ils le produisent depuis 1975, année qui soulignait le dixième anniversaire de la mort de l'insigne personnage. Tertio, c'est le départ de mon petit-fils pour le service militaire. Quarto, j'exagère un peu, mais il a failli périr dans un incendie cet après-midi, et il est encore des nôtres. Santé à lui, et santé à vous !

— Dis donc, il est toujours comme ça, ton papi ? demanda l'un des invités. En tout cas, tu as de la chance.

— Je vous l'avais dit. Vous voyez, je n'ai rien exagéré.

— Pa-pi ! Pa-pi ! Pa-pi ! Pa-pi ! Pa-pi ! scanda la petite chorale en tapant des mains, avec Stéphane à la barre.

— Bon, ce n'est pas le brut idéal pour l'apéro, mais tant pis, ça ira ! souligna Jorge lorsque le bruit cessa.

Et puis, rougissant mais assuré de faire son petit effet, il ajouta :

— J'ai un point commun avec Churchill ; il disait : « Mes goûts sont simples, je me contente aisément de ce qu'il y a de mieux ! » Allez, je vous en prie, profitez-en !

— Bravo, papi ! Bravo ! Bravo ! Bravo ! Bravo ! cria de nouveau la bande de camarades, encouragée par le jeune maître-queux qui était aux anges, sachant que la fête ne serait pas triste…

Et elle ne le fut pas, enfin pas réellement, entre le douro blanc qui escorta l'entrée de vivaneau, lequel avait profité d'une marinade de cuisson assez relevée, et le vin de l'Alentejo, un rouge joufflu et légèrement épicé.

Pour finir dans l'allégresse, contrairement au verre de porto auquel tous s'attendaient, Jorge leur proposa, non sans une fébrilité manifeste, un fabuleux malmsey. Il l'avait acheté peu après l'accident de son épouse, après l'inoubliable dégustation chez Pereira D'Oliveira. Servi à la bonne température dans un grand verre, le vin doux et voluptueux était toujours d'une grande jeunesse. Un bouquet de pain d'épices, de café et de pruneau émanait de ce nectar qui ne pouvait que susciter l'admiration. L'harmonie avec la crème catalane était purement géniale.

— Vous dégustez un madère 1952, la même année que celui que nous avons savouré en famille à Câmara, le jour de Pâques, l'an passé. Mais celui-ci est plus fin et plus expressif. Vous comprenez, rien n'était trop beau pour célébrer avec Telma. Mais la vie – ou la mort – en a décidé autrement...

Une petite tension s'installa autour de la table, et Jorge profita du silence pour dire haut et fort ce qu'il pensait habituellement tout bas.

— Et qu'il n'y en ait pas un ou une qui me dise un jour que son vin est madérisé parce qu'il est trop vieux ou pas bon. Ça, c'est une invention des Français qui n'ont rien compris. C'est une lamentable appropriation et un sinistre détournement d'affinité !

— Papi, te fâche pas, s'il te plaît. Les Français t'ont bien accueilli tout de même. Tu ne vas pas sortir de tes gonds ?

— Ah ! excuse-moi, je suis désolé, c'est plus fort que moi. Avec ta mamie qui n'est plus là... Tu sais, ce vin-là, je devais le boire avec elle, marmonna Jorge, qui éclata en sanglots.

Suivit un petit malaise que Stéphane s'efforça de dissiper en prenant sa guitare. Il entonna *Les copains d'abord* de Brassens, que son papi connaissait, tout au moins pour le prénom qu'ils partageaient, et qu'il reprit malgré sa peine, ne serait-ce que la dernière ligne de chacun des couplets.

Stéphane faisait ses classes, selon l'expression en vigueur, à la base aérienne de Chateaubernard, près de Cognac depuis deux semaines. Les journées étaient réservées à divers exercices, qui ressemblaient plus, en général, à des promenades entre scouts qu'à des manœuvres stratégiques.

Il sentait que le relâchement était de mise, même chez les sous-officiers chargés de leur formation de petits soldats, étant donné que le service obligatoire en était à ses derniers soubresauts.

Par conséquent, tout se passa dans le meilleur des mondes, hormis les vaccins qu'il fallait se farcir et le soi-disant bromure injecté dans la nourriture, un sédatif qui les empêchait, paraît-il, de bander, lui et ses compagnons d'infortune. Mais il n'en aura jamais vraiment la preuve. C'est à l'école de photographie qu'il avait pour la première fois entendu parler de cette substance, un composé chimique utilisé pour le papier au gélatino-bromure réservé aux tirages photographiques de haute définition.

« Décidément, je suis verni », pensa-t-il quand il apprit qu'il irait faire, après son séjour charentais, un stage de deux mois à la base aérienne 102 de Dijon-Longvic, en Bourgogne.

Hélas, il y fut malade comme un chien, mais non moins qu'à Cognac où la dégustation s'était résumée aux petits chocolats fourrés d'une liqueur à base du spiritueux ; il ne put prendre qu'une seule fois la départementale 974 en auto-stop avec un copain pour se rendre au Clos de Vougeot, quinze kilomètres plus loin.

Bien que le château cistercien fût fermé – ils avaient tout de même pu l'observer, le long de la route étroite le séparant du Clos

Blanc de Vougeot –, ils avaient déambulé le long des vignes de Gevrey-Chambertin, de Morey-Saint-Denis et de Chambolle-Musigny, comme le lui avait conseillé son papi dans la première lettre qu'il lui avait adressée. La déception était grande et la dégustation s'était limitée au Caveau de Fixin à un simple aligoté et à un côtes-de-nuits-villages, délicieux toutefois, compte tenu des circonstances.

Cela dit, pour oublier la piquette servie à la cantine, Stéphane put se rattraper lors d'une perm au cours de laquelle il se fit un devoir d'aller manger avec sa maman chez son papi, qui sortit, pour le réconforter, un meursault de Michelot, un gevrey de Trapet et un mercurey du château de Chamirey.

— Il faut que je vous annonce une bonne nouvelle, déclara-t-il. Dans deux semaines, je vais déguerpir de ce trou pour me rendre à Bordeaux, où je devrais rester fort probablement jusqu'à la fin de mon service.

— Qui va se terminer à la fin de février, n'est-ce pas ? l'interrogea sa mère.

— Eh oui, ce sera la quille ! Mais j'ai bien l'intention d'en profiter cette fois-ci pour tout savoir sur les crus du Médoc et de Saint-Émilion !

C'est ainsi qu'il débarqua à Blanquefort, une ville collée à la capitale aquitaine, et qu'il découvrit le camp Guynemer, une base désaffectée qui abritait autrefois, disait-on, un régiment de légionnaires. Décidément, le nom de Guynemer, le capitaine de la guerre 14-18, le poursuivait. Déjà qu'il arpentait depuis toujours la rue Guynemer à Issy, qui était le prolongement de la rue du Gouverneur Général Éboué, la base 102 de Dijon où il venait de passer deux mois s'appelait Base aérienne Capitaine Georges Guynemer.

Soit les autorités militaires manquaient prodigieusement d'imagination, soit le pilote de chasse était un véritable héros, intouchable et admiré. C'est ce qu'il était, incontestablement, avec ses cinquante-trois victoires homologuées. Et il n'avait que vingt-deux ans quand il est mort au combat en 1917!

Stéphane réalisa rapidement que son séjour dans ce centre d'instruction déserté chaque soir par ses hauts gradés, qui rentraient sagement chez eux, pourrait s'apparenter à un genre de Club Med pour peu qu'on puisse s'en donner la peine, surtout après 17 h. Lui qui pensait qu'il allait passer son temps à grogner et à condamner l'armée qui lui faisait perdre une année de liberté, il dut se rendre à l'évidence: cette contrainte patriotique n'avait pas que des inconvénients.

En plus de pouvoir quelquefois n'en faire qu'à sa tête, il apprenait à sortir de son petit milieu pour vivre en communauté, ce qui n'était pas négligeable. Il faisait la connaissance de gars venus aussi bien de la campagne que de la ville. En outre, et ce n'était pas pour lui déplaire, fils de bourgeois ou fils d'ouvrier, futur diplomate ou voyou patenté, chacun était traité sur un pied d'égalité, peu importe sa grandeur d'âme ou sa mesquinerie.

En somme, malgré son enfance un peu bancale, il comprenait mieux qu'il n'était pas le seul sur cette terre à tenter de vaincre les démons que la fatalité lui avait refilés.

Affecté pendant un temps aux télécommunications en tant que standardiste, notre soldat d'opérette finit par fréquenter de plus en plus le service des subsistances, là où l'on trouve à manger facilement afin d'améliorer l'ordinaire.

Avant de s'approcher, au sens propre et au sens figuré, du monde fermé des grands crus et de son aristocratie médocaine, il invita régulièrement d'autres appelés à des soirées tarot un tantinet enfumées et soigneusement arrosées.

— Les potes, goûtez-moi ça!

— Putain, c'est bon! Où t'as trouvé ça?

— Sous mon lit!

— Comment ça, sous ton lit ?

— J'ai lancé cette sangria il y a une semaine, et les fruits macèrent dans l'alcool depuis. Voilà le résultat. Si vous fermez vos gueules, j'ai l'intention de l'entretenir avec soin, comme on le fait pour certains vins en Italie.

— Qu'est-ce que tu connais aux vins d'Italie ?

— Je vous raconterai un de ces jours si ça vous dit. En tout cas, si vous ne voulez pas en manquer, les bouteilles de rouge assez corsé sont les bienvenues…

Au retour du précédent congé, un de ses copains et lui avaient apporté leurs guitares. Et ils en vinrent à se demander s'ils faisaient bel et bien leur devoir militaire quand, une soirée de juillet, le commandant, qui n'avait rien d'un chefaillon, s'attarda devant leur quartier pendant qu'ils répétaient à gratte que veux-tu, en tentant de reprendre en chœur les succès du moment, comme *Aïcha* de Khaled et *Change the World* de Clapton.

— C'est pas mal, les jeunes, continuez, c'est pas mal !…

Ce n'était pas l'envie qui manquait à Stéphane de chanter *Le rire du sergent* de Sardou, mais il se retint car, si la plupart de ses congénères se seraient bien marrés, les paroles auraient pu choquer l'adjudant charmant mais passablement efféminé qui était souvent de garde.

N'empêche que le chanteur de ce tube de variétés écrit vingt-cinq ans plus tôt n'avait pas fait l'unanimité autour de lui. D'aucuns lui donnaient le mérite d'aborder l'homosexualité à une époque où le sujet était encore tabou, qui plus est dans l'armée. D'autres l'avaient trouvée carrément homophobe, préférant sans hésiter *Comme ils disent*, le texte magnifique et plus intériorisé signé Aznavour, qui sortirait un an plus tard.

Bref, entre les jeux de cartes et les clopes fournies par l'État – on repassera pour l'exemple et les campagnes de santé –, la sangria, la musique et les sorties, fringués en civil pour aller faire la manche à la terrasse des cafés place Gambetta, frimer un peu et mater les filles place des Quinconces, la vie était presque douce dans le Bordelais.

Par contre, ses relations amoureuses étaient au plus bas, pour ne pas dire au bord de l'extinction et de la chasteté, puisque Elsa, sa Parisienne, loin des yeux loin du cœur, avait joyeusement décidé de butiner ailleurs.

C'est dans ce climat instable, durant une permission et un pique-nique avec ses amis, qu'il avait rencontré Mathilde, aussi jolie qu'imprévisible et à la sexualité débridée, qui allait lui procurer autant de problèmes que de plaisirs charnels.

Au début, elle était formidable, la grande minette qui n'avait qu'une idée en tête : s'envoyer en l'air avec son nouveau béguin. Lorsqu'il lui avait présenté cette ondine aux cheveux blonds qui se comportait en walkyrie quand ils passaient à l'acte sexuel, le frère de Mathilde lui avait confié à l'oreille :

— Stef, occupe-toi de ma sœur. Elle sort d'une tentative de suicide à cause d'un fiancé, un militaire de carrière qui l'a plaquée trois jours avant le mariage. Je crois que tu lui plais beaucoup.

Et il l'avait pris au mot !

Alors que lui n'avait qu'un simple vélo pour se déplacer, elle possédait une voiture qu'elle conduisait avec tant d'assurance qu'elle pouvait bifurquer sans hésiter sur une route de campagne, si l'envie lui prenait, et sans crier gare, faire l'amour derrière un bosquet.

Et Stéphane, en bon Samaritain qui n'en demandait pas tant, passait à la casserole sans coup férir. Certes, elle se faisait plus Ölrún que Calypso, mais il ne détestait pas cela, en tant que simple soldat de première classe de l'armée française.

En plus, elle lui envoyait des lettres enflammées pas piquées des vers qui lui laissaient croire qu'il était assurément l'homme de la situation. Quelle candeur ! Plus naïf que cela, tu meurs.

Le hic, c'est qu'après de glorieuses chevauchées qui s'étaient étalées sur plusieurs semaines, elle lui fit vivre un sale quart d'heure qui le marquerait longtemps et dont il se serait bien passé.

Elle l'avait en effet persuadé, peu de temps après l'avoir présenté à ses parents, de vivre un de ses fantasmes les plus tordus, soit une partie de jambes en l'air dans leur propre lit. C'était devenu une lubie puis une véritable fixation.

— T'en fais pas, maman est partie passer son permis de conduire, et papa est sur un grave accident de la route. Ils en ont au moins pour deux heures.

Ironie du sort, son père, ancien tonnelier avec lequel Stéphane avait sympathisé, était le capitaine des gendarmes du canton, et tout cela se passait dans son logement de fonction, au troisième étage de la gendarmerie.

Fallait le faire... quand on sait qu'un bidasse doit se présenter à la gendarmerie en cas de problème. Cette simple pensée aurait dû mettre la puce à l'oreille de Stéphane, qui ne réalisa pas sur le coup qu'il allait au-devant de graves ennuis.

Ils venaient de passer les préliminaires lorsque le paternel, revenu beaucoup plus tôt que prévu d'un léger carambolage sans gravité, les surprit dans sa chambre en pleine action. Choqué par ce qu'il venait de voir, il claqua la porte subito presto, et les deux tourtereaux se rhabillèrent en quatrième vitesse, en pleine débandade.

Comme dans une pièce de boulevard, la maman était rentrée elle aussi plus tôt que prévu, en pleurs parce qu'elle avait raté son permis. C'était le bouquet!

Ne faisant ni une ni deux, avant que le pater ne rapplique, Mathilde raccompagna Stéphane chez lui, mais quand elle revint trois quarts d'heure plus tard, sa valise et un sac l'attendaient sur le paillasson en corde raide, ce qui signifiait son expulsion immédiate, sans espoir de réconciliation à court et à moyen terme. Une véritable mise au ban de la famille!

Elle le lui apprit dans sa dernière lettre et, quoique louant un modeste meublé qui lui assurait son indépendance, elle savait qu'elle avait sérieusement gaffé.

La suite fut jubilatoire ou traumatisante, selon les points de vue. Toujours est-il qu'après les galipettes, il fallut se résoudre à rompre avec cette fille obsédée par l'uniforme.

Il lui fit savoir dans son ultime missive qu'il cessait cette relation toxique qui ne l'avait jamais mené plus loin que le bout de son sexe, lequel, soit dit en passant, en avait pris pour son rhume lors de ce coït interrompu, et qui allait avoir de légères séquelles sur sa vie sentimentale. Disons qu'à l'avenir, il y penserait à deux fois et fermerait les portes et les fenêtres à double tour.

Pour conclure cette pathétique aventure, le frère, chargé d'une médiation incertaine, le relança dans un bar deux mois plus tard.

— Si vous revenez ensemble vous excuser, les parents sont prêts à passer l'éponge et Mathilde sera autorisée à réintégrer le cercle familial.

Ce qui fut fait le lendemain soir, fort péniblement, en arrivant. C'était un samedi et les parents, très sympathiques au demeurant, avaient mis les petits plats dans les grands.

Après de plates excuses dans la cuisine où tout le monde était un peu gêné, le père, tellement content de revoir Mathilde et son futur gendre qui allait sauver leur fille, sabra une bouteille de rare champagne Les Clos Pompadour, de la maison Pommery. Le vin coula à flots, le risque de se faire arrêter par les gendarmes pour cause d'ivresse étant sans contredit limité.

Stéphane pensa alors à ce partenaire de tarot qui, au cours d'une partie fort arrosée, avait résumé ainsi la vie de ses parents: « Faites gaffe, les mecs, avec le mariage, ça commence avec du champagne et ça se termine dans la tisane! »

Écrasé par la honte et piqué dans sa dignité, il n'eut d'autre choix ce soir-là que de piler sur son orgueil. S'il coupa les ponts définitivement, il ne sortit pas indemne de cet épisode maniacoérotique qui influença par la suite ses relations avec les filles, sans deviner toutefois que les bienfaits de cette leçon d'humilité allaient également l'accompagner pour toujours.

Stéphane profita de ses permissions pendant les vendanges pour prendre la route de Moulis avec deux camarades, dont Francis, originaire de la région, qui possédait une 2CV, une antiquité un peu poussive. Une dizaine de kilomètres après le château Maucaillou, il leur présenta ce qui faisait la gloire du vignoble médocain.

— Regardez à droite, le château Beychevelle et, là-bas, à gauche, on aperçoit Gruaud-Larose. Nous sommes sur l'appellation Saint-Julien.

— Tu as l'air de les connaître. Tu es déjà venu ici, avoue !

— Non, c'est la première fois. C'est mon papi qui m'a initié, et puis j'ai dévoré des livres sur le sujet. Ensuite, c'est la série des Léoville, dont le Las Cases, qui est fabuleux, paraît-il.

— T'en as goûté beaucoup ? demanda le troisième larron.

— Un jour, j'ai dégusté un Château Pichon, souligna Stéphane avant de traverser Pauillac. Arrête-toi, s'il te plaît. Bon, à droite, Pichon Longueville Comtesse de Lalande, c'est le vin de ce château que j'ai bu pour mes seize ans. Ah ! c'est sympa de les voir en vrai.

— C'est du pareil au même tout ça, non ? demanda le jeune chauffeur, on ne peut plus perplexe.

— Oui, ils ont des airs de famille, mais ce n'est pas la même chose. Allez, on va suivre les quais, et après, surprise !

— Après, quoi ? Tu ne vas quand même pas nous amener au château de la Belle au bois dormant ?

— Vous pouvez rire ! Regardez, là-bas, en bons voisins, les châteaux Mouton et Lafite, deux propriétés mythiques. Ils produisent deux crus différents appartenant à deux branches distinctes des Rothschild. Mais attention, on n'est pas près de se payer des vins pareils.

La visite des grands crus prit fin ce jour-là à Saint-Estèphe, où ils observèrent les vendangeurs qui s'activaient encore autour du Cos d'Estournel, ainsi qu'au château Haut-Marbuzet, un cru bourgeois recherché.

Stéphane se prit de passion pour le vignoble bordelais, à tel point qu'il profita de deux autres congés pour parcourir de nouveau, au lieu de monter à Issy, ce Médoc dont son papi lui avait parlé cent fois.

— Mais pourquoi tu n'y es pas allé plus souvent? lui avait-il fait remarquer lors d'une permission précédente.

— À aucun prix je n'aurais osé laisser ta grand-mère seule, et elle n'aimait pas faire de longs déplacements. Le plus loin que nous sommes allés, c'est en Champagne, à Chablis et puis dans la vallée de la Loire, à Sancerre, en Anjou, sans oublier forcément la Loire-Atlantique avec son muscadet, quand nous partions en vacances au Pouliguen.

— Tu vas peut-être pouvoir te rattraper?

— En tout cas, n'oublie pas d'aller à Margaux, et puis un jour, si tu peux, à Sauternes, au château d'Yquem. Tu me prendras des photos? Tu me promets?

Francis toujours au volant, le samedi suivant avait été consacré aux cinq communes où l'on produit du margaux.

— Vous vous rendez compte? lança notre vinophile relativement agité mais radieux. Nous sommes à Margaux! Nous venons de passer près du château Palmer et, à présent, devant vous, admirez le Saint Graal, le sublimissime château Margaux!

— Eh, calmos, l'œnologue! Ne nous dis pas que ça t'excite plus que les gonzesses!?

— Œnophile, s'il te plaît, pas œnologue, faut pas confondre, rectifia Stéphane en sortant de la 2CV stationnée dans la magnifique allée bordée de platanes centenaires. Mais je vous rassure, j'aime beaucoup les filles, sauf qu'avec ma petite expérience, je crois qu'il ne sera pas facile de trouver la perle rare…

— Ah bon, tu nous rassures, hein, Francis?

— En fait, je crois qu'il y a un temps pour les filles et un temps pour les grands vins. Mais je suppose que les filles qui ont du goût ne détestent pas prendre un vin fin en bonne compagnie.

— Bon, je crois que je ne suis pas rendu là, répliqua Francis, le chauffeur de la limousine des pauvres, comme il se plaisait à le dire avec son accent bordelais.

— En tout cas, il paraît que le vin du château Margaux est tout en finesse et en puissance. Il s'agit d'un cru réputé. Vous savez, Margaux Hemingway, la belle actrice et mannequin américaine qui est morte d'une overdose de barbituriques en juillet dernier, c'était la petite-fille d'Ernest Hemingway, l'écrivain légendaire qui avait fait changer son prénom Margot pour Margaux, tellement il était fou de ce vin. La pauvre, il paraît que ça l'emmerdait de porter ce prénom.

— Elle s'est suicidée?

— Pour l'instant, on ne le sait pas, mais disons qu'il y a eu des précédents dans la tribu, dont son illustre grand-père.

— Mais comment tu sais tout ça?

— Bon! C'est l'heure des confidences. Étant donné que nous sommes juste tous les trois, allez, pourquoi pas devant le château Margaux? Je résume. Voilà, je n'ai jamais connu mon père, et ma famille, des deux côtés, c'est franchement confus. J'ai appris l'existence de ma branche sicilienne il y a cinq ans, et mon papi, qui est Portugais et qui m'a quasiment élevé, m'a fasciné très jeune avec ses vins qui me faisaient courir le monde, et cela sans quitter sa maison.

— Merde, c'est pas évident, tout ça ! T'en as souffert ?

— Bah, je n'ai rien connu d'autre. Et le papi, il est super. Il y a dix ans, il me disait déjà : « Petit, lis bien l'étiquette et si tu vas au-delà, si tu grattes un peu, tu vas découvrir le monde. » Il m'a offert mes premiers dictionnaires et mes premiers livres et, depuis ce temps, j'apprends plein de trucs.

— En fait, t'as eu du pot !

— C'est une façon de voir les choses. Et puis j'ai appris la géographie et l'histoire avec ma collection de timbres que j'ai démarrée quand j'avais sept ans. Bon, je l'ai un peu laissée tomber lorsque je me suis mis à voyager.

— Tu prends des notes ?

— Un peu, mais je prends surtout des photos.

— Ah, ça oui, t'en prends, des photos ! Deux heures pour faire vingt kilomètres à mitrailler dans tous les sens. Je suis né à Langon, au milieu des vignes, et on ne m'avait jamais dit que tout ça pouvait être si emballant.

— Quel gaspillage !

— En plus, j'habite à Cadillac, et je roule en 2CV.

— À propos de Langon, c'est pas loin de Sauternes ?

— Une dizaine de kilomètres, je crois. Pourquoi ?

— Tu pourrais m'y emmener ? J'ai promis un truc à mon grand-père.

— D'accord, ce soir, tu viens chez mes parents comme prévu et, ensuite, on s'offre une balade tous les deux dans les alentours, et bien sûr à Sauternes.

Promesse tenue et, le lendemain, nos deux compères prirent la route de Loupiac pour s'arrêter au château du Cros, chez les Boyer, que les parents de Francis connaissaient.

— Il est très bon, votre vin, les félicita Stéphane après la visite. J'ai particulièrement aimé le miel et le citron, et la grande fraîcheur à la fin, malgré le sucre résiduel. Merci pour vos explications et pour la dégustation !

— Dis donc, Francis, il connaît ça, ton copain !

— C'est gentil, mais j'ai tellement à apprendre, et puis j'ai tout mon temps.

— Arrêtez-vous à Sainte-Croix-du-Mont, au caveau municipal, leur dit le propriétaire. C'est à trois kilomètres en allant vers Saint-Macaire. Vous verrez, c'est un endroit insolite. Et puis, surtout, arrêtez-vous à Saint-André-du-Bois au château Malromé chez Toulouse-Lautrec, le peintre bien connu, précisa-t-il avec un sourire en coin, avant de prendre congé de ses invités.

Le caveau en question était clairement indiqué et, en y pénétrant, ils furent étonnés par la fraîcheur qui contrastait avec la chaleur humide de cette fin de septembre.

— Bienvenue chez nous, messieurs. L'originalité de notre appellation tient à son sous-sol composé en partie, comme vous le voyez ici, de bancs d'huîtres fossiles qui datent de l'ère tertiaire.

— C'est incroyable ! s'enflamma Francis. J'habite à six kilomètres et j'ai même pas été fichu de m'arrêter ici avant aujourd'hui.

— Et saviez-vous que de grands personnages tels que Louis XIII et Richelieu ont fait honneur à ce vin encore trop méconnu aujourd'hui ? déclara la dame qui travaillait là, tout en versant dans leur verre un vin d'une belle couleur jaune paille.

— Alors, le spécialiste, qu'en dis-tu ?

— Aromatique, hum ! On sent le miel et l'abricot confit. Et après l'avoir goûté, on se rend compte qu'il est plus liquoreux que le loupiac de tout à l'heure. Je peux en acheter une bouteille ?

— Tu vas te ruiner !

— À ce prix, c'est une véritable aubaine, et puis c'est pour le papi, il raffole de ce type de vin, malgré sa maladie.

C'est le cœur guilleret qu'ils filèrent par la suite en direction du château Malromé.

— Il n'est pas mort, Toulouse-Lautrec ? demanda Stéphane.

— Je sais qu'il s'agit d'un grand peintre, répondit Francis, laconique. Mes parents m'en ont touché un mot deux ou trois fois, mais disons que je suis ignorant de ce côté-là. Moi, c'est plutôt les bagnoles, tu sais…

— Je pense qu'il nous taquinait, le vigneron au château du Cros.

Arrivés à destination après avoir traversé et visité rapidement Verdelais, village connu pour ses pèlerinages, ils tombèrent sur un château en piteux état, mais entouré de vignes qui semblaient entretenues avantageusement. Un panneau spécifiait tout de même que le château avait été acquis par la comtesse Adèle de Toulouse-Lautrec en 1883 et que son artiste de fils, Henri de Toulouse-Lautrec, y avait fréquemment résidé jusqu'à sa mort, le 9 septembre 1901.

— Bon ! C'est bien ce qu'il me semblait ! Et il est enterré avec sa mère à Verdelais, justement. Ce sera difficile de lui parler, je crois, lança Stéphane en éclatant de rire. Bon, direction Sauternes, si c'est possible.

— D'accord. On va descendre vers Saint-Macaire puis traverser la Garonne pour atteindre Langon. Ensuite, on n'est pas loin de ton fameux Sauternes.

— Tu vois, Francis, c'est mon papi qui a raison, une fois de plus. En moins d'une journée, et grâce à toi, nous avons étudié la biologie à Loupiac avec le phénomène de la pourriture noble, la géologie avec les huîtres fossilisées de Sainte-Croix-du-Mont, un peu de théologie à Verdelais – j'aurais préféré un verre de vin, en passant –, avant d'effleurer le parcours de ce peintre qui se plaisait mieux dans les bordels parisiens que sur les chemins de croix de sa mère. Et tout ça, par la magie du vin !

C'est au crépuscule, entre chien et loup, qu'ils passèrent devant le château Rieussec, situé à trois ou quatre centaines de mètres du château d'Yquem.

— À cette distance, il faut que je trouve l'angle idéal. Il est imposant, et il semble plus facile à prendre en photo qu'à l'apéritif. Mince consolation !

— Est-ce que t'en as bu ?

— Jamais ! Mais un jour j'en ferai glisser quelques gouttes sur ma langue, crois-moi.

Et c'est dans un clair-obscur, comme il l'avait appris à l'école de photographie, qu'il immortalisa le saint des saints en terre girondine.

L'hiver assez clément qui suivit se passa plutôt bien, entre le camp Guynemer et les allers-retours Bordeaux-Issy, notamment pour fêter Noël avec ses proches ou veiller sur son grand-père qui avait dû être hospitalisé fin novembre, avant que tout ne rentre dans l'ordre trois semaines plus tard. L'entourage de Jorge, à l'annonce du diagnostic de pneumopathie bactérienne, s'en était tiré avec une sérieuse frousse quand le virus avait été vigoureusement combattu.

Vers la fin janvier, Francis débarqua au campement, un peu énervé.

— Stef, je ne sais pas quoi faire, mais, en arrivant, j'ai vu un chien errant. C'est un jeune berger allemand. Je l'ai laissé dans ma 2CV pour venir te voir. Il est maigre comme un clou.

— Tu sais qu'on n'a pas le droit de garder un animal ici.

— Je sais, et mes parents ne voudront pas le prendre, ils en ont déjà deux.

— Il faut réfléchir. En attendant, peux-tu aller lui porter de l'eau ? Et garde une vitre un peu ouverte pour qu'il ne manque pas d'air.

Dès la tombée du jour, après le départ des officiers rentrés docilement à la maison, ils allèrent récupérer l'animal. Pas de collier, pas de repère, mais un chiot dans un état famélique, mutilé par une ordure qui avait décidé dans un moment de folie de lui trancher l'oreille gauche.

Et tel un être humain resté sans voix à la suite d'un choc terrifiant, il n'aboyait plus – ce qui lui donna un avantage –, mais son regard en disait long sur le cauchemar qu'il venait de traverser.

— Je vais lui chercher à manger et, demain, on avisera.

Pendant trois jours, il ne manqua ni d'eau ni de nourriture, et ce qui devait arriver arriva. Stéphane, qui avait passé son enfance à réclamer, hélas sans succès, un chien à sa mère, à tel point qu'il en avait souffert, s'était attaché à lui et le sortait de sa chambre le soir dès que la voie était libre. En fait, c'était la Providence qui exauçait enfin son vœu.

— Francis, je te présente Getty ! Regarde-le… Il a pris du mieux. Ce sera un beau berger allemand. Il n'aboie pas mais il entend très bien, car il dresse l'oreille qui lui reste s'il y a du bruit.

— Getty… où as-tu été chercher ça ?

— Il y a plusieurs années, j'ai dévoré un bouquin, *L'Homme de feu*, inspiré du rapt du jeune Jean-Paul Getty en juillet 1973 en Italie. Et je me suis intéressé à son histoire parce qu'il avait dix-sept ans, tout comme moi quand je l'ai appris, à la différence près qu'il était le petit-fils et fils de magnats du pétrole.

— Oui, mais je ne vois pas le rapport.

— Imagine, le grand-père milliardaire avait refusé de verser la rançon et, pour le convaincre, les ravisseurs avaient coupé l'oreille du jeune et l'avaient envoyée à un journal italien. Et il a fini par payer.

— C'est dégueulasse !

— Moi, ça m'avait énormément remué et, cette nuit, ce drame m'est revenu à la mémoire. Alors, dorénavant, nous appellerons notre protégé Getty !

Deux semaines plus tard, le chien répondait à son nom, à la grande satisfaction de son nouveau maître qui se faisait un point d'honneur de le nourrir comme un prince. Tous les appelés au courant de cette adoption illégale s'étaient engagés à ne rien dire, dans un grand élan de solidarité, sans nul doute avivé par l'interdit. Lorsque c'était possible, ses collègues souhaitaient se faire photographier avec lui pendant les soirées tarot-sangria.

— Tu m'enverras la photo, Stef, hein ? Je compte sur toi ! Voilà mon adresse.

Cette belle histoire de chien planqué à la barbe des gradés représentait pour Stéphane et la plupart de ses semblables un pied de nez à l'autorité militaire, une indéniable forme de résistance à l'appel sous les drapeaux qu'ils avaient dû honorer malgré eux.

Getty était devenu la mascotte secrète de l'unité.

Mais, huit jours avant la libération, la situation se corsa pour de bon. Le commandant, arrivé le premier à la caserne tôt le matin, découvrit, horrifié, des bouts de polystyrène blanc qui jonchaient le gazon vert où était hissé le drapeau tricolore, emblème de la République.

À voir la réaction de l'officier qui avait compris que ce n'étaient pas des marguerites qui avaient poussé d'un coup sec pendant la nuit, on n'était pas loin du crime de lèse-majesté. Convaincu qu'il s'agissait de l'œuvre de vandales venus de l'intérieur, il exigea le nom de celui qui était responsable de ce délit de profanation.

— Merde ! C'est Getty qui a déchiqueté la boîte, constata Stéphane en lorgnant son compagnon, confortablement installé dans son panier de fortune où il avait ramené pas mal de morceaux incriminants. La soirée avait été calme, ça ne pouvait être que lui.

Une heure plus tard, le commandant, qui s'impatientait, émit un communiqué pour prévenir le bataillon au grand complet que tous ceux qui étaient confinés au camp la veille seraient privés de sortie si le coupable ne se dénonçait pas.

— Est-ce que je peux voir le commandant, s'il vous plaît ?

— Passez dans mon bureau, Almeida. Qu'avez-vous à me dire ? C'est pas vous, tout de même ? Je sais que vous aimez déconner, mais déshonorer le drapeau, c'est pas vous, j'espère ?

— Mon commandant, je vous rassure tout de suite, ce n'est pas moi.

— Et venir dénoncer quelqu'un, ça ne vous ressemble pas.

— Si, je viens dénoncer le responsable. Et personne ne doit être puni pour ce délit. Moi peut-être, mettez-moi au trou, même si je suis libérable sous peu.

— Enfin, Almeida, je ne comprends rien. Expliquez-vous !

— Il s'agit de Getty.

— Getty, je ne connais pas de Getty.

Et le jeune soldat lui dévoila le sort malheureux de ce chien à l'oreille coupée, abandonné, trouvé par hasard et gardé dans le camp depuis la fin janvier.

— Alors, voilà, personne ne peut être sanctionné pour le drapeau, mais si vous voulez me punir de l'avoir pris sous mon aile, procédez, mon commandant.

Sidéré, l'officier se mit à tourner en rond autour de son bureau.

— Et il n'a jamais aboyé ? Et les sous-officiers ? Ils n'ont rien vu ? Ils n'ont rien su ?

— Disons qu'on a été discrets, mon commandant, et Getty aussi par la force des choses.

— Vous êtes libéré quand, exactement ? Et l'animal, qu'allez-vous en faire ?

— J'en sais trop rien. Je vais monter chez ma mère à la fin du mois pour finir mon brevet en photographie et, après, je ne sais pas encore. J'aimerais revenir par ici parce que j'ai des projets dans le coin. J'ai compris que la vie à la campagne, enfin, si on compare à la région parisienne, n'a pas que des inconvénients. Mais je ne vois pas comment le garder, le pauvre.

C'est là que, tout à coup, son interlocuteur s'avança et s'adressa à lui avec une certaine solennité en lui serrant la main.

— Almeida, c'est honorable, ce que vous avez fait. C'est complètement défendu, mais c'est tout à votre honneur. Allons voir Getty maintenant.

Stéphane n'en revenait pas de sa réaction. Il suivit son supérieur en se disant qu'il ne pourrait en aucune manière laisser croire qu'il n'avait pas rencontré des militaires humains et intelligents.

— Dites-moi, il a l'air en pleine forme! Vous l'avez bien nourri, à ce que je vois. Vous avez raison, l'oreille coupée, c'est l'œuvre d'un détraqué. Bon, voici ce que je vous propose. Je vous le laisse deux jours pour vous habituer à son départ. Ensuite, c'est moi qui vais venir le chercher.

— Et qu'est-ce que vous allez en faire?

— Je vais le garder, Almeida, j'ai toujours aimé les bergers allemands.

— Oh, merci, mon commandant! Je ne sais pas quoi vous dire.

— Alors, ne dites rien! Bon, les premiers jours, ça ne sera pas de la tarte avec mon épouse, mais les enfants vont en être fous. On a un grand terrain. Elle va s'y habituer.

Et à son grand étonnement, Getty aboya légèrement.

Ce fut la première fois.

Amitiés

Juliette et papi Jorge étaient naturellement tout à la joie de retrouver le simple soldat qui, à son corps défendant, avait grimpé d'un échelon deux mois auparavant avec le grade de caporal. Son amour-propre en avait pris un coup, mais il l'avait troqué pour une plus grande liberté, puisque c'était lui qui cosignait depuis ce jour les permissions…

— Tu m'as manqué, tu sais. Tu as aimé ton expérience ? demanda Juliette.

— Je reste foncièrement pacifiste, mais je reconnais que ça ne fait pas de tort de devoir affronter diverses situations, dont l'apprentissage de vivre avec les autres. Et ma petite aventure avec Getty, dont je vous ai parlé, m'a amené à réfléchir. J'ai appris à faire la part des choses, à ne plus porter de jugement trop rapidement, et aussi que tout est relatif et qu'il faut apprécier chaque situation dans une juste perspective.

— C'est tout un programme, mon beau Stef, enchaîna sa mère.

— Tes photos sont splendides ! s'écria Jorge. Elles sont pour moi ?

— Oui, ce sont les tiennes. Je suis passé au labo de l'école avant-hier, et j'ai un autre petit cadeau pour toi. Tiens, voilà !

Mais, avant de l'ouvrir, j'aimerais juste vous dire que je vais sans doute aller vivre à Bordeaux. Je m'y suis fait des amis et je crois pouvoir y trouver un job.

— Et continuer à écumer les vignobles...

— Et pourquoi pas les deux en même temps ?

— Ah ! elle est réussie, cette photo que tu as agrandie ! s'exclama Jorge en ouvrant aussitôt le petit paquet sommairement emballé. Et encadrée en plus ! Laisse-moi deviner. Ces rangées de vignes joliment posées devant le château, cette tour à droite avec sa toiture en tuiles, les deux de gauche couvertes d'ardoise, cet arbre à côté qui est majestueux... Je l'ai si souvent contemplé dans mon encyclopédie des crus classés de Michel Dovaz : c'est le château d'Yquem ! Tu as rencontré le comte de Lur Saluces ?

— Compliments, papi ! En plein dans le mille ! Mais non, je n'ai pas rencontré ce grand personnage dont on m'a dit beaucoup de bien, mais, tu sais, on n'entre pas là comme dans un moulin. Il faut montrer patte blanche.

— J'imagine. Sans compter qu'il y a eu, paraît-il, de l'agitation dernièrement. J'ai lu ça dans *Le Figaro*.

— Voilà pourquoi je veux retourner à Bordeaux. J'ai réalisé, après mes voyages en Sicile et au Portugal et cette petite expérience bordelaise, qu'il faut aller sur le terrain si on veut en savoir davantage et saisir le vrai mystère du noble nectar, n'est-ce pas ? Et puis, rien qu'en Gironde, il y a de quoi faire.

— Je vois que tu as tout compris. Je te félicite ! Et pour ton retour, je t'ai apporté un vin blanc que je viens de découvrir. Avec les ris de veau braisés que ta mère a préparés, on devrait s'en sortir.

— Qu'est-ce que c'est ?

— Ah ! je l'ai mis en carafe. Pas pour que tu le devines, mais pour que tu puisses le goûter sans l'influence de l'étiquette.

— C'est amusant que tu dises ça ! J'ai rencontré à Bordeaux un sommelier installé à Lyon. Il s'appelle Gérard, il travaille dans un grand restaurant et il m'en a appris des bonnes. Et ces histoires de devinettes dans les concours, ça l'agace au plus haut point.

— Oui, on dirait des bêtes de cirque.

— Ah! des fois oui, mais pas toujours, tout dépend du contexte. Je viens de voir un reportage sur le concours du meilleur sommelier du monde qui avait lieu à Tokyo en 1995, et ces types m'ont impressionné. Chacun s'exécutait avec talent et une réelle modestie.

— Et qui a gagné?

— Le Japonais. Le troisième était un Canadien et le deuxième, il ira loin. Je me souviens de son nom, car il est Français; il s'appelle Olivier Poussier, et son humilité devant les épreuves m'a emballé.

— Faudra le suivre... Et si on revenait aux devinettes?

— Oui, ce type a donc participé une fois à une compétition nationale, et il fallait qu'ils donnent le nom et le cépage d'un rouge servi en carafe. Le problème, c'est qu'un des membres du jury, un sadique et un intellectuel refoulé, paraît-il, avait imposé dans la finale la dégustation d'un cru géorgien que personne ne pouvait reconnaître pour la bonne raison qu'il s'agissait d'un vin complètement inconnu à l'époque.

— C'était pas malin!

— Bon, vu que tous les finalistes étaient logés à la même enseigne, ça n'a pas changé grand-chose dans les résultats. Mais le principe était aussi con que ridicule.

— Bah, ce type voulait se donner de l'importance. Tu en croiseras d'autres sur ton chemin. Allez, goûte-moi ce vin.

— La couleur est assez pâle avec des reflets verts. Le vin doit être jeune. Très expressif avec ses parfums de citron vert et, c'est bizarre, on dirait de la glycine. Ah! je me suis tellement ennuyé de ta glycine, papi! Je crois que c'est la première fois pour moi que j'en perçois dans un vin, c'est très agréable.

— Je n'y avais pas pensé, mais tu as raison, ça évoque mon jardin, murmura Jorge en fermant les yeux.

— Bon, pendant que tu goûtes, je vais chercher les ris, annonça Juliette, avec un peu d'impatience.

— C'est curieux, le vin est assez puissant, sans être chargé d'alcool. Il y a de la matière et une bonne acidité.

En fermant les yeux à son tour, Stéphane ne put s'empêcher de dire :

— Putain, quelle longueur ! Quel fruit ! C'est original !

— Tu vois, je t'avais dit que tu parlerais plus mal après l'armée. Mais tu l'as décrit justement. Et alors, c'est bon ? Parce que c'est bien beau, tous ces qualificatifs, mais il faut que tu dises si le vin est bon ou pas. S'il te plaît ou pas.

— Papi, j'adore ce vin. On n'est pas en Bourgogne, à mon avis.

— Ah ! ah ! ce n'est pas loin géographiquement, mais ce n'est pas un vin français. Et tu as raison, ce n'est pas du chardonnay. C'est quand même différent.

— Je donne ma langue au chat.

— Nous sommes dans le Valais en Suisse, à Chamoson plus exactement. Tiens, il s'agit de la famille René Favre. Et le cépage, c'est la petite arvine, une variété indigène propre à ce canton et qui lui donne toute sa personnalité. Le caviste qui me l'a vendu connaît un des fils, Mike Favre, qui lui a montré des images de son vignoble, un des plus spectaculaires du monde, paraît-il.

Fin mai, son diplôme de photographe en poche, Stéphane appela Francis, avec qui il était devenu copain comme cochon, pour lui annoncer sa décision et lui demander un service.

— Dis-moi, peux-tu m'héberger à la mi-juin pour quatre ou cinq nuits ?

— Je vais demander à mes parents. On a la petite chambre que tu connais. C'est pas le grand confort. Mais ça me rappellerait de bons souvenirs.

— Ça serait extra. J'ai décidé d'aller à Vinexpo, tu sais, cet événement qu'on apercevait quand on allait se baigner à la plage du Lac, près de la caserne. Si tu pouvais m'y amener, ça dure cinq jours. On pourrait goûter à plein de vins et j'en profiterais pour chercher du boulot.

— Tu veux vraiment venir bosser à Bordeaux? D'accord! Je te rappelle.

Stéphane était très confiant. Il savait qu'il tenait là une bonne occasion et, avec les parents de Francis, ça s'était gentiment passé. En plus, en demandant à leur voisin du château du Cros, ils pourraient obtenir des laissez-passer pour ce Salon international des vins et spiritueux qui est réservé aux professionnels et qui se tient tous les deux ans. Ça ne pouvait pas mieux tomber!

Trois jours plus tard, ce fut Francis qui appela son ami.

— C'est bon, Stef! Mes parents ont dit oui. Tu veux que je vienne te chercher à la gare?

— Tu les remercieras. Tu as toujours ta limousine?

— La deudeuche? Elle roule encore. Ah! finalement, mon père va se procurer deux entrées par l'intermédiaire d'un négociant.

— Super! Je devrais rappliquer à la mi-juin, je te rappelle pour les détails.

Comme convenu, Francis, qui travaillait dans un garage, passa prendre Stéphane à la gare Saint-Jean avec une voiture de deuxième main qu'il venait d'acheter.

— T'inquiète pas, j'ai la 2CV et tu pourras aller avec à Vinexpo, car je suis passablement occupé, mais je me joindrai à toi après-demain.

— J'ai proposé à mon papi de descendre avec moi, mais il vient de passer les soixante-dix ans et il a hésité, entre le trajet et les longues journées debout à déguster. Pourtant, il en avait bougrement envie.

Tout de suite, Stéphane aima particulièrement son expérience Vinexpo, naviguant de maison en maison, avec son appareil photo – au cas où –, rencontrant ici et là des producteurs venus de partout en France, sans oublier de faire un détour chez les quelques Siciliens présents.

Il fut étonné par le kiosque des producteurs de la vallée du Douro et du porto, où il apprit que le marché français représentait pour eux une part importante de l'exportation, mais en général avec des marques bas de gamme, ainsi que Jorge le lui avait expliqué, tandis que les Anglais se gardaient la crème de la crème avec les grands noms.

Le lendemain, il apporta un petit carnet dans lequel il put consigner ses notes de dégustation et, le troisième jour, il trouva dans la plaquette officielle ce qu'il cherchait: le stand du journal *Sud Ouest*.

— Comme ça, vous cherchez un emploi?

— Oui, j'ai mon brevet en photographie et je connais votre journal. Je le lisais presque chaque jour quand je faisais mon service à Blanquefort.

— Il faudrait voir le responsable des ressources humaines. Tenez, voici le numéro pour prendre un rendez-vous, mais ne vous faites pas trop d'illusions.

Le jeune homme rentra ce soir-là léger et joyeux, mangeant chez les parents de Francis en toute simplicité.

— Il paraît qu'il se donne de somptueuses réceptions chaque soir dans de nombreux châteaux, mais je suis comblé d'être chez vous.

— Ah! pour le foie gras, faudra revenir le 25 décembre... Nous non plus, on n'est pas invités.

L'édition 1997 ferma ses portes le vendredi avec une fréquentation record de dizaines de milliers de visiteurs en cinq jours, dont beaucoup d'étrangers. Stéphane apprendrait dans les journaux que la Fête de la Fleur, qui se déroulait au château Cantenac Brown, avait accueilli, entre autres célébrités, l'acteur anglais Hugh Grant. Cette fête flamboyante, qui attire le gratin mondial des vins, a lieu tous les deux ans dans un château différent, en l'honneur des fleurs de la vigne qui s'épanouissent au début du mois de juin dans l'hémisphère Nord.

Mais ça, ce n'était pas pour lui. Pas tout de suite.

Cela dit, le destin lui souriait tout de même, puisque le directeur du personnel de *Sud Ouest*, ayant compris qu'il était de passage à Bordeaux, avait acquiescé à sa demande de le rencontrer avant son départ.

— Dès votre retour à Paris, vous m'envoyez votre CV, même s'il est un peu court, et la photocopie de tous les documents que je vous ai demandés. Je ne vous promets rien, mais on pourrait éventuellement faire un essai.

— Ce serait merveilleux!

— Je dois dire que vos connaissances et votre intérêt pour le vin sont un atout avec ces reportages que nous faisons régulièrement chez les producteurs.

Avec les vacances, les délais de sa confirmation d'emploi s'étirèrent, mais lui permirent de préparer Juliette à son départ, qui s'y attendait et se faisait une raison.

— Maman, ce sera un peu comme pendant mon service militaire. Tu sais bien que je ne t'abandonne pas et que je monterai te voir de temps en temps. Et puis, papi est là s'il y a quoi que ce soit.

Vers la mi-septembre, son embauche fut validée, et Stéphane s'installa dans une garçonnière de la rue du Petit Goave, dans le centre-ville.

Il commença par couvrir les faits divers, les chiens écrasés et les accidents de la route, mais la période des vendanges lui donna de nouveau l'occasion de faire les photos d'une série de cinq reportages en compagnie d'un certain César Compadre, un journaliste aguerri et enthousiaste.

Pour arrondir ses fins de mois, il avait trouvé un poste à mitemps chez un bon caviste, ce qui lui permettait de payer son loyer, de se tenir au courant des bons et des moins bons coups du milieu et, en plus, de tester à l'occasion les nouveaux arrivages avec le patron.

Parfois, ils faisaient des séances de dégustation en compagnie d'un pro qui avait créé dix ans auparavant le Bistrot du Sommelier rue Georges Bonnac, pas très loin de chez lui. C'est dans ce bistrot que Stéphane avait rencontré Tom, un Américain dans la trentaine installé dans le secteur depuis un bon bout de temps, et œuvrant dans le commerce du vin pour un groupe de New York.

— Tom, ça fait un peu plus d'un an que je te connais, et je trouve que tu parles notre langue avec facilité.

— Bah ! j'ai sûrement des progrès à faire, mais, après plus de cinq ans, ça rentre doucement dans ma petite tête d'Amerloque impérialiste.

— Ah ! quel humour ! J'aimerais être aussi bon en anglais que toi en français. La grammaire et le vocabulaire, on se débrouille, mais la prononciation, ce n'est pas évident.

— Je reconnais que les Français, qui n'ont pas la langue dans leur poche, ont des petits ennuis avec les langues étrangères. Ça doit être la bouche... ou l'oreille ! *But, it's not a problem, my friend*, vous avez le vin, vous !

— Mais vous, vous produisez du vin également ! La Californie, l'Oregon, Washington.

— Eh oui ! Et puis la Virginie, l'État de New York, l'Arizona, le Texas, le Colorado, et beaucoup d'autres encore !

— Tu vois, vous êtes tout autant gâtés. Pourquoi t'es venu t'installer ici ?

— D'abord, il faut que tu saches que quatre-vingt-dix pour cent de la production du pays se fait en Californie. On y trouve de très bonnes choses, c'est vrai, mais qui coûtent cher, sans avoir la renommée des grands vins européens, et puis… c'est triste, mais il y a beaucoup de merde… Eh oui! Et ici, c'est différent.

— Heureusement que c'est toi qui le dis!

— La notion d'appellation d'origine contrôlée, le prestige du producteur, l'antériorité, tous vos cépages, les traditions…

— Pourtant, Napa, Sonoma, Santa Cr…

— Je t'arrête, Stef. Toi, tu es initié, ce n'est pas le cas du buveur moyen. Chez moi, il y en a beaucoup qui pensent que le vin est simplement le résultat d'une recette comme le coca-cola. En plus, nos connaisseurs qui ont du pognon – et il y en a dans les grandes villes sur la côte ouest et sur la côte est –, ils vont s'acheter les grands vins californiens ou de l'Oregon, mais ils continuent de boire les grands crus français. C'est pour ça que je gagne bien ma vie ici.

— C'est encourageant.

— *Of course!* Et puis, chez nous, avec tous leurs vins sucrés, même les rouges dans les bas de gamme, l'utilisation parfois grossière du bois, communément du mauvais en passant, et les copeaux, je te dis pas, ça m'enrage. Tu sais ce qui me fait peur?

— Non?

— C'est de voir aujourd'hui des producteurs français reproduire à leur tour les mêmes conneries, tout ça pour faire plaisir soi-disant à une nouvelle clientèle. Nous sommes en 1999 et ça va être pire dans les années à venir. Tu verras!

— Bon, qu'est-ce que tu dis de ça, Tom? demanda Stéphane en lui tendant un verre de rouge qu'il était allé chercher au comptoir de ce bar à vins où ils se rencontraient les trois quarts du temps.

— Une belle couleur profonde et intense, des arômes de framboise et de mûre et, en bouche, des beaux tanins et des saveurs de réglisse, légèrement poivrées. Il est canon ! On n'est pas à Bordeaux, mais on doit être en France, dans le Sud probablement. *I think I've already tasted that...*

— Tu m'impressionnes, Tom ! Grenache, mourvèdre, syrah, et il y en a d'autres. Ce vin se présente avec de la puissance, mais aussi avec beaucoup d'élégance et d'harmonie. Châteauneuf-du-Pape 1995, Château de Beaucastel. Bon, grand millésime, mais c'est encore jeune !

— *So nice!* Tu vois ce que je voulais dire tout à l'heure. Connais-tu le Tablas Creek en Californie ?

— Non.

— Il s'agit d'une exploitation qui se trouve à Paso Robles, entre San Francisco et Los Angeles. Il y fait très chaud, beaucoup plus qu'à Napa, crois-moi. Et la plupart du temps, les producteurs ne font pas dans la dentelle avec des vins capiteux, opulents et hyper boisés. Eh bien, les vins de Tablas Creek, surtout avec l'Esprit de Beaucastel, se distinguent. Et pourquoi ? Parce qu'ils profitent de l'expertise des Perrin, les copropriétaires depuis près de dix ans, qui sont aussi les proprios de Beaucastel.

— Tu les connais ?

— Il m'arrive de vendre leurs vins du Rhône sur New York. Je te mettrai en contact avec eux. Ils sont adorables.

— Faut que je rencontre un Américain pour me faire des contacts en France.

— C'est ça, le vin ! Et puis, t'inquiète, je reste Américain, on fera des affaires ensemble si tu veux, tu me feras des photos.

— Je me disais bien...

— Bon, pour être un peu sérieux, les Perrin, ils connaissent toutes les ficelles du métier. Ils ont pris le temps de choisir les terres à vigne les mieux situées pour faire un peu comme chez eux, c'est-à-dire composer avec les cépages qu'ils connaissent et non avec le cabernet à Napa.

— Tu as visité ?

— *It's gorgeous!* Ils savent cultiver la vigne, et aussi quand et comment faire les vendanges. Ils connaissent les dessous de l'assemblage, puis de l'élevage en barrique ou en foudre. Ils sont capables de faire des affaires avec les plus grands vins, au même titre que les entrées de gamme, mais ce sont avant tout des pros et des amoureux de leur coin de pays.

— Parlons-en, justement ! Je t'ai dit que mon papi, qui m'a en partie élevé, m'a surtout initié à ce fabuleux monde du vin ?

— C'est ça que vous avez en Europe. Et depuis que je suis arrivé, j'ai compris qu'à l'école ou à la maison, au-delà des terroirs, avec tous vos fromages et vos spécialités locales et régionales, vous aviez acquis presque spontanément le concept de l'origine d'un produit, concept qui est très fort dans les vieux pays. En France, chaque département a un nom, emprunté généralement à la rivière ou au fleuve qui le traverse. La Gironde ici, c'est le nom de l'estuaire, l'Aude en Languedoc, l'Aube en Champagne, le Rhin en Alsace, le Rhône. Et puis les sous-régions, les montagnes, entre les Pyrénées, les Alpes et le Jura.

— Dis donc, t'as l'air d'aimer ça !

— Faut dire que j'ai étudié en géo et ça m'a allumé lorsque je suis arrivé en France. Et puis, je ne t'ai pas dit, mais Martine, mon nouveau rayon de soleil qui est prof de français, est Angevine.

— Ah ! je comprends tout maintenant ! C'est juste, avec toutes ces appellations qui portent le nom du village où les raisins poussent, il y en a environ cent trente en France. Et c'est la même chose en Italie, au Portugal, en Espagne ou en Grèce. Ajoute à cela les côtes et les coteaux.

— Quand j'ai appris qu'ici tous les champs, même ceux où on amène paître les vaches et les moutons, portent un nom, je n'en revenais pas.

— Ben oui, tous ces champs de vigne en Bourgogne devenus célèbres grâce au vin qu'on y produit, puis qu'on a collé au nom du village : le musigny à Chambolle, le montrachet à Puligny et le chambertin à Gevrey, dont le nom vient initialement du champ de monsieur Bertin. C'est ce qu'on appelle la toponymie.

— Que des grands crus !

— Justement, Tom, toi qui vends des grands crus français, sais-tu d'où vient ce mot « cru » que tu utilises plusieurs fois par jour ? Est-ce que Martine te l'a appris ?

— Je ne me suis jamais posé la question. C'est tellement évident. Un grand cru, bah, c'est un grand produit, voilà tout. Une grande cuvée, quoi !

— En fait, c'est simple, mais ça veut tout dire. « Cru » vient du verbe « croître », ce qui signifie que le vin en question est issu d'un lieu précis où la vigne a poussé, avec tout ce que cela comporte par rapport à son écosystème. J'espère que tu me crois.

— Je te crois, mon ami, je t'ai toujours cru ! Sérieux, c'est très pertinent. Alors, tu comprends qu'on a du chemin à faire dans les pays émergents, chez nous, mais aussi en Australie, en Nouvelle-Zélande ou au Chili.

— Vous allez y venir, mais faudra être vigilant. Parce que le consommateur qui prend le vin comme une boisson parmi d'autres a du mal à faire la part des choses entre les vins industriels qui ont peu d'intérêt et tous ceux, même les plus modestes, qui viennent de quelque part.

— Tu as raison. Mais es-tu en train de dire que tout ce qui se fait en France ou en Italie est forcément bon ?

— Non, non, non, surtout pas ! Le vin ordinaire ou de mauvaise qualité existe partout et, en Europe, il y en a beaucoup, qu'on l'appelle « piquette », « vinasse » ou « picrate ». On se doit donc d'être toujours prudent. Et puis, tu sais, on n'est pas obligé de boire que des grands crus.

— C'est le problème en Californie ou en Oregon. En dehors des bons et grands vins produits par des maisons reconnues qui apportent un soin jaloux à leur élaboration, c'est plus difficile qu'ici d'en trouver à prix abordable mais à forte identité, et avec lesquels tu te régales.

— Écoute, je vais te lire un texte que mon grand-père portugais m'a répété nombre de fois, en relisant ses notes, à propos du terroir. À force de l'entendre, je l'ai enregistré et je l'ai noté sur la première page de mon calepin.

— Je t'écoute. Jean-Yves, tu peux nous resservir le même vin ?

— Voilà : « Les vins vrais, ce sont ceux qui ont des choses à dire. Ils le font par cépages interposés, minutieusement sélectionnés, exprimant un territoire qui rassemble les propriétés de la terre, l'incidence climatique et environnementale, la configuration du domaine et son historique, sans oublier le caractère et la personnalité des hommes et des femmes qui incarnent cette réalité. »

— *Wow, it's beautiful!*

— Attends, c'est pas fini. Je continue : « Ces vins se distinguent parce qu'ils transcendent les frontières. Ils s'élèvent au-dessus de tout et s'installent dans l'universalité, celle du cœur et de l'esprit, des sens, de la science et du bonheur partagé. »

— C'était un universitaire, ton papi ?

— Pas du tout, il était maçon. Il avait appris à bâtir des murs et des maisons. Puis, sans jeu de mots, il s'est construit lui-même. Je l'ai toujours vu le nez fourré dans un livre.

— Est-ce que tu lui ressembles ?

— Sans doute un peu. En tout cas, j'aime à le croire, dit-il à demi-mot. Pour résumer tout ça, je vais paraphraser un dénommé Jacques Puisais, un œnologue installé à Chinon, qui aime répéter que le vin, pour être bon, doit avoir la gueule de l'endroit. Et comme la gueule de l'endroit, c'est la conception du terroir prise dans le sens le plus large, ça veut tout dire, non ?

— C'est très juste, mais, dis-moi, ce n'est pas un peu chauvin, tout ça ? Je sais que vous avez inventé le mot et la définition du chauvinisme, mais…

— Excuse-moi, Tom, là, tu touches un point sensible. Et tu as raison en grande partie, les Français peuvent être très chauvins, et ils sont pénibles avec ça. Mais, pour en revenir à ce que je viens de te lire, je crois que la théorie du vin authentique, celui qui, d'où qu'il vienne, va au-delà des frontières, c'est l'antithèse du chauvinisme.

— Tu sais, les Américains sont parfois très chauvins.

— C'est ce qu'on dit ! En tout cas, pour moi, il n'y a rien de plus réducteur que le côté patriotard qui laisse sous-entendre qu'on possède le meilleur parce que ça vient d'ici, que c'est mieux chez soi, même s'il se fait du bon – et du pas bon – partout. C'est pas parce que ça vient d'à côté que c'est nécessairement bon ni mieux qu'ailleurs.

— Pour ton âge, tu vas loin dans ta réflexion.

— C'est mon grand-père qui parle et il était fils de vigneron. Il est né Portugais, je te l'ai dit, il a fait sa vie en France et moi, le mâtiné cochon d'Inde, y a longtemps que j'ai pris du recul, je n'ai pas eu le choix. En un mot, je crois que je suis un *terroiriste*. Cela dit, tu auras beau avoir un terroir extraordinaire, si tu ne sais pas travailler dans les vignes et à la cave, tu n'obtiendras rien de bon.

— C'est indubitable.

— Ça m'a sauté aux yeux avec le peu de voyages que j'ai faits. Quand tu remontes le Douro, quand tu marches dans les vignes de Pantelleria, quand tu goûtes à un madère centenaire ou quand tu bois un bon pomerol, tu saisis cette notion de l'identité, et puis vient l'essentiel, c'est-à-dire le privilège de croiser des gens qui sont dévoués à leur terre, qui vont se dévoiler et te raconter des histoires formidables. C'est ça, l'universalité du vin, elle t'amène à t'ouvrir aux autres.

— Bon, il faut que je me sauve, j'ai du boulot. Mais je compte bien continuer la conversation autour d'une autre bonne bouteille. On se revoit très vite ?

— Tu peux compter sur moi, l'Amerloque !

À la fin de l'année, Stéphane remonta à Issy passer Noël avec sa mère et son grand-père. Et c'est pendant l'échange des cadeaux qu'il décida de passer à l'attaque.

— Ça fait deux ans que je vis à Bordeaux. Pourquoi vous ne venez pas vous installer dans le Sud-Ouest ? On pourrait se voir plus souvent. C'est une ville agréable, avec l'océan qui n'est pas loin.

— Tu es sérieux ?

— Papi, tu pourrais t'en donner à cœur joie en visitant les vignobles tout autour. Tu pourrais t'inscrire à un club d'œnophiles dont j'ai entendu parler. Il paraît qu'ils organisent de belles descentes de caves, et ils se font un point d'honneur, en plus de la production girondine, de découvrir des vins d'ailleurs, dans d'autres régions et dans les pays limitrophes.

— Mais j'ai soixante-treize ans ! Je ne suis plus un perdreau de l'année...

— Voyons ! T'es encore vert, je trouve. Toujours occupé, et surtout le cerveau qui fonctionne à cent à l'heure. Et tu vieillis admirablement, à l'image d'un cru classé du Médoc.

— Arrête ! Tu veux me prendre par les sentiments.

— Et moi, tu me vois laisser mon logement ? Tu sais bien que j'y ai mes habitudes, intervint sa mère. Oh ! je ne m'en sens pas le courage.

— Écoutez, pensez-y, je ne vous mets pas de pression, mais je crois que ce serait une bonne idée.

La nuit du passage à l'an 2000 se déroula divinement. Stéphane, en plus de Chantal, son amourette du moment, avait convié deux amis et un collègue, tous accompagnés, à venir festoyer chez lui, pour un Rendez-vous bachique spécial fin de millénaire. La seule directive : puisque la nuit serait longue, chaque couple devait apporter un magnum avec un mets qui concordait, et en dire deux ou trois mots.

Il avait préparé trois petits papiers pour un tirage au sort : huîtres et champagne, saumon fumé et vin blanc, fromages et vin correspondant. Et en tant que maître de maison, il se chargeait du plat de résistance et du dessert.

Francis, le mécano, l'ancien chauffeur de la limousine des pauvres, était flanqué d'une fort jolie et sympathique Camerounaise qui ne pensait qu'à danser, tandis que Tom et son Angevine n'auraient pour rien au monde manqué cette soirée. Enfin, Alain, un nouvel employé du journal et amateur de vins lui aussi, mais très timide, avait donné son accord, non sans difficulté.

— Tu sais, ce n'est pas évident, je n'ai pas de copine et je ne voudrais pas déranger.

— Mais voyons, si je t'invite, c'est que tu es sympa même si je ne te connais que depuis six mois. Et vu que tu aimes le vin, j'ose croire que tu ne vas pas t'ennuyer.

— Mais je te dis que je n'ai ni femme ni petite amie.

— Écoute, tu viens avec qui tu veux ! À toi de voir !

Stéphane avait passé deux jours à préparer le gueuleton, entre le ménage, la rédaction du menu, les achats et la cuisine.

En fin de compte, Alain se présenta, tout gêné, en compagnie de Pascal, un agent de bord dans la quarantaine, plus déluré que lui, qu'il avait connu sur un vol Paris-Bordeaux. Ils s'étaient revus et vivaient depuis une véritable lune de miel.

Évidemment, on commença les festivités avec des bulles. Bravant le défi de présenter son vin le premier, Alain épata la galerie, aidé par ses notes et, c'était le bon côté des choses, par le fait que l'alcool n'avait pas encore déstabilisé son auditoire. Et puis, en bon journaliste, il avait mis le paquet en se préparant tout autant que pour un article de fond.

— Voilà, je vous présente ce Brut Classic de la maison Deutz, dame discrète de la Champagne qui propose une cuvée synonyme d'élégance et de raffinement. Il s'agit d'un assemblage de différents millésimes et, chaque année, une proportion de vins plus vieux est ajoutée afin d'assurer sa constance et sa complexité. L'intérêt de ce champagne tient à la qualité des raisins et de la bonne mesure entre la minéralité du chardonnay, le fruité du pinot noir et la vinosité du pinot meunier. Avec ses notes florales et briochées, ce champagne aura la faculté, par son aspect éthéré ou aérien – pour faire une fleur à Pascal –, de s'associer avec une grande délicatesse aux saveurs iodées des fines de claire, des huîtres de Marennes-Oléron. Bon appétit!

Tout le monde était ébahi devant cette description qui partait bien le bal, à commencer par son compagnon, muet comme une carpe et pétri d'admiration.

La soirée et la nuit ne furent pas tristes. En bon Bordelais de Langon, notre mécanicien avait acheté directement dans les Graves voisines un magnum de pessac-léognan, au château de France, pour la bonne raison que le fils du proprio faisait réparer sa voiture au garage où il bossait. Arnaud secondait son père depuis quatre ans, et celui-ci lui avait recommandé ce vin blanc que Francis résuma en quelques mots.

— Château de France 1998: beaucoup de sauvignon pour aller avec le fumé du saumon et du sémillon pour se fondre avec le gras du poisson. Je pense que vous allez trouver ça très bon!

La concision du commentaire tranchait avec celui d'Alain, mais Francis, qui n'était pas un gars de mots, resta confus devant la salve d'applaudissements qu'il suscita. Malicka, sa petite amie, s'était levée pour l'applaudir, tout en dansant comme seules les Africaines savent le faire, avec un déhanchement et un tour de reins à faire pâlir de jalousie une *bailaora* de Séville.

— Bravo, les gars! Vous êtes sensationnels! Allez, c'est à mon tour.

Et Stéphane d'expliquer qu'il avait décidé d'enfreindre un peu les règles qu'il avait lui-même édictées.

— Je suis désolé mais, avant le plat, je vais vous servir le vin du milieu, en manière de trou normand. Entre nous, ce sera moins fort qu'un calva, même s'il en existe de sublimes.

Et il versa d'une carafe qu'il venait d'acheter un blanc aux reflets d'or que chacun et chacune s'empressa de humer avec délectation.

— Avec ce cru unique de la côte de Nuits, vous avez, en plus de cette couleur dorée, un bouquet floral aux nuances épicées et une belle opulence en bouche ainsi qu'une bonne fraîcheur. Il s'agit d'un vougeot premier cru, Le Clos Blanc 1995, monopole du Domaine de la Vougeraie. Appréciez-le, car il s'agit d'une bouteille, et non d'un magnum.

Pour le plat de résistance, il avait osé se lancer dans une recette de filets de perdrix avec un ragoût de cèpes et d'airelles rouges, plus juteuses et moins amères que les canneberges, leurs cousines éloignées.

— Et pour chaperonner ces perdrix, place à l'Italie, le pays de ma mère, avec ce Tignanello 1990, du Marchesi Antinori. Le cépage principal est le sangiovese, mais il y a aussi du cabernet-sauvignon et du cabernet franc. Sentez-moi ce vin toscan d'une grande sensualité. Vous sentez les fruits mûrs et le tabac blond ? La matière est agréablement fruitée, légèrement épicée, et les tanins sont assez enrobés.

Et il poursuivit dans un silence digne d'un couvent de carmélites :

— C'est jeune et c'est pas donné, mais bon, je vous rassure, mon patron à la boutique m'a fait un prix. Il faut bien arroser le nouveau millénaire !

Quand le plateau de fromages arriva sur la table, il était plus de 1 h du matin, et chacun avait offert ses vœux avant de se trémousser sur des danses *assiko* et *hikwé* que la chipie de Francis maîtrisait parfaitement.

Tom, qui avait tiré cette partie toujours ingrate du repas, profita du Jour de l'an pour bousculer les habitudes franchouilles de l'assistance. Plutôt facétieux, il avait retenu, non sans connaissance de cause, un blanc, ce qui pouvait surprendre pour des personnes habituées à prendre du rouge, n'importe lequel la plupart du temps, avec du fromage. Et ses expéditions ligériennes l'avaient assuré du contraire.

— Pour aller avec la rigotte, le picodon, le saint-marcellin, le saint-nectaire et le reblochon, j'ai pensé à un crozes-hermitage 1994, Les Meysonniers, de la maison Chapoutier. Il s'agit d'un vin rhodanien à cent pour cent marsanne, cultivée sur des coteaux orientés plein sud. Sentez cette symphonie aromatique composée de miel, de coing, de pêche de vigne et d'amande grillée. Tenez, je vous ai apporté de la pâte de coing.

Dix minutes plus tard, il sortit d'un sac un aloxe-corton 1990 du Domaine du Pavillon, appartenant au Bourguignon Albert Bichot avec lequel il faisait des affaires, un pinot noir sur le fruit patiné par le temps, idéal pour faire le dos rond aux fromages.

Mais il fut décidé, à l'unanimité chez les filles, de ne pas l'ouvrir.

— À ce rythme-là, on ne passera pas l'année, s'écrièrent Chantal, Malicka et Martine.

— Sans compter que j'ai un autre flacon, une bouteille cette fois-ci, avec la bûche au chocolat, mentionna Stéphane en se levant.

Et tandis qu'il préparait sa guitare pour chanter quelques chansons, Chantal présenta le banyuls hors d'âge du Mas Blanc, un somptueux vin doux naturel issu du grenache noir principalement, qui exhalait des bouquets enivrants d'orange confite, de tabac et de cacao.

— Attention au feu d'artifice avec le *guanaja* de la ganache !

Après la première ballade signée Cabrel et les applaudissements, Pascal proposa de trinquer à la nouvelle année et à la santé de leurs hôtes.

— Merci infiniment ! Alain et moi étions un peu inquiets de venir à votre soirée… une soirée merveilleuse ! Et les vins, c'était génial ! Waouh ! Merci, l'artiste !

Stéphane, qui s'était essayé modestement, depuis l'armée, à l'écriture de chansonnettes, s'amusait de temps en temps à adapter sur des musiques originales divers textes à sa façon. Il amorça les premiers accords d'une mélodie connue de Brassens et se lança dans ce couplet en faisant un gros clin d'œil à Tom :

Non, ce n'était pas très malin
De nous servir ce verre de vin,
Qu'on se le dis' au fond des caves,
Dis' au fond des caves,
Il était super maquillé,
du jus de planche très concentré,
Et s'app'lait les copeaux d'abord
Les copeaux d'abord.

Départs

À la fin de janvier, un samedi matin, Stéphane reçut un coup de fil de Jorge.

— Stéphane, je suis désolé... Il faut que tu sois courageux... Je sais que t'en es capable...

— Je t'écoute, papi. Tu m'inquiètes, là!

— C'est à propos de ta maman... On l'a retrouvée dans son lit, inanimée. Il n'y avait plus rien à faire.

— ...

— Ils ont trouvé une lettre. Elle est pour toi.

— ...

— Stéphane?

— Oui, papi, je suis là. Je... je... C'est pas possible! Je... je te rappelle, papi, je te rappelle...

Il courut se recroqueviller sur son lit et laissa aller sa douleur et son chagrin pendant un long moment, repassant dans sa tête les faits marquants de sa vie avec sa mère, avant de se ressaisir et de rappeler Jorge pour épancher sa peine avec lui.

Il sauta dans le premier train pour Paris, complètement chamboulé. En arrivant, il apprit que c'était Cristina, l'amie de sa mère, qui, n'ayant pas de nouvelles d'elle depuis deux jours alors qu'elles devaient se voir, avait appelé les gendarmes, lesquels, à leur tour, avaient convoqué sans délai un serrurier. Sur la table de chevet de la chambre encombrée, ils trouvèrent une bouteille de cognac presque vide, plusieurs tubes de somnifères, vides également, et puis cette lettre, non cachetée, qu'il mit dans sa poche sans la lire. Le corps avait été envoyé à la morgue, mais la thèse du suicide était largement privilégiée.

— C'est horrible! Qu'est-ce qui s'est passé? Je ne comprends toujours pas…

Stéphane connaissait naturellement le côté dépressif de sa mère. Sa neurasthénie était chronique, mais ne l'avait pourtant pas trop empêchée de fonctionner. Il savait qu'elle prenait régulièrement des somnifères, mais il avait découvert ce jour-là des boîtes d'antidépresseurs délivrés en bonne et due forme par le pharmacien.

— Elle était de plus en plus désarmée et désabusée, lui avoua Cristina, qui était revenue pour l'accueillir et lui offrir ses condoléances.

— C'était son grand problème, à maman, mais je ne pensais pas qu'elle en était rendue là. Je n'ai rien vu venir, et je n'étais pas là pour l'aider et l'écouter… Je m'en veux terriblement.

Et il fondit de nouveau en larmes en tombant dans les bras de son grand-père. Mais il ne put ensuite retenir sa colère.

— Pourquoi était-elle incapable de se confier?! Quand tu penses qu'elle a attendu quinze ans pour se livrer et me révéler une part si importante de son existence. Et encore, parce que je l'avais mise au pied du mur…

— Je comprends, Stéphane, tout ça doit être si dur pour toi. Je vais te laisser à présent, je sais que ton papi n'est pas loin, mais si tu as besoin, tu n'hésites pas. Sinon nous nous reverrons aux funérailles.

Stéphane se réfugia dans sa chambre pour pleurer. Et lorsqu'il revint au salon, les yeux rougis de son papi l'ébranlèrent.

— Tu as de la peine, toi aussi. Je comprends, avec tout ce que vous avez vécu, l'immigration chacun de votre côté, les périodes difficiles et puis la disparition de mon père qui vous a rapprochés.

— Je peux rester avec toi pour le dîner? lui proposa Jorge, dans un élan de solidarité.

— Tu es gentil, papi, mais je préfère rester seul. J'ai une lettre à lire…

— Je comprends. Je t'aiderai dès demain pour les formalités. Avec ma belle Telma, j'ai déjà donné. Et puis il faut que tu passes à la morgue reconnaître ta maman. Je t'accompagnerai, si tu veux.

— C'est d'accord, mais, en attendant, essaie de dormir!

Était-ce un moyen de conjurer le mauvais sort ou le simple désir de se venger des sales côtés de la vie, toujours est-il que Stéphane décida d'aller se procurer une bonne bouteille pour l'aider à lire les confidences que sa mère avait décidé de lui faire avant de mettre fin à ses jours.

N'ayant jamais été exposé aux soi-disant bienfaits de la drogue pour teindre la réalité en rose ou tenter de se défoncer, il considéra que le vin, c'était sa drogue à lui, dans les bons et les mauvais moments.

De retour chez sa mère, toujours sous le coup de l'émotion, il déboucha avec frénésie le flacon qu'il venait de se procurer, et le versa dans l'un des six grands verres qu'il gardait pour ses visites familiales.

Tout juste assis sur le sofa, il ouvrit la lettre et constata que l'enveloppe était très légèrement froissée, comme si quelqu'un l'avait lue avant lui. Qu'importe; tout en humant distraitement le vin rouge, il décrypta l'écriture hésitante de sa mère.

Elle avait selon toute vraisemblance commencé à boire. Tout en lui disant combien elle l'aimait, elle lui demandait d'accepter son geste désespéré, implorant son pardon pour tout ce qu'elle avait manqué avec lui, ce qu'elle n'avait pas su faire.

Elle expliquait aussi qu'elle avait compris que son beau-père envisageait la possibilité de déménager à Bordeaux, et qu'elle ne se sentait pas la force d'en faire autant, ni celle de se retrouver seule, loin de son fils et loin de Jorge qui la comprenait, qui l'avait toujours épaulée.

Elle lui disait qu'elle était fière de lui et heureuse de savoir qu'il avait trouvé un travail qu'il adorait. *C'est beaucoup, tu sais, avoir une situation que l'on aime*, poursuivait-elle. *Et puis, je souffre tellement, je dois prendre de plus en plus de médicaments. C'est trop dur, je ne vois pas le bout du tunnel.*

Stéphane prit une généreuse gorgée du grand cru, mais, pour la première fois, ne ressentit aucun plaisir. Ses pensées allaient toutes à sa Juliette dont la jeunesse avait été empreinte de tristesse plus que de joie, plombée par un cafard qui l'avait condamnée à une vie en demi-teinte, parsemée de blocages et de déceptions.

Il s'en versa de nouveau et constata qu'il n'avait aucun goût. Il savait qu'il n'était pas accablé d'une soudaine agueusie, mais ce soir, ce vin, certainement délicieux, ne lui disait rien, tout simplement rien.

Enfin, sa dernière phrase l'intrigua longtemps: *Occupe-toi bien de ton papi. Il n'est plus tout jeune et c'est un homme extraordinaire. Tu le sais, il l'a été avec toi. Surtout, ne le déçois pas. Je t'aime.*

C'est sur ces mots lus et relus, et transi par de pénibles frissons, qu'il écouta en boucle *Anthem*, le succès de Leonard Cohen, dont la dernière phrase du refrain peut se traduire par ces mots:

Il y a une brèche (une fissure, une faille ou une fêlure) en toute chose

C'est par là qu'entre la lumière...

Le lendemain, après la douloureuse expérience de la morgue, Jorge et lui allèrent se restaurer. Ils avaient plus ou moins faim, mais ils ressentaient l'urgence de se parler, de parler d'elle, de se rassurer en se demandant ce que l'avenir leur réservait avec ce grand vide causé par sa disparition.

— Tu sais, ça n'a pas été facile pour ta mère, mais tu n'y peux rien. Elle a toujours été courageuse. Se retrouver seule si jeune a modelé son caractère et sa personnalité. Je crois qu'elle était convaincue qu'elle ne pouvait s'ouvrir sur ses souffrances.

— Cette souffrance dont certains disent qu'elle façonne le succès. En tout cas, ça n'a pas marché pour elle.

— Non, c'est vrai! Et puis la mélancolie a fait place à la dépression.

— Mais pourquoi n'a-t-elle jamais refait sa vie?

— Ce que je sais, c'est que tu n'as rien à voir dans tout ça. Elle a fait ce qu'elle a pu. Nous aussi en la considérant comme notre fille, et toi, tu étais si souvent chez nous que tu n'es en rien responsable de ses déconvenues sentimentales.

— Je me pose encore pourtant la question.

— C'est ainsi, c'est le destin. En vieillissant, tu comprendras la différence entre la résilience, qui est plutôt une disposition très positive, et la résignation qui a une connotation négative. Ta mère, c'était, si je peux le dire de cette façon, un mélange des deux.

— Tu as probablement raison.

— Est-ce que je t'ai dit que c'est un peu à cause de moi si tes parents se sont connus?

— Non, pas que je sache.

— J'allais de temps en temps acheter des chaussures à la manufacture Scarpa où Juliette travaillait depuis plusieurs années. C'étaient des fins de série ou des souliers invendables à cause d'un défaut de fabrication. Et je la trouvais très gentille.

— Et alors?

— Un jour, elle est venue m'apporter une paire de mocassins à la maison, je ne sais plus pourquoi…

— Elle venait te les livrer directement chez toi ?!

— Nous avions sympathisé, et nous aimions discuter ensemble. Elle était charmante. Elle me posait des questions sur le Portugal, sur les motifs qui nous avaient poussés à émigrer, et sur bien d'autres sujets.

— C'est curieux, tout de même…

— Et puis Henri est arrivé ce jour-là et ils ont échangé quelques mots, quelques regards, c'est tout. Il savait donc où la retrouver, puis ils se sont fréquentés.

Même s'ils parlaient en toute franchise, cet entretien démontra une fois de plus que l'absence du père avait laissé nombre de lacunes, comme son éducation sexuelle qui s'était résumée à deux principaux épisodes.

La première fois, le jour de ses treize ans, sa maman lui avait remis un petit fascicule joliment illustré, avec lequel il avait dû apprendre à se débrouiller seul, et qui ouvrait tant de portes à l'imagination que ses questions de jeune ado restaient habituellement sans réponses.

La seconde, lors d'une virée très arrosée l'année de ses dix-sept ans, un de ses potes lui avait présenté l'amie de sa copine, une brunette franco-allemande de dix ans son aînée. Elle avait été généreuse en lui offrant deux heures de pure félicité dans sa petite chambre d'hôtel, mais, en guise de boni pour son dépucelage, un petit cadeau l'attendait une semaine plus tard qui ne manquait pas de piquant.

Complètement découragé parce qu'il ignorait tout de la marche à suivre pour se débarrasser de ces mini-crabes suceurs de sang, il s'était résolu, après deux rasages aussi douloureux qu'inutiles, à tout dire à sa mère. Elle lui avait illico presto conseillé d'aller à la pharmacie demander ce qu'elle appelait de la « poudre de perlimpinpin ». Contre toute attente, l'action du produit avait été si efficace qu'il avait un temps considéré sa maman comme une bienfaitrice de l'humanité qui lui avait sauvé la vie. Mais ça avait été la seule fois qu'il avait pu lui parler de son intimité.

— Dis-moi, Stéphane, je te sens ailleurs…

— Excuse-moi, papi, j'étais ailleurs en effet, mais je suis quand même près de toi, répondit-il doucement, en se faisant la réflexion que ce n'était vraiment pas le jour pour penser à tout cela.

Cependant, ce souvenir gênant qui s'était invité dans son esprit bien malgré lui ferait dorénavant partie pour l'éternité des petits et des grands secrets qu'il partageait avec sa mère.

Les obsèques furent émouvantes. Stéphane avait à ses côtés Daniela, sa cousine sicilienne, qu'il n'avait pas revue depuis leur aventure en 1994. Certes, ils étaient restés en contact étroit, et il l'avait appelée dès le lendemain.

— Penses-tu pouvoir venir avec ma tante ? Je comprends que c'est un peu précipité et que c'est onéreux, mais vous pourriez dormir à l'appartement.

Sa mère n'avait pu se résoudre à revoir la France dans ce triste contexte, mais n'avait rien fait pour empêcher sa fille d'y aller.

— Tu me représenteras. Et pourquoi tu n'en profiterais pas pour passer deux ou trois jours à Paris, chez ton cousin ?

Daniela arriva juste à temps et Stéphane avait même réussi à faire un grand ménage, ce qui n'était pas peu dire, sa chère Juliette étant atteinte du syndrome de Diogène, un trouble du comportement qui consiste à accumuler une foule d'objets sans utilité, et avec lequel il avait dû composer toute sa jeune vie. Il n'en parlait jamais, un peu honteux et accablé, mais il s'y était habitué, d'autant plus qu'il s'agissait d'une forme légère de la maladie, et que sa mère avait circonscrit son mal-être à sa chambre. Le reste du logement était en ordre, et elle était toujours propre et bien sapée, ce qui n'est pas toujours le cas chez les gens souffrant de ce trouble.

Toutefois, il avait rendu les armes quand il s'était rendu compte qu'elle était de nouveau dans le déni total lorsqu'il avait abordé le sujet. La seule chose qu'il avait réussi à faire, ça avait été d'en informer son médecin, un an auparavant, alors qu'il avait découvert cette curieuse pathologie qui portait le nom d'un philosophe grec de l'Antiquité. Et le médecin, dans toute sa mansuétude, avait laissé sous-entendre, pour le rassurer, que le déni était peut-être pour elle une manière de survivre.

C'est donc avec joie, en dépit des circonstances, qu'il retrouva sa chère et tendre cousine.

— Papi, je te présente Daniela, dont je t'ai tant parlé. Elle enseigne l'histoire de l'art à Palerme, et accepte des contrats pour un des plus beaux musées de la ville. Ah! je suis content que tu sois là...

— Je suis très heureuse, malgré la situation, d'être si près de Paris. Je vais pouvoir consoler un peu mon cher cousin et en profiter pour aller au Louvre et au musée d'Orsay. Enfin, je me suis planifié un petit programme.

— Stéphane m'avait dit que vous parliez merveilleusement le français. Il n'a rien exagéré.

— Je n'ai pas de mérite avec un papa qui l'enseigne et une mère qui le parle encore un peu.

— Il m'a raconté ses péripéties. C'est incroyable! Comment va votre maman, justement?

— Ah! les mœurs palermitaines étant ce qu'elles sont, les bons côtés sont inversement proportionnels aux mauvais. Quant à maman, je vous remercie, sa santé est bonne.

Peu de gens vinrent à la cérémonie qui fut d'une grande sobriété, mais le curé de l'église Saint-Étienne sut trouver les mots pour réconforter la famille, qui se résumait à un petit groupe de personnes, ainsi que les proches et les connaissances.

Égaré dans ses pensées, lui qui avait appris à méditer à Notre-Dame quand il allait écouter les grandes orgues, Stéphane se jura ce jour-là, un peu comme il l'avait fait à son retour de Sicile, de tout mettre en œuvre dans sa vie pour ne jamais sombrer dans le désespoir. Il le promit également à sa mère, à qui il devait bien cela.

Mais il songea, surtout après la conversation qu'il avait eue avec son papi la semaine précédente, à la lettre froissée qu'il suspectait ce dernier d'avoir eu l'indélicatesse de lire… par simple curiosité ou pour en savoir davantage sur sa belle-fille ?

Stéphane avait profité de son congé forcé pour mettre les affaires de sa mère en ordre, résilier le bail, disposer de ses effets personnels et donner des vêtements à Cristina et à des organismes caritatifs. La présence de Daniela, avec qui il avait eu le bonheur de parler chaque soir, lui avait mis du baume au cœur.

De retour à Bordeaux, il reprit ses activités avec empressement, ce qui l'aida à atténuer son désarroi. Son papi l'appela à la fin de février.

— Mon cher Stéphane, ma décision est prise ! J'ai mis le pavillon en vente et je viens m'installer à Bordeaux. Ça va me rapprocher du Portugal et de toi, du même coup !

— Ah ! quelle bonne nouvelle ! Quel genre de logement cherches-tu ? Je sais que tu as beaucoup de choses à déménager. C'est quoi, ton plan ?

— C'est très simple. J'ai mis mon agent immobilier sur le coup. Il a une filiale sur Bordeaux et il a démarré les recherches. J'aimerais trouver un studio dans un immeuble avec tous les services à proximité. Idéalement, il faudrait que tout soit réglé en mai ou en juin.

— Oh, c'est fantastique ! Quand tu auras des détails, tu me tiendras au courant pour que j'aille vérifier l'ambiance du quartier, le cadre de vie et les transports. Je te donnerai mon avis, si tu veux. Tu viendras visiter, j'imagine ?

— C'est prévu. Pour une nuit, je pourrais rester chez toi, on verra. Et toi, depuis les funérailles, ça va bien ?

— Ça va, ça va, mais heureusement que j'ai du pain sur la planche. Je n'ai pas trop le temps de penser.

En fait, il travaillait quasiment tous les jours de la semaine, mais ce qu'il préférait, c'étaient les reportages dans les vignobles et les rencontres autour du vin. Non seulement il pouvait en déguster – il avait appris à cracher comme un pro, cela ne posait donc aucun problème –, mais il en profitait pour améliorer ses compétences œnologiques, tant à la cave que dans la vigne.

Début juin 2000, il fut contacté par Corrado Campione, un ami italien installé à Rome qui avait étudié la photographie avec lui, mais qui avait bifurqué vers le journalisme artistique pour un hebdo romain. Il devait couvrir le concert de Pavarotti au Grand Théâtre de Bordeaux, et ils avaient décidé de déjeuner au Chapon fin le lendemain.

— Alors ? Raconte-moi ! lui demanda d'emblée Stéphane.

— *Magico !* J'avais une entrevue de vingt minutes avec le grand Luciano avant sa répétition, et puis, dans une salle pleine, il nous en a mis plein les oreilles et plein le cœur, avec une maîtrise à couper le souffle. *Magistrale !*

— Mais comment tu peux avoir la possibilité de le rencontrer si facilement ?

— En tant que journaliste, c'est déjà plus facile. Mais surtout, mon père et lui sont originaires de Modena. Quelqu'un le lui a dit et ça, c'est le *migliore* des laissez-passer ! Et j'ai eu droit à cinq minutes supplémentaires.

— Formidable ! Dis-moi, tu m'avais demandé un bon restaurant, j'espère que tu vas apprécier mon choix. Et c'est surtout plus abordable le midi.

— C'est magnifique et c'est original et, d'ailleurs, tu es mon invité. À propos, c'est quoi, un chapon ? Tiens, je t'ai apporté un petit cadeau parce que je suppose que tu ne bois que du Bordeaux maintenant.

— Pas du tout ! D'ailleurs, j'ai un présent pour toi, moi aussi. Vas-y, à toi l'honneur ! Pendant ce temps, je t'explique ce que c'est qu'un chapon. C'est un jeune coq qui a été châtré et engraissé pour que sa chair soit plus tendre et plus moelleuse que celle du poulet. Châtré pour les animaux et castré pour les hommes.

— Chez nous, on dit « *castrare* », et le *castrato* est un chanteur qui a gardé sa voix de soprano. Il a fallu que j'apprenne tout ça pour couvrir les concerts comme celui d'hier soir.

— On dit « castrat » en France. Bon, tu connais ce vin ? l'interrogea Stéphane.

— Mais c'est un vin italien ! Un amarone della Valpolicella. Où as-tu trouvé ça ?

— Eh ! eh ! dans la boutique où je suis à mi-temps. Tu connais ?

— J'en ai bu une fois, je crois. Ça vient d'où ?

— Ne me dis pas que c'est moi qui vais te montrer les vins de ton pays ? Il vient de la Vénétie, pas loin de Vérone.

— Je devais aller assister à un concert aux arènes de Verona, mais ça a été annulé. À Roma, côté vins rouges, on boit surtout des vins toscans avec les copains, avec le choix que nous avons. Allez, c'est ton tour !

— *Cepparello ! Isole e Olena*. Je ne connais absolument pas.

— Tu verras, c'est très bon. Du pur sangiovese. Le propriétaire est tout un personnage. Et ton grand-père, tu as de ses nouvelles ?

— Oui, il va venir s'installer ici très bientôt. Je ne te l'ai pas dit, mais j'ai perdu ma mère, et j'ai donc moins de raisons de monter à Paris.

— *Oh, condoglianze, Stefano !* C'est arrivé quand ?

— Fin janvier. Un sale coup ! Je m'en remets peu à peu, mais je t'avoue que ce n'est pas facile. Elle souffrait et elle a décidé de s'enlever la vie. Elle était au bout du rouleau…

— *Oh, mi dispiace…*

— En tant qu'Italien, tu sais ce que c'est que de perdre la *mama. È così che va la vita*, c'est ce qu'on dit, non?

— Tout à fait! *Allora, alla vita! Salute!* Tu sais, je suis très heureux de te revoir.

Au cours de l'été, Stéphane quitta son meublé de la rue du Petit Goave pour un petit duplex où il allait passer cinq années plutôt sympas. Il s'était éloigné un peu du centre-ville, et découvrait une partie de Caudéran, aux abords du Parc bordelais, où il ferait régulièrement du vélo.

Mais l'argument massue, en plus de l'espace qu'il venait de gagner, était tout bêtement le nom de sa rue, la rue Charles-Baudelaire, ce poète du XIXe siècle qui avait écrit *L'âme du vin*, un des plus beaux textes que son papi lui avait appris.

Il avait effleuré son œuvre au bahut, gardant le souvenir des plus beaux morceaux des *Fleurs du mal*, et il éprouvait une sorte de fierté quand il donnait son adresse postale, en appuyant volontiers sur «Charles-Baudelaire»!

Quant à Jorge, son départ de la région parisienne pour la capitale girondine se concrétisa finalement en septembre. Il était comblé, s'étant dégoté un bel appartement au troisième étage d'une résidence pour retraités autonomes. Il avait accès à une ligne d'autobus pour se rendre à la gare ou chez son petit-fils, et il pouvait trouver tout ce dont il avait besoin à cinq cents mètres de chez lui. Mais ce qui était surtout précieux à ses yeux, outre l'aspect sécuritaire, c'est qu'il avait un grand garage au premier sous-sol, où il allait non pas stationner son auto pour la bonne raison qu'il s'en était séparé, mais y aménager, comme il l'entendait, une bonne cave à vin.

Le 9 octobre, il reçut un coup de fil de son petit-fils :

— Papi, tu te souviens de ce sommelier français dont je t'ai parlé, qui était arrivé deuxième dans un concours à Tokyo ? Il a gagné le titre de meilleur sommelier du monde à Montréal hier soir. C'est stupéfiant !

Des choses à se dire

Les cinq années qui suivirent furent florissantes pour notre photographe et caviste à temps partiel. Il avait repris ses Rendez-vous bachiques, sans obligation, quand l'occasion se présentait.

Au chapitre des relations sentimentales, d'aucuns pouvaient penser qu'il filait le parfait amour avec Chantal, mais c'était une image relevant purement de la métaphore, car il s'agissait plus d'une liaison confortable, un peu terne et sans grandes surprises, que d'une ardeur assouvie, ce qui le consternait parfois. En d'autres mots, il n'était pas dupe, et il se doutait bien qu'il allait devoir papillonner à brève ou à moyenne échéance…

En revanche, tant du point de vue professionnel que sur le plan des rencontres, le ciel était bleu.

Il affinait sa compréhension de ce monde du vin qui devenait de plus en plus tendance en France comme ailleurs sur la planète, mais qui restait plutôt hermétique dans ce Bordelais où, timidement peut-être, il avait enfin ses entrées. Et la présence du papi, qu'il allait voir au moins une fois par semaine, ne faisait que le préparer à prendre un jour le relais de cet homme qui lui avait tant appris.

C'est durant cette période qu'il entama ses collaborations avec Charlie, le journaliste avec qui il formerait un tandem précieux, basé sur la confiance et l'amitié. Le premier reportage qu'on lui confia avec ce dernier était d'ailleurs des plus inhabituels.

— Almeida, toi et Charlie, vous allez faire un reportage sur un peintre du vin, annonça le rédacteur en chef du journal. Ça devrait vous plaire et il paraît qu'il est bon, mais je me méfie. On commence à voir et à entendre n'importe quoi à propos du vin.

— Il est où ? demanda Stéphane.

— Dans le secteur. Charlie a ses coordonnées.

Quelques jours plus tard, ils rencontrèrent Philippe Dufrenoy, un démographe de formation, qui vivait enfin de son talent après avoir été économiste. Il leur révéla d'ailleurs qu'il s'emmerdait entre les chiffres et les graphiques.

Il avait mis au point une technique permettant de peindre avec du vin des portraits ou des propriétés connues. Le résultat aurait pu être catastrophique, mais, contre toute attente, ils furent renversés devant son habileté qui confinait à la virtuosité.

Philippe prenait des photos de ses modèles, humains ou architecturaux, et se mettait à l'ouvrage avec des vins dont le nom et le prestige apportaient, si on peut dire, une valeur ajoutée au résultat final, sans compter que le châtelain apposait sa griffe à côté de celle de l'artiste.

Détail non négligeable, il s'assurait d'avoir affaire à un cru coloré, c'est-à-dire riche en pigments qui donnent la couleur des vins rouges et les teintes grenat ou rubis, amarante ou garance, pourpre ou mauve, vermeil ou rouge carmin, nuances qu'il se plaisait à énumérer, le pinceau à la main.

— Êtes-vous libres tous les deux samedi en quinze ? s'informa Philippe à la fin de l'entrevue. J'organise un vernissage à Pauillac, vous pourriez couvrir l'événement.

Charlie le remercia, mais refusa l'invitation, tandis que Stéphane, qui souhaitait entretenir un lien amical avec ce personnage, lequel avait l'avantage, en plus d'être talentueux, de rencontrer les propriétaires des châteaux parmi les plus connus du Bordelais, attrapa la balle au bond.

— Si mon collègue ne peut pas se libérer, est-ce que, n'ayant plus de voiture, je peux venir accompagné d'un ami qui m'y conduira ? Je ferai des photos, mais je ne peux rien promettre pour une publication.

— Pas de souci, c'est pour le plaisir. Et il devrait y avoir de bonnes quilles à partager !

La petite réunion en question se déroula bien. Elle eut lieu en présence de journalistes locaux, de responsables de crus bourgeois et de deux ou trois crus classés. À la fin de la dégustation, Philippe inversa les rôles en demandant à Stéphane de sortir pour le prendre en photo avec son petit Canon automatique.

Dès que Stéphane se retrouvait tout seul, le plus souvent dans la simplicité de son appartement, il était en proie à une sorte d'abattement, rattrapé par son passé et les millions de questions qui le torturaient encore.

Le décès de sa mère l'avait amené à une vaste réflexion sur ce père qu'il avait pendant longtemps cru mort, pour apprendre ensuite qu'il s'était fait la malle dans des conditions nébuleuses et qu'il était vraisemblablement toujours vivant. Mais puisqu'on n'en avait jamais parlé, à la maison comme chez ses propres parents, cela donnait l'impression que le pauvre était tombé dans les oubliettes.

Certes, Stéphane avait surpris, plus jeune, une discussion entre Jorge et Telma qui disait avoir reçu une lettre de leur fils provenant d'Australie, où visiblement il vivait. Il avait essayé d'en savoir un peu plus auprès de sa mère, mais il se heurtait chaque fois à une chape de plomb sous laquelle se terrait dans le plus grand des mystères l'itinéraire de cet homme qui avait déserté le foyer et coupé le cordon avec ses deux familles.

— Demande à ta mamie ! Elle en sait plus que moi.

Mais sa grand-mère n'était guère plus bavarde. Une fois, cependant, elle s'était livrée à lui. C'était bien avant son départ pour la Sicile.

— Tu sais, mon petit, je ne sais pas si tu reverras un jour ton papa. J'ai de bonnes raisons de croire qu'il vit loin d'ici, mais on n'en sait pas plus.

La rébellion qui accompagne l'adolescence n'avait rien arrangé, puis ses études en photographie, suivies de l'armée et de son installation à Bordeaux, l'avaient empêché de mener ses propres investigations. Pire que cela, il avait pour ainsi dire fait une croix dessus.

Mais Internet allait changer les choses ; c'est du moins ce qu'il imagina un peu naïvement.

La relation directe qu'il entretenait avec son grand-père veuf, qui vivait désormais à Bordeaux, avait malgré tout rouvert le robinet des confidences.

Un soir, après le dîner, il s'adressa à lui avec une fébrilité soudaine.

— Papi, on n'aurait pas des choses à se dire ?

— Pourquoi me demandes-tu ça ?

— Écoute, j'aimerais comprendre, il a fait une connerie, mon père, pour se sauver comme ça ? Il a tué quelqu'un pour vous larguer de la sorte ?

— Non, c'est beaucoup plus simple. Ta mère te l'a pourtant dit. Il n'a pas aimé être mis devant le fait accompli à propos du passé familial de sa nouvelle épouse, qui ne lui avait rien dévoilé auparavant. C'est à ce moment-là que nous l'avons appris, nous aussi.

— Ah! je comprends à présent ton air faussement étonné quand je t'ai dit que je venais de le découvrir à mon tour, surtout de cette façon.

— Ben oui! Et puis peut-être avait-il eu du mal à accepter lui-même le flou entourant ses racines portugaises, qu'on tentait de camoufler pour mieux s'intégrer dans notre pays d'accueil.

— Mais enfin, tu ne fuis pas à l'autre bout de la terre pour ça!

— Il faut que je te dise qu'il détestait son prénom francisé. Il voulait qu'on l'appelle Henrique.

— Sois sérieux, s'il te plaît! Je n'ai plus dix ans.

— Bon… Tu te souviens que nous avons eu un autre garçon après lui?

— Il s'appelait Jean, je crois.

— Ou João en portugais. Tu sais qu'il est mort à l'âge de trois ans, emporté par une méningite aiguë. Avec Telma, nous avons continué à l'appeler Petit Jean.

— Vous m'en avez si peu parlé. Et j'ai respecté votre silence.

— Trop de peine qu'on a voulu garder pour nous, sans aucun doute. Bref, ton père l'adorait et s'en occupait vraiment bien. Ils étaient très complices. Et lorsque le drame est arrivé, Henri en a beaucoup souffert, et il s'est peu à peu refermé sur lui-même. Il ne comprenait pas et je pense qu'il ne l'a jamais accepté.

— Ça a dû être horrible pour vous.

— Et pour lui tout autant. Bref, en plus d'une jeunesse mouvementée, il a plus tard très mal vécu plusieurs expériences avec trois de ses employeurs quand il était serveur, ce qui fait qu'il a fini par avoir une mauvaise opinion des gens qui l'entouraient. Il pouvait être très sociable, mais il était à couteaux tirés avec ceux qu'il considérait comme arrogants et méprisants. La vérité, c'est que, même s'il était né en France, il avait du mal avec la gauloiserie de certains de ses compatriotes qui se croyaient au-dessus de tout.

— Qu'est-ce qui s'est passé avec ces trois patrons ?

— Bah ! pour l'humilier, le premier lui avait envoyé un coup de manche à balai dans le visage, en plein sur son nez qui était déjà amoché à la suite d'un accident de la route dans lequel il avait failli perdre la vie.

— Quel abruti !

— Le pire, c'est que ce type était le chef du restaurant et fils de la propriétaire, une brave dame qui avait eu pitié de lui en l'embauchant. Ses enfants piquaient dans la caisse tous les jours.

— Et il n'avait pas porté plainte ? Ça me dégoûte ! Et toi, tu n'as rien fait ?

— On ne portait pas plainte pour ça, sinon on perdait son job. Et puis, sans exagérer, c'était presque la norme dans les relations en restauration.

— Lamentable ! Et les autres ?

— Je ne me souviens plus de ce qu'avait fait le deuxième. C'était un maître d'hôtel déséquilibré, complètement barjo, qui prenait ses collègues pour des larbins. Le temps d'une saison, il avait épousé une serveuse qu'il avait séquestrée – les flics avaient dû intervenir – et il passait son temps à tyranniser ton père.

— Et là encore, pas de plainte, on souffrait en silence, c'est ça ?

— Je sais, c'est pitoyable. Henri a cherché ailleurs et il a trouvé en province un poste de chef de rang. L'équipe était à la hauteur, si je me souviens bien, mais le gérant était un imbécile belliqueux qui avait le cerveau en jachère. Ce pervers raciste se battait littéralement avec le plongeur – qu'il appelait « le raton laveur » parce qu'il était Arabe – et n'aimait pas beaucoup Henri, qui était devenu un peu la coqueluche de tout le personnel et des clients, et en même temps son souffre-douleur, qu'il rabaissait sans cesse. Que veux-tu, c'était un vrai tocard, un ancien chef de cuisine complètement caractériel et taré.

— Excuse-moi de t'interrompre, mais quelqu'un m'a dit que c'est un pléonasme de qualifier un chef de cuisine de caractériel.

— À cette époque, probablement. Bon, il devait y avoir des exceptions... Bref, un matin, ce type, qui était toujours en train de proférer des injures, entre dans les toilettes rien que pour engueuler Henri qui était de corvée, et lui met la tête dans la cuvette, comme ça, pour le plaisir. Là, au moins, Henri s'était débattu et le crétin était parti en courant.

— Évidemment, il n'a pas porté plainte.

— Je te l'ai dit, ce n'était pas dans les habitudes. Toujours est-il qu'un jour, sans rien dire, Henri a pris la poudre d'escampette, trois semaines environ après son mariage.

— Pour l'Australie, je sais! Vous avez fait des recherches? Maman m'avait dit que c'était si loin que cela ne servait à rien.

— En effet, quelques mois après les faits, nous sommes allés avec ta mère signer une déclaration à la gendarmerie. Les policiers ont ouvert une enquête, mais, en constatant qu'Henri avait emporté ses papiers, son argent et des effets personnels, le procureur l'a classée sans suite un an plus tard, persuadé qu'il s'agissait d'une disparition volontaire.

— Ils ont donné des explications?

— Il paraît qu'il y en a des milliers par année. À cause du chômage, des affaires de dettes communément ou pour des raisons très personnelles, le déshonneur par exemple.

— Quelle misère! Et puis après?

— On n'a pas eu de nouvelles pendant cinq ans. Et puis, à Noël 1981, on a reçu une première lettre d'Australie dans laquelle il disait qu'il venait d'apprendre ta naissance et qu'il avait rencontré une jeune femme. Ta mamie était dans tous ses états, mais nous n'étions pas trop surpris parce qu'il avait souvent dit qu'un jour il aimerait émigrer dans ce pays lointain. Il n'avait jamais parlé d'un autre pays.

— Pourquoi vous ne m'avez rien dit?

— Tu avais cinq ans, essaie de comprendre. On a reçu d'autres lettres, pour les fêtes de fin d'année, mais pas tous les ans, et, chaque fois, il disait que tout allait bien, sans donner d'indications qui auraient permis de le joindre. C'était terrible parce que ça ressemblait à un monologue...

— J'aimerais les voir, ces lettres, s'il te plaît.

— Entendu, je te les montrerai. Et puis, en 1985, on a appris que sa compagne venait d'accoucher d'une petite fille.

— Tu es en train de me dire que j'ai une demi-sœur qui vit en Australie ? Inimaginable !

Deux semaines plus tard, Jorge remit à son petit-fils des lettres soigneusement pliées dans leurs enveloppes, adressées à Telma, avec deux timbres clairement oblitérés à Sydney.

— Tu ne m'avais pas dit ça, papi. Pourquoi il ne s'adressait qu'à sa mère et non à toi ? Vous aviez un problème, tous les deux ? Papi, tu ne m'as pas tout dit !

— À quoi bon ? Tu sais, il était compliqué, ton père. Et je suppose que c'était son modus operandi, que, pour lui, c'était du pareil au même. D'ailleurs, j'en ai parlé à un psychiatre que je croise dans mon club de dégustateurs, sans lui dire que c'était mon fils mais plutôt celui d'un ami, et il m'a expliqué que cet homme souffrait probablement d'une schizophrénie paranoïde, à tout le moins d'un complexe de persécution.

— C'est curieux, observa Stéphane, déconcerté. Et il a su pour la mort de mamie en 1995 ? A-t-il écrit après son décès ?

— Euh... non, je ne pense pas.

— Comment ça, tu ne penses pas ? C'est oui ou c'est non ?

— Je ne me souviens pas... Non, il n'a pas réécrit.

— Bon, je vais faire des recherches de mon côté.

Stéphane se renseigna auprès du ministère de l'Intérieur à Paris, qui détenait la compétence voulue pour joindre les consulats concernés, mais il apprit rapidement que, dans le cas d'un départ volontaire, les démarches sont effectuées dans le respect de la vie privée, ce qui signifie que, si on retrouve la personne recherchée, on ne communique ses informations et ses coordonnées qu'avec son consentement.

Pire encore, sans signe montrant que l'individu disparu est en danger, ce qui était le cas, une enquête officielle est impossible et aucun avis de recherche ne peut être émis par les autorités pour la bonne raison qu'une personne majeure a le droit de disparaître en toute légalité.

« Je dois me démerder pratiquement tout seul, pensa-t-il, une fois rentré chez lui. Je ne vais quand même pas me rendre à l'autre bout du monde, sans aucune autre info que ces tampons postaux ! Aussi bien chercher une aiguille dans une botte de foin. »

Tout au plus, Internet lui permit d'en apprendre davantage sur l'Australie, un pays si vaste qu'il en fut découragé. Quoiqu'il eût limité ses investigations à Sydney et aux environs et relevé les coordonnées des hôtels et des restaurants les plus connus, il avait la vague impression de jeter des bouteilles à la mer. Il en avait contacté bon nombre, mais aucune réponse ne lui était parvenue. Et si son père avait changé de nom en cours de route ?

Ces pensées décourageantes n'empêchaient heureusement pas la vie de suivre son cours. Et c'est ainsi qu'avant la récolte 2002 qui s'annonçait médiocre – sauf aux alentours de Sauternes –, Stéphane et une journaliste eurent le mandat de rencontrer le directeur du château Cheval Blanc, afin de discuter notamment des réalités climatiques, qui commençaient à en préoccuper plus d'un.

Stéphane était aux anges, heureux d'arpenter ce cru mythique de Saint-Émilion.

— Tu crois qu'ils vont nous faire goûter quelque chose? demanda Stéphane à la journaliste.

— J'imagine, mais tu sais que je m'y connais moins que toi en la matière…

Cinq minutes après leur arrivée au domaine, Pierre Lurton, la mi-quarantaine, leur raconta brièvement son cheminement professionnel. Il se destinait à la médecine, mais il avait arrêté ses études à vingt-deux ans pour faire ses classes sous la direction du grand œnologue Émile Peynaud et les conseils de son oncle André. Fraîchement diplômé, il était resté onze ans au Clos Fourtet, un bien familial situé non loin de là, avant de prendre les rênes de Cheval Blanc en 1991.

— Bon, c'est assez pour moi. Allons faire le tour… On va se rendre dans les vignes et je répondrai à vos questions en cours de route. Le temps n'est pas de la partie, mais on va s'en sortir.

Stéphane apprécia particulièrement cette expérience. Non seulement il fut interpellé par l'antinomie entre la simplicité des lieux et la renommée planétaire de ce cru, mais il tomba sous le charme, à l'instar de sa collègue, de ce Lurton qui s'exprimait avec beaucoup de gentillesse et de modestie et qui, de surcroît, maîtrisait si bien son sujet.

— Ah! je ne vous cache pas que je rêve de donner à ce grand vin l'écrin qu'il mérite. Mais je ne désespère pas, les nouveaux propriétaires ont les moyens de mes ambitions, si je puis dire.

— À quoi pensez-vous?

— À un cuvier inédit. Ce sera le chai du XXIe siècle, qui sera futuriste, mais intégré dans la nature en toute discrétion. Nous avons un grand architecte en vue. Allez, si j'ai répondu à toutes vos questions, mademoiselle, c'est l'heure de la dégustation.

Stéphane ne se fit pas prier et, après avoir pris autant de photos qu'il avait voulu, s'octroya cette parenthèse qui allait être un moment de plénitude.

— Nous allons commencer par Le Petit Cheval, un 2000. C'est le second vin du château, mais je vous rassure, il est bon quand même.

C'était là tout l'humour des Lurton – et Stéphane allait en fréquenter d'autres dans les mois et les années à venir – et à coup sûr une façon de se mettre à la portée d'autrui en faisant semblant de minimiser l'importance qu'on voulait accorder, dans certains milieux, à ces bouteilles tant convoitées.

Et c'est ce qui leur plut alors que Pierre confessa, avec des étincelles dans les yeux, qu'il venait de reprendre à titre personnel une petite exploitation, le château Marjosse, où il allait produire tout bonnement, lui, le maître de ce grand cru classé, un simple bordeaux rouge et un entre-deux-mers.

Il faut dire que, pour le prix d'une bouteille du second vin, qui était encore jeune mais d'une finesse remarquable avec ses tanins de velours, on pouvait s'acheter douze ou quinze bouteilles de bordeaux supérieur.

— Bon ! Comme vous avez été très attentifs, je vais vous servir un Cheval Blanc 1995.

— Un très beau millésime ! Nous sommes gâtés.

— Je l'ai ouvert hier pour vérifier un détail, mais ça devrait aller. Qu'en pensez-vous, Stéphane ?

— Ah ! je suis un peu intimidé.

— N'ayez crainte ! C'est du Cheval Blanc, mais cela reste du vin.

— Bon, je m'essaye. La robe est magnifique. Je sens dans le bouquet une note de myrtille et un peu de cacao. Ensuite, c'est la rondeur et la qualité de la texture et des tanins qui m'épatent. Je suis ému. Et quelle persistance !

— Eh bien, pour un gars gêné, c'est pas mal du tout.

« Et dire que, pendant ce temps-là, je suis payé », pensa le jeune photographe, les yeux clos, savourant lentement le grand vin qui avait toujours fait la part belle au cabernet franc.

— Maintenant, j'ai une surprise pour vous, annonça Pierre en s'éclipsant sur la pointe des pieds.

Il revint cinq minutes plus tard en compagnie de Philippe, le peintre du vin.

— Mais qu'est-ce que tu fais là ? demanda Stéphane.

— Bonjour !... Voici un p'tit cadeau. J'ai demandé à Pierre une bouteille de Petit Cheval et je me suis mis à l'ouvrage, déclara-t-il en sortant de sa grande chemise cartonnée l'effigie de Stéphane peinte au vin.

— Non, c'est pas possible !

— Eh oui, je tenais à te le dire, tu es un véritable œnophile et tu ne te prends pas la tête. C'est pour ça que je t'ai pris en photo la dernière fois qu'on s'est vus. J'ai parlé de toi à Pierre, et il m'a prévenu que tu serais là aujourd'hui.

— Je viens de réaliser un rêve qui était inaccessible pour moi, celui de visiter un grand cru, et, en plus, je repars avec cette œuvre très personnelle. Vous me touchez. Merci, Pierre ! Merci, Philippe !

— Mouais ! Tu ne t'attendais pas à ça ? lui dit sa collègue sur le chemin du retour.

— Quel choc ! Le papi va être content quand je vais lui montrer ça. Et ce Pierre, quelle classe ! C'est sûrement un des hommes du vin qui en parlent le mieux. Et cette précision dans le vocabulaire ! Il est très inspirant !

— Tu ne t'es pas mal débrouillé non plus.

— En tout cas, la réputation de gens snobs à Bordeaux est souvent surfaite ou inexacte. Il y en a incontestablement, mais ce n'est pas parce que tu es poli que tu es prétentieux. Ça fait six ans que je vis dans les parages, et je trouve qu'il y a ici des gens très sympas. Il suffit de prendre le temps de les connaître.

— J'espère bien, je suis née à Bordeaux !

— Merci en tout cas de m'avoir ramené chez moi.

— J'en suis ravie. Mais, dis-moi, tu n'as pas de voiture ?

— Je n'en ai plus, en fait. J'ai eu un accident cet été dans l'Entre-deux-Mers, du côté de Blésignac. J'étais avec deux copains et je me suis endormi. Je me suis pris une borne et mon bolide a capoté.

— Vous aviez picolé ?

— Même pas ! Deux verres de vin, j'étais crevé et je suis tombé dans les bras de Morphée, qui est un vieux pote.

— Bon, on en apprend tous les jours...

— Rassure-toi, c'est le seul mec avec lequel j'accepte de m'endormir...

— Et alors, qu'est-ce qui s'est passé ?

— J'ai gardé mon calme, j'ai coupé le contact même si nous étions à l'envers. Et puis nous sommes sortis chacun notre tour par l'ouverture du pare-brise qui avait sauté.

— Pas de blessés ?

— Légèrement au visage et des courbatures pendant trois semaines.

— Vous avez eu de la veine, dis donc.

— Une veine de cocu ! La caisse était finie, mais on s'en est sortis avec beaucoup de chance. Désormais, j'ai une vespa pour rouler en ville... Pour aller à la campagne, c'est une autre paire de manches.

Avec ce qu'il venait de vivre, il passa la soirée seul, sereinement, avec sa guitare et une bouteille du château La Louvière 1995.

Quelques gouttes de porto
qui ruissellent sur tes lèvres
Quelques gouttes de bordeaux
Et ton doux regard m'enfièvre

Quelques gouttes de nuits-saint-georges
qui glissent au fond de ta gorge
Quelques gouttes du grand yquem
pour te dire que je t'aime

Sur la route

Le printemps 2003 fut justement pour Stéphane le moment d'admettre l'importance de relativiser dans ce monde du vin, tout autant que dans sa propre existence. Ses recherches du côté paternel étaient au point mort, mais les visites de vignobles se poursuivaient, pour son plus grand plaisir.

Au journal, il adorait le projet original qui consistait à présenter aux lecteurs deux propriétés voisines, installées sur la même commune, portant des noms similaires, mais que tout oppose pourtant. Quand il apprit que la première rencontre du reportage aurait lieu au château Margaux, il sauta de joie.

Il se souvenait de sa présentation devant ses copains d'armée et, à présent, il pourrait leur dire qu'il arrivait par la grande porte avec ses deux appareils photo qui lui permettraient d'immortaliser ce moment réservé habituellement aux privilégiés.

Entre les parcelles joliment dessinées, les chais, beaux et inspirants comme des cathédrales, et la dégustation, la visite apporta une fois de plus son lot de découvertes.

Paul Pontallier, le directeur général, les accueillit avec déférence et joua la carte de la discrétion, loin de l'esbroufe dont étaient capables, Stéphane allait le constater par la suite, certains gérants de château opportunistes qui n'avaient ni sa compétence ni sa sensibilité.

Trois jours plus tard, direction Domaine de l'île Margaux. Changement radical de décor même si l'on se trouvait à environ mille cinq cents mètres du grand cru à vol d'oiseau.

Par la force des choses, l'environnement n'était plus le même, puisqu'il fallait prendre une barge motorisée pour se rendre sur cette petite île effilée en plein estuaire de la Gironde et sur laquelle se déploie une viticulture balayée par les vents et alimentée par les marées.

Posé, un peu sur la réserve, le propriétaire, Gérard Favarel, raconta qu'au XIXe siècle, le vignoble des îles avait résisté à l'invasion du phylloxéra, le puceron dévastateur qui avait anéanti en quasi-totalité les vignes de l'Hexagone. Puis il parla de son désir de préserver le littoral, et exposa pourquoi il s'était entiché de ce site étonnant dont la moitié de la surface était consacrée à la culture de la vigne.

— Vous savez, les conditions de vie ne sont pas faciles ici à cause de l'éloignement de la terre ferme. Il faut notamment faire passer l'électricité sous l'eau et forer à soixante-dix mètres de profondeur pour avoir de l'eau potable. Ce sont de vraies contraintes, mais, pour moi, cet endroit reste une véritable perle dans l'estuaire, parce qu'on peut y élaborer différentes cuvées, dont un bordeaux supérieur qui connaît un bon succès.

En rentrant au bureau, Stéphane ne put s'empêcher de redire à son collègue la bonne idée qu'il avait eue de faire ce parallèle des plus évocateurs.

— C'est là qu'on comprend qu'il y a un temps pour boire du Château Margaux qui va te procurer des tonnes d'émotions, et un autre pour apprécier le vin de l'île Margaux, mais différemment et à moindre coût.

— C'est exact, surtout lorsqu'on connaît le prix du premier, rédhibitoire pour le commun des mortels, et que, en fonction du millésime, tu peux t'acheter pour le même montant quatre caisses de douze bouteilles de l'île Margaux. Le vin est-il quarante-huit fois supérieur?

— C'est pas de cette façon qu'il faut raisonner. Il suffit de faire la part des choses et tout se met en place, tu ne crois pas? Tiens, j'ai un titre pour ton papier: « Quand les vins du peuple côtoient sans complexe ceux de l'aristocratie! »

L'été qui suivit fut terriblement meurtrier: une canicule anormale compliqua la récolte un peu partout au pays et fit perdre à de nombreux vignerons une grande partie de celle-ci, mais surtout, ce qui était aussi horrible qu'insensé, elle causa la mort de près de quinze mille personnes âgées et déshydratées.

À la même époque, et a contrario, les relations de Stéphane avec Chantal s'étaient tellement refroidies qu'ils se séparèrent à l'amiable au courant de l'automne, à la satisfaction des deux parties... S'engageant principalement dans ses activités professionnelles, il allait pouvoir marivauder de nouveau...

Sans calendrier et selon l'humeur du jour, il invitait régulièrement son papi pour un déjeuner chez lui, et parfois c'était ce dernier qui rendait la pareille en l'emmenant au restaurant. La notoriété gastronomique de la ville n'était pas encore à son meilleur, mais cette réalité s'expliquait aisément par le fait que les châtelains se faisaient en toute logique un honneur et un devoir de recevoir leurs visiteurs dans le cadre, exceptionnel la plupart du temps, de leur château.

Le métier de traiteur haut de gamme s'était développé aux dépens de la restauration classique, même si quelques adresses étaient courues par les amateurs, en plus des brasseries traditionnelles et des bistros à vins qui avaient la cote.

C'est à La Tupina que Jorge aimait aller, et cela pour plusieurs raisons. Le truculent propriétaire, quoique né dans la région, était issu de l'immigration grecque, et sa cuisine, inspirée des spécialités du Sud-Ouest et dans laquelle le foie gras et autres plats à la graisse d'oie ne manquaient pas, était succulente. Le grand-père de Stéphane se fichait de la renommée internationale que l'établissement avait acquise ; il avait surtout le sentiment de retrouver une cuisine authentique, un peu comme celle qu'il avait connue dans sa jeunesse. En plus, il pouvait se satisfaire d'une carte des vins qui proposait tout autant des petits producteurs régionaux que les grands crus du secteur.

Au cours d'un dîner au printemps 2004, alors qu'il mangeait une grillade accompagnée d'un Clos des Mûres, des Domaines Paul Mas, Jorge fit à son petit-fils une proposition séduisante.

— Que dirais-tu d'aller faire une tournée dans le Languedoc-Roussillon ? Il paraît qu'on y trouve des vins de plus en plus intéressants.

— Tu sais bien que je n'ai plus de voiture et, en scooter, ça me semble difficile.

— On va en louer une, c'est tout !

— Et mon expérience au volant est plutôt limitée.

— Justement, ça va te faire un bon entraînement. Je te fais confiance et tu rouleras doucement. Je m'occuperai des menues dépenses.

Trois semaines plus tard, Stéphane prit un faux congé dans la mesure où les appareils photo faisaient partie de cette expédition qui allait durer trois ou quatre jours. Et après deux heures de route, il avait vite retrouvé ses réflexes de conducteur.

— Ah ! papi, je voulais te dire, il y a un havre de paix dans les Corbières, le château de Lastours dont on m'a dit grand bien. C'était, paraît-il, un endroit extraordinaire qui permettait à des handicapés intellectuels de vivre dans la dignité.

— Pourquoi tu en parles au passé ?

— Des Bordelais viennent d'en prendre le contrôle, et ils sont en train de tout changer. Ce sera pour une prochaine fois... Mais nous allons arriver sous peu dans la même appellation chez un certain Jean-Noël Bousquet.

Bâti comme une armoire à glace, cet ancien rugbyman, sur les pieds duquel il valait mieux ne pas s'aventurer, affichait sans détour, avec son fort accent occitan, toute son opiniâtreté. Chacun son verre à la main, la conversation démarra rondement.

— J'ai acheté mon premier hectare de vigne à dix-sept ans. Cinq ans plus tard, je me suis installé en tant que jeune agriculteur pour en cultiver huit autres en fermage. Et je portais mon raisin à la coopérative. Aujourd'hui, je connais la valeur des choses et je ne dois rien à personne.

En fait, les deux visiteurs réalisèrent que, sous son apparence brut de décoffrage, il s'agissait d'un tendre visionnaire qui avait fait preuve de perspicacité.

— Faut reconnaître que la génération des années 1950 cherchait trop la facilité. On délaissait les coteaux pour planter dans la plaine et faire du rendement. C'est évident que c'était moins compliqué. Et j'en ai profité pour me procurer à bas prix les parcelles abandonnées les mieux exposées.

Mais ce gros nounours qui était follement attaché à sa terre ingrate en avait bavé des ronds de chapeau avec ce château du Grand Moulin qui, comme son nom le laissait entendre, se trouvait près d'une rivière. Et il devait se battre au même titre que ses voisins lorsque cette dernière sortait de son lit et faisait des ravages.

— En 1988, j'ai fait l'acquisition d'une propriété de vingt-quatre hectares où j'ai installé ma cave, au bord de l'Orbieu. Et j'ai assumé ma production, de la récolte à la mise en bouteilles.

— Tout ça semble relever du conte de fées.

— Oui, mais ici tout est véridique. On a déjà dû vous expliquer que c'est la nature qui a le dernier mot. Et qu'il faut toujours être attentif à ses messages.

— On le comprend de mieux en mieux.

— Écoutez, en novembre 1999, on venait à peine d'inaugurer les nouveaux chais que des pluies torrentielles se sont abattues sur les Corbières. Vous ne pouvez même pas imaginer. Cette puissance inouïe a tout détruit sur son passage.

— Je me souviens de cette catastrophe. Ils l'ont montrée à la télé, n'est-ce pas ? demanda Jorge.

— Eh oui... la bâtisse du moulin a résisté, mais il y a eu quand même plus d'une trentaine de morts dans les environs. Nous étions... anéantis. Tout est parti à l'eau, c'était épouvantable... Mais j'ai retrouvé... disloquées dans la charpente... deux barriques pleines et intactes. Je l'ai... je l'ai appelé le « vin de l'apocalypse » ! balbutia-t-il en ouvrant une autre bouteille, le regard perdu et un tremblement dans les mains.

— Mais c'est terrible, s'indigna Stéphane.

— Le problème, c'est que des crues de cette force, il y en aura d'autres, croyez-moi, il y en aura d'autres, prédit Jean-Noël, les yeux embués. J'ai dû tout recommencer et, après un phénoménal élan de solidarité, je me suis reconstruit, en même temps que cette cave qui est opérationnelle depuis 2001. Voilà, vous savez tout.

— Je vais revenir avec un journaliste, dit Stéphane. Il faut que les gens connaissent votre vin et sachent ce que vous avez vécu. Et dire qu'il y en a plein qui ne voient que le côté rose de votre profession !

Après les photos d'usage et une bonne nuit à Narbonne, Jorge et son petit-fils se rendirent à Saint-Chinian où on les attendait au château Cazal Viel dans la matinée, puis au Clos Bagatelle, avant de terminer à la cave de Roquebrun.

Ils purent différencier les vins qui s'expriment selon la nature des sols, argilo-calcaires ou schisteux, de toute évidence de belles surprises qui les impressionnèrent ainsi que les propriétaires des deux premiers domaines et le directeur œnologue de la cave coopérative, aussi accueillant que déterminé.

La soirée se termina à l'hôtel où ils firent l'inventaire des trente-six bouteilles qu'ils avaient achetées, leur semblait-il, pour une bouchée de pain.

Sur le chemin du retour, ils firent une halte à Carcassonne pour manger un morceau, mais, avant de se diriger vers la cité, Jorge, qui venait de consulter un guide touristique, apporta une précision de taille.

— Arrête-toi là ! Regarde comme elle est belle, cette forteresse ! Tu devrais prendre des photos, c'est la plus grande d'Europe et, avec ses murailles imprenables, elle a été surnommée la Pucelle du Languedoc.

Un peu plus tard, en sortant du restaurant, rue du Grand Puits, ils se dirigèrent presque instinctivement vers une boutique qu'ils n'avaient pas vue en arrivant, sans aucun doute trop affamés.

— Papi, tu as vu ? Le Cellier des Vignerons ! On va y faire un tour ?

— Évidemment !

Ils étaient loin de se douter de ce qui les attendait. Derrière le comptoir, une femme brune aux cheveux frisés officiait allègrement, le verbe haut, devisant le verre à la main avec trois types, dont deux roulaient les « r » avec une vigueur inhabituelle.

— Elle n'a pas l'air d'avoir froid aux yeux, la madame ! dit Stéphane dans un murmure devant un casier de bouteilles des plus invitantes.

— Et pour ces messieurs ? On a fait son choix ? Je peux peut-être vous aider ?

— On vient de Bordeaux et on fait une petite virée dans les alentours.

— C'est pas possible, des Bordelais qui sont fatigués du listrac et du canon-fronsac ? Bon, je vous fais goûter quelque chose ?

Et pendant que les trois autres discutaient ensemble, la fougueuse Christiane – l'un d'eux venait de l'interpeller – leur servit ni vu ni connu un verre de rouge à chacun.

— Allez, les Bordelais, on vous écoute, lança-t-elle, le sourire goguenard.

C'était peu dire qu'elle se régalait d'avance d'entendre leurs commentaires. Véritable passionaria de la viticulture languedocienne, elle était devenue, au dire du trio, la mascotte des vignerons, enchantés d'avoir une ambassadrice de choc dans cette ville envahie par le tourisme, dont une frange ne demandait pas mieux que de se faire éduquer sur les vertus d'un vieux carignan ou l'avenir prometteur des terrasses du Larzac.

Après les observations de Stéphane qui s'était manifestement régalé, les trois compères se mirent à applaudir pendant que Christiane sortait d'autres verres.

— Je l'ai toujours dit, c'est le vigneron qui changera les choses, assura-t-elle, du tonus dans la voix. Bon, vous aviez le Mas Jullien, dont je vous présente ici le proprio.

— Heureusement que je n'ai pas dit trop de sottises !

— Où avez-vous appris à déguster ? s'informa Olivier Jullien.

— Avec ce monsieur, à partir de l'âge de dix ans, et sérieusement au cours de l'adolescence. C'est mon grand-père.

— Merci, monsieur, vous avez fait œuvre utile. D'où venez-vous ?

— Ah ! c'est une longue histoire ! Je viens de la vallée du Douro au Portugal. J'ai émigré en France il y a longtemps, et j'ai d'abord appris à aimer les vins du pays, puis de partout dans le monde où des vignerons comme vous travaillent avec le cœur.

— En tout cas, vous avez eu raison de vous arrêter chez moi. C'est la Providence qui vous envoie, exagéra Christiane, complètement allumée.

— Et vous, vous êtes vignerons, je suppose ? se permit Jorge en s'adressant aux deux autres clients.

— Attends, Alain, ne réponds pas, s'il te plaît ! s'écria la vive Carcassonnaise. Que pensez-vous de ces bulles que je viens de vous servir ?

Cette fois-ci, c'est Jorge qui se mouilla, se doutant bien que c'était leur vin.

— Je vais être franc avec vous. Je ne suis pas sûr que ce soit du champagne. Cela dit, il est très bon. Les bulles sont fines, le cordon persistant, et les saveurs restent longtemps en bouche.

— C'est une blanquette de Limoux, à vingt-cinq kilomètres d'ici, répondit Alain Gayda. Je suis œnologue et directeur de la Cave du Sieur d'Arques, et voici Jean-Pierre, un collègue et ami.

— Je m'en doutais, et je me suis dit qu'avec ces carrures de rugbymans et votre manière de parler toute méridionale, vous ne pouviez pas être Champenois.

Une heure et cinq vins plus tard, ils prirent le chemin du retour, non sans avoir chauffé la carte de crédit de Jorge qui avait décidé de se gâter, ainsi que son petit-fils, ne fût-ce que pour le remercier.

AlmAnima

L'année 2005 avait pourtant bien débuté, mais, le 31 janvier, tôt le matin, Stéphane fut réveillé par d'immenses flammes d'une rare intensité qui léchaient les fenêtres de sa chambre.

Complètement paralysé pendant plusieurs secondes, il sauta du lit et sortit en prenant machinalement son blouson de cuir accroché à la porte. Était-ce le bon côté de l'adrénaline, mais ce n'était pas la première fois qu'il se rendait compte qu'il restait étonnamment calme dans les situations dramatiques, comme dans cet accident de voiture près de trois ans auparavant. Lui qui, avec ses origines sicilo-portugaises, pouvait avoir le sang chaud dans certaines circonstances était surpris de sa capacité à faire preuve de sang-froid.

L'incendie circonscrit, il put le lendemain retourner chercher ses effets personnels qui étaient surtout endommagés par la fumée, mais il n'était pas question de vivre là à moyen terme. Une dizaine de centimètres d'eau couvrait le sol et il fallait tout rénover.

Jorge proposa aussitôt à son petit-fils d'aménager son bureau pour en faire une chambre dans laquelle il pouvait s'installer le temps de trouver autre chose.

— Tu restes le temps que tu veux.

— Pourquoi pas ? Mais je vais vider ta cave…

Le jeune homme se mit à la recherche d'un nouveau toit. Entre les photos pour le journal, la boutique, les invitations de son papi à son club d'œnophiles et les visites immobilières, le temps passa comme une flèche. Et tout cela, malgré la promiscuité qui les incommodait de temps en temps et les petits conflits de logistique qui en résultaient, sans pour autant altérer leur relation.

Alors que son séjour allait bientôt prendre fin chez ce grand-père aimant et hospitalier, il ressentit encore une fois un mélange de gratitude et d'affection pour lui, sans être capable de déceler lequel des deux dominait l'autre. Mais était-ce si important de le savoir ? Après tout, ces sentiments pouvaient se côtoyer en toute égalité, pensa-t-il au moment où le téléphone se mit à sonner.

Stéphane raccrocha enchanté car, c'était confirmé, il allait emménager en mai dans un grand loft superbement éclairé qui donnait sur le quai de Bacalan, à un jet de pierre de la rue Maurice.

C'est peu avant les vendanges qu'il fit une rencontre qui allait changer sa vie. Il devait couvrir un reportage au château Haut-Bailly, un cru classé des Graves, sur la charmante Véronique Sanders, l'hôte distinguée dont la gentillesse et la simplicité proverbiales changeaient des grands airs de certaines châtelaines qui maniaient mieux la préciosité que la pipette.

Mais c'est une jeune femme du nom de Patricia qui l'accueillit en compagnie de son collègue, puisqu'elle s'occupait des relations publiques. Il n'avait jamais croisé un regard comme le sien. Il y devina un véritable élan tempéré par une grande douceur, ce qui déclencha immédiatement chez lui une prodigieuse effusion. C'était la première fois. Il en fut si profondément perturbé qu'il se demanda s'il pourrait poursuivre son travail de la journée.

Par la suite, il eut la chance de la revoir à deux ou trois occasions au Wine Bar, dans le vieux Bordeaux. Il s'y trouvait avec des connaissances qui formaient une bande relativement homogène.

Trois ou quatre mois plus tard, leur relation prit une tangente plus intime, et les rencards à deux se multiplièrent de façon vertigineuse au fil des semaines.

Passer un moment dans un bar à vin lui convenait mieux que d'aller, à l'instar des autres membres du groupe, s'enfermer dans une boîte de nuit à se faire abîmer les tympans et les trois quarts du temps se casser les dents après de longues heures de drague inutile. En plus, être obligé, pour entrer, de passer devant un cerbère qui arborait une gueule de rat et des mains à broyer des noisettes le dérangeait souverainement.

Bref, il ne voulut rien précipiter, savourant chaque instant, chaque minute, auprès de cette femme d'une grande humanité et nantie d'une beauté naturelle, mais, surtout, de ce petit plus qui le faisait craquer.

Elle présentait en effet une très légère coquetterie dans l'œil droit qui lui donnait une grâce indéfinissable et dévastatrice. Était-ce ce détail qui avait provoqué le premier frémissement? Lui qui se savait non conformiste et souvent à contre-courant était très touché par ce regard atypique depuis qu'il s'était amouraché – il n'avait que onze ans – d'une fille de sa classe qui possédait cette particularité.

La période des fêtes, propice aux rapprochements, l'incita à déclarer sa flamme durant un dîner en tête à tête.

— Ma chère Patricia, je trinque à ta santé chaque fois que je te vois, mais, à présent, je veux trinquer à ta beauté foudroyante, qui a mis le feu à mon cœur, et à ta noblesse d'esprit, qui m'apaise et me réconforte. Quand tu es là, avec tes yeux d'un bleu saphir, tu irradies et, dès que tu pars, je dois allumer la lumière… C'est simple, je ne me suis jamais senti aussi bien avec quelqu'un qu'en ta compagnie.

— Oh, Stéphane, je pense que c'est réciproque…

— C'est merveilleux! Alors, si tu acceptes, je vais te chanter quelque chose… Euh… je suis un peu gêné… Il s'agit d'une modeste romance que j'ai composée pour toi, paroles et musique, deux ou trois semaines après t'avoir rencontrée. S'il te plaît, ne ris pas…

J'aim'rais lui écrire une lettre
pour lui dire, quand je la vois
passer devant ma fenêtre
je reste sans voix,
inquiet de voir disparaître
son joli minois (bis)

J'aim'rais lui écrire une lettre
pour lui dire que demain
dans deux jours ou trois peut-être
je prendrai sa main
qu'elle me fait tourner la tête
du soir au matin (bis)

J'aim'rais lui écrire une lettre
ou un grand roman d'amour
qu'elle lira à sa fenêtre
du haut de sa tour
je dirai tout, sans omettre
un soupçon d'humour (bis)

J'aim'rais lui écrire une lettre
mais je ne trouve pas les mots

pour lui dire que je voudrais être
collé à sa peau
je suis prêt à me soumettre
à m'jeter à l'eau (bis)

Je n'écrirai pas de lettre
car j'ai reçu ce matin
de bonne heure une grande lettre
qui me disait : viens
je t'attends à ta fenêtre
j'y serai demain (bis)

Quand il déposa sa guitare, Stéphane aperçut une larme coulant sur une joue de sa belle.

— Ce n'était pas pour te faire pleurer…

— Tu comprends, c'est la première fois qu'on me dédie une chanson…

— Ce n'est probablement pas la dernière…

— …

— Bon, je vais revenir à des choses plus prosaïques.

— Si tu veux…

— Eh bien, je voulais notamment te dire que je te trouve épatante d'avoir réussi à te faire engager au château Haut-Bailly. Il s'agit d'un cru énormément respecté.

— Merci, tu es gentil. Tu sais, après mes cours et ma licence professionnelle en commerce des vins et œnotourisme, j'ai déniché un emploi rapidement, d'abord chez un gros négociant, mais je n'y étais pas très à l'aise. C'était business, business, ils vendaient principalement des vins de marque et on ne parlait que de rentabilité et tout ce qui va avec… Alors, j'ai pris la clé des champs quand j'ai appris qu'un poste se libérait à Bourg-sur-Gironde, et c'est comme ça que j'ai travaillé pour les Citadelles du Vin, un concours international de dégustation qui a lieu tous les ans au printemps.

— Oui, ça me parle…

— Il s'agit d'un événement sérieux et très sympathique qui est dirigé par Fabienne, une femme que j'estime beaucoup. Je me souviens très bien d'elle parce qu'elle me faisait confiance et me donnait des responsabilités. J'y suis restée trois ans et puis c'est là que j'ai rencontré un courtier, proche des propriétaires de Haut-Bailly, et qui m'a appelée un jour pour me dire qu'ils cherchaient quelqu'un. Et ça a marché.

— Beau parcours !

— Je te remercie. Tu te débrouilles bien, toi aussi.

— C'est vrai, la photo, le vin et pour le plaisir tout ce qui va avec, la table, les voyages, les rencontres, la musique… Ah ! justement, je ne t'ai pas parlé de mon ami Corrado, l'Italien de Florence ? Il est journaliste musical.

— Ah oui ? Et il suit les Rolling Stones ou Richard Cocciante ?

Stéphane comprit que sa nouvelle muse pouvait elle aussi cultiver l'ironie créatrice.

— Tu t'es plantée, ma chérie. Ni l'un ni l'autre ! Il fait dans la musique classique. Il est déjà venu ici pour Pavarotti, puis en 2003 pour Placido Domingo. Et il revient en juin pour un concert d'Andrea Bocelli, tu sais, cet aveugle qui chante *Vivere* et *Vivo per lei*.

— Je le connais un peu. Il vend des milliers de disques, paraît-il.

— Des millions, tu veux dire. Tu aimerais venir avec moi ? J'ai décidé d'aller le voir, et après on irait manger avec mon ami. Tu verras, il est *molto simpatico*.

Ils étaient attablés depuis une bonne heure en compagnie de Corrado, à deviser sur la prestation enlevante du ténor, lorsque Stéphane décida de raconter à Patricia la saga italienne du côté maternel, ses errances en Sicile et la rencontre imprévue et improbable de Daniela.

— Excuse-moi si je me répète, Corrado, mais je tenais à en parler à cette ravissante personne assise à côté de toi. Avec ta touche à l'italienne, je suis convaincu qu'elle aura mieux compris ce qui vous caractérise, entre l'exubérance et votre gaieté naturelle.

— C'est pas un peu cliché, ça, mon cher Stefano? s'exclama Patricia. En tout cas, pour en revenir à ta cousine, quelle aventure! Heureusement que, par miracle, tu t'en es rendu compte à temps!

— *E la storia di tuo padre*, tu en es où?

— Toujours au point mort!

C'est à la suite de ce concert qui les conquit littéralement, et de la nuit au cours de laquelle ils fusionnèrent sans retenue, que Stéphane profita du petit-déjeuner pour suggérer à sa belle de venir habiter chez lui dans son nouvel environnement, qu'elle semblait apprécier.

— Écoute, ça va sans doute un peu vite, mais je peux y penser. Dis donc, il est pas mal, ton ami florentin...

— Est-ce que je dois m'inquiéter?

— Pas du tout, mon beau Sicilien... *Per niente!*

L'été 2006 en était à ses premières chaleurs quand Patricia emménagea chez Stéphane, qui savait désormais qu'il l'avait dans la peau.

Les astres étaient-ils bien alignés? Toujours est-il que papi Jorge lui apprit un mois plus tard qu'il avait décidé de lui donner son studio.

— J'ai pris le temps de réfléchir, et comme je ne rajeunis pas, j'ai décidé de te faire une donation de mon vivant. J'ai confié à maître Duval le soin de mettre tout ça sur papier.

— Papi, je ne sais pas quoi dire...

— Tu es la seule personne qui me reste. Et tu as toujours été là pour moi. Nous allons profiter d'une nouvelle disposition de la loi, et je suis très serein dans cette décision.

Quand il annonça la nouvelle à Patricia, Stéphane réalisa en même temps que la situation ne le faisait pas sauter de joie, tant elle était porteuse d'une terrible et inéluctable anticipation. Il s'interrogea une fois de plus sur les contradictions de la vie.

— Ton papi est un phénomène.

— Je crois. J'aimerais tellement que tu le rencontres!

— Oui, moi aussi, bien entendu.

— Je lui ai beaucoup parlé de toi et j'attendais une occasion spéciale. Justement, que dirais-tu d'un bon repas, un de mes fameux Rendez-vous bachiques dont je t'ai parlé? Ça nous permettrait de souligner son geste généreux et de fêter par la même occasion le début de notre vie commune qui n'a rien de commun.

— Si tu le sens bien!...

— Comme ça, tu pourras faire sa connaissance et, aussi, revoir mes bons amis que tu as vus une fois. Tu te souviens? C'était au Wine Bar, en avril dernier.

En plus des fidèles parmi les fidèles, Tom, Martine et Francis, escorté de Léa, sa nouvelle flamme, Stéphane avait proposé à Philippe, le peintre du vin, de se joindre à eux.

— Certains connaissent Jorge. Papi, je te présente ma chérie, que tu avais hâte de rencontrer, et Philippe, le champion du pinceau. Alors, j'ai prévu un truc simple. J'ai préparé l'entrée, et Patricia, le plat de résistance. Suivront un seul fromage puis le dessert. J'ai imprimé des menus que je vous remettrai à la fin, et vous noterez que j'ai apporté un soin jaloux au choix des verres! Habituellement, les gens s'en fichent comme de leur première chemise.

— Avec Stef, c'est toujours mieux qu'au restaurant, n'est-ce pas? observa Tom en couvant des yeux Martine, son amie de cœur.

— Bravo pour ce petit nid d'amour divinement décoré ! s'exclama Francis. Tu as fait des progrès ou tu as embauché une styliste ?

— En plein dans le mille ! Une styliste d'enfer, que tu connais d'ailleurs, car elle est assise à côté de toi. Oui, oui, on peut applaudir Patricia ! Et pour les vins – y compris le champagne –, mon papi a tenu à s'en occuper, on ne devrait pas le regretter !

— Voilà ! Tous les vins que j'ai choisis partagent un secret que je vous dévoilerai à la fin du repas, exposa Jorge avec aplomb. Pour démarrer, des bulles d'une grande finesse, polies comme des perles au fil du temps dans les entrailles d'une crayère gallo-romaine à Reims où reposent des millions de flacons : le Dom Ruinart rosé 1996, servi dans des verres tulipes !

Ensuite, avec l'entrée de coquilles Saint-Jacques et crevettes au safran, on apporta un blanc en carafe, au sujet duquel Jorge s'empressa de préciser :

— Ce vin, je le dédie à la maîtresse de maison que je connais certes trop peu, mais dont j'ai deviné la personnalité à travers ce que m'en a révélé son amoureux. J'ai opté pour un cru élaboré par des femmes de caractère, un vin expressif et ciselé à la fois, mais qui est encore jeune. Colette Faller, avec ses filles Catherine et Laurence, perpétue avec brio l'œuvre de son mari, celle de façonner un des plus grands joyaux d'Alsace et de France. Goûtez-moi ce Riesling Grand Cru Schlossberg 2002 du Domaine Weinbach !

— C'est péché, ce mariage ! On va devoir aller se confesser, s'épancha Martine, qui reconnut son manque de connaissance des vins alsaciens.

— Oui, mais ça n'a rien à voir avec ce qu'on trouve dans les épiceries. Il est là, le problème, releva Tom. On vit dans le pays des grands vins, mais, en dehors des cas particuliers, dans les grandes surfaces paradoxalement, et chez les bons cavistes, il faut être très prudent, le pire peut côtoyer le meilleur.

— C'est clair, approuva Francis. La semaine dernière, j'ai acheté dans une supérette un chablis d'un négociant totalement inconnu. C'était pas terrible.

— Les potes, je vous le dis depuis si longtemps ! riposta notre amphitryon. La réputation de la maison, c'est capital dans le choix d'un vin ! Francis, tu me fais de la peine, insista Stéphane en imitant l'accent du Sud.

Pour annoncer le civet de lièvre au vin rouge, Jorge parla du vin qui allait le rehausser.

— Difficile pour moi de ne pas sélectionner une cuvée du Haut-Douro, tout près de Pinhão, où, tout jeune, j'ai trimé avec mon père et mon frère. Sur les terrasses exposées au soleil brûlant du mois d'août, les plants de touriga nacional et de touriga franca ont mûri à souhait pour donner ce douro 2000 de la Quinta da Romaneira, un vin charnu et corsé qui va sublimer le plat en beauté.

Tout le monde se régala avec le gibier apprêté avec soin par Patricia, qui reçut les félicitations d'usage. Puis arriva le service du fromage, et les invités se demandèrent quel vin allait pouvoir faire l'unanimité. Ils se retrouvèrent devant une pâte pressée cuite à base de lait cru qui sentait bon la crème et la noix de Grenoble et qui avait profité d'un affinage de dix mois.

— Bon, là, c'est un type de vin que mon petit-fils m'a fait connaître dernièrement, précisa Jorge, et il vient d'un département pas très à la mode, où l'on produit pourtant des vins extraordinaires, comme à Château-Chalon. C'est très spécial mais, avec le comté qui est devant vous, vous pouvez compter… sur moi.

Et il sortit une autre carafe dans laquelle il avait versé une heure auparavant le vin jaune du Jura issu à cent pour cent du cépage savagnin.

— Un autre vin de femme ! insista-t-il. Un vin singulier qui a pris le voile, puis qui est resté dans son fût pendant près de sept ans. Ce vin jaune de l'Étoile 1995 du Domaine de Montbourgeau est produit par madame Deriaux.

Les réactions furent variables, mais aucun des convives ne contesta, avec le remarquable bouquet de noix, d'amande grillée et de vanille, l'harmonie qui s'offrait à lui dans une indiscutable complexité.

— Enfin, reprit Jorge, pour les œufs à la neige au pain d'épices, nous allons être raisonnables, puisque j'ai mis la main sur un vin qui ne se fait qu'en demi-litre. Avec mon diabète, je vais en prendre trois gouttes seulement. Je laisse à Stef le soin de vous le présenter. Savourez ! Vos papilles ne peuvent qu'être envoûtées !

Stéphane ne se fit pas prier deux fois.

— Plusieurs d'entre vous connaissent mon intérêt pour l'œuvre de Baudelaire. Il évoque cette merveille dans *Les fleurs du mal* lorsqu'il compare les charmes de l'être aimé au vin de Constance et à celui de Nuits-Saint-Georges, et non aux nuits comme on a pu l'interpréter à tort.

Et pour cet infime détail du florilège baudelairien, il susurra en fermant les yeux, après avoir avalé une petite gorgée de bonheur :

Je préfère au constance, à l'opium, au nuits,
L'élixir de ta bouche où l'amour se pavane ;
Quand vers toi mes désirs partent en caravane,
Tes yeux sont la citerne où boivent mes ennuis.

Et il se leva, brandissant un drôle de flacon trapu et asymétrique.

— Chers amis, le Klein Constantia 2000, issu du muscat à petits grains. Nous sommes en Afrique du Sud !

— Avec les reflets dorés de cette robe somptueuse et sa rondeur moelleuse, on dirait un sauternes ! s'écria Tom.

— Et les parfums sensuels de miel, de rose et d'épices douces, j'avais rarement senti ça, confia Philippe. Il est impressionnant, mystérieux et ensorcelant. Ah ! si je pouvais peindre avec un vin pareil ! Monsieur Jorge, pour vous remercier, je vais vous prendre en photo et, si je peux trouver votre vin du Douro, je m'en servirai pour dessiner votre visage. Vous le méritez bien !

Les applaudissements fusèrent et Philippe fit la remarque que c'était sans aucun doute la première fois qu'à Bordeaux il participait à un repas de cette qualité au cours duquel le bordeaux brillait par son absence.

Tom s'empressa de demander les coordonnées du vin portugais afin de contacter les propriétaires, tandis que Léa reconnut qu'elle n'avait jamais vécu une telle expérience.

— Je vais vous dire, maintenant, ce qui relie tous ces producteurs et productrices.

— On t'écoute, papi !

— Que ce soit Ruinart, la plus ancienne des maisons de Champagne, qui, dit-on, cultive l'éternité depuis près de trois siècles, le Domaine Weinbach, installé à Kaysersberg depuis 1612, ou la Quinta da Romaneira, sans oublier le vin du village de l'Étoile qui tire son nom de ces minuscules fossiles en forme d'étoile de mer…

— Excuse-moi de t'interrompre, papi, mais il paraît qu'on en trouve toujours en grattant à quatre pattes chez la dame…

— Oui… et enfin, continua Jorge qui ne voulait pas perdre le fil, le magnifique vin sud-africain… Tout cela se résume à un mot qui se tapit dans la terre de leurs ancêtres pour mieux se retrouver dans le flacon : c'est l'âme du vin, du latin « *anima* » ! On dit « *alma* » au Portugal et en Espagne, et « *anima* » en Italie.

— C'est très émouvant, Jorge ! dramatisa légèrement Patricia, un peu grisée sur les bords.

— Ce n'est pas tout. S'il ne dispose pas au départ d'un terroir avec toute la complexité que cela induit, le vigneron aura beau jouer à l'apprenti sorcier, il n'obtiendra rien d'autre qu'un produit composé d'eau et d'alcool, pas mauvais, peut-être, mais dépouillé de toute âme et dénué de finesse, de race et de personnalité.

Le vieil homme profita de la qualité de son auditoire pour en remettre un peu :

— Bien sûr, il pourra investir des millions en se dotant d'installations à la fine pointe de la technologie, il pourra même couper ses grappes avec des sécateurs sertis de diamants, et élever chaque année ses vins dans des barriques neuves ou dans des amphores, comme certains le font avec talent. Mais s'il ne possède pas l'essentiel, il n'obtiendra qu'une pâle copie, laquelle, pour ajouter à l'opprobre, coûtera très cher à produire, et se retrouvera dans le cruel paradoxe de n'être qu'un vin de plus, hors de prix, et dont l'unique intérêt sera celui de la spéculation.

— Je comprends mieux l'enthousiasme qui anime mon petit chou pour la potion magique, lança Patricia.

— C'est la chose la plus importante que j'ai tenté de lui transmettre. Et l'argent, encore une fois, n'a rien à voir dans tout ça. N'oubliez pas, mes jeunes amis, que le bon vin ne doit pas être l'apanage des mieux nantis, et que nous sommes tous égaux devant un verre de vin.

— Mais comment vous savez tout ça? s'enquit la compagne de Francis, complètement interloquée.

— Demandez à votre camarade qui me suit depuis son tout jeune âge, hein, Stéphane? Il suffit de lire, de poser des questions et de s'intéresser à celles et ceux qui font le vin. Pour moi, c'est un tout entre ma propre histoire, mes lectures et les gens que je rencontre dans les salons, ici ou à Paris.

— Mais ça demande du temps, n'est-ce pas, Stef? insista Martine.

— Oui, et tout cela se mérite, mais le plus beau, c'est d'aller sur le terrain. C'est captivant!

— Surtout si on peut y aller sans obligation d'en faire le commerce, répliqua Tom.

— Effectivement, et au-delà du fait que ces femmes d'Alsace et du Jura ont dû batailler fort, même si ça change peu à peu, pour se faire une place dans un monde d'hommes, on découvre que ce qui les unit, c'est quelque chose d'invisible, un mélange d'amour pour leur terre, d'abnégation, de complicité avec la nature et avec la vigne. Voilà, quand le vin se fait catalyseur d'émotions, en plus de rapprocher les peuples, c'est son âme qu'on découvre.

Et Stéphane, qui délaissait durant ces soirées ses appareils photo pour sa guitare, décida de faire un petit cadeau à Jorge en lui chantant le poème de son cher Baudelaire, collé sur une mélodie vaguement flamenco.

Un soir, l'âme du vin chantait dans les bouteilles :
« Homme, vers toi je pousse, ô cher déshérité,
Sous ma prison de verre et mes cires vermeilles,
Un chant plein de lumière et de fraternité !

Je sais combien il faut, sur la colline en flamme,
De peine, de sueur et de soleil cuisant
Pour engendrer ma vie et pour me donner l'âme ;
Mais je ne serai point ingrat ni malfaisant,

Car j'éprouve une joie immense quand je tombe
Dans le gosier d'un homme usé par ses travaux,
Et sa chaude poitrine est une douce tombe
Où je me plais bien mieux que dans mes froids caveaux.

Entends-tu retentir les refrains des dimanches
Et l'espoir qui gazouille en mon sein palpitant ?

Les coudes sur la table et retroussant tes manches,
Tu me glorifieras et tu seras content;

J'allumerai les yeux de ta femme ravie;
À ton fils je rendrai sa force et ses couleurs
Et serai pour ce frêle athlète de la vie
L'huile qui raffermit les muscles des lutteurs.

En toi je tomberai, végétale ambroisie,
Grain précieux jeté par l'éternel Semeur,
Pour que de notre amour naisse la poésie
Qui jaillira vers Dieu comme une rare fleur!

Adieux

Il y avait longtemps que Stéphane n'avait pas aussi mal dormi. La veille, il avait essayé d'oublier ses idées noires avec un bon Chasse-Spleen 1998, mais voir son papi adoré entrer à l'hôpital le tourmentait sérieusement. Dire que, seulement trois mois auparavant, il semblait tellement en forme et heureux avec ses amis. Il avait fait une grave insuffisance respiratoire et les médecins n'avaient pas l'air rassurés lors de son entrée à l'hôpital Pellegrin du CHU de Bordeaux. Son petit-fils se rappelait encore le choc de la nouvelle, deux jours plus tôt.

— Monsieur Stéphane Almeida ?

— Oui !

— Monsieur Almeida ne va pas bien du tout. Il a prononcé votre prénom trois fois. Pouvez-vous venir ?

Il n'avait pas dit oui qu'il avait déjà raccroché. Nous étions au mitan de l'automne, le 15 novembre 2006 exactement, et, de son loft, il pouvait voir une légère brume au-dessus de la Garonne illuminée par un jet de lumière qu'il n'aurait pas remarqué en temps normal.

Quinze minutes plus tard, son scooter garé dans l'un des stationnements du complexe hospitalier, il s'était engouffré dans le bâtiment du Tripode, qui comprenait trois ailes sur treize étages.

Heureusement qu'il circulait en deux-roues, car Bordeaux est une ville plaisante mais où il est compliqué de se déplacer. Il y avait bien le tram ; cependant, en cas d'urgence, ce n'était pas l'idéal. Le taxi n'était guère plus pratique, et son papi aurait eu le temps de tirer sa révérence trois fois avant qu'il ne s'en dégote un.

Il n'avait pas trouvé mieux, depuis son stupide accident dans l'Entre-deux-Mers, que cette chère vespa qui le ramenait à une autre époque et qui lui avait sauvé la mise plus d'une fois, sans pour autant rouler à tombeau ouvert.

Ce jour-là, ayant repéré les lieux l'avant-veille lors de sa première visite, il se rendit aussitôt au bon étage de la bonne aile et se pointa six minutes plus tard à la chambre, non sans avoir obtenu l'autorisation d'y pénétrer.

Papi Jorge s'accrochait à la vie, mais Stéphane était inquiet de sa respiration erratique et légèrement saccadée. Blanc comme un cachet d'aspirine, celui-ci s'assit à ses côtés et lui prit la main droite, cette main à laquelle il s'était agrippé mille fois quand il était gamin, cette main vigoureuse et forte du maçon qui l'avait si souvent rassuré alors qu'ils traversaient les grands boulevards ou qu'ils allaient faire les courses au marché. Pour lui, cette main noueuse était celle de son papa, qu'il n'avait jamais tenue.

— Je pense qu'il est dans un état stable pour l'instant, mais il est très faible, lui chuchota à l'oreille l'infirmière qui venait de se lever, rivée à un écran d'ordinateur depuis son arrivée.

— Est-ce que je dois me préparer au pire ?

— Le pire, pour votre grand-père, aurait été votre absence, et il sait que vous êtes là, lui répondit-elle avec douceur.

Tandis qu'il le fixait, complètement désarçonné, ses pensées le ramenèrent au Portugal qu'il avait visité avec ses grands-parents, et à ce souvenir indélébile dans la cave de son papi, lorsque soudain le parfum légèrement épicé de l'infirmière, qui venait de le frôler, le replongea dans sa première et authentique expérience olfactive.

Ce jour-là, non seulement Jorge avait ouvert le mémorable porto 1937 qu'il avait choisi pour fêter ses soixante ans, mais il lui avait donné le droit, privilège suprême, d'avoir son propre verre pour souligner sa première décennie. « Regarde briller les reflets de la robe. Elle a une belle couleur. Vas-y, plonge ton nez dans le verre après l'avoir agité un peu, ferme les yeux et ouvre tes narines. » Deux minutes plus tard, après un temps d'arrêt qui lui avait semblé une éternité, son grand-père avait ajouté : « Tu as senti ce bouquet d'épices douces, de fruits secs, de café ? C'est une merveille ! Et quand tu vas prendre une petite gorgée après avoir trinqué avec nous, tu vas continuer à le humer dans la bouche. Pour moi, il est là, le vrai plaisir de la dégustation. » Et il avait précisé, après avoir écarquillé les yeux : « Tu comprends, mon Stéphane, ce qu'on peut faire avec du raisin ? »

C'est à ce moment précis que Jorge émergea de son sommeil. Il sentit la présence de son petit-fils qui lui tenait toujours la main, et se tourna doucement vers lui.

— Stéphane, mon beau Stéphane, tu es là, je suis si content, murmura-t-il, haletant.

— S'il te plaît, prends le temps de te réveiller...

— Ça va, ça va... Je sais, que je te dise... tu me trouvais bavard parfois, mais c'est parce que j'étais heureux. Si heureux de t'avoir près de moi... J'avais tellement de choses à te raconter, puisque ton papa n'était plus là pour le faire... Merci d'avoir partagé une grande partie de mon existence... Tu sais que, toi aussi, tu m'en as appris, des choses... même si tu ne t'en rendais pas compte quand tu étais petit.

— Papi, je t'en prie, pourquoi tu me parles au passé ? répondit Stéphane qui resta interdit, semblant ne pas admettre l'évidence.

— Écoute, écoute-moi, je ne t'ai...

Et un long silence s'installa de nouveau.

— Il faut que tu saches, papi, tu es le plus grand homme que j'aie jamais connu dans ma vie. C'est toi qui m'as tout montré.

— Mais je ne t'ai pas tout dit, je te demande pardon... de ne pas t'avoir tout dit, je te demande pardon... Ton père...

Ce furent les derniers mots que prononça Jorge Almeida.

— Madame, madame, vite, s'il vous plaît, je crois que mon papi est parti, cria nerveusement le jeune homme à l'infirmière, qui s'était absentée trois minutes.

Elle savait très bien qu'il était arrivé à l'ultime conversation de ses jours, et avait eu trop de pudeur pour y assister. Stéphane, en état de choc, n'avait même pas versé une larme. Il était tétanisé devant ce grand-père tant aimé qu'il ne reverrait plus.

Il jeta un ultime regard sur son visage, les yeux grand ouverts, perdus dans l'univers... ou sans doute sous des cieux plus cléments, son âme téléportée au seuil de l'infini.

Après avoir accompli, dans un état semi-conscient, les formalités d'usage avec l'administration hospitalière, il enfourcha sa vespa et se mit à rouler machinalement en direction de la Garonne. Il dut s'arrêter au bout de trois minutes, aveuglé par ses larmes. Il ôta son casque, s'essuya avec son foulard bleu et se fit cette réflexion : « Bordel, c'est bon de se laisser aller ! Mon pauvre papi ! C'est injuste, ce qui vient d'arriver. Comment je vais faire maintenant ? »

Il avait besoin de parler à Patricia ; ça ne pouvait attendre. Bien que la sachant au travail, il l'appela et lui demanda de le retrouver au Wine Bar.

— Merci de t'être libérée si rapidement.

— C'est la moindre des choses, tu sais.

— Je t'en prie, choisis ce que tu veux. Moi, je ne peux pas prendre autre chose qu'un verre de douro. À toi, mon cher Jorge, je te promets de ne pas te décevoir !

Et il réalisa tout ce que cet homme lui avait légué, tout ce bagage œnologique, mais en essayant toujours, au-delà de celui-ci, de cultiver une philosophie, des principes et un état d'esprit, la liberté de penser, et la modestie qui manquait parfois cruellement aux adeptes de la dive bouteille qu'il croisait ici et là.

Qu'importe, s'il avait développé un goût à la fois pointu et nuancé et une sensibilité sur ses choix en matière de vins, Stéphane savait pertinemment que c'était grâce à lui, et à personne d'autre, sans parler du reste et de tout ce qui l'avait construit.

— Qu'est-ce que j'aurais fait sans lui ? Il était formidable... Il était toujours là quand je sentais la nécessité de savoir, de comprendre, peu importe le jour, le sujet ou la raison.

Il se sentait si bien en présence de Patricia, de plus en plus, pour tout dire. Toujours juste, encline aux câlineries lorsque c'était le temps, mais pas envahissante pour un sou, ce qui le changeait de certaines filles qu'il avait connues. Bref, il se demandait si ce n'était pas trop beau pour être vrai.

Même si la présence d'un nævi sur un corps ne garantit en rien, hélas, la distinction et l'esthétique de sa propriétaire – Stéphane, qui avait eu le loisir d'approfondir le sujet, avait été gâté de ce côté-là –, les trois minuscules grains de beauté parfaitement ordonnés sous l'oreille gauche de Patricia signaient en quelque sorte l'absolue perfection de sa plastique et l'harmonie de son visage. C'est du moins ainsi qu'il la voyait en ce jour extrêmement difficile.

— Pat, il faut que je m'occupe de tout, des funérailles et de la notaire. Mais, en attendant, rentrons à l'appart, j'ai grand besoin d'être consolé...

— Allô, maître Duval. Tout va bien ? Stéphane Almeida au bout du fil, le petit-fils de Jorge Almeida. Nous nous sommes rencontrés en septembre pour la donation. Vous vous souvenez ? (...) Oui, c'est ça. Vous devinez la raison de mon appel. (...) Eh oui, il s'agit de mon grand-père. Il est décédé hier, il allait avoir quatre-vingts ans. Il n'a pas trop souffert, je crois. Je dois vous avouer que je ressens un vide terrible. J'en ai le vertige. Il m'avait précisé que je devais vous contacter. (...) Oui, tout à fait, peut-on se voir bientôt ?

Quand il s'était installé à Bordeaux en septembre 2000, Jorge Almeida avait fait transférer tous les papiers se rapportant à ses affaires chez maître Rose-Anne Duval, installée depuis ses débuts dans une venelle du quartier de la gare Saint-Jean.

— J'aurai forcément des choses à vous remettre, mais je dois faire un inventaire précis de la situation de votre grand-père à ce jour, et cela peut prendre environ trois semaines. Je vais vous appeler dès que possible. En attendant, bon courage, monsieur Almeida.

Stéphane passa une bonne partie de la journée à organiser le service funèbre qui resterait somme toute modeste, même si son papi comptait un certain nombre de relations plus ou moins proches. Heureusement qu'il faisait encore partie de son club d'œnophiles, où la moyenne d'âge se situait dans la soixantaine avancée. Il connaissait un peu la plupart des membres de la confrérie, étant donné que Jorge, qui était le patriarche du groupe, l'avait convaincu à deux ou trois reprises, et malgré l'écart des générations, de participer avec eux à une dégustation.

Une bonne vingtaine de membres se déplacèrent donc, la plupart accompagnés, plus de rares intimes, dont Fernando, un ami natif de Sintra, un autre émigré portugais qui était garagiste dans la couronne nord de Paris.

Pendant l'homélie, absorbé dans une sorte de contemplation, Stéphane se demanda pourquoi, avant de rendre son dernier soupir, son papi avait imploré son pardon, celui de ne pas lui avoir tout dit. Qu'avait-il de plus à apprendre ? Jorge voulait-il lui révéler un secret sur son géniteur ?

Entouré d'un cercle d'intimes, dont Daniela, et d'une poignée de copains, il était malgré tout satisfait de compter, dans la petite église Saint-Paul, près de soixante-dix personnes venues saluer Jorge avant son départ pour sa dernière destination.

Était-ce le style baroque qui lui rappelait son pays de naissance, toujours est-il que Jorge qui était croyant et pratiquant, ce qui n'avait rien d'extravagant pour un Portugais, aimait fréquenter cette église de la rue des Ayres, attenante au couvent des Dominicains.

Avant de s'en aller, Patricia se chargea comme convenu de récupérer l'urne du défunt.

— Tu n'oublies pas, avait susurré Stéphane à l'oreille de sa chérie, je préfère que ce soit toi qui t'en occupes. J'irai disperser ses cendres dans le Douro quand l'occasion se présentera.

Ce n'était pas la première fois qu'il devait relever des défis. Il fallait liquider les affaires de son grand-père et tout faire seul cette fois-ci, à moins que…

Avec la puissance inexplicable de l'espoir, il avait cru fort naïvement jusqu'aux derniers instants de la cérémonie que son père se manifesterait.

Donations et crispations

Le temps était un peu frisquet en ce vendredi 8 décembre 2006. Trois semaines s'étaient écoulées depuis les funérailles. Stéphane s'apprêtait à passer un week-end tranquille avec son amoureuse, qui l'épaulait à traverser l'épreuve de la mort de son grand-père. Peut-être iraient-ils voir *Quand j'étais chanteur*, le dernier film avec Gérard Depardieu et Cécile de France, pensa-t-il, histoire de se distraire.

— Tu sais, Jorge serait probablement venu avec nous. Il appréciait quand je lui chantais des chansons. En tout cas, j'ai été touché que Daniela fasse le déplacement de Palerme pour assister aux obsèques. C'est la seule cousine que j'ai, mais j'aime bien dire que c'est ma préférée...

— Elle est adorable, ta cousine. Elle est vive, brillante et très gentille.

— Ma chérie, je veux te dire que j'adore particulièrement ta présence. Depuis le départ de Jorge, tu as été d'un grand réconfort.

— Merci, mais c'est tout à fait normal. Tu ne crois pas qu'il avait senti sa fin prochaine ? La donation d'abord, et puis cette soirée où j'ai fait sa connaissance et où il nous a parlé de l'âme du vin. C'était sa façon de te passer le flambeau, non ?

— Je ne sais pas. En tout cas, je suis content de l'avoir amené à Yquem. Tu te rends compte, douze jours avant qu'il ne rentre à l'hôpital. Il était tellement heureux. Il faut avouer que Pierre Lurton, le nouveau président, l'avait gâté.

— Il était prêt, vraisemblablement…

Un peu plus tard, Stéphane prenait place dans le bureau de la notaire.

— Voilà, comme vous le savez, en décidant de vous transmettre une partie de ses biens, votre grand-père a été prudent et bienveillant. Il a suivi mon conseil, celui de profiter de la loi toute récente du 23 juin 2006 pour procéder à une donation transgénérationnelle, tout en bénéficiant d'un abattement supplémentaire du côté des impôts. En ce qui concerne l'appartement dont il avait l'usufruit jusqu'à son décès, vous devrez prendre les dispositions pour le garder, le louer ou le vendre. Sur son compte en banque, il y a un montant de quarante mille euros et des poussières. Une fois les funérailles et les frais de notaire payés, il vous restera quand même une somme substantielle.

— Merci, maître, c'est très clair.

— Bien, je dois vous remettre deux enveloppes, une que je vais ouvrir tout de suite et dont, à sa demande, je vais vous lire le contenu, lequel m'est totalement inconnu, je tiens à le préciser.

Bordeaux, le 1er janvier 2006

Mon cher Stéphane, tu le sais déjà, les circonstances de la vie m'ont amené à faire de toi mon seul héritier, et c'est le temps, désormais, de passer aux choses sérieuses. Tu sais combien je suis fier, en toute humilité, de t'avoir communiqué l'amour du vin. Enfin, j'ai fait ce que j'ai pu.

Grâce à toi, je suis agréablement installé dans cette jolie ville depuis cinq ans. Les vendanges tardives consacrées aux vins liquoreux viennent de se terminer, et j'ai pensé qu'il serait temps, après ma mort, que tu commences les tiennes.

Aussi, je t'ai créé une cave qui va sans doute t'étonner, en grande partie avec l'argent que j'ai gagné en revendant, après le décès de ta mamie, le pied-à-terre que nous avions acheté à Vanves et que j'avais retapé.

Avant de quitter Issy, j'ai loué un cellier dans lequel se trouvent 336 bouteilles. Et dans ma cave, ici à Bordeaux, 800 autres, que j'ai acquises depuis mon arrivée, te sont destinées, ce qui fait 1136 bouteilles. Elles sont pour toi. Comme tu auras les moyens de payer la location pendant plusieurs mois, prends le temps de t'organiser pour les entreposer dans des conditions optimales.

Tu dois t'en douter, je t'ai constitué ce petit trésor de guerre avec une grande minutie.

Mais ce n'est pas terminé. Et ce sont là mes dernières volontés.

Notre petit tour en Languedoc au printemps 2004, m'a donné une idée. J'ai commandé et payé à ce jour 864 bouteilles chez une quarantaine de bons producteurs, 24 chacun, parfois la moitié, généralement panachées, et que tu ajouteras à ta réserve, pour un total de 2000 flacons. C'est un peu fou, mais quand on y pense, que serait la vie sans un petit grain de folie ? En passant, avais-tu remarqué qu'entre le vin et la vie, il n'y avait qu'une lettre à changer ?...

Imagine ! posséder 2000 vins en 2020 ! C'est la bonne fortune que je te souhaite !

— Maître, excusez-moi de vous interrompre, je n'en reviens pas !

— Ah ! je comprends votre surprise. En ce qui me concerne, c'est la première fois que je fais part d'un tel legs. Votre papi était prodigieux ! Vous êtes né sous une bonne étoile.

— Si on veut, oui. En tout cas, c'est une manière de voir les choses. Franchement, je m'attendais à tout, mais pas à cela. Il n'avait aucune obligation. C'est carrément hallucinant !

— Je reprends…

Mais pour cela, tu devras te rendre sur place pour trois raisons :

1. Tu dois rencontrer ceux et celles qui font le vin ; je ne l'ai pas fait assez. Comme au Portugal, tu iras marcher dans leurs vignes. Ils te raconteront leur destinée et ils te transmettront leur savoir, leurs principes, leur lien avec la nature et leur goût de l'ouvrage bien fait.

2. Dans la mesure du possible, tu prendras des photos, tu sais si bien le faire, pour garder la mémoire des lieux et des visages de ceux qui les occupent.

3. Avec ces photos et ces bouteilles, tu pourras à ton tour léguer à tes enfants cette passion que nous avons partagée tous les deux, cette affection du bon et du beau qui nous fait voir les choses autrement.

Évidemment, tu pourras, sans t'inquiéter, savourer ces bouteilles avec tes amis autour d'une bonne table, comme tu en as l'habitude.

Enfin, à moins que la distance ne t'en empêche, tu en profiteras pour ramener toi-même ces bouteilles chez toi. Il va être temps, en passant, de te procurer une nouvelle voiture.

La liste des producteurs et leurs coordonnées, celle des vins achetés ainsi que les factures, sont dans une autre enveloppe. À toi de jouer, mon Stéphane adoré !

Ton papi qui t'aime et te remercie pour tout

— Et en plus, c'est lui qui me… qui me remercie ! bredouilla Stéphane, incapable de retenir un sanglot.

— Arrêtez, Sté… euh… pardon, monsieur Almeida, je vais craquer, moi aussi…

— En tout cas, je vais pouvoir vous offrir un bon cru ou deux, ajouta-t-il. Je vous remercie pour tout !

— Vous êtes très gentil, mais ce n'est pas nécessaire. Tenez, voici mes honoraires.

— Je vais passer vous régler tout ça prochainement.

— Vous verrez avec ma secrétaire. Merci, monsieur Almeida. En tout cas, vous avez de quoi vous occuper.

Un verre de Vinho Regional de Luis Pato à la main, il relut à haute voix le document à Patricia qui n'avait pu assister à cette lecture surréaliste, et répertoria les endroits qu'il allait devoir visiter afin de rassembler ce butin hors norme.

— Pat, écoute ça, il en a commandé partout : la vallée de la Loire, la Corse, le Bordelais, la vallée du Rhône, la Provence, le Languedoc, et c'est pas fini. Je vais devoir également aller en Italie et au Portugal.

— Je pourrai venir avec toi ?

— Je suppose que oui, mais si j'en profite pour faire d'une pierre deux coups dans le cadre de mon boulot, ce sera duraille…

Stéphane était déjà reparti, son esprit vagabondant dans les vignes de ces contrées qui le faisaient rêver.

— Il a même acheté du vin en Hongrie ! Mais qu'est-ce que je vais faire de tout ça ?

— Tu vas en revendre ?

— Pas question que je fasse du fric sur le dos de Jorge ! C'est pas mon style.

— Je le voyais pas comme ça…

— Bon, va falloir que je tienne un inventaire. Dis-moi, comment tu le trouves, ce vin blanc portugais ?

— Ça change des graves. Et si c'est portugais, ce n'est ni du sauvignon ni du sémillon…

— *Elogios !* Il s'agit du cépage encruzado. C'est bon, non ? Dis-moi, pour la Saint-Sylvestre, Tom et Martine nous invitent chez eux. Qu'en penses-tu ?

— Pourquoi pas ? Ça va faire changement…

La longue veillée qui les conduisit au premier jour de l'année 2007 fut à la fois festive et pathétique. En plus de Francis et de Léa, Tom avait invité un de ses bons clients, Marc, un peu moins de quarante ans, tiré à quatre épingles et cravaté, qui ne semblait pas avoir compris le code vestimentaire qui suggérait avec humour une « tenue chic-décontractée ».

Il était flanqué d'une épouse plutôt gironde – ce qui devait lui plaire assurément –, mais un peu cul serré, engoncée dans une jupe rose fuchsia ornée au milieu d'un passepoil jaune qui n'était pas du meilleur goût, et chapeautée d'une capeline en feutre noir, qui suscita des sourires polis ne demandant qu'à éclater en fous rires géants.

Fidèles à la tradition, ils avaient ouvert ensemble les huîtres avec, à la main, du muscadet qu'ils sifflèrent en gobant quelques mollusques.

Cependant, à mesure que la soirée avançait, les convives devaient subir les remarques de plus en plus acerbes de ce Marc, qui n'en avait que pour le vin de Bordeaux et ne concevait pas que l'on puisse se régaler avec des vins provenant d'autres régions. Il faut dire que Stéphane, avec l'approbation de Tom, s'était fait un malin plaisir d'apporter des vins de partout dans le monde, tels que le Vintage Tunina d'Italie et le Clos de Los Siete argentin en magnum.

Après un léger flottement, ils passèrent au plat de résistance, puis, pour faire diversion, ils firent un peu d'exercice sur des airs de salsa avec des reprises de la Compagnie créole qui permirent à la dame en rose de se trémousser sous son chapeau aux bords aussi larges que des avenues. Plus elle se dandinait, plus notre trublion de service boudait dans son coin comme un enfant gâté, l'air abattu et désappointé, à la limite de l'effronterie. Faute de prendre la sage décision de rentrer à la maison, il décida alors de se laisser aller avec les restes du magnum, qu'il enfila jusqu'à la lie. Et ce fut l'hallali !

Au moment de la bûche glacée, après la présentation du vin de dessert au cours de laquelle Tom et Stéphane échangèrent sur le pouvoir rassembleur du vin, il se laissa aller.

— Et la connerie? Elle... elle... elle... elle est rassembleuse, la connerie? cria-t-il, haletant et pas mal éméché, passant du confit de canard au conflit de bavards...

Francis ne se contenait plus et ils faillirent en venir aux mains. Heureusement, avant que les couteaux ne volent bas, Stéphane, qui avait apporté sa guitare, commença à jouer. Cela le calmait – en contrant du même coup l'effet pernicieux et désinhibiteur de l'alcool – et il se mit à chanter *Hélène*, un vieux succès du Canadien Roch Voisine. La dame au galurin avait peut-être bon goût finalement, puisqu'elle reconnut la musique sur les premiers accords et tapa dans ses mains. Mais elle déchanta légèrement quand elle entendit le texte que Stéphane avait adapté en toute liberté...

Seul dans ma cave, je bois pas d'eau,
plutôt du barolo,
la nuit qui s'achève, elle se vid'ra
la bouteille auprès de moi
Comment oublier ces couleurs, ce nez, ce goût, ces saveurs
Na, na, na, na, na!

Mon verre de champagne... terminé
j'ai pas vu la nuit passer
une autre bouteille de vidée,
mon tire-bouchon est usé
Je ne sais pas si j'vais durer,
Je suis ben trop fatigué,
Gué, gué, gué, gué!

Fontaines

Dans les semaines qui suivirent, après un ménage plus ou moins sommaire, Stéphane prit soin de fermer le studio que son grand-père occupait.

— Pat, j'ai décidé de louer l'appart de Jorge. J'ai un couple qui s'est manifesté par l'intermédiaire de l'agence. Ils acceptent, moyennant une réduction du loyer, de me laisser l'usage du cellier. Les pauvres, ils ne boivent pas de vin…

— C'est toi qui vois, mais ça me semble un bon plan à court terme.

— Je crois que oui. Je vais le faire rafraîchir et, dans un mois, je recevrai mes premiers locataires. En attendant, je vais ramasser les affaires du papi. Tu veux bien venir avec moi ?

Après trois bonnes heures à faire du tri, il tomba sur un courrier qu'il n'avait jamais vu, envoyé d'Australie à la fin de 1997. Il resta bouche bée quand il prit connaissance du contenu.

— Pat ! Lis ça ! Le bougre, avec ses cachotteries, il ne m'a rien dit… Et il m'avait menti !

— On dit qu'il vaut mieux un mensonge qui garde l'unité familiale qu'une vérité qui la divise.

— Excuse-moi, mais il est un peu raide, dans ce cas-là, de parler d'unité familiale!

— C'est vrai, ton père fait beaucoup de reproches à ton grand-père, nota Patricia. Il écrit que si sa mère est décédée si rapidement, c'est à cause de lui. C'est quoi l'idée d'affirmer tout cela plus de vingt ans après sa fuite? Et ça? C'est incroyable! Je me demande ce qu'il veut dire: *Je ne sais pas si tu as fricoté avec ta bru, mais je me pose encore des questions.*

— Mais comment a-t-il su que mamie était décédée? Et qu'est-ce que c'est que cette histoire de fricotage? Je ne comprends rien.

— Et surtout, pourquoi ne pas lui avoir donné la possibilité de répondre et de se défendre? ajouta Patricia. En tout cas, bien franchement, c'est un drôle de zèbre, celui qui est censé être ton père. Tu es sûr de vouloir le retrouver?

— Je ne sais pas... Je ne sais plus. Tu as entendu parler de Facebook? Ça ne fait que démarrer ici, mais il paraît qu'il y a déjà pas mal de gens qui y sont abonnés, dans certains pays, et que c'est un bon moyen pour retrouver des personnes qu'on a perdues de vue.

— Tu peux y penser, mais c'est toi seulement qui peux décider si tu veux aller de l'avant dans cette aventure. Tu prends le risque d'être déçu.

Tous les samedis, quand c'était possible, Patricia et son amoureux partaient faire leur jogging après le petit-déjeuner, et les premiers rayons de soleil de ce début du mois de mars 2007 ne pouvaient que les stimuler. Ils se rendirent jusqu'à la place de la Bourse par le quai des Chartrons pour s'arrêter et s'asseoir sur un banc entre la Garonne et l'incontournable miroir d'eau, dernière fierté de la ville.

— Mon ange, es-tu libre vendredi prochain ?

— Je vais vérifier, mais je crois que oui. À quoi tu penses ?

— Il faut que je planifie la cueillette de mes bouteilles et, avec mon scooter, c'est pas gagné… Accepterais-tu de m'accompagner dans la zone d'appellation Cognac pour ma première collecte ? Ça va me rappeler des souvenirs… Tu vérifies de ton côté et on s'en reparle ?

Dès le lundi soir, il eut sa réponse.

— As-tu besoin de ton chauffeur vendredi ? lui demanda Patricia. C'est calme au château actuellement, donc pas de problème pour moi. C'est où exactement ?

— À Saint-Dizant-du-Gua.

— T'es sûr que c'est en France, avec ce nom à coucher dehors ?

— Eh oui, c'est en Charente-Maritime, à une heure d'ici. Je vais avoir une confirmation demain.

Et le vendredi suivant, comme prévu, ils se dirigèrent vers le château de Beaulon, où les attendait le grand manitou Christian Thomas.

— Bienvenue à Beaulon, je suis ravi de vous accueillir. Suivez-moi, je vais vous faire visiter le château, un château inscrit aux monuments historiques ! insista le bonhomme, indéniablement chaleureux.

« Et verbomoteur, tu verras, si tu le croises un jour », lui avait dit son papi. « C'est l'hôpital qui se moque de la charité », avait pensé Stéphane en soupirant.

— Vous avez rencontré Jorge, n'est-ce pas ?

— Oui, il était venu il y a deux ans avec son groupe d'amateurs. Quel personnage !

— Il m'avait dit que vous-même en étiez un…

— Ah ! quand on est passionné, on ne se refait pas. Je suis un pur produit du terroir saintongeais ! Bon, ça ne va pas nous rajeunir, mais, en 1510, ce château qui date de la fin du règne de

Louis XI a été reconstruit en partie dans le style Renaissance à la suite d'un incendie. Il a été la résidence d'été des évêques de Bordeaux au XVIIe siècle et, beaucoup plus tard, je l'ai acquis avec ma famille, en 1965.

— C'est splendide ! Et les vignes ne sont pas loin ?

— On y va. Et vous allez comprendre pourquoi on produit ici du cognac haut de gamme et des pineaux, disons, de grande qualité. Mais, auparavant, allons dans mon bureau pour un petit exposé.

— Vous voyez cette carte, il s'agit de la répartition géologique du Cognaçais. À l'instar du vin, le cognac et le pineau sont soumis aux règles strictes de l'appellation d'origine. L'aire de production encercle la ville de Cognac, et celle-ci est divisée en six crus distincts : la Grande Champagne, qui donne les eaux-de-vie les plus fines, et la Petite Champagne au sol à dominante crayeuse ; là, les Borderies ; ici, les Fins Bois, qui représentent la plus grande surface ; puis les Bons Bois et les Bois Ordinaires. Il faut savoir qu'autrefois, on parlait de « terres des champs » et de « terres des bois ». Voilà donc l'explication ; « champagne », chez nous et en Champagne où l'on produit le célèbre vin effervescent, vient du mot « champs », tout comme le mot « campagne ».

— On fait à la fois de la géographie et de la géologie ?!

— Absolument ! En théorie, plus on s'éloigne de Cognac, plus la qualité des eaux-de-vie diminue. Mais ce qui est étonnant, c'est que Saint-Dizant-du-Gua, qui se trouve à environ cinquante kilomètres, tout près de l'estuaire de la Gironde, jouit d'une enclave géologique qui appartient aux Fins Bois, de nature calcaire là aussi, pour la force et la finesse, avec un peu d'argile pour la rondeur.

— Et pour les cépages ?

— Ah oui ! Si vous demandez ce qu'est le pineau des Charentes, on vous répondra qu'il est fait avec du moût de raisin frais et du cognac. La plupart des producteurs utilisent l'ugni blanc, la même variété que celle qui sert à faire le cognac.

— Et l'ugni blanc, c'est le trebbiano italien, n'est-ce pas? releva Stéphane.

— Je vois que vous êtes bien renseigné, jeune homme! Mais les gens ici n'aiment pas l'avouer. Eh oui, la plus grande eau-de-vie de France est élaborée pratiquement en totalité avec un raisin de souche italienne. Bon! Il est là depuis le Moyen Âge, quand même!

— C'est sensass! Je suis très content personnellement...

— Ah bon? Vous me raconterez. Bref, quel est le procédé pour obtenir un pineau hors pair à partir d'un jus pauvre en sucre, dès l'instant que celui-ci ne trouve son intérêt ici qu'à travers la distillation? Il fallait donc chercher ailleurs. Et c'est la raison pour laquelle une partie de notre vignoble a été plantée en variétés nobles telles que le sémillon et le sauvignon pour les blancs, et le merlot et les cabernets pour les rouges.

— C'est toujours la nature qui décide, monsieur Thomas? souleva Patricia pendant que Stéphane, deux appareils photo en bandoulière, mitraillait les rangs de vignes sous toutes leurs coutures.

— Alors là, tant que les raisins ne sont pas rentrés, nous sommes à sa merci, croyez-moi! Et c'est la même chose partout sur cette terre où l'on fait du bon vin.

— C'est un défi de tous les jours, en somme! Ma puce, tu veux me prendre en photo avec monsieur Thomas?

— Je vois que votre grand-père vous a initié intelligemment. Bon, en parlant de dame Nature, je vais vous montrer quelque chose de surprenant.

Ils prirent sur la gauche un petit chemin qui les conduisit dans un parc immense et remarquablement entretenu, où poussaient des variétés exotiques, dont des bananiers qui profitent de la douceur de cet écosystème hors du commun.

Le long d'une allée bordée de passe-velours éclatants, Patricia insista pour les prendre de nouveau en photo.

— Placez-vous près des fleurs rouges, elles sont magnifiques. Il s'agit d'une variété d'amarante. Vous allez être encore plus beaux !

— Dites-moi, votre amie a du goût ! Et elle semble connaître les fleurs. Vous avez beaucoup de chance.

Puis, devant un plan d'eau appelé la Fontaine aux Fées, pris d'assaut par des centaines de libellules, Christian s'emballa avec autant d'engouement que devant ses vignes.

— Regardez cette eau turquoise. Ce ne sont pas des résurgences, mais plutôt des exsurgences artésiennes, dont la couleur est due à la présence d'algues microscopiques. Il y en a plusieurs, et on les appelle les Fontaines bleues. Des milliers de touristes viennent chaque année admirer le Miroir des Fées, les Fontaines Sereines…

— Je vous félicite parce que vous êtes en avance en matière d'œnotourisme, s'exclama Patricia.

— Je vous remercie. Cela vous intéresse ?

— J'ai une licence professionnelle dans cette spécialité. Ça va très certainement se développer dans les années à venir.

Après la visite des chais et de la distillerie aux quatre alambics de cuivre martelé à la main, ils se dirigèrent vers un salon cossu du château.

— Stéphane, voici vos bouteilles de pineau et de cognac. Petit cadeau, j'ai inclus un millésime 1975, et je vous ai préparé une petite dégustation.

— Pat, je suis désolé, mais si c'est toi qui conduis, tu vas devoir cracher.

— Commençons avec cette Vieille Réserve Or, dix ans d'âge en fût de chêne. Vous serez convaincu, j'en suis persuadé, qu'en plus d'être un bon apéritif, il s'agit d'un vin de gastronomie, servi frais dans un grand verre, sans glace et sans zeste de citron, évidemment.

— C'est excellent ! Je pense que je n'en avais pas goûté.

La rencontre se termina en douceur avec le Réserve Ruby de dix ans, un assemblage de merlot et de cabernets mûrs à la couleur chatoyante.

— Merci infiniment de votre temps, monsieur Thomas. Nous avons adoré notre passage chez vous et, en plus, nous nous sommes instruits.

Sur le chemin du retour, après avoir déjeuné dans une brasserie de Cognac, ils roulèrent devant la base aérienne où Stéphane avait fait ses classes militaires, puis, un peu plus loin, aperçurent la société Grégoire, spécialisée dans les tracteurs et les machines à vendanger.

— Tu vois cette entreprise ? Elle appartenait au nouveau propriétaire du château de La Rivière. C'est la grande mode de nos jours, les gens prospères investissent dans la vigne… C'est curieux, mais je vais justement y faire un reportage la semaine prochaine.

Une dizaine de jours plus tard, notre photographe rentra légèrement excité de Fronsac et du fameux château.

— Quelle expérience ! Et avec Charlie – un sacré coco, celui-là –, on a fait du bon boulot.

— Et ce Grégoire, il est sympa ?

— J'ai passé de super moments en sa compagnie. Il nous a raconté que son paternel l'avait envoyé au château faire sa première livraison. Il n'avait que dix-huit ans et il a été épaté par la magie du site. Puis, pendant des années, il passait presque chaque jour devant le domaine, si bien qu'il s'était dit que lorsqu'il aurait gagné assez d'oseille, il finirait par l'acheter. Et c'est ce qui est arrivé en 2003.

— C'est amusant, quand je bossais pour les Citadelles, ce concours dont je t'ai parlé, je passais tout près de ce château, moi aussi, mais il semblait tellement fastueux que je n'ai jamais osé y entrer. C'est un joyau architectural, en tout cas. Et sa boîte de machinerie agricole à Cognac ?

— Il l'a créée avec son père en 1972, puis vendue il y a quelques années, mais il y allait encore jusqu'à la transaction finale. Un gars très simple, fils et petit-fils de forgeron. Il paraît qu'il lui arrivait d'aller faire des soudures en costume, pour dépanner. Et quand tu l'écoutes, tu vois que c'est le genre de type qui veut entreprendre, s'investir et prendre des risques.

— Tu es dithyrambique !

— Écoute, tu sens qu'il est fier de cette société qui a fait du jaune sa marque de commerce et qui porte toujours son nom. Elle est d'ailleurs devenue leader mondial dans les machines à vendanger. Ce n'est pas rien !

— Bon, et pourquoi t'as l'air agité ? Tu n'as pas craché ?

— C'est vrai, nous avons dégusté différents millésimes dans les caves.

— Et tu n'as pas craché !

— Mais si, on a tous craché, qu'est-ce que tu crois ? C'est Charlie qui m'a emmené à Fronsac et qui m'a ramené au bureau. Et tu sais, ces caves, elles sont idéales pour l'élevage du vin en barriques et la conservation en bouteilles.

— Tu t'es régalé, à ce que je vois. Ils ont construit un chai à barriques ?

— Non, les caves sont situées sous le château dans les anciennes carrières creusées dans le calcaire. Elles font huit hectares, t'imagines ? Impressionnant ! La pierre qu'on en a extraite a servi à construire une bonne partie du Grand Théâtre.

— Mouais, t'en as appris, des choses !

— Mais tu sais pas le plus beau ! Imagine-toi que ce James possède un hélico...

— T'as fait un tour d'hélico ?

— Non, parce qu'il est en révision. Mais j'ai une bonne nouvelle!

— Je te vois venir. T'as pas peur de monter dans ce genre d'appareil?

— Pas du tout! Et avec lui aucunement, je lui fais totalement confiance. Je vais y retourner sous peu pour faire des photos aériennes qui vont servir au reportage.

— Bon, tu ne vas pas chômer…

Le rendez-vous fut pris le 10 avril, le mardi qui suivait Pâques, et James était content d'offrir à Stéphane son baptême de l'air avec ce soleil radieux qui éclairait le ciel girondin.

Le photographe put constater à quel point, vu des airs, le château de La Rivière, dont la construction fut achevée à la fin du XVIe siècle, est une véritable splendeur. La propriété s'étend sur une centaine d'hectares, la vigne en couvrant les deux tiers, avec une exposition plein sud. Majestueux avec ses tours et ses arches qui semblent soutenir la partie supérieure, il domine de ses lignes altières la vallée de la Dordogne et la rivière éponyme qui s'en va rejoindre la Garonne, entre Bourg et Blaye, pour former la célèbre embouchure girondine.

Lorsque Stéphane ouvrit la porte du loft à son retour, un magnum dans la main gauche, Patricia poussa un soupir de soulagement.

— Alors, vous ne vous êtes pas écrasés, à ce que je vois!

— Je me suis éclaté! Travailler dans ces conditions, c'est rare et c'est un privilège. Et tu vas bientôt voir le résultat grâce à mon nouveau Canon EOS Reflex numérique. J'ai compris pourquoi ce cher James est tombé sous le charme de ce château. Tiens, ouvre-nous ce magnum, on va fêter ça.

Elle comprit aussitôt qu'il avait un urgent désir de se détendre après toutes ces émotions.

— Waouh! C'est superbe! Je suis fière de toi.

— Écoute, avec un bon appareil et une météo comme ça, je n'ai pas grand mérite. Et tu sais, il est bien, ce type. Attentif et très gentil, sa fortune ne l'a pas corrompu. Il m'a raconté, une fois de retour sur le plancher des vaches, que l'ancien propriétaire, un certain Jean Leprince, un grand homme du vin qui avait exécuté de gros travaux d'aménagement, s'était tué avec son Cessna en février 2002.

— Ça fait froid dans le dos.

— Heureusement qu'il me l'a dit après et non avant le décollage.

— Ouais, il a un nez avenant, ce 99! Avec les notes de cassis et de framboises fraîches, et les saveurs de confiture de groseilles, on doit avoir pas mal de merlot. Et puis, les tanins sont soyeux…

— Bravo, madame, je comprends pourquoi tu t'occupes d'un cru classé. Près de quatre-vingt-cinq pour cent de merlot, et le reste en cabernet franc, cabernet-sauvignon et un peu de malbec. Mais ce n'est pas tout, tu vas adorer quand je t'y amènerai.

— Tu me le promets?

— Je te le promets! Bon, il paraît qu'avec la rivière en contrebas, Charlemagne avait fait de cette position une forteresse et un point stratégique pour surveiller l'arrivée d'éventuels envahisseurs. Il y a de la glycine partout, et elle est en fleur actuellement. Tu sais que c'est une de mes fleurs préférées.

— Ouuuiii! Tu me l'as déjà dit, comme dans la vallée du Douro et chez ton papi, riposta Patricia, insistant sur chaque syllabe, taquinant sans malice son compagnon qui avait une très légère tendance, malgré son jeune âge, à radoter.

— Bon!… Et si tu passes sous le porche, tu découvres la cour d'honneur qui forme un carré avec en son centre une petite fontaine, précisa Stéphane qui était loin d'imaginer qu'une autre fontaine, de plus grande importance, avait occupé les lieux des années auparavant.

— Encore des fontaines. On dirait qu'il y a toujours de l'eau quand il y a des vignes. Un fleuve, une rivière, un ruisseau, que sais-je ?

— Attends ! Justement, il y a en plus ce parc immense de onze hectares, couvert de chênes, de platanes, de bouleaux, de châtaigniers et de noisetiers. Regarde ces photos. Tu vois ces sources ? Ça, c'est le Bain des dames, construit en 1736.

— C'était un peu leur piscine…

— Exactement ! La proprio était, paraît-il, la confidente de Jean-Jacques Rousseau, et les jolies dames de la haute bourgeoisie venaient s'y baigner jusqu'à la cheville à l'abri des regards indiscrets de ces messieurs. Enfin, c'est ce qu'on raconte.

— Tu parles ! Le soir venu, il n'y avait pas que la nuit qui tombait, il y avait aussi les robes et les froufrous, les gaines et les corsets itou. C'était le bain de minuit avec tous les mecs qui rappliquaient. Peut-être même des orgies !

— Dites donc, ma mie, le fronsac délie vos pensées. M'écoutez-vous ou songez-vous à quelque manigance érotique ?

— Je connais votre imagination, sieur Almeida, et il me serait fort agréable de vous laisser l'entretenir à mon endroit.

— Dans ce cas, suivez-moi, belle damoiselle, ma couche vous attend, petite friponne !

— Ah ! mon beau damoiseau, mon preux chevalier, venez chevaucher sans mesure et sans pudeur la terre de vos fureurs.

Et qu'y avait-il de mieux et de plus rassurant, avant le dîner, que de faire l'amour avec ardeur, d'autant plus que notre paladin savait en connaissance de cause que lorsque sa bien-aimée s'abandonnait comme elle semblait en avoir l'envie ce soir-là, elle se ferait femme fontaine, dans la plus grande des voluptés ?

Le printemps s'était écoulé doucement, et ils prirent leurs quartiers d'été en occupant une maison de vacances près du bassin d'Arcachon, à une heure de route de Bordeaux.

Un soir, ils eurent une surprise en jetant un coup d'œil aux informations de la région Aquitaine. Le reporter qu'on voyait à l'écran se trouvait dans la belle ville de Québec en ce 3 juillet et couvrait la cérémonie d'inauguration d'une magnifique fontaine installée devant le parlement, en vue des célébrations entourant le quatre centième anniversaire de la capitale de la province qui allait avoir lieu l'année suivante. Mais pourquoi avait-on dépêché un journaliste pour souligner cet événement ? Tout simplement parce qu'il s'agissait d'une construction qui avait connu un drôle de parcours. C'était en réalité la sœur jumelle de l'une des deux fontaines publiques des allées de Tourny, dans le centre-ville de Bordeaux, qui avaient été commandées en 1857 par le maire du moment pour célébrer l'arrivée des eaux dans la ville.

Un siècle plus tard, à cause du coût élevé de leur entretien, elles avaient été démontées, l'une pour se rendre pas très loin, à Soulac-sur-Mer, où elle est toujours dans un état critique, et l'autre pour être vendue au propriétaire d'alors du château de La Rivière. Mais ce détail avait échappé à la plupart des observateurs de l'époque.

De fait, le châtelain l'avait acquise dans l'espoir de la remettre en service. Ce qu'il n'avait jamais pu réaliser, une petite partie seulement ayant pris place dans la cour d'honneur de sa demeure. En définitive, l'œuvre, complètement démontée, s'était retrouvée démantibulée chez un antiquaire de Saint-Ouen, aux abords de Paris.

Ce n'est qu'en 2003 que Peter Simons, propriétaire d'une chaîne québécoise de magasins de prêt-à-porter, l'avait achetée. Il écumait les marchés aux puces quand il était tombé sur cette fontaine mise à l'écart, qu'il enverrait au Québec pour la faire restaurer. Des millions de dollars plus tard, il l'avait offerte à sa ville pour la plus grande joie de ses habitants, qui se l'étaient appropriée en en faisant un lieu de rassemblement populaire, symbole de l'amitié entre Bordeaux et Québec.

— On devrait aller faire un tour là-bas. Il paraît qu'ils sont gentils, les Québécois.

— C'est une bonne idée ! L'itinéraire de cette fontaine qui est passé par Fronsac est stupéfiant. J'irai la prendre en photo, et j'irai voir James pour lui en parler.

La dynamique du bio

La fin de l'année 2007 s'était déroulée sous de bons auspices, et Stéphane et sa compagne vaquaient à leurs occupations respectives. Fin novembre, il approcha plusieurs maisons de la vallée de la Loire chez qui le papi avait commandé une partie du vin de son héritage, et appela son ami Tom.

— Que dirais-tu d'aller passer une semaine sur les terres ligériennes de ta chérie ? On pourrait profiter des premiers jours du printemps. C'est assez calme en général.

— *Good idea, Stef!* J'ai déjà visité, mais un peu seulement. Je regarde ça, et je te rappelle.

Patricia était enchantée d'aller découvrir ce coin de France qu'elle ne connaissait pas, et l'idée de partir à quatre lui plaisait bien.

— Martine en a parlé à ses parents et ils sont prêts à nous loger. Tom va prendre sa camionnette, ce qui me permettra de rapporter une vingtaine de cartons. Ils habitent entre Saumur et Angers, à Doué-la-Fontaine.

— Une autre fontaine, décidément !

— On va surtout se retrouver chez les troglodytes.

— Ça me dit quelque chose…

— Oui, tu as dû entendre ce mot quand tu as étudié la géographie viticole entre l'Anjou et la Touraine, là où l'on trouve des habitations aménagées dans des cavernes creusées à même le roc, dans le sol calcaire de la région.

Il lui annonça finalement que Tom et Martine s'étaient libérés, et qu'il avait confirmé leur venue aux producteurs concernés.

— Il me tarde!

— Avec le détail des commandes et des factures, Jorge m'a laissé un paquet de notes, des commentaires et des observations sur bon nombre de vignerons. Il m'a écrit par exemple que cette expédition le long de la Loire me donnerait l'envie de retourner flâner entre les vignes, « un environnement apaisant et inspirant, a-t-il spécifié, où l'on peut être surpris tout autant par la qualité des gens que par celle de leurs vins ».

Ils firent l'école buissonnière un dimanche de mars 2008 en direction d'Angers. Le lundi matin, après être passé par Bonnezeaux, notre quatuor se dirigea vers Mozé-sur-Louet, chez Didier et Damien Richou, que le papi avait rencontrés au Salon des caves particulières à Paris. Il avait sympathisé avec eux non seulement parce que leurs vins étaient bons, mais en outre parce qu'ils travaillaient aussi sérieusement qu'ils ne se prenaient pas au sérieux.

« Tu verras, avait-il noté, qu'il se dégage de ces gars-là une force tranquille qu'ils ont acquise de leurs parents si j'ai bien compris, mais ils ne poussent pas la note. Ils ne jouent pas aux rebelles bruts de décoffrage qui sont toujours en guéguerre contre tout, mais ils essaient tout bonnement de tirer parti de ce que la nature peut leur donner. »

Stéphane songeait à ces mots quand Damien, le plus jeune, responsable des vignes, résuma sa pensée, un verre à la main.

— C'est simple, le terroir, c'est la pièce de théâtre qui est écrite par la nature, parce que le vin prend le goût de l'eau qui traverse la roche, des vents et des courants d'air, de la force du soleil, du plus doux au plus torride, de la lumière, transparente ou voilée.

Didier, l'aîné, compléta :

— Le millésime, c'est le décor qui change chaque année, l'empreinte digitale naissante dans le raisin, jour après jour, heure après heure. Et cette écriture ancestrale, l'homme en est le metteur en scène.

Damien reprit le flambeau.

— Eh oui, il est l'éducateur de la vigne, son cultivateur, celui qui va l'astreindre à enfoncer ses racines, celui qui va faire respirer ses raisins, puis aller cueillir la grappe au juste équilibre.

— C'est inouï comme tout cela évoque ce que ton papi nous a expliqué avant de mourir, avança Patricia.

— C'est pour ça, mon amour, que nous étions tous les deux sur la même longueur d'onde. Il me répétait qu'il partageait le raisonnement du philosophe anglais Francis Bacon, qui disait qu'on ne commande la nature qu'en lui obéissant et qu'elle te prévient si tu sais l'écouter.

— Ses descendants auraient pu s'en inspirer, répliqua Tom dans un grand rire sonore.

— Tu n'exagères pas un peu ? releva Stéphane. Les Anglais aiment bien la France et le reste de l'Europe, et ils ont joué un rôle important pour faire connaître l'excellence de leurs vins.

— Oui, mais c'était avant tout pour en faire le commerce, à l'image de mes chers compatriotes, qu'on dit pragmatiques et qui ont vite compris la fortune qu'on pouvait en tirer.

— Tu en es d'ailleurs une belle illustration, insista Martine, le sourire coquin.

— *Yes,* mais moi, je me soigne. Je vis ici et je ne veux rien entendre des vins industriels comme on en produit chez nous, *with the flavour of the month* pour plaire à une certaine clientèle. Stef, dis-leur que je suis, moi aussi, *a real terroiriste.*

— Bon, si on passait à la dégustation ? annonça Didier. Papa, qui nous a quittés il y dix ans, aurait assurément aimé discuter avec vous.

Et il les invita à prendre place autour d'une grande table en bois massif.

— Vos deux cartons sont là, avec entre autres les anjou-villages brissac et Les 3 Demoiselles. Maintenant, je vous propose de goûter différentes cuvées dont un anjou-villages 2006.

À chaque verre, notre photographe quittait discrètement la table pour aller déguster à l'extérieur à l'ombre d'un marronnier, son petit calepin à la main.

— Pourquoi donc allez-vous déguster dehors ? s'informa Didier, au bout de trois ou quatre allers-retours de Stéphane.

— Ah ! excusez-moi, c'est votre table, je crois. Elle est très belle, mais, sans vouloir être trop caustique, je dois concéder que c'est selon toute vraisemblance à cause de l'encaustique qui est généreusement étalée dessus. Elle embaume la pièce et j'ai du mal à sentir vos vins.

— M'en parlez pas ! Vous n'êtes pas le premier. J'ai un bon copain, un sommelier qui vit au Québec et avec qui nous sommes devenus proches, justement à cause de cette table que ma mère s'obstine à cirer allègrement. Il s'appelle Jacques et, lui aussi, quand il est venu la première fois, il sortait pour mieux goûter les vins. Je lui ai même demandé d'écrire à ma mère pour qu'elle renonce à cette vieille manie.

— Et alors ?

— Il lui a écrit et on a rigolé avec ça, mais elle a continué, répondit-il dans un grand soupir.

Tom reprit du vin rouge.

— Il est jeune, votre anjou-villages. Mais quel plaisir et quelle qualité de fruit et de tanins !

— C'est simple. On s'est rendu compte avec le temps que le cabernet-sauvignon donne son maximum sur des sols de schistes et de quartz, tandis que le cabernet franc s'exprime à merveille sur des schistes gris-vert, une roche qui ressemble un peu au basalte. Et là, on fait moitié-moitié.

Après avoir commenté l'onctuosité du coteaux de l'Aubance Les 3 Demoiselles 1999, Martine l'Angevine ne put s'empêcher de formuler quelques mots, non sans fierté, comme si c'était elle qui l'avait élaboré.

— Vous réalisez tout ce que peut donner un chenin blanc de dix ans ? Tout est là, le bouquet de fleurs, un peu de tilleul et du miel, les saveurs d'abricot séché et de coing, le moelleux, la longueur et la distinction. Merci aux frères Richou !

— C'est très gentil, mademoiselle !

— Ah ! et puis, j'allais oublier, ajouta-t-elle. Samedi matin, en parlant de l'Aubance, je vous réserve une surprise, si vous êtes sages.

— Et où passerez-vous le reste de la journée ?

— Chez Nicolas Joly, à Savennières.

— Ah ! vous n'allez pas vous ennuyer ! C'est juste en face, indiqua Damien.

— Mais, auparavant, séance photos !

Après avoir déjeuné dans une petite auberge sur l'île pittoresque de Béhuard, ils se dirigèrent vers la Coulée de Serrant, où les attendait Nicolas Joly, celui que l'on a surnommé « le pape de la biodynamie ».

— J'aime mieux vous dire, papi m'a prévenu dans ses notes qu'il est intense, mais que c'est un type bien parce qu'il a eu le courage de ses opinions et de tout remettre en question. Il a fait beaucoup d'émules en France.

— Et ailleurs, enchérit Tom. En Californie, la maison Benziger applique avec succès la théorie de Rudolf Steiner, et c'est grâce à lui, je crois.

— C'est quoi, cette théorie ? demanda Martine à Stéphane.

— Ça va pas être facile à résumer. Attendez, je l'ai noté dans mon carnet. Voilà : « La biodynamie prône, en intégrant les influences cosmiques sur la vitalité du sol, un respect de la nature en redonnant la vie et sa fécondité à la terre, tout cela inspiré de l'anthroposophie de Steiner. »

— Ouais ! Heureusement que tu l'as noté. C'est pas un peu ésotérique, tout ça ?

— C'est possible. En tout cas, ils ont appris à jouer avec les astres.

— Tant qu'il n'y a pas désastre, se permit Tom.

— Oh ! oh ! on joue avec les mots, le Yankee. *Congratulations !* En tout cas, de plus en plus de grands noms de la viticulture suivent le mouvement.

— Où ça ?

— Dans la Loire, vous le verrez à Saumur et à Vouvray, ainsi qu'en Alsace, dans le Roussillon et en Bourgogne, et même depuis deux ou trois ans dans le Bordelais, à Pontet-Canet et à Fonroque. Une vraie révolution. Yquem s'y mettra un jour, on ne sait jamais...

— Fascinant, tout ça !

— Donc, poursuivit Stéphane en parcourant ses notes, « en suivant le calendrier lunaire, cette agriculture encourage l'usage des composts, renforcés par des substances dynamisées que l'on pulvérise ensuite, et dont le principe s'apparente à l'homéopathie ».

— Tout cela ne s'est pas fait sans heurt, je suppose ? lança Patricia.

— Bien sûr qu'il a dérangé et dérange encore du monde, en finesse, parfois plus rudement, mais c'est ce qui en fait l'intérêt. Certains restent sceptiques, d'autres ne veulent rien entendre, mais il aura eu le mérite de ne laisser personne indifférent.

En attendant que se pointe le maître des lieux, les visiteurs s'assirent sur un muret pour écouter les tourterelles qui, l'air de rien, roucoulaient sous le doux soleil angevin.

Sans grand préambule, l'insigne vigneron les invita à passer dans son bureau pour faire les présentations.

— Je vous propose de commencer par le Cimetière des Anglais. Je vous rassure tout de suite, il s'agit d'une allée fortifiée d'où l'on va pouvoir admirer le clos et la Loire en contrebas.

— C'est toujours aussi paisible ? l'interrogea Patricia.

— « Plus mon Loir gaulois, que le Tibre latin, Plus mon petit Liré, que le mont Palatin, Et plus que l'air marin la doulceur angevine », récita Nicolas en marchant avec un rien d'indolence.

— *Heureux qui comme Ulysse* de Joachim du Bellay, s'empressa de préciser Martine.

— Bravo, madame ! Et ce cher Joachim est né à Liré, à trente-huit kilomètres d'ici à vol d'oiseau. Et si on parlait d'abord de la véritable notion de l'appellation d'origine ? Je pense que c'est important pour comprendre ce qui suit. En réalité, lorsqu'on parle d'appellation contrôlée, il faut savoir qu'un sol n'est que le dernier maillon ou le relais d'un monde plus subtil, je dirais : moins tangible, qui est situé au-dessus du sol. Ce monde correspond à tout ce qui nous entoure, c'est-à-dire l'atmosphère, l'air, la lumière, l'énergie...

Il insista ensuite sur le fait que la terre ne s'arrête pas sous nos pieds, mais qu'elle s'étire à des centaines de kilomètres au-dessus de nos têtes jusqu'à une ceinture de chaleur riche en hydrogène que l'on nomme « héliosphère ».

— Vous me suivez ?

— Tout à fait, acquiesça Patricia, pendant que Stéphane le mitraillait avec son Nikon.

— Pendant des millénaires, l'agriculteur a vénéré le soleil dont il sentait les forces se prolonger dans le sol. La science découvre actuellement dans ce sol une extraordinaire organisation vivante magnifiquement combinée non seulement suivant sa nature géologique, mais surtout en fonction des caractéristiques du microclimat, au sens large, qui le conditionne. Comprendre cela, c'est redécouvrir le sens profond des appellations.

— C'est captivant !

— Hélas, notre agriculture dite de « progrès » a anéanti l'organisme géologique à cause des désherbants. De ce fait, il ne peut presque plus générer de croissance et est devenu pour cela dépendant des engrais chimiques que la vigne doit absorber quand elle boit.

— Et si on continue dans cette voie, on est mal barrés ? se hasarda Stéphane.

— On est tous mal barrés, si je peux reprendre vos mots. Bon, ça demande des sacrifices, entre le compostage et la confection des préparations à base de plantes, de résidus organiques et de silice. Et ici, on laboure avec le cheval.

— Vous voyez la différence ?

— C'est avéré que le cheval abîme moins le sol que la machine, ce qui a une incidence positive sur sa vie microbienne. En plus, si l'animal sent une résistance, il s'immobilise au lieu de tout arracher comme le ferait un tracteur.

Pendant la dégustation, qui se déroula dans une belle et grande salle ornée de jolies boiseries, un silence quasi monacal s'installa, comme si les cisterciens qui avaient planté les premières vignes dans ce lieu béni au XIIe siècle y avaient imprimé des réminiscences de leur dévotion.

À la suite du savennières Les Vieux Clos, les quatre amis apprécièrent les attraits et l'expression du Roche aux Moines 2001, issu de vignes âgées de vingt-cinq ans environ, et que Nicolas avait préparé en le passant deux fois en carafe.

Puis, après s'être éclipsé discrètement, il apporta une Coulée 1996, en carafe également, qu'ils savourèrent avec une rare intensité.

— Voilà ce que la nature nous donne avec sept hectares de chenin qui pousse sur des coteaux très pentus, cultivé à la main, sur un fond de schistes rouges parfaitement drainés.

— C'est somptueux, s'enflamma Tom. Vous allez nous faire pleurer !

— Ah ! j'en ai vu pleurer, des Américains, mais ce n'était pas pour les mêmes raisons. Tenez, Stéphane, prenez vos douze bouteilles, dont les six coulées. Il n'a pas lésiné, votre grand-père.

Dans la voiture qui les ramenait à Doué, Stéphane ne disait rien. Il préférait se taire. Il ne faisait que penser à cet homme lunaire dont se dégage un mélange de déception de l'humanité et d'idéal assumé pour cette nature incomprise avec laquelle il avait appris à dialoguer.

Le mardi qui fut consacré au Saumurois fut nettement plus joyeux. Tout le monde avait dormi sur ses deux oreilles, et Stéphane riait pour un oui ou pour un non avec sa Patricia qui ne donnait pas sa place non plus. Non seulement ils étaient follement épris l'un de l'autre, mais ils adoraient faire des blagues en toute complicité.

— Vous êtes drôles à voir, tous les deux ! s'exclama Martine. Vous êtes animés d'une alacrité singulière qui fait envie. Ça crève les yeux !

— Une ala quoi ? questionna d'un air mutin l'œnophile en chef.

— T'inquiète, coupa Tom, elle me sort souvent des mots que je ne comprends pas.

— Oui, mais toi, c'est normal, t'es Américain.

— En tout cas, moi, je suis Française, s'en mêla Pat, et c'est la première fois que j'entends ce mot.

— Bon, vous savez que j'ai étudié en littérature et peut-être que mes origines angevines m'ont donné le désir de mieux connaître notre langue. On dit que c'est entre Tours et Angers que l'on parle le français le plus pur.

— Ça va, les chevilles, *darling* ? On joue à l'intello ?

— Tu m'as dit que tu les trouvais belles. En tout cas, « alacrité », qui n'est peut-être pas un mot très beau, signifie « entrain », « gaieté », « vivacité », et c'est un compliment que j'ai voulu vous faire.

— T'en as d'autres comme ça ?

— Quoi, des compliments ou des mots inconnus ? Tiens, pour rester dans l'actualité du jour, nous faisions des concours d'art oratoire au collège, et puisqu'on passe à Vouvray cette semaine, je vais vous confier un jeu de mots dont je n'étais pas peu fière à l'époque.

— On t'écoute.

— Je vous le demande, dit-elle en articulant soigneusement : vaut-il mieux avoir le « tu faux » que le « vous vrai » ?

— Je ne comprends rien, professeur !

— Le « vous vrai » et le vin de Vouvray, risqua Tom, mais je n'ai pas tout compris.

— Bravo ! Et le « tu faux » ? insista Patricia.

Stéphane, qui avait pigé les nuances, se marrait dans son coin.

— Je vous dirai tout demain.

La visite de la petite ville de Saumur et de son château-musée, ancienne forteresse ayant traversé l'histoire de France, leur avait pris plusieurs heures.

Ils gardèrent une bonne impression du Domaine des Roches Neuves, où le propriétaire leur livra tous les secrets de l'appellation Saumur-Champigny qui ne se fait qu'en rouge.

— On n'est pas bien ici ? Surtout avec ce printemps qui caresse nos joues et nos vignes ! s'était empressé de leur dire Thierry Germain, prolixe et amical, lors de leur arrivée. Vous savez, tout comme nous, la vigne a besoin du printemps, c'est important pour son cycle végétatif. Regardez ailleurs sur la planète. Ce n'est pas facile de cultiver la vigne dans les régions qui n'ont pas de printemps.

Et Stéphane était très heureux de repartir avec les vins de ce vigneron qui jouissait d'une réputation grandissante et qui avait décidé, lui aussi, de se lancer dans la viticulture en bio, puis en biodynamie.

Ils passèrent ensuite au Clos Rougeard, juste à côté, prendre les douze bouteilles, des cuvées convoitées par de nombreux amateurs clairvoyants, que Jorge avait eu la faveur d'obtenir et, forcément, la possibilité de payer rubis sur l'ongle.

Le lendemain, rebelote en direction du proche Saumurois. Stéphane avait accepté une visite assez conventionnelle mais formatrice, lui avait-on assuré, d'une cave connue pour ses vins effervescents.

Après avoir pris les deux cartons mis de côté à la réception, ils avalèrent sur les bords de la Loire des fouées[7] et des galipettes[8], spécialités culinaires saumuroises, le tout arrosé d'un Saumur Brut Rosé de la maison qu'ils venaient de visiter.

— Quelle province inspirante ! déclara Patricia.

— Mais vous n'avez pas tout vu ! répondit Martine.

Avant de rentrer chez ses parents avec ses amis, elle leur proposa de faire un crochet pour admirer le château de Montsoreau, bâti sur un promontoire rocheux dans le lit du fleuve royal, immédiatement à la confluence de la Loire et de la Vienne.

Dans ce village, ils s'arrêtèrent au coteau du Saut-aux-Loups, un ensemble de grottes couvertes par un grand vignoble aux lignes ondulées.

— Mais on dirait les maisons des Flintstones ! s'étonna Tom.

— Eh oui, ce sont les habitations troglodytiques du XVe siècle de nos Pierrafeu. Pour votre info, on peut dire de ceux qui y vivent que ce sont des troglodytes qui habitent dans un village troglodyte ou troglodytique. Bon, il s'agit ici d'une champignonnière, précisa Martine.

Et c'est l'air incrédule qu'ils visitèrent, en compagnie d'une jeune guide, les mystérieuses galeries dans lesquelles poussent

7. Boules de pain cuites au four à feu de bois et fourrées de rillettes.
8. Têtes de champignon farcies.

des milliers de champignons de couche au petit chapeau rond d'un blanc velouté.

— Vous allez tout savoir sur la culture des champignons de Paris des années 1900 à nos jours. Nous faisons en plus la culture des pleurotes et des shiitakés. Peu de gens le savent, mais c'est entre Saumur et la Touraine que l'on trouve désormais les trois quarts de la production française de champignons.

— Waouh ! s'écria Stéphane qui n'arrêtait pas de prendre des photos.

À quelques encablures de Montsoreau, l'abbaye de Fontevraud, bijou d'architecture d'inspiration bénédictine du XIIe siècle, apparut devant eux.

— Vous comprenez à présent pourquoi le tuffeau, qui est une craie de couleur blanche ou crème, constitue une formidable pierre de taille. Il est là, le « tu faux », contrairement au « vous vrai »...

C'est sur une petite route entre Fontevraud et Saint-Cyr-en-Bourg que les choses faillirent tourner au vinaigre.

— Excusez-moi, mais on va s'arrêter ici dix minutes, décida Tom, qui était au volant et qui venait d'apercevoir le panneau d'un viticulteur invitant les gens à la dégustation.

— Pas plus de dix minutes, tu sais qu'on a encore un arrêt de prévu...

— Promis ! Mais vous avez vu la super voiture rouge devant la cave ? Tant mieux, parce que c'est urgent, je dois aller aux W.-C... *wateur closette*... C'est ainsi que vous dites ?

On ne pouvait pas dire que le cadre était des plus coquets, mais bon, est-ce que le vin serait aussi intéressant à découvrir que le vénérable cabriolet ?

— Hello ! Elle est belle, votre Studebaker Champion 1947 ! s'exclama Tom après être allé se soulager.

— Applaudissements, champion ! Vous êtes un connaisseur ?

— Plus en vins qu'en voitures, mais je suis Américain, et je connais cette marque ancienne.

— Ah ! vous êtes Américain ? Ça se voit pas parce que vous avez l'air sympa.

— Je bosse dans le vin, j'achète et je vends.

— J'vais vous dire, j'les emmerde, vos compatriotes, avec leurs putains de notes. Parquère [pour Parker] et compagnie, et les Anglais d'Angleterre, j'peux pas supporter.

— Et votre bagnole, elle est comme vous ? Elle démarre au quart de tour ?

— Mon vin se résume pas à une note, vous comprenez ? Alors, ils peuvent aller se faire foutre.

Interloqué devant cet ours mal léché, Stéphane tenta de placer un mot, mais sans succès.

— Les Amerloques, y a que la *bizness* qui les intéresse.

— Bon, c'est un peu caricatural, mais vous n'avez pas tort. Même moi qui commerce avec mon pays, je suis foutu, je suis obligé de composer avec l'omnipotence et la suprématie économique des Amerloques, comme vous dites.

— Bon, si j'ai raison, j'vais vous faire goûter mon vin.

— *Unfortunately*, il s'agit d'un cercle vicieux, ajouta Tom. J'aimerais me passer des notes, mais ce sont les clients ou les revendeurs, même ici, qui les réclament.

— Je crois qu'on n'en sortira pas, se permit Stéphane. À propos, vous n'aimez pas les Américains, mais vous êtes fier de montrer la belle américaine écarlate qui brille tel un cabernet franc dans un verre de cristal.

— Oh ! vous ! Cessez ! Sinon je vous prive de dégustation, répondit en ricanant le vieux grincheux, qui semblait un peu névrosé et surtout ne plus savoir quoi dire.

Avec leur petit verre étriqué, les quatre compères restèrent polis, mais les qualificatifs, tant pour le blanc que pour le rouge, se firent rares et superficiels.

— Monsieur, il a une bonne acidité, votre blanc, attaqua Stéphane, sans préciser que l'adjectif « bonne » signifiait dans ce cas « beaucoup trop », « à la limite de l'imbuvable ».

— Votre rouge, *it has a very beautiful color, I would give it seventy! Congrats!* déclara Tom, avec un large sourire, en parlant vite et en prenant un accent yankee à couper au couteau pour que le bonhomme ne le comprenne pas, au cas où.

Une fois repartis, ils éclatèrent de rire et, avant de passer par Montreuil-Bellay, Stéphane pria Tom de s'arrêter à nouveau.

— Ça prendra cinq minutes, j'ai d'autres bouteilles qui m'attendent.

— Il aimait ça, le saumur, ton grand-père!

— C'est pas moi qui vais m'en plaindre.

Le jeudi fut consacré au Sancerrois. Ils arrivèrent à Sancerre où les attendait un Alphonse Mellot dans une forme splendide. De fait, ils eurent droit à deux Alphonse, puisque son fils, issu de la dix-neuvième génération, l'avait rejoint pour accueillir le petit groupe.

— Eh oui! les Mellot se reproduisent depuis 1513!

— Ça fera cinq siècles dans cinq ans! fit remarquer Tom.

— Jeune homme, je vous écoute, des USA, j'imagine? Ici, on aime bien les Américains et les Canadiens, on leur en vend, du vin.

— *Good news!* Ça change d'hier.

Stéphane avait entendu parler de cette maison que Jorge aimait particulièrement. Il connaissait le côté malicieux d'Alphonse père qui n'en manquait pas une. Mais il devina rapidement que ces gens, en plus de leur grande générosité, étaient des travailleurs acharnés et amants de la vie. Allumés et dotés d'une grande franchise, ils étaient le parfait exemple de l'adage disant que les vins ressemblent à ceux qui les font.

À cause du mauvais temps, on procéda entre deux averses à une visite rapide des parcelles et à une brève séance photos, à la suite de laquelle on se dirigea vers la cave pour une dégustation mémorable.

— S'il est un métier qui permet d'élever l'âme et l'esprit, c'est bien celui d'artisan, expliqua le papa. Inspiré par un authentique savoir-faire, le chef-d'œuvre du compagnon devient « œuvre d'art » et procure, au même titre que la musique, la peinture et la sculpture, un réel bonheur esthétique.

— Concrètement, raconta Alphonse junior, le vin devient le rendu fidèle des connaissances, de l'imaginaire, de l'intégrité et, en quelque sorte, du courage du vigneron.

— Mais vous êtes des poètes, et des philosophes en plus ! constata Stéphane. Je comprends pourquoi vos vins sont bons. Est-ce que Baudelaire, Verlaine et Rimbaud sont passés par là ?

— Peut-être ! En tout cas, ils n'étaient pas connus pour être des buveurs d'eau. Bon, Stéphane, vos vins sont à la réception, mais je vous rassure, ils étaient dans la fraîcheur de nos caves depuis la commande de votre grand-père. Allez, vous saluerez les Bourgeois pour nous !

Pour rien au monde, Stéphane n'aurait manqué la prochaine destination. En plus d'être un œnophile averti, il raffolait des fromages depuis toujours. C'est la raison pour laquelle ils étaient attendus pour un déjeuner inoubliable à Chavignol, la capitale du crottin.

— Votre grand-père était un homme charmant, affirma Jean-Marie Bourgeois, l'âme de la maison, vigneron le plus connu du village et propriétaire du fameux restaurant La Côte des Monts Damnés. Je garde un bon souvenir de notre rencontre au salon de Paris. Alors, je vous suggère un déjeuner gastronomique au prix du bistro. Vous paierez le repas, mais nous vous offrons tous les vins d'accompagnement.

Avant de passer à table, les deux couples prirent un sancerre La Bourgeoise accompagné de fines tranches de chèvre affiné. Du fruit au nez et de la vivacité en bouche, tout cela les mit en appétit.

— Bon, que je vous dise... depuis dix générations, nous mettons notre amour du métier au service du sauvignon blanc et du pinot noir, ce qui nous permet d'élaborer des vins de grand caractère !

Martine prit les devants :

— C'est tout simplement exquis !

La première entrée, une tagliatelle géante de crottin au beurre de muscade, fut très appréciée avec le pouilly-fumé. Un mariage réussi qui ouvrit en grande pompe le bal des saveurs. Avec la deuxième entrée, des noix de Saint-Jacques nappées d'une crème mousseuse de potimarron à la cardamome, on leur servit de grandes cuvées de sancerre, encore tendues, mais élégantes et racées.

Avec sa faconde toute berrichonne, Jean-Marie était un conteur-né. Il exprima la satisfaction qu'il avait de se rendre un peu partout dans le monde pour mettre en valeur ce qui distingue la terre du Sancerrois.

— Pour prêcher la bonne parole, je me promène régulièrement de chaque côté de l'Atlantique avec dans mes poches des petits cailloux comme ceux-ci, riches en calcaire et en silex. Et ça marche à tous les coups.

— Aux États-Unis, vous le faites en anglais ? voulut savoir Tom.

— Ils ont un faible pour *my french touch*... Et quand on sort les munitions, c'est-à-dire les fromages et les flacons, croyez-moi, c'est pas long qu'on parle tous la même langue.

— Ah ! l'universalité du vin ! C'est ce que disait le grand Jorge. Et avec les vignes, quelle est votre approche ? demanda Patricia, complètement séduite.

— Partant du principe que prévenir vaut mieux que guérir, chacune est rigoureusement surveillée. La vigne est plantée serrée et subit une taille courte, car nous privilégions la qualité sur la quantité. Le rendement est volontairement en dessous des quotas autorisés.

Et il termina en disant que non seulement le sol enherbé limite l'érosion, mais que c'est une aubaine pour les insectes pollinisateurs. Les seules interventions consistent, lorsque cela s'avère nécessaire, en un apport de compost et d'engrais organiques bio.

Arriva, sans tambour… ni trompettes de la mort, le quasi de veau rôti. Et le sancerre rouge Les Baronnes, servi légèrement rafraîchi, tint ses promesses au rayon des arômes comme à celui des textures.

Sur ces entrefaites, le fils Arnaud, responsable des affaires commerciales, s'était joint à eux. Puis le chef, qui n'était nul autre que le fils aîné, se pointa avec les gourmandises, en glanant du même coup les commentaires de leurs visiteurs.

— Hein ? Ils sont pas mal, mes fils, n'est-ce pas ? Sans oublier mon neveu aux chais et dans les caves !

Patricia avait lu dans un périodique qu'il s'agissait d'une famille très unie. L'auteur de l'article les avait cernés avec justesse.

Stéphane, qui avait demandé la permission, prit chaque plat et chaque vin en photo ainsi que les réactions des convives.

— Mon papi aurait bien aimé être parmi nous. Quel repas ! Merci, chef, merci infiniment.

— Quand vous reviendrez, dit Arnaud, nous vous ferons goûter les vins sur lesquels nous faisons des essais actuellement.

— Vous n'arrêtez pas, se permit Martine.

— Les Bourgeois ne s'endorment jamais sur leurs lauriers. C'est pour ça qu'en l'an 2000, nous avons décidé de prolonger l'aventure familiale en créant un vignoble en agriculture biologique à Marlborough en Nouvelle-Zélande.

— Avec quels cépages ?

— Avec les mêmes qu'ici, répondit Jean-Marie, et, croyez-moi, ils se révèlent à la hauteur de nos attentes. Stéphane, il y en a dans votre commande, je crois.

— Six bouteilles, il me semble.

Et d'un coup de baguette magique, après une heure dans les vignes où ils profitèrent d'une embellie pour digérer et prendre des photos, s'imprima au-dessus de leurs têtes un arc-en-ciel presque parfait.

— Tenez, les amis, un p'tit coup de pinceau dans le ciel au-dessus des Monts Damnés, juste pour vous. Pour vous souhaiter bonne route….

Quelques gouttes de sauternes
pour oublier les jours ternes
Quelques gouttes de chinon
je n'oublierai pas ton nom

Quelques gouttes de muscat
qui éclairent tes yeux sincères
Quelques gouttes de sancerre
dans nos verres de baccarat

Alors qu'ils étaient installés à l'hôtel Le Lanthenay de Romorantin, au cœur de la Sologne, où ils avaient débarqué pour passer la nuit, Stéphane profita de l'intimité de leur chambre pour s'épancher auprès de sa douce.

— Tu sais, j'ai une idée fixe qui me trotte dans la tête depuis un certain temps.

— Tu as toujours des idées qui te trottent dans la tête. Je commence à te connaître, tu sais.

— Oui, mais là, c'est pas drôle. Tu vas me trouver grotesque.

— Dis-moi toujours…

— Depuis que nous sommes sur la route et que nous croisons tous ces personnages, je pense à Jorge. Comment se fait-il qu'il se soit tant occupé de moi, et qu'il m'ait tout légué ? Et cette cave qu'il m'a constituée, ce n'est pas normal…

— Où tu veux en venir ? Tu m'as déjà raconté ça.

— Et le paternel qui n'a jamais refait surface? Et tous ces secrets familiaux? Et cette lettre qu'on a retrouvée l'an passé?

— Bon, accouche!

— Et si Jorge était mon père? Dans la lettre, mon soi-disant papa soupçonne le sien d'avoir eu des relations intimes avec ma mère, ça me mine, tu comprends?

— Non, mais ça va pas? Arrête de te ronger les sangs!

— Est-ce que je t'avais dit qu'il était diabétique?

— Oui, et alors?

— Et moi, je ne le suis toujours pas. Quand on sait que ça saute, soi-disant, une génération. En fait, je ne pense pas que les spécialistes s'entendent à propos des effets de l'hérédité sur la maladie. J'en sais rien, à vrai dire.

— Oh là là! C'est pas Steiner que tu dois aller voir, mais plutôt un disciple de Freud. Ça tombe bien, ils étaient Autrichiens tous les deux.

— Je me réveille la nuit et je pense juste à ça.

— Allez, viens dans mes bras, je vais t'aider à relaxer. Ça ira mieux demain.

Le lendemain, plusieurs visites et cueillettes étaient au programme, mais Stéphane s'était organisé pour qu'ils soient de retour tôt dans la soirée, les parents de Martine les attendant pour un petit dîner d'adieu.

Chacun profita de ces instants de détente pour évoquer cette journée qui s'était avérée marquante, elle aussi.

— En tout cas, amorça Martine, même si je suis du coin, j'ai la sensation, avec cette grande vadrouille œnologique, d'avoir suivi un cours accéléré. Pas plus tard qu'aujourd'hui, le gars de Chinon m'a épatée. Matthieu, c'est ça?

— Oui, Matthieu Baudry. Avec sa vitrine séparée en six blocs pour montrer tous les types de sols, efficace et passionnant!

— Quel bonhomme, en tout cas ! Il ira loin. Dis-moi, Stef, vous discutiez de quoi, tous les deux, quand tu as récupéré les bouteilles ?

— Ah ! on a parlé de l'Australie. En arrivant, il a raconté qu'il avait travaillé en Tasmanie. Alors, je lui ai demandé s'il avait entendu parler d'Henri Almeida. Je sais, Pat, c'est ridicule…

— Mais pas du tout ! C'est normal, ne t'en fais pas. Personnellement, j'ai beaucoup aimé le Domaine de la Charmoise, ajouta-t-elle.

— Tu as raison, s'il y a une maison qui a toujours su rendre ses vins accessibles, c'est bien celle d'Henry Marionnet. Jorge me parlait de lui comme d'un vigneron gentil et talentueux.

— Ce qui m'a plu par-dessus tout, c'est son cépage oublié, le gamay de Bouze. Avec ces saveurs de confitures de fraises et de mûres et aussi de gelée de myrtilles, on en avait plein la bouche !

— Moi, ce qui m'a bluffé, s'étonna Tom, ce sont ses vieilles vignes de romorantin qui auraient été complantées entre 1800 et 1850 et qui ont donc échappé au phylloxéra.

— Exactement ! Elles n'ont pas été greffées et elles sont dans un état de conservation étonnant avec ces beaux ceps tourmentés. Tenez, voici les photos ! Il paraît que ces vignes donnent un grand vin de contemplation.

— Entre la complantation et la contemplation, il n'y a que le temps qui passe, releva Martine.

Son papa se permit une remarque :

— À vous écouter, il est vraiment surprenant, ce monde du vin !

— Ah ! on est loin de l'épicerie fine, hein, Tom ? ne put s'empêcher d'ajouter Stéphane qui aimait taquiner son ami. Et ce vouvray moelleux du Domaine Huet, où nous nous sommes arrêtés brièvement, qu'en pensez-vous ?

— Sublime ! réagit Martine. Un tsunami d'émotions. Je n'ai pas d'autres mots.

— Gaston Huet était, paraît-il, un homme simple, bon et altruiste, d'après les notes du papi. Il s'est battu pour faire rayonner les vins de sa ville, dont il a été maire longtemps, et il a permis à son gendre d'amener la biodynamie sur ses terres.

— Est-ce que tous les vignerons sont semblables à ceux que l'on a rencontrés cette semaine? demanda Martine.

— Je ne sais pas, mon expérience sur le terrain est limitée. Mais Jorge n'aimait pas fréquenter les insurgés de la vigne qui, disait-il, n'ont pas la profondeur de réflexion pour éveiller les consciences, et avec lesquels il est difficile de discuter.

— Moi, je n'ai rien contre les iconoclastes, pour autant qu'ils soient sincères et sympas, se permit Tom.

— Et puis, il y en a d'autres, hélas, dans de grandes familles, qui se déchirent pour de bon, souvent à cause du fric. Et les disputes aboutissent à des ruptures. Les raisins de la colère dans une autre version.

Un rayon de soleil inondait la véranda où tout le monde s'était retrouvé pour le petit-déjeuner.

— Il faut que je passe aux aveux, déclara Martine. Je me suis rendu compte très tard que nous possédons un patrimoine dont nous nous fichions royalement, c'est le cas de le dire, quand nous avions quinze ans.

— Eh oui, quand tu as quinze ans, tu as d'autres priorités, répondit Patricia en enlaçant tendrement son petit Stéphanou. Tu nous fais faire le tour du château de Tigné de Depardieu?

— Il est tout près d'ici, mais ce sera pour une prochaine fois. Non, avant de prendre la route du retour, je vous propose la découverte d'un lieu insolite dont on parle peu en comparaison des Fontainebleau, Chambord et Chenonceau de ce monde.

— C'est lequel? Tu m'en as déjà parlé?

— Oui, Tom, brièvement une fois, mais tu ne l'as pas visité. Il s'agit du château de Brissac, où coule l'Aubance où nous étions lundi. C'est sur notre chemin pour reprendre l'autoroute.

— C'est vrai, Martine m'a suggéré cette excursion, très instructive, paraît-il.

— Et je crois que, avec ton côté italien, tu vas être surpris, Stéphane. J'ai appelé la semaine dernière et c'est le marquis Charles-André de Cossé-Brissac en personne qui va nous faire la visite. Mes parents le connaissent assez bien.

Ce fut une grande découverte pour les quatre amis lorsqu'ils arrivèrent devant l'imposant château, le plus haut de France en réalité, avec sa façade protégée par deux tours rondes reflétant les influences baroques du moment.

— Bienvenue au château de Brissac, le Géant du Val de Loire, annonça le marquis, mi-quarantaine, une grande douceur dans la voix.

— C'est tout un honneur que d'en faire le tour en votre compagnie, confia Martine.

— J'en suis enchanté! Vous rendez-vous compte? Ce somptueux château appartient à la même lignée depuis cinq siècles. Et nous avons l'avantage d'y résider, mon épouse et moi, avec nos quatre enfants.

— *It's really huge!* Je n'en reviens pas...

— C'est pourtant la réalité.

— C'est inimaginable, toutes ces fenêtres!

— On compte sept étages au total, et rien de moins que deux cents pièces. Et avant que vous me posiez la question, non, ce n'est pas nous qui faisons le ménage tous les jours!

— Vous m'autorisez à prendre des photos? demanda Stéphane en entrant dans la première salle.

— Je vous en prie, à l'intérieur et à l'extérieur. Je poursuis, si vous le permettez. C'est pendant le règne de François 1er que la propriété a été achetée par mon aïeul, René de Cossé, un gentilhomme angevin que le roi avait nommé gouverneur du Maine et de l'Anjou. C'est ainsi que le château est entré dans la branche des Cossé qui a dès lors adopté le nom de Brissac.

— Impressionnant!

— Ah! il en est passé, du monde, dans notre humble demeure, dont Henri IV qui allait tout bonnement l'assiéger. Qui a des origines italiennes parmi vous? ajouta-t-il.

— Moi, le photographe.

— Alors, vous devez savoir que les Medici, la grande dynastie de Florence, ont noué des liens importants avec des membres de notre famille. Dès lors, le premier duc de Brissac partirait en guerre à la demande de Catherine de Médicis. Bon, je vous passe les détails, ce ne fut pas très glorieux.

— Bah! ça fait longtemps, tout ça.

— Et c'est ici qu'aurait lieu, en août 1620, une première entrevue, en terrain neutre, pourrait-on dire, entre Louis XIII et sa mère Marie de Médicis. Ils étaient très fâchés, et la réconciliation solennelle ne serait scellée qu'au bout de trois jours d'entretiens privés et de festivités. Vous pouvez admirer la chambre de Louis XIII où nous nous trouvons maintenant.

— C'est un véritable retour dans le passé. Mais, dites-moi, qu'est-ce qui s'est passé ici pendant la Révolution?

— Mes ancêtres ont conservé le château jusqu'en 1792. Mis à sac par les révolutionnaires, vous imaginez bien, il est resté dans un sale état jusqu'en 1844 quand ma famille, qui était revenue après les événements, a entrepris un vaste plan de restauration.

— Vous vivez le présent et le temps jadis simultanément et au quotidien! releva Patricia, émerveillée par ce décor éblouissant composé de couloirs secrets, d'immenses escaliers de marbre, de salles somptueuses aux plafonds dorés, de riches tentures, de tapisseries et de précieux mobiliers.

— C'est un peu ça. Nous avons beaucoup de chance. Mais c'est plus calme de nos jours. Ah ! voici le théâtre Belle Époque qui a été créé sur deux étages, et inauguré en 1890. Mes parents l'ont restauré il y a vingt-cinq ans.

— Avec tous ces coûts de maintenance, ce doit être faramineux ?

— Le château est ouvert au public et nous recevons chaque année des dizaines de milliers de touristes, c'était la clé de la solution.

— Si je comprends bien, il faudra revenir, précisa Martine en remerciant le chaleureux aristocrate. Il y a tant à voir, dont le parc aux arbres centenaires.

Juste avant de partir, Stéphane remarqua un panneau affichant des photos historiques du château et divers articles de journaux ou de magazines. Et il s'arrêta devant certains d'entre eux qui rapportaient la présence d'un professionnel venu parler, dans le fameux théâtre et devant une assemblée de vignerons, des vins de la nouvelle appellation Anjou-Villages. « "Le sommelier venu du froid"…, lut-il dans sa tête. Un bon titre. » C'était fin novembre 1993.

Brièvement, il fit un lien avec celui qui s'était plaint des fortes odeurs de cire de la table des Richou, mais, sur le coup, n'en fit pas de cas.

Les agglutins

Voilà plus d'un an que Stéphane mettait à jour l'inventaire de sa cave. Ce n'était pas le travail qui manquait et il passait beaucoup de temps sur Internet à chercher des renseignements sur les vins de sa collection. C'était sans compter son job de photographe, qui l'accaparait de plus en plus et qui l'avait obligé à quitter son emploi de caviste.

Quand c'était possible, il prenait un moment pour aller à la pêche du côté paternel, sans grande conviction toutefois, se sentant déchiré entre le désir de poursuivre ses recherches et celui de tirer un trait définitif sur cette histoire pathétique. Après tout, il venait d'avoir trente-trois ans, l'âge de toutes les promesses. Et puis, il adorait son métier et sa vie auprès de son irrésistible dulcinée.

Les mois s'égrenaient paisiblement et il avait découvert les réseaux sociaux qui s'installaient au pays, un peu grégaires à son avis. Les soirées en l'honneur de Bacchus l'occupaient quelque peu, comme autrefois. Il s'était aussi procuré une nouvelle voiture, un monospace qui permettait de voyager confortablement, tout en gardant de la place pour le transport de ses bouteilles. Dès qu'il le pouvait, il continuait d'arpenter les routes de France à la recherche de son précieux butin.

— Comment s'est passé ton petit tour ? se renseigna Patricia qui était en train de repasser.

— Ah, c'est dommage que tu n'aies pu te libérer pendant ces trois jours. Je me suis arrêté en cours de route à Bergerac au château Tour des Gendres chez Luc de Conti, un petit-fils d'immigrants italiens également, qui rend hommage à son vieux, comme il dit, avec un vin qui s'appelle La Gloire de mon père.

— Vous avez dû bien vous entendre…

— T'imagines ! Lorsque je lui ai raconté mon odyssée familiale, il a été très touché. C'est un chic type, et ses vins, tu verras, tu vas les apprécier, j'en suis convaincu.

Et il raconta dans le détail qu'après le reportage sur les trésors du Lot, entre Rocamadour et Saint-Cirq-Lapopie, il avait pu se rendre à Cahors et à Gaillac, où il avait rencontré des gens épatants.

— C'est une région unique pour pas mal de raisons. C'est très joli, ils font des vins délicieux à coût raisonnable et, côté cuisine, c'est le top avec leurs spécialités culinaires. Je te dis pas, entre le cassoulet, le confit d'oie, l'omelette aux truffes et le foie gras, je me suis éclaté.

Et Stéphane de continuer en parlant du cahors, un vin qui fait partie des valeurs sûres du grand Sud-Ouest, avec le malbec, son cépage emblématique.

— T'es allé chez qui ?

— J'avais des bouteilles à prendre chez trois propriétaires, dont les Vigouroux.

— Ils font des vins vigoureux, les Vigouroux ?

— Georges, le patriarche, est un homme extraordinaire. Il a été l'un des artisans du renouveau du vignoble cadurcien. Et j'ai dégusté avec lui et son fils, au château de Haute-Serre. Il y avait aussi leurs vins du château de Mercuès, membre des Relais & Châteaux, et où on devrait aller passer une nuit. Il paraît que c'est un lieu enchanteur.

— Tu sais que ça m'excite de coucher à l'hôtel... Et à Gaillac, tu as fait une bonne récolte ?

Stéphane lui avoua qu'il ne connaissait pas ces vins, mais que son papi avait eu le nez creux, encore une fois. Il était passé par Cordes-sur-Ciel, une cité médiévale intrigante, et avait rapporté des vins de quatre domaines, dont ceux d'Alain Rotier qui l'avait aimablement accueilli.

— C'était bien ?

— Cet Alain est un homme discret et minutieux, et un ardent défenseur du Gaillacois et de ses cépages indigènes, comme le len de l'el et le prunelart.

— T'as pas chômé, dis donc !

— En effet, et sur la route du retour, je devais prendre des vins à Astaffort, près d'Agen.

— Astaffort, ça me dit quelque chose.

— Ben oui, chez Francis Cabrel.

— Est-ce qu'il t'a reçu dans sa cabane au fond du jardin ?

— Ah ! ah ! petite coquine ! Eh non, c'est Philippe, son frère, qui m'attendait. On a d'ailleurs parlé un peu de nos souches italiennes. Et toi, tu as bien bossé pendant ce remarquable compte rendu, à ce que je vois ! Six chemises et quatre pantalons.

— Comme d'habitude. Monsieur parle, madame travaille.

— Et au château, tout se passe bien ?

— Nous sommes suffisamment occupés.

— Bon, tu vas me raconter en mangeant. Tiens, avec le magret de canard que je t'ai apporté, que dirais-tu d'un rouge corsé, puissant, élaboré avec les variétés duras et braucol ?

— Je n'ai rien contre, surtout en ces chaudes soirées d'été, je risque de te sauter dessus.

— Bon, on va d'abord se faire plaisir avec l'Âme, un beau gaillac de ce monsieur Rotier. Regarde l'étiquette, elle est originale. Et lis un peu : « Un soir, l'âme du vin chantait dans les bouteilles... »

— Y a pas à dire, tu as de la suite dans les idées.

Entre-temps, Stéphane apprit par son patron la création d'un nouveau magazine national consacré aux vins, à partir d'une revue régionale, près de Montpellier, que le Groupe Sud Ouest avait acquise et qui consacrait principalement ses pages au Languedoc.

Il était impatient d'annoncer la nouvelle à sa douce.

— Il va me présenter le directeur qui pourrait avoir besoin de photos. Il a été frappé par celles que j'ai prises du Fronsadais, notamment quand j'ai survolé le château de La Rivière.

— Et comment va s'appeler cette revue ?

— *Terre de Vins.*

— C'est un bon titre.

— Ils vont parler de vins, mais aussi de tourisme dans les vignes. Ça pourrait t'intéresser.

— À propos, tu ne trouves pas qu'on exagère avec le tourisme qui se généralise sur la planète ? Je suis d'avis que ça va dans tous les sens.

— Entièrement d'accord avec toi ! C'est quoi, cette manie d'aller se précipiter comme des moutons à Venise, à Barcelone ou à Santorin ? S'il y a un endroit qui ne m'attire pas, c'est Santorin. Ça a l'air surfait, mais peut-être que je me trompe.

— Avec les avions *low cost* et les croisières, il y a du monde partout.

— Ouais, ça s'est drôlement démocratisé. Samedi, alors que tu travaillais, j'ai vu un reportage à la télé. C'est épouvantable de voir ces meutes de touristes déversées par d'immenses bateaux de croisière envahir la Cité des Doges. Ils appellent ça le « tourisme de masse ».

— Je sais, et ça finira mal !

— Tu as raison. Quand on voit le littoral atlantique et le pourtour méditerranéen qu'on a bétonné sauvagement dans les années 1960.

— Ne m'en parle pas, ça me ramène à mes seize ans. J'étais partie en vacances en Espagne avec mes parents du côté d'Alicante. Mon père avait fait confiance à une agence de voyages qui nous avait réservé un duplex à Benidorm, une ville à la verticale toute en béton, imaginée par des urbanistes soi-disant géniaux.

— Et vous êtes restés ?

— Papa n'a rien pu faire. Nous avons passé une semaine bloqués dans cette forêt de gratte-ciels en bord de mer. L'horreur totale. Et dire qu'autrefois, c'était un charmant village de pêcheurs ! Pour ma mère, qui m'en parle encore, cette ville représente l'archétype de ce tourisme bas de gamme.

— J'ai écouté attentivement un expert en la matière qui disait qu'il faudra mettre en place, dans les années à venir, une forme de tourisme durable. Et dire que huit pour cent des émissions de gaz à effet de serre dans le monde proviennent du tourisme.

— Faut dire qu'on n'a pas toujours le choix. On en parlait dans nos cours.

— C'est vrai, mais on va parfois à l'autre bout du monde voir ce qu'on a près de chez soi.

— L'exotisme, Stéphane, l'exotisme ! Pourtant, c'est tellement mieux, lorsque c'est possible, de partir en dehors des pics de départs et de fréquentation des sites les plus recherchés. Ça coûte moins cher et il y a moins de monde qui te marche sur les pieds.

— Bon, heureusement qu'il reste des destinations tranquilles, dans les vignobles justement.

— Mais pas pour longtemps. Tu vas voir, le vin devient de plus en plus tendance, et les moutons vont débarquer sans crier gare, n'importe où… Regarde la place Saint-Marc.

— Admets qu'il y a moins de monde à traîner entre deux rangs de sangiovese à Castellina in Chianti, que d'agglutins à tenter de retenir la tour de Pise avec leurs mains pour l'empêcher de se casser la gueule…

— Agglutins, agglutins ? Où t'as trouvé ce mot ?

— Dans ma tête, bébé, dans ma tête, comme des mouches qui s'agglutinent sur un pot de confiture.

— C'est étrange, mais ça veut bien dire ce que ça veut dire. J'adopte ton néologisme.

— Martine m'a dit qu'elle l'aimait aussi. De la part d'une prof de français, ça m'a fait plaisir.

Quinze jours après cette discussion, le directeur de la nouvelle publication convia le jeune photographe à un déjeuner au restaurant L'Estacade, à deux pas du bureau. La rencontre se déroula parfaitement, à tel point qu'il lui proposa, pour le premier numéro, un reportage avec Charlie, le super correspondant du journal. Mais, le hasard frayant avec l'inattendu, Stéphane faillit s'étouffer quand il lui précisa la destination : l'île de Santorin, en Grèce, qui commençait à faire parler d'elle pour ses vins blancs.

Dans un mélange de mensonge et de satisfaction tout à fait assumé, il accepta cette proposition même s'il dut par la suite rassembler tout son courage pour l'annoncer à Patricia, sachant qu'elle n'allait pas se gêner pour le mettre en boîte. Il s'en sortit bien finalement, puisque, après plusieurs rires vaguement moqueurs, elle lui proposa même de l'accompagner.

— Je ne pense pas que ça vaille la peine, on va rester quatre jours, et je dois vite revenir pour un autre contrat.

Si l'expérience s'était limitée à cette petite île des Cyclades en forme de croissant, perdue entre la Crète et Athènes, Stéphane était en fin de compte très satisfait de ce bref séjour, comme son collègue qui ne s'était pas gêné pour repérer les subtilités dionysiennes de la production hellénique.

— Euh… vous savez… Sir Almeida… j'affe… j'affectionne les vins grecs, avait-il confié le dernier soir, manifestement assez imbibé. J'ai pas vraiment aimé le retsina, mais… mais j'aime beaucoup les vertus de l'artiko…

— Assyrtiko, Charlie!

— Je sais, c'est moi qui… qui ai tout écrit… sur les cé… sur les cépages… et sur le reste…

— On ne dirait pas!

— Ah, le re… le reportage est terminé, et puis j'ai dû… respirer trop de fumerolles sur l'île mymy… mytho… mytholo… mythologique… plantée dans la caldeira…

— C'est ça, tu as sans doute raison, mais disons que, depuis une heure, tu n'as pas craché non plus sur le tsipouro.

— *Yamas!* C'est… c'est bon, le tsi… le tsi… Bon, tu vois ce que j'veux dire…

Alternant les plans larges et les plus rapprochés, Stéphane avait pu faire des prises de vue étonnantes de ces vignobles plantés sur un sol volcanique composé de fragments de lave noire et de pierre ponce, et appartenant aux domaines Argyros, Gaia et Sigalas. Les vignes, taillées en forme de corbeille pour les protéger du sable qui risquait de blesser les baies d'athiri et d'assyrtiko pendant les forts vents du Nord, donnaient à notre artiste de la pellicule une inspiration insoupçonnée.

Les deux compères se quittèrent le lendemain à l'aéroport d'Athènes. Charlie et son épouse, qui l'avait rejoint le jour même, prenaient un vol pour Thessalonique, capitale de la Macédoine grecque. Ils en profiteraient pour aller au musée archéologique, l'un des plus importants du pays, avec les trésors de Vergina, avant de se diriger vers les Météores, en Thessalie, où ils visiteraient des monastères accrochés à leurs pitons rocheux.

Le retour de Stéphane fut plus compliqué que prévu.

Une heure avant le départ, les passagers furent informés que, pour des raisons mécaniques, le vol était remis au lendemain. L'effet domino allait évidemment corser les choses, vu qu'il devait changer d'avion à Paris pour rentrer chez lui.

Panique à l'aéroport. Les touristes énervés et quelques Grecs tout aussi démonstratifs ne trouvèrent pas mieux que d'engueuler copieusement le personnel qui, bien sûr, n'y était pour rien.

Éberlué par tant d'agressivité, Stéphane se tint sur la réserve en se disant qu'il valait mieux éviter de tomber dans le piège à cons des moutons de Panurge qui bêlent en même temps en pensant que cela va arranger les choses. Et tout à coup, il eut une idée tandis que la navette conduisait les malheureux voyageurs à un hôtel, près de l'aéroport. Une fois installé dans sa chambre, il appela un taxi pour se rendre dans le centre-ville d'Athènes.

Ayant décidé de faire contre mauvaise fortune bon cœur, et surtout de s'amuser un peu, il entra dans un grand magasin et s'acheta une belle chemise blanche, une cravate aux sobres motifs, puis une paire de souliers et une petite valise de cabine. Avec le veston passe-partout et le pantalon qu'il emportait en voyage pour d'éventuelles soirées plus protocolaires, ça devrait aller.

« Et puis, ça pourra toujours servir », pensa-t-il, pendant qu'il se baladait dans les rues de la Plaka.

Le lendemain, il se mit sur son trente et un. Shampoing et rasage de près, vêtements fraîchement repassés et chaussures lustrées, il se prépara comme s'il allait à des noces.

« On verra si l'habit fait le moine », se dit-il, et il sourit en s'observant dans le miroir avant de quitter la chambre. C'était bien la première fois qu'il se préparait ainsi pour prendre un avion.

Après l'aspect extérieur, il fallait maintenant se comporter en gentleman et, sans en faire trop non plus, il se présenta à un comptoir d'Air France avec sa petite valise à roulettes dans laquelle il avait plié son sac à dos.

— Bonjour, madame. Mon vol a été annulé hier à midi. Je sais que vous n'y pouvez rien et, vous le devinez, j'ai été obligé, comme les autres passagers, de passer une nuit à l'hôtel.

— Bonjour, monsieur. Je suis désolée !

— Ah ! c'était pas mal d'ailleurs, avec le vin qui nous a été servi avec le repas, on aurait presque eu envie de rester une nuit supplémentaire.

— Que puis-je faire pour vous ? Vous aviez un rendez-vous d'affaires ? l'interrogea l'employée en le regardant de la tête aux pieds.

— Oui, en rentrant à Bordeaux, mais j'ai dû l'annuler et tout cela me met dans une situation embarrassante. Je ne veux pas me plaindre, mais disons que c'est très embêtant. Bah ! vous devez en voir d'autres. Je ne sais pas comment vous faites avec les clients qui s'acharnent bêtement contre vous.

— Croyez-moi, ce n'est pas toujours facile. Il y en a qui sont odieux. Bon, je vous comprends, monsieur, assura-t-elle avec un sourire qui en disait long sur sa surprise de voir un homme impeccablement mis et si aimable, malgré les soucis qui semblaient l'accabler. Donnez-moi votre carte d'embarquement.

— Tenez, madame.

— Cela vous prendra effectivement plus de sept heures pour arriver à Bordeaux. Je vais faire une recherche.

— Je vous en prie.

— Tenez, ça fait plaisir de rencontrer des gens respectueux tels que vous, lui dit-elle plus tard. Je vous ai mis en classe affaires, et vous pourrez profiter du salon VIP ici et durant votre escale à Paris. Je vous souhaite un très bon voyage.

Patricia, qui avait été prévenue de son retard, ne s'était pas alarmée, et accueillit son amoureux chaleureusement, étonnée cependant de le voir dans une tenue à laquelle elle n'était guère habituée.

— Dis donc, tu ne manques pas de toupet ! réagit-elle, après avoir écouté ses explications.

— Je suis content de mon coup, mais tu sais, c'était pour l'expérience. En tout cas, peu importe la situation, ça ne sert à rien de gueuler comme un putois.

— Et Santorin, alors ?

— Le moment était bien choisi, et on a quand même passé plus de temps dans les vignes et les petites caves qu'auprès du moulin à vent d'Oia au coucher du soleil. Je te promets de t'y emmener, en avril ou en octobre. Ce sera plus romantique avec toi qu'avec le grand Charlie. Et toi, le boulot ?

— C'est toujours très agréable.

À la fin de l'année, Stéphane avait cédé à la vague Facebook, avec appréhension toutefois, même si elle semblait faire le ravissement des millions de nouveaux abonnés. Était-il possible de trouver quelqu'un qui ne veut pas donner de nouvelles ? Au début, il alla à tâtons, se renseigna auprès de Tom et de ses copains pour mieux maîtriser l'outil, mais se perdit dans les détours du réseau social, lequel ne lui apportait rien d'intéressant qui put lui permettre d'espérer trouver le moindre indice.

Même s'il faisait tout pour garder l'espoir, il craignait que celui-ci ne s'évanouisse au royaume des chimères.

Le pire de l'hiver était passé. Stéphane et Patricia profitèrent du jeune printemps pour aller se réchauffer sous le doux soleil catalan et ramasser au passage diverses pièces de sa collection. Direction Collioure, qui attire les peintres de tout poil, autant les pros que ceux du dimanche.

Après avoir passé une journée relax dans les ruelles et les alentours du petit port enchanteur, ils se rendirent le lendemain à une dizaine de kilomètres de la frontière espagnole, où trois cartons de banyuls et de collioure avaient été mis de côté.

— Ça valait le coup de venir jusqu'ici. En plus des grandes bouteilles achetées par le papi, je me devais de descendre dans ce vignoble, ne serait-ce que pour faire des photos de ces terrasses vertigineuses.

— C'est d'une beauté ! Mais pourquoi il ne t'a pas envoyé en chercher en Espagne ?

— Ah, tu sais, les Portugais et les Espagnols ne sont pas les plus grands amis du monde. Non, sérieusement, il en a acheté pas mal qu'il a pu se procurer directement en France avec de bons importateurs. De mémoire, il y a des vins de la maison Miguel Torres et de Vega Sicilia.

— Ah ! tu me rassures !

— Heureusement, car je passerais mon temps en vadrouille, même si ce n'est pas désagréable. Il en a commandé beaucoup en Alsace, en Champagne et en Bourgogne, où je ne serai pas tenu toutefois d'aller à court terme.

— Il t'a vraiment gâté.

— J'y pense chaque jour. Bon, on passe la nuit à Perpignan et, demain, on ira chez plusieurs producteurs.

Après un arrêt aux Vignobles Dom Brial, une coopérative connue pour sa rigueur, notre couple manifesta son enthousiasme sur la route qui le conduisait à Rivesaltes.

— Je suis fou de leurs vins ! J'en ai pourtant entendu, dans des clubs d'amateurs un peu snobs, dire que les vins de coopérative, c'était pas terrible, de la gnognote. Ils feraient mieux d'y penser à deux fois !

— Tu as raison. Alors, chef, où va-t-on ensuite ?

— Chez les Cazes qui élaborent depuis longtemps des flacons d'exception comme la Cuvée Aimé Cazes, un des grands vins doux naturels français, semblable à ce qu'on a goûté tout à l'heure.

La Table d'Aimé, le restaurant de l'exploitation, était devenue une étape incontournable, et ils se régalèrent dans l'assiette et dans les verres de vins que l'on avait soigneusement sélectionnés à leur intention, avant de reprendre la route avec de nouveaux cartons dans le coffre.

Ils quittèrent le Roussillon, cette fois direction Narbonne, pour se rendre le lendemain dans un des lieux les plus ensoleillés de France grâce à de nombreux vents qui y font la chasse aux nuages.

Ils découvrirent un environnement magique, telle une île couverte de pierres plates aux angles acérés, de sols rouges, de marnes grises ou jaunes et de grès verts, tout pour plaire aux vignes qui courent vers la grande bleue et qui y donnent chaque année des vins colorés, charnus et élégants. En compagnie de Jacques Boscary, le propriétaire du château Rouquette-sur-Mer, ils firent le tour de ce site grandiose, préservé et bichonné, avec, à l'infini, des centaines d'hectares de garrigues, dont une partie plantée au-dessus des falaises du massif de la Clape. Stéphane ne se fit pas prier pour prendre des photos qui mettaient en valeur la vraie nature des sols à cette époque de l'année.

La dégustation qui s'ensuivit fut à l'avenant.

— Ce Clos de la Tour est tout simplement succulent, lança Patricia. C'est tellement bon !

— Ah ! mademoiselle, vos trois derniers mots me comblent de joie ! Il y a tant de gens de passage ici qui nous inondent d'un vocabulaire hermétique qui frise le ridicule. C'est parfois tellement absurde qu'ils en oublient de dire si le vin est bon et s'ils l'ont aimé.

— Je l'ai beaucoup apprécié, moi aussi, ajouta Stéphane. Pour son équilibre et ses senteurs de truffe et de garrigue. Vos vins ont une fabuleuse capacité à dessiner des paysages.

— Avec de vieilles vignes de syrah et de mourvèdre ! Votre grand-papa disait qu'il était racé et que c'était un vin de civilisation et de partage. Il m'émouvait, vous savez, il m'émouvait beaucoup.

Ce fut sur ces mots touchants que Stéphane prit congé, en compagnie de sa dame de cœur qui, lui semblait-il, avait les yeux pleins d'eau.

— À présent, je comprends mieux ta passion, ton amour du vin. Toi, ton papi, cet homme et tous ces gens que tu m'as présentés depuis notre rencontre, vous avez une telle sensibilité, et une disposition instinctive à vous laisser aller vers la beauté sous toutes ses formes.

— C'est gentil, ce que tu dis, mais, tu sais, on ne se refait pas !

— Surtout, ne change rien. Il y en a tellement qui ne comprendront jamais ça. Je le vois dans mon travail. Pour certains visiteurs, le vin, à plus forte raison un cru classé, c'est tellement le côté clinquant, m'as-tu-vu et la renommée qui les intéressent, sans parler de tous les autres, souvent les mêmes, qui ne le voient que par la lorgnette des affaires et de l'argent.

Soupirs…

À Sète, ils décidèrent d'assister à un concert en l'honneur de celui qui avait mis sur la carte la Venise du Languedoc, à l'instar de Manitas de Plata et de Paul Valéry.

— Ils ne manquent pas de culot, venir chanter du Brassens chez Brassens.

— Bah ! on verra… Espérons qu'ils sont à la hauteur.

Ils furent carrément enchantés par les cinq musiciens qui rodaient un spectacle en hommage à Tonton Georges.

— Heureusement qu'on était loin de la scène, sinon tu aurais pu les déranger, tellement tu chantais fort.

Le lendemain, ils étaient attendus de l'autre côté de l'étang de Thau à Pinet, et notre photographe se fit un devoir de passer par le côté est de l'immense bassin pour traverser le petit village de Bouzigues où avait vécu, durant ses premières noces, la maman du chanteur sétois.

Cyril Payon, le directeur général de la Cave de l'Ormarine, spécialisée dans le picpoul, les accueillit le sourire aux lèvres.

— C'est gentil de m'avoir rappelé après notre entretien à Vinexpo. Bonjour, mademoiselle.

— Je vous l'avais dit, j'ai beaucoup aimé, si je peux me permettre, la simplicité volontaire de votre picpoul, tellement bon avec les huîtres. On connaît le muscadet et l'entre-deux-mers, mais il y a un je-ne-sais-quoi dans le picpoul de Pinet qui pique ma curiosité.

— À la bonne heure ! Et mademoiselle, vous vous appelez ?

— Patricia ! J'ai goûté vos vins et c'est exact qu'il y a union de fait entre le picpoul et les coquillages.

— Eh bien, si vous aimez les huîtres, je vous en ai préparé un grand plateau. Bon, si on se tutoyait. On ne doit pas avoir une grande différence d'âge.

— Je suis né en 1976, répondit Stéphane.

— Ça tombe à pic, moi aussi !

Pendant la visite de la cuverie, Cyril, en bon œnologue, insista sur l'importance des lies fines.

— J'aime travailler nos vins sur lies. C'est primordial. Je me suis rendu compte avec le temps que le picpoul élevé sur ses lies possède une longueur en bouche étonnante et des saveurs de pêche blanche et d'abricot.

Ils avaient à peine gobé deux ou trois huîtres avec le Carte Noire qu'une voix à l'accent chantant se fit entendre.

— Il est où, mon Cyril ? C'est Brigitte ! Tu te caches ?

— Nous sommes dans la salle de dégustation. Tiens, prends-toi un tabouret. Je te présente des Bordelais qui aiment le picpoul, mais aussi beaucoup d'autres vins, si j'ai bien compris. Et je vous présente Brigitte Jeanjean, avec qui nous collaborons étroitement.

— Madame Jeanjean, c'est amusant. Vous connaissez sans doute la maison de vins Jeanjean ? Nous étions chez les Cazes avant-hier.

— Je vous félicite, très bon choix. Vous avez goûté la Cuvée Aimé Cazes ?

— Un peu, à la fin du repas, mais j'en ai également dans ma voiture.

— Bravo ! J'appartiens en effet à la famille qui s'occupe de la maison Cazes et d'autres propriétés, ici et ailleurs, même dans la région de Bordeaux.

— Nous sommes ravis de faire votre connaissance.

S'installa spontanément, autour d'une deuxième bouteille judicieusement étiquetée Esprit Libre compte tenu des circonstances, une discussion à bâtons rompus qui dura une bonne heure.

— Comme ça, Brigitte, vous vous déplacez beaucoup ? l'interrogea Patricia.

— J'ai toujours aimé voyager. Je m'intéresse à tous les pays, l'Europe, l'Asie, les États-Unis, le Canada et le Québec, où je vais régulièrement. Et quand je reviens, lavée de ma petite routine qui peut devenir aliénante, je me dis au bout du compte que j'ai beaucoup de chance.

— Ah, je sens qu'on va bien s'entendre, répliqua Stéphane.

— Elle est sympa, mon amie, n'est-ce pas ? C'est l'air du Languedoc qui veut ça, insista Cyril.

— Et puis, il faut changer de décor, il y a tellement de choses à voir.

— C'est un dilemme, souligna Cyril, pour ceux qui aiment se retrouver au même endroit, bon an, mal an, une grande partie de leur existence. La même plage, le même cadre, la même terrasse, ce doit être rassurant, après tout.

— Nous parlions dernièrement du tourisme à grande échelle où tout le monde se déplace en même temps et dans la même direction, comme des moutons.

— Ah ben, justement, en parlant de moutons, est-ce que vous connaissez le Devois des Agneaux ?

— Non, de quoi s'agit-il ?

— C'est l'un de nos vignobles auquel je suis très attachée, puisque c'est là que je vis.

— Dans le Languedoc, je présume ?

— À Aumelas, à quarante minutes d'ici. Que faites-vous cet après-midi ?

— On rentre tranquillement sur Bordeaux, on doit y être demain soir.

— Si vous n'êtes pas pressés, pourquoi ne feriez-vous pas un détour ? Les amis de Cyril sont mes amis.

— Ah ! si j'étais vous, s'empressa d'ajouter le dynamique directeur, je ne refuserais pas une invitation comme celle-là.

— Bon, c'est un peu compliqué pour s'y rendre, mais vous n'aurez qu'à me suivre.

Deux heures plus tard, ils arrivèrent au Devois des Agneaux, une exploitation viticole installée sur une butte rocailleuse où se révèle un environnement puissant, rude et authentiquement languedocien.

— Voilà mon petit coin de paradis. Ah ! il a fallu des années pour défricher plusieurs hectares de maquis, mais bon… on n'a rien sans rien.

— Et que signifie « Devois » ?

— En occitan, il s'agit d'un pâturage dont l'usage était réglementé. Il y a très longtemps, on y cultivait déjà la vigne et on y élevait des moutons. Vous aimez, Patricia ?

— C'est la sainte paix. On a l'impression d'être complètement hors de la civilisation.

— Stéphane, prenez votre appareil photo, vous allez vous régaler.

Ils passèrent près de deux heures à crapahuter sur les hauteurs du plateau d'Aumelas, arpentant les coteaux de calcaire dur dans lesquels poussent les ceps noueux de syrah et de grenache qui donnent, avec de petits rendements, des vins concentrés et épicés.

— Nous sommes à deux cents mètres au-dessus du niveau de la mer, ce qui explique la particularité de nos vins. Les vignes bénéficient de nuits fraîches et c'est ce contraste de température avec les journées parfois caniculaires de l'été qui permet une maturation harmonieuse des raisins.

— Y a pas à dire, on comprend tout quand on va sur le terrain, nota Patricia.

— Et puis, il y a les truffes, si c'est la saison, et la chasse que je pratique avec assiduité. On tente de débusquer le perdreau, parfois le sanglier.

— Brigitte, qu'est-ce qu'on entend ?

— Ça, mes jeunes amis, c'est un troupeau de moutons qui passe tout près d'ici.

— On peut aller les voir ? demanda Patricia.

— Allez, grimpez dans la Jeep, sinon on va les louper.

Huit cents mètres plus loin, ils assistèrent à un spectacle étonnant. Le berger rassemblait ses bêtes fermement, mais avec doigté. Il leur parlait et communiquait avec son chien pour mieux les surveiller.

— C'est fantastique, Brigitte !

— Vous ne devez pas en voir autant sur la place des Quinconces ! souligna la propriétaire des lieux en riant aux éclats.

— C'est inconcevable ! Nous sommes dans un secteur quasi désert et je n'ai jamais vu une telle quantité de moutons de ma vie !

— C'est bien la première fois que j'en compte, mais sans m'endormir, ajouta Patricia. Deux cents bêtes, des brebis, des boucs, des agneaux et des béliers. C'est le point d'orgue de notre tournée.

— Bon, on va rentrer à la tombée de la nuit. On se fera un petit casse-croûte tout simple. Qu'aimeriez-vous boire ? Je vais voir ce qui me reste, proposa Brigitte en éclatant de rire encore une fois.

Ella apporta son Devois blanc, un assemblage savoureux dominé par la roussanne.

— Quelle palette aromatique ! Quelle expression ! C'est un bonheur que d'être ici. Merci à vous ! Merci, la vie !

— Vous êtes ici chez vous !

Pendant que Stéphane transférait ses clichés sur une clé USB, sa compagne rejoignit la maîtresse de maison à la cuisine. Elles préparèrent une salade et une petite grillade, et jetèrent en même temps un œil aux informations où, par un curieux concours de circonstances, un spécialiste donnait son point de vue sur les effets pernicieux du tourisme à grande échelle, pointant spécialement les croisières qui battaient leur plein en Méditerranée.

« L'Europe est très attrayante, disait-il, mais le succès économique est une arme à double tranchant. En plus de la pollution dont on n'a pas fini de parler, on chasse les résidents des villes les plus courues à cause des profiteurs qui investissent dans l'immobilier pour proposer des logements touristiques tout au long de l'année. Et tout cela génère une surenchère malsaine, sans parler de la gestion des déchets et de la hausse de la petite criminalité. »

— C'est pas joyeux, tout ça, releva Brigitte. Je crois qu'il existe depuis peu une plateforme de location entre particuliers qui permet de loger soi-disant chez l'habitant…

À l'écran, l'expert poursuivit : « Quand vous voyez des files d'alpinistes, des pros et des amateurs, faire la queue en haut de l'Everest ou, plus près de chez nous, au sommet du mont Blanc, c'est vraiment inquiétant. Un jour, on enverra les touristes en orbite autour de la lune. »

— Il a raison, ce type, dit Stéphane qui venait d'entrer à son tour dans la cuisine. En plus – et c'est le photographe qui parle –, je pense que la mode des réseaux sociaux et du *selfie* n'a pas fini de faire des ravages, chacun voulant se faire tirer le portrait devant *La Joconde* ou dans les endroits les plus insolites. Ouais… à mon avis, faudra une crise mondiale, quelque chose comme la peste, pour que tout s'arrête, et que l'homme se réveille…

— Bon, pour vous faire oublier les dangers de l'unanimisme et du grégarisme touristique, je vous propose un autre vin pour accompagner les côtelettes… d'agneau, il va de soi.

— Oui, et comme dirait ma biche, ajouta Patricia, pour nous protéger des agglutins qui vont toujours tête baissée au même endroit, sans réfléchir.

— Les agglutins ? Ah ! c'est pas mal, je ne connaissais pas ce mot.

Et c'est sur le rouge 2006 qu'ils terminèrent la soirée. Le vin se présenta sous un rubis intense, expressif avec ses arômes de fruits noirs. Il était charnu avec des tanins mûrs et bien enrobés. Et puis il les enchanta de ses parfums de garrigue qu'ils avaient captés l'après-midi dans une parfaite délectation.

— Brigitte, je viens d'apercevoir une guitare. Je peux ?

— Ne te gêne surtout pas.

Il était allé sans rien dire sur Internet et avait retrouvé les paroles d'un texte un peu suranné de Jacques Brel, *Les moutons*, qu'il avait appris à ses débuts, même si la chanson était pour ainsi dire inconnue de ses admirateurs. Et ça ne pouvait pas tomber mieux.

« Décidément, se dit-il en accordant l'instrument, s'il n'y a pas de hasards, il y a de drôles de coïncidences, et cette journée en est la preuve absolue. »

Et à la fin de chaque couplet délicieusement métaphorique, où l'artiste répétait à la bergère qu'il était désolé de ne pas aimer les moutons, Brigitte et Patricia se mettaient à bêler en y mettant tout leur cœur.

Filiations

En cette soirée frisquette de la fin novembre 2010, Patricia convia son compagnon à dîner.

— Que dirais-tu d'aller au restaurant? C'est moi qui t'invite.

— Oh! toi, tu as quelque chose à me demander!

— Eh non, mais j'ai des choses à te dire.

Pour lui faire doublement plaisir, elle avait réservé au Bistrot du Sommelier, tandis que des bulles les attendaient dans un seau.

— Alors, qu'est-ce que tu penses de ce crémant de Bordeaux rosé?

— Ce n'est pas du champagne, mais c'est bon, et tu as fait un excellent choix.

— Bah! c'est ton ami qui a décidé des vins de ce soir, car je voulais me concentrer sur la grande nouvelle que j'ai à t'annoncer. Que penses-tu de sa couleur?

— Dis donc, tu ne m'as pas invité pour me dire que tu vas devenir œnologue et que la couleur des crémants rosés te tracasse?

— Tu as tout faux. Dis-moi, tu aimes le rose?

— Ça dépend. J'aime voir la vie en rose, j'aime les roses si elles nous charment les narines, et surtout j'adore lorsque tu te lèves le matin, fraîche comme une rose...

— Bon, ça va, ne tombe pas dans l'optimisme exagéré et arrête de porter des lunettes roses.

— Mais par contre, je n'aime pas les romans à l'eau de rose, et encore moins quand tu m'envoies sur les roses, ce qui t'arrive parfois.

— Je dois avoir mes raisons. Bon voilà, il faut que tu le saches, dit-elle *mezza voce*, en lui prenant la main. Tu vas devenir papa d'une petite fille.

Il faillit avaler de travers, mais se reprit aussitôt.

— Arrête de déconner ! On ne rigole pas avec ça.

— Je suis très sérieuse.

— C'est pas vrai ! ? Une petite fille ! Mais comment tu sais ça ?

— Parce que je suis sa future mère.

— Recommence depuis le début, s'il te plaît.

— Eh bien, j'ai appris il y a deux jours que nous allons avoir un bébé dans huit mois.

— Mais c'est merveilleux, et tu ne me l'as pas dit plus tôt ?

— Je voulais juste en être sûre.

Étouffé par les émotions, Stéphane dissimula son visage avec ses mains, le temps de remonter en une minute l'histoire de sa vie, de ses origines en partie occultées, du père qui l'avait abandonné et qu'il ne connaîtrait probablement jamais. Et c'était maintenant à son tour de s'investir dans ce rôle si important, celui de papa.

— Eh oui, 2011 sera une grande année. Et si je calcule bien, elle va naître la troisième semaine de juillet.

— Dis-moi, pourquoi une fille ?

— C'est comme ça, je le sens. Et puis j'allais tout de même pas demander un vin bleu.

— Ça existe, paraît-il, mais ça doit être du pipeau, à coup sûr une invention pour faire du fric.

— Toujours est-il, cher futur papa, que ce soit une fille ou un garçon, ou les deux en même temps, que notre vie va changer.

— C'est formidable, c'est le plus beau cadeau que tu pouvais me faire à un mois de Noël!

Et il se leva pour dire un petit mot au patron qui était affairé avec ses clients.

— Excuse-moi, mais, sans vouloir faire de la surenchère, je n'ai pas pu résister.

Il venait à peine de terminer sa phrase qu'une bouteille de Louis Roederer Rosé Vintage 2004 arriva sur la table.

— Tu es fou!

— Fou d'amour, ma belle Pat. À ta santé et à celle de la petite... ou du petit! Bon, tu vas y aller mollo avec le vin, pour ce soir, on reste au champagne.

Six mois plus tard, en caressant le ventre arrondi de la future maman, Stéphane lui annonça un projet de voyage dans le nord de l'Italie.

— Tu te souviens de Corrado? Il m'a appelé ce matin, et il m'a proposé un contrat sympa.

— Bon, tu vas aller faire la fête avec Bocelli ou Pavarotti, c'est ça?

— Pas du tout! D'abord, je te signale que, Pavarotti, il mange les pissenlits par la racine depuis trois ou quatre ans. Non, il me demande de faire gracieusement des photos d'un acteur connu chez lui, en échange d'un bref séjour entre Vérone et Venise. Est-ce que cela t'embête?

— C'est pas en juillet ni en août, j'espère?

— T'inquiète, j'y ai pensé. Le bébé aura deux mois, étant donné que c'est fin septembre.

— Tu partirais longtemps?

— Une petite semaine, et je vais proposer à Daniela de venir me retrouver. Elle vit à Rome en ce moment, et même si on se donne des nouvelles régulièrement, ça fait cinq ans que je ne l'ai pas vue.

— Si ma mère est d'accord pour me donner un coup de main, je veux bien, mais pas plus d'une semaine.

— Je vais en profiter aussi pour ramener quelques cartons de bouteilles que Jorge avait commandées en Italie et m'en acheter d'autres sur les conseils du propriétaire du Wine Bar.

— Je comprends, c'est vrai que t'as pas grand-chose dans ta cave.

— On en consomme pas mal et je dois garder le cap des deux mille vins en 2020. Je vais pouvoir aussi proposer des photos au magazine.

Cela faisait quatorze ans que Stéphane travaillait pour le journal et, cette année, il fut gâté dans la mesure où il dut couvrir coup sur coup trois événements prestigieux. Le premier se déroulait au château Haut-Brion lors de la grande soirée offerte par le Conseil des Grands Crus Classés en 1855 en l'honneur de la presse internationale. Il ne prit pas part au repas et devait assurer le reportage photo, mais tout était réglé comme du papier à musique.

Le deuxième eut lieu le lendemain. Ambiance plus relax pour lui, car, en plus de prendre des photos – et Dieu sait qu'il ne manquait pas de célébrités à se mettre sous la dent –, il put manger en compagnie des illustres convives, la direction du château Clerc Milon, où se déroulait la réception, lui ayant gardé une petite place.

— T'imagines un peu, Pat. Si j'ai réussi à prendre chaque table en photo avec tous ces gens qui s'amusaient comme des fous, j'ai pu saisir en toute liberté la propriétaire, la baronne Philippine, et le parrain du nouveau chai, nul autre que Francis

Ford Coppola, qui semblaient heureux et complices. Une bonne photo !

— Alors, tu t'es amusé ? !

— Disons que je ne me suis pas ennuyé. Un repas tout simple avec une capilotade de brochet en soufflé et un mitonné de bœuf braisé. Et puis les vins, tu imagines ! Tout cela s'est terminé sous un énorme feu d'artifice et, en plus, on a bien rigolé. D'ailleurs, contrairement à ce que certains pourraient croire, c'était cordial, presque à la bonne franquette.

Il dut convenir toutefois que la Fête de la Fleur, le 23 juin suivant, au château Lascombes, était un peu coinçouille. Plus de mille cinq cents convives, les hommes vêtus comme des pingouins, mais la magie était là, avec un repas trois étoiles et des vins prestigieux.

— J'ai ri dans ma barbe quand j'ai surpris un aparté entre deux femmes qui, avant de passer à table, venaient selon toute vraisemblance de goûter un vin aux effluves d'écurie. « Enquiquinantes, ma chère, ces notes équines ! » Et l'autre de rétorquer : « Ah, je trouve ça très nature ! » Je n'ai jamais su si elles se moquaient d'elles-mêmes…

Et puis, mine de rien, tout naturellement, arriva ce qui se produit plus de quatre cent mille fois par jour sur la planète, la petite Laura dévoila sa jolie frimousse le 25 juillet. Rien de plus banal à première vue, et en même temps le plus beau jour pour un couple amoureux.

Après cinq ans de vie commune, Stéphane et Patricia accueillirent avec une exaltation non feinte l'adorable poupée qui allait les contraindre, dès les premières heures, à faire sauter le bouchon d'un champagne, un rosé de toute évidence, le Brut Nature de Drappier.

Lorsqu'il apprit la bonne nouvelle, le nouveau papa ne put s'empêcher de penser à son propre père qui avait brisé plusieurs vies. Mais il avait convenu, avec le temps, de ne pas lui en vouloir. L'arrivée de la petite Laura le confortait même dans la voie du pardon. « J'aimerais tellement lui présenter ce petit bout de chou. Et si je le retrouve un jour, pensa-t-il, ce sera elle qui m'aidera à tout effacer. »

Le vendredi 23 septembre à 6 h 45, Stéphane prit un vol direct pour Nice, ce qui lui permit d'arriver assez tôt pour aller chercher sa voiture de location et filer directement sur Vérone. Il se permit un crochet par Erbusco, chez Ca'del Bosco en Lombardie, afin de récupérer deux cartons de Franciacorta. Il avait bien roulé et arriva dans la soirée à l'hôtel, où il retrouva son ami.

— C'est super de te voir dans mon pays. *È la prima volta!* Demain matin, nous sommes attendus par la Fondation Masi à la Villa Serego Alighieri à Sant'Ambrogio di Valpolicella. Ensuite, tout se passe au Teatro Filarmonico, *che è splendido.*

— Et le grand comédien ?

— Il couche sur place. Alors, tu le verras demain. Mais, ce soir, j'ai une surprise pour toi.

— J'ai très hâte.

— Je t'emmène manger à l'Antica Bottega del Vino, un restaurant dont tu vas te souvenir longtemps.

Quand ils arrivèrent, ils eurent à peine le temps de jeter un coup d'œil que le maître d'hôtel les pria de le suivre.

— Waouh ! Quelle cave ! C'est carrément fabuleux.

— Et ce l'est d'autant plus que le proprio, dès qu'il a su que nous venions spécialement pour le Premio Masi, a décidé de nous offrir le privilège suprême de nous y installer pour manger. *Siamo molto fortunati!*

Ils se retrouvèrent à la table du chef, entourés de milliers de flacons tous aussi désirables les uns que les autres, dont les trésors du patrimoine œnologique italien.

— *Grazie mille, Corrado.* Ça me touche beaucoup !

— Je t'en prie, mon ami ! Dis-moi, avant de faire le point pour demain, as-tu avancé dans tes recherches paternelles ?

— Je n'ai toujours rien trouvé. J'ai beau naviguer sur Internet, c'est le silence total. Je n'ai aucun indice pour même imaginer tenter ma chance en Australie. Mais, comme tu le sais, je suis désormais papa d'une mignonne petite Laura et je veux garder toute mon énergie pour elle.

— *Hai ragione ! Hai proprio ragione !*

— Bon, peux-tu me dire quelques mots sur la maison Masi ?

— *Naturalmente !* Son histoire date de la fin du XVIIIe siècle, je crois, quand la famille Boscaini a acquis des parcelles de vignes dans la vallée de la Valpolicella. De nos jours, elle possède ou gère plus de mille deux cents hectares, ce qui est énorme !

— Elle est connue pour l'amarone, n'est-ce pas ?

— Masi est le premier producteur mondial de ce vin haut de gamme. D'ailleurs, tu te souviens de celui que tu m'as offert à Bordeaux en l'an 2000 ? Je me suis entraîné depuis. Comment tu trouves ce Mazzano ?

— C'est généreux, puissant et épicé, j'aime beaucoup. Peux-tu m'en dire plus sur la manifestation de demain ?

— C'est un rendez-vous annuel dont on m'a dit le plus grand bien. Le Prix s'est élargi ensuite et, aujourd'hui, il récompense des personnalités internationales du monde viticole et de la communauté impliquée dans le progrès social.

Après cette soirée inoubliable, Stéphane était dans de très bonnes dispositions, surtout après avoir trempé ses lèvres dans le Campolongo di Torbe, un autre amarone de la maison hôte.

Arrivés assez tôt à la Foresteria, ils descendirent la longue allée bordée de cyprès tirés au cordeau, pour se stationner tout près des bâtiments et de la jolie Villa crépie d'un jaune ocre.

— Pas mal, hein ? Ça se passe ici depuis que Masi a établi un partenariat avec les Conti Serego Alighieri, descendants directs du poète Dante et propriétaires de la plus ancienne *azienda* de la Valpolicella. Stef, je te présente Giuseppe Battiston. Il est ici pour recevoir un des prix Civiltà Veneta, en compagnie d'un grand mathématicien et d'Arrigo Cipriani, le patron du Harry's Bar à Venezia, chez qui on ira demain.

— *Buongiorno*, mon ami français. C'est toi, *il fotografo*?

— Oui, mais il est de chez nous du côté de sa mère.

— *Dove?*

— Sicilia! Et vous?

— Udine dans le Friuli.

Durant la conférence de presse qui précéda le déjeuner, ils apprirent que le Grosso d'Or Veneziano était remis à un religieux qui avait consacré son existence à soulager la misère en Afrique, et le Premio Civiltà del Vino à un Québécois d'origine française, auteur de livres, dont trois sur le vignoble italien.

Après le déjeuner, les invités furent conviés à descendre dans les caves, un immense sanctuaire où reposent dans d'énormes foudres de chêne des milliers de litres de vin rouge destinés à séduire le palais de millions d'amateurs.

Et c'est sur l'un de ces foudres que les cinq lauréats furent invités, dans un cérémonial marqué par la simplicité et le respect du grand vin, à apposer leur signature pour l'éternité.

Stéphane prit beaucoup de photos de ces instants marquants. Il faisait son job de photographe avec toutefois plus de sensibilité, puisque chaque déclic était accompagné d'un souvenir, d'un mot, d'une réflexion de son papi. Il retrouvait, à travers cet événement qu'il considérait comme hautement symbolique, la philosophie et les valeurs que Jorge lui avait inculquées, semblables à celles de cette maison pour la culture et l'environnement.

Il fut frappé par la personnalité de Sandro Boscaini, l'âme de la maison, connu sous le nom de Mister Amarone, lequel se révélait être un humaniste qui s'investissait avec discrétion et modestie dans la prestigieuse organisation internationale Grapes for Humanity.

Certes, il aurait bien aimé photographier un peu plus les autres lauréats, mais ceux-ci étaient entourés des membres de leur famille et de leurs nombreux amis qui s'étaient déplacés pour assister à cette reconnaissance internationale. Mais, vu qu'il était là pour Battiston, et sans vouloir le suivre à la trace, il imprima pour la postérité le grand gaillard de comédien sous tous les angles. Ce dernier, pour qui recracher le vin était forcément un sacrilège du fait qu'il était tout sauf abstème, avait un verre à la main en permanence et semblait prendre grand plaisir à faire la causette avec tout un chacun.

Stéphane put le voir se lancer dans une grande conversation avec Corrado ainsi qu'un certain Donald Ziraldo, un Canadien visiblement proche du sommelier québécois, et ce dernier, qu'il était persuadé d'avoir déjà rencontré.

— Dites-moi, vous n'étiez pas à Bordeaux au mois de juin? demanda-t-il au sommelier.

— Mais oui, pourquoi?

— J'ai l'impression de vous avoir vu quelque part, à Haut-Brion, à Clerc Milon ou à la Fête de la Fleur…

— J'étais présent aux deux premiers. C'était pas mal, d'ailleurs.

— C'est le moins qu'on puisse dire. Dites, vous ne vous ennuyez pas.

— J'avoue que je suis gâté, mais ça fait partie de mes activités. Justement, je…

Et le tourbillon incessant des invités qui tournaient autour de l'acteur mit fin abruptement à la discussion, comme cela se passe la plupart du temps dans de telles circonstances.

Tout ce beau monde se rassembla au Théâtre philharmonique, près des arènes, pour assister à la remise solennelle qui comprenait des discours et de belles présentations des protagonistes par un animateur allumé. En plus des cent vingt bouteilles d'Amarone Costasera qui leur seraient remises ultérieurement, les héros du jour se virent offrir chacun un coffret dans lequel se trouvait le même vin logé dans un flacon gravé de leur nom en lettres d'or.

Les centaines de spectateurs ne furent pas avares d'applaudissements, et la soirée se prolongea dans une atmosphère joyeuse, avec le concours indubitable d'un bon nombre de magnums. C'était ainsi dans la ville de Roméo et Juliette.

Le lendemain ne fut pas banal non plus. Stéphane et Corrado passèrent la journée à Venise, faisant fi des touristes envahissants, et se dirigèrent directement vers le Harry's Bar, sur le Grand Canal, pas très loin de la place Saint-Marc où les attendait Daniela qui était venue de Rome.

— C'est formidable que tu aies pu faire un saut à Venise. Je t'en remercie. Je te présente Corrado, dont je t'ai parlé.

— *Piacere! Buongiorno, Corrado.* Mais, pour moi, venir à Venezia, c'est toujours *molto interessante.*

— Et moi, spécifia Stéphane, je suis excité d'être ici, au Harry's Bar, parce que je sais qu'Hemingway, dont j'ai lu les livres, était un client assidu de cet établissement mythique.

— Monsieur Cipriani, toujours alerte malgré ses soixante-dix-neuf ans, et que nous avons rencontré hier, nous a invités à goûter plusieurs de ses spécialités.

Dans un français proche de la perfection, le propriétaire du restaurant leur fit servir un Bellini, le cocktail emblématique de la maison, composé de prosecco et de purée de pêches blanches. Et il raconta la naissance de cet établissement dont il s'occupait parmi d'autres.

— Mon père Giuseppe a fondé ce bar il y a quatre-vingts ans. Je suis né l'année suivante et mon prénom, Arrigo, vient de Harry, qui était un de ses amis.

— Vous êtes dans une forme remarquable !

— Avec des journées comme celle que l'on a passée hier, c'est facile. Alors, je disais donc.. ? Oui, en fait, tout a débuté à Paris... mais je vous remettrai un petit livret qui raconte tout cela.

— C'est très bon, ce Bellini.

— *Papà* était barman autrefois et il l'avait créé en hommage au peintre vénitien de la Renaissance Giovanni Bellini. Bon, on va vous servir un carpaccio. Ça vous dit ? Sachez qu'il a aussi créé cette spécialité dans les années 1950 pour faire une fleur à une de ses illustres clientes. Et, inspiré par la couleur rouge vif que l'on trouve régulièrement dans l'œuvre de Vittore Carpaccio, un autre peintre, né à Venezia vers 1465, il lui a donné son nom.

— Il aimait beaucoup la peinture, votre papa, se permit Daniela.

— En effet, et ce n'est pas le choix qui manquait ici, précisa Cipriani, avec, dans le regard, un mélange de fierté et d'espièglerie.

— Mais alors, pourquoi les chefs, en France d'abord, et puis ailleurs dans le monde, utilisent le mot « carpaccio » pour des pétoncles ?

— *Perché*... euh... parce qu'ils n'ont rien compris, répliqua Corrado. Ils pensent que c'est lié à la coupe. Un jour, lorsque j'étudiais la photo à Paris, j'ai tenté de l'expliquer à un chef, et il m'a pris pour un jeune attardé qui ne savait pas de quoi il parlait.

— Allez, les amis, laissez-les dire et régalez-vous ! déclara le restaurateur. Je vous ai fait préparer une bouteille de Toar, un valpolicella classico superiore, un assemblage de corvina, de rondinella et d'oseleta, de chez Masi, bien entendu.

— Ma chère cousine, je sais que tu as un avion pour Rome ce soir, mais je te remercie infiniment d'être passée ici. Je te promets de revenir en Sicile quand tu y seras de retour. Embrasse tes parents pour moi, plus particulièrement ma tante Maria.

Ce n'était pas l'envie de rester qui lui manquait, mais, le lundi matin, Stéphane dut se résoudre à quitter la Vénétie et son bon ami qui reprenait le chemin de Florence.

Et puis il avait des bouteilles à se procurer et des cartons à ramasser, mais, surtout, surtout, il avait hâte de retrouver sa petite. Il se promit d'ailleurs de revenir avec elle et sa maman dans ce coin d'Italie où il y avait tant de choses à apprendre.

Quelques gouttes de chianti
pour t'inviter dans mon lit
Quelques gouttes de clos de bèze
pour te mettre bien à l'aise

Quelques gouttes d'amarone
sur ta robe détachée
Quelques gouttes de vin jaune
Les tâches se sont envolées

Trois heures plus tard, Stéphane arriva dans le Piémont qui, il le savait, recelait, dans les collines brumeuses des Langhe, parmi les plus grands crus du pays. On lui avait dit ce qui faisait la spécificité du royaume du cépage nebbiolo, et, en s'installant à l'hôtel Il Boscareto, à Serralunga d'Alba, il faisait d'une pierre deux coups. Non seulement il pouvait dormir et manger dans d'excellentes conditions, mais il allait également prendre des vins de la maison Batasiolo, propriétaire de l'hôtel.

Il adorait de temps en temps se retrouver seul, sans avoir de comptes à rendre à personne, et, avec cette vue imprenable sur les hauteurs couvertes de vignes de la région d'Alba, ce fut pour lui un pur délice. Il se leva tôt et alla prendre des photos avant son petit-déjeuner. Il avait lu dans un bouquin que ces zones de production tirent parti de la combinaison de terres argileuses riches en calcium et d'un climat relativement frais souvent nébuleux, et que c'est le mot « *nebbia* », qui signifie « brume » en italien, qui donne son nom au nebbiolo.

Il usa de tout son savoir-faire de photographe pour réaliser, en cette fin de septembre, de sublimes clichés des parcelles aux dénivelés saisissants et aux courbes régulières, qui émergeaient, dans un camaïeu de rouge-brun, des épaisses vapeurs du brouillard matinal.

Après trois nuits et quatre journées bien remplies, Stéphane arriva frais et dispo en fin de matinée à Bordeaux. Il profita de l'après-midi pour placer ses vins dans son cellier, faire le petit ménage qui s'imposait, et jeter son dévolu sur un effervescent qu'il avait récupéré la veille et une bouteille de Costasera qu'il proposerait à Patricia pour le souper.

— Bonjour, ma chérie ! Ah ! que vous m'avez manqué ! dit-il, s'empressant d'embrasser sa douce et de serrer Laura dans ses bras.

— La petite est craquante, elle te ressemble beaucoup.

— Ah oui ?

— Elle boit beaucoup ! Je plaisante... Avec maman qui m'a aidée, je m'en suis tirée comme une pro. Alors, raconte-moi ton voyage.

— Ça s'est très bien passé. J'ai avalé pas mal de kilomètres tout seul, et j'en ai profité pour essayer de résumer ma pensée, commenta-t-il en versant dans les verres tulipes le crémant de Limoux Émotion, un brut rosé de la maison Antech, lequel, pour l'occasion, portait un nom tout indiqué.

— Un petit fond, je ne veux pas faire tourner mon lait...

— Tu as raison ! Bon, j'ai rapporté une bonne quinzaine de cartons, mais j'ai surtout rencontré de belles personnes. Avec les gens de Masi, j'ai découvert une saga familiale et la complicité d'un père qui transmet à ses enfants sa culture et sa vision du monde. Cela va de soi, mais j'ai pensé à vous deux sans arrêt.

— Nous aussi, on a pensé à toi. N'est-ce pas, mademoiselle ?

— Avec eux, j'ai appris les secrets de l'amarone, un vin qui allie la tradition aux techniques modernes, et qui fait rayonner dans le monde leur attachement à la civilisation du vin.

— Vaste programme !

— Oui, je t'en ferai goûter tout à l'heure. Et puis j'ai revu le temps d'un après-midi Daniela, qui te salue.

— Elle va bien ? Et Venise ?

— J'y suis entré par la grande porte, mais je n'ai fait que l'effleurer. Nous étions invités au Harry's Bar par le proprio qui nous a raconté la naissance du carpaccio.

— Oh ! tu me donnes envie de manger un carpaccio de coquilles Saint-Jacques.

— Ah ! ah ! tu vas rire, mais ça ne sera pas possible. Je t'expliquerai plus tard. Donc, quand tu arrives à Venise, tu te fonds dans le passé et la nuit des temps. Je sais, ça fait cliché, mais c'est renversant. Tu comprends vite cependant que tu dois être aidé par les bonnes personnes si tu ne veux rien manquer.

— Beaucoup d'agglutins, je suppose ?

— C'est terrible… mais lorsqu'on ira, on demandera à ma cousine de nous servir de guide. Venise est un musée à ciel ouvert qui a l'avantage d'être vivant et non figé dans l'histoire.

— Et l'acteur ?

— En tout cas, je ne crois pas qu'il jouait la comédie. Éminemment sympathique, il a été un sujet inépuisable dans sa gestuelle et dans ses mots. Je crois que Corrado sera content des photos que je vais lui envoyer.

— Tu me les montreras.

— Bien sûr, et, comme d'habitude, je n'ai pas arrêté. Tu verras celles que j'ai prises dans la région d'Alba, tu sais, où l'on produit le barolo et le barbaresco. Je me suis régalé…

— Avec les vins ?

— Évidemment, mais avec les paysages aussi… Et puis j'ai rencontré là-bas trois types formidables, Aldo Vajra, Tino Colla et nul autre qu'Angelo Gaja. Quand tu goûteras leurs vins, ce sera une façon de faire connaissance avec eux.

— Il me tarde !

— À propos de Gaja, on dit qu'il s'agit d'un homme inaccessible et toujours pressé. Pourtant, il a tenu à me rencontrer. Il voulait me parler de Jorge qu'il tenait en haute estime pour avoir discuté avec lui, et m'offrir une belle bouteille. Sympa, alors que ses flacons sont réservés aux amateurs avisés et friqués.

— Dis donc, il t'en a ouvert, des portes, ton papi.

— Oui, et ça m'a beaucoup touché de la part de ce fougueux visionnaire qui a d'autres chats à fouetter. De retour en France, je me suis arrêté dans la presqu'île de Saint-Tropez.

— Ah, ça, c'est ton petit côté people.

— Tu rigoles, j'avais rendez-vous avec une vigneronne. Elle a passé une partie de sa vie à faire connaître les vins de Provence dans le monde. Elle s'appelle Régine Sumeire, elle cultive ses vignes en bio, labours à cheval inclus, et elle a fait de son Pétale de Rose un succès planétaire.

— Tout un personnage, je suppose.

— Papi me disait qu'elle connaissait les secrets de la civilisation du vin depuis les Grecs et les Romains, et qu'elle était un exemple pour la place des femmes dans leur monde encore macho. Et j'ai pu le vérifier sur place.

— Eh bien, je ne peux qu'applaudir…

— Oui, et puis, après avoir dormi tout près du Palais des papes, en Avignon, j'ai passé deux bonnes heures dans les Costières de Nîmes avec Hervé Durand, un gentil géant barbu qui, avec son fils, met en valeur le Mas des Tourelles, une jolie propriété où ils ont découvert des vestiges de l'occupation romaine.

— Oh ! ça doit être intéressant !

— En fait, en voyant les archéologues faire surgir de ses terres des ateliers d'amphores datant du Ier siècle, il a compris qu'un autre vigneron vivait là il y a deux mille ans, tu te rends compte ? Celui-ci exportait ses vins dans tout l'Empire romain.

— C'est incroyable !

— Écoute ! Quand tu penses qu'une villa gallo-romaine partiellement fouillée est enfouie dans leurs vignes.

— Tu avais prévu tout cela avant de partir ? C'est difficile à imaginer…

— Tu as raison ! Et pourtant, il y a un lien évident entre toutes ces expériences, comme un fil conducteur qui nous permet de connaître le rôle du vin dans les sociétés d'autrefois pour mieux le comprendre à présent.

— Une sorte de filiation dans les événements et dans les idées, si je comprends bien ? Et tout cela en une petite semaine…

— Et je n'ai probablement encore rien vu. Faudra y retourner. Parlant de filiation, c'est pendant cette escapade que j'ai vraiment réalisé mon bonheur d'être papa. Et je me suis dit que, si un jour je retrouve le mien, je lui pardonnerai tout… parce que c'est vraisemblablement lui qui aura le plus souffert de cette situation.

Papa, t'es où ?

Stéphane consacra les semaines qui suivirent à faire le point sur son inventaire et ses prochaines cueillettes. Il devrait notamment se rendre en Suisse chez une vigneronne du nom de Marie-Thérèse Chappaz et chez ce producteur de petite arvine, à Chamoson, que son grand-père lui avait fait connaître une quinzaine d'années auparavant. Il en profiterait pour s'arrêter en Bourgogne, chez Pascal Marchand, et dans quelques domaines connus et moins connus. Mais il avait déjà en cave de belles bouteilles de Drouhin, de Jadot, de Latour et du Domaine Prieur.

C'était un peu la même chose dans la vallée du Rhône, d'où son papi avait fait venir des vins des grandes maisons, mais aussi de chez Chave et Perrin, du Domaine du Monteillet et de Georges Vernay.

Et puis, un jour, ils iraient passer une semaine en Corse d'où ils rapporteraient des vins, dont ceux d'Antoine Arena, du Domaine Comte Abbatucci et du Domaine Gentile.

Au cours du printemps 2012, Stéphane reçut un courriel de sa cousine qui lui racontait son expérience à Pompéi : *J'ai pensé à toi, le fou du vin, parce que j'ai pu observer les clos viticoles qui ont été reconstitués depuis une vingtaine d'années, comme à l'époque de l'éruption du Vesuvio. C'est, m'a-t-on dit, un producteur réputé du vignoble campanien qui a obtenu le mandat des autorités gouvernementales et culturelles pour procéder, et je pourrais t'arranger un rendez-vous... Alors, pourquoi ne viendriez-vous pas l'an prochain en Sicile ? Vous pourriez passer par Napoli au retour. Après le décès de papa, j'ai décidé de rentrer à Palermo à la fin de l'année, et je pourrais vous héberger. Appelle-moi, qu'on en parle.*

Entre ses engagements professionnels, ses nouvelles responsabilités familiales, plusieurs bonnes soirées et la recherche d'un acheteur pour le studio de son grand-père, l'année fila tel un éclair.

Il s'était mis en quête d'un lieu adéquat pour abriter son imposante réserve qui s'approchait des objectifs de son généreux donateur. Après tout, il allait bientôt avoir les moyens de mettre son magot à l'abri.

Il parlait régulièrement à Daniela qui lui donnait de bonnes pistes pour planifier son deuxième passage sur les terres familiales maternelles.

— Pat, je viens d'avoir ma cousine au téléphone. Il faudrait prévoir deux semaines complètes si on veut en profiter. Que dirais-tu des deux premières de mai ? La petite aura presque deux ans, elle pourra facilement prendre l'avion avec nous. Qu'en dis-tu ?

— C'est une proposition invitante, d'autant plus que je reprendrai le boulot ensuite, un mois avant Vinexpo.

Entre-temps, Stéphane rencontra pour le journal un homme jovial et coloré qui venait de participer à la publication d'un livre portant sur les vignerons belges à Bordeaux.

— Tiens, ma chérie, voilà le vin de Bernard Sirot, ce Belge dont je t'ai parlé, un chic type installé avec sa femme bordelaise à Barsac.

— Un Belge à Sauternes ?

— Oh! et il y en a beaucoup d'autres. Il a été intarissable. Il nous a raconté son amour du vin et son job de journaliste spécialisé dans le domaine avant de devenir viticulteur. Et il a l'air impliqué dans un concours international de dégustation organisé depuis Bruxelles.

— Un personnage, on dirait!

— Imagine! Il veut parler de moi aux organisateurs. En tout cas, c'est rafraîchissant de rencontrer des gens comme ça. Les Belges sont quand même moins compliqués que nous, pas vrai?

— Tu as raison, il faut bien l'admettre, mais ce qui est rassurant, c'est de voir de plus en plus de jeunes de la région qui ont acquis de l'expérience ailleurs et qui reviennent ici avec des théories nouvelles et une bonne ouverture d'esprit.

— C'est vrai, et c'est plutôt encourageant.

— Et en plus, dis donc, tu vas devenir un dégustateur officiel. Bravo!

— Je ne sais pas, je vais y penser.

Le circuit sicilo-napolitain prenait forme lorsqu'il apprit que l'appartement avait trouvé preneur. Les acheteurs en prendraient possession le 1er septembre 2013.

Dix-neuf ans après sa première expérience sicilienne, Stéphane était ému de fouler de nouveau ce territoire qui signifiait tant pour lui, mais cette fois en compagnie de sa puce et de Patricia. Cette dernière était sous le charme et il constata que rien n'avait changé dans le Palerme désordonné et attachant qui avait suscité chez lui tant d'agitation.

Il était épaté d'apprendre que le maire de la ville était, contre toute attente, ouvert aux migrants, un apostolat digne de mention dans un pays divisé face à cette crise effroyable.

La tante Maria, bon pied, bon œil malgré ses soixante-quinze ans qui approchaient et la perte de son mari, était heureuse de revoir son neveu. Tandis que la belle Daniela avait tenu à les emmener au Tempio di Segesta, un site archéologique construit au IIIe siècle av. J.-C. et miraculeusement conservé.

En allant visiter le golfe de Castellammare, situé juste au-dessus d'Alcamo, ils ressortirent rassasiés de La Cambusa, un restaurant du port de la Cala Marina, où ils avaient dévoré un délectable couscous de poissons.

— Tu te souviens, Stefano ? Je t'avais parlé de cette spécialité qu'il ne fallait pas rater.

— C'est un délice, surtout avec ce blanc de catarratto. Et puis c'est la preuve qu'il n'est jamais trop tard pour bien faire.

Ils passèrent trois jours, en compagnie de la cousine, à visiter Erice, le Capo San Vito et la réserve naturelle du Zingaro, et s'offrirent ensuite un émouvant retour aux sources en se rendant à Marsala dans la famille, où les retrouvailles furent extrêmement intenses.

Ils vécurent un moment de nostalgie avec les enfants de Marco de Bartoli qui avaient perdu leur père deux ans auparavant, mais qui étaient décidés à relever tous les défis, ici et à Pantelleria, pour perpétuer sa mission.

Ils se régalèrent chez Donnafugata, le temps d'une dégustation et d'un déjeuner. Et la ravissante Josè Rallo, que Stéphane avait rencontré à Bordeaux huit ans auparavant, était toujours aussi attentive que sémillante.

— Je suis désolée pour votre papi, il était gentil comme tout. Et il vous avait commandé de belles bouteilles.

Après ces quelques jours, Patricia était à la fois enthousiaste et perplexe devant cette région déroutante, où la beauté peut côtoyer la laideur, et cette ville de Palerme indescriptible et étourdissante, où les gens font des manœuvres hasardeuses pour se frayer un passage dans des rues continuellement encombrées.

— Tiens, mon cher Stefano, tu te souviens de Mondello ? demanda Daniela en lui adressant un petit clin d'œil complice. Rien n'a changé.

— C'est toujours très joli en tout cas.

Le dernier soir, Maria avait préparé un repas et choisi elle-même les vins.

— Viens, Stefano, que je te montre ce que j'ai déniché. En blanc, le Cometa de la maison Planeta, à cent pour cent fiano, et pour les rouges deux vins de Francesco Spadafora. Je crois que tu vas aimer son Don Pietro.

Laissés à eux-mêmes, Patricia et Stéphane prirent la route de Cefalù, puis celle, plus au sud, de Caltravuturo, d'où ils empruntèrent une route escarpée pour se retrouver au milieu de nulle part. Mais le jeu en valait la chandelle, car ils étaient attendus à la Tenuta Regaleali, propriété viticole des Conti Tasca d'Almerita, qu'une connaissance de Daniela leur avait chaudement recommandé, puisque l'on pouvait y louer de belles chambres.

À peine installés dans un décor d'une sérénité absolue au milieu des collines couvertes de vignes et d'oliviers et délimitées par des haies de cyprès parfaitement alignés, ils comprirent que, pour apprécier ce havre de paix blotti au cœur de l'île, ils devaient lâcher prise et laisser du temps au temps.

Laura semblait aimer les balades au cours desquelles ils pouvaient observer les oiseaux, cueillir des fleurs et du thym sauvage, et voir des vignerons assoupis à l'abri du vent. Tout était calme, harmonie, liberté et connivence dans cette retraite, un des plus importants refuges ornithologiques du pays, tenue par des gens d'une exquise prévenance.

Une dégustation d'une dizaine de vins avait été prévue, et tous les deux furent emballés par le Leone d'Almerita, un blanc de chardonnay et d'inzolia, et par le Rosso del Conte, un rouge qui fait la part belle au nero d'avola.

Ils commandèrent un assortiment de douze bouteilles qui furent envoyées directement chez le caviste à Bordeaux, avec qui Stéphane avait gardé des liens étroits.

Ils se dirigèrent ensuite vers Randazzo, au pied de l'Etna, où ils s'offrirent une pause gastronomique hors de l'ordinaire. Ils purent s'approcher de la base du volcan légèrement enneigé, mais le jeune âge de la petite découragea la maman de s'aventurer davantage et de prendre le funiculaire pour se rendre à la dernière halte ouverte aux visiteurs, à sept cents mètres du sommet.

À Taormina, une cité romantique où ils se sentirent eux-mêmes comme des agglutins, ils visitèrent le théâtre antique et admirèrent le panorama constitué de falaises surplombant des plages de sable doré et des criques discrètes où les amants vont s'abriter.

— Tu vois, Pat, nous sommes face à cette Méditerranée, omniprésente depuis le début de ce périple qui se déroule à merveille, et nous pouvons nous dire que sur nous l'esprit des mers veille.

— C'est beau, mon poète, tu es drôlement inspiré.

Ils prirent le traversier à Messine très tôt le surlendemain. Une fois débarqués à Reggio di Calabria, ils remontèrent l'intrigante Calabre et mirent le cap sur la Campanie, plus précisément sur la péninsule de Sorrento.

On leur avait mentionné que l'endroit était brouillon et animé, mais ils n'avaient encore rien vu.

— Entre nous, si on est pas prêts, avant de visiter une région, à laisser nos a priori au vestiaire et à regarder plus loin que le bout de notre nez, vaut mieux rester chez nous, avança Patricia.

— C'est sûr que, dans une ville d'une densité comme celle de Naples, on doit bien s'attendre à tomber sur des secteurs plus pauvres et mal entretenus. C'est la première banalité qu'on entend, d'ailleurs, à propos de ce coin d'Italie : « À part les paysages ahurissants, tout est vieux et laid, et en plus ça sent mauvais. »

— Quand on se met à voyager, il faut apprendre à aimer, tu ne crois pas ? Et à comprendre ce qui nous apparaît moins beau, plus désordonné, délabré et incohérent.

— Je suis d'accord avec toi. Et puis ça fait partie de la culture des gens du pays. On est chez eux, après tout.

— Je pense que c'est pour les mêmes raisons qu'on prend plaisir à se promener dans les ruelles bucoliques et un peu bling-bling de Capri, ou à s'abreuver de références historiques dans les villes antiques d'Herculanum et de Pompéi.

— Tout à fait ! On devrait enseigner la capacité à s'émerveiller à la maison et à l'école.

Pendant les cinq heures de route qui les séparaient de leur destination, ils devisèrent ainsi à bâtons rompus, sans doute pour se préparer mentalement à leur halte napolitaine.

Avant d'y arriver, ils furent époustouflés par la côte amalfitaine et la féerie à l'état brut qui se dégageait de ce chapelet de charmants villages, entre Ravello, Amalfi et Positano, dont plusieurs maisons décaties ajoutaient à l'authenticité du décor.

Ils furent cependant déstabilisés, ils durent bien l'admettre, par la confusion qui régnait sur la route, entre les autos, les cars, les scooters et les motos, à l'opposé de leur conduite, prudente, policée et respectueuse du code de la route.

Entre Sorrento et Naples, ils trouvèrent un environnement bétonné qui découlait selon toute vraisemblance d'un laisser-aller insidieux.

— C'est dommage, cette urbanisation anarchique et ces horreurs construites après la guerre. Il semble évident, fit remarquer Stéphane, que les architectes d'il y a deux mille ans avaient un sens de l'esthétique plus aiguisé que celui de leurs collègues du XXe siècle.

Le lendemain fut consacré à la visite de Naples, qui souffre d'un autre poncif dévastateur, soit la crainte de se faire attaquer ! Ils y croisèrent des gens agréables pourtant, qui évoluaient paisiblement dans des quartiers chargés d'histoire, et s'attardèrent dans une minuscule pizzéria très fréquentée par les Napolitains.

Ils purent s'imprégner de l'esprit de la sulfureuse baie de Naples où souffle indéniablement un vent de fantaisie, de magie et de fatalité, indissociable de la réalité napolitaine et de son volcan que les gens de l'endroit appellent affectueusement « *la bomba* ».

— Les gens devraient surtout se méfier de leurs préjugés positifs, tu ne penses pas, Stef ? On se dit que, l'été, on va avoir de la chaleur et des fleurs partout. À nous la mer et les baignades ! Sauf que la population vient de tripler avec les agglutins qui débarquent, que tout est plus cher, que les délais pour circuler explosent et que, parfois, à cause de la chaleur, ça ne sent pas toujours très bon.

Le dernier après-midi, ils se rendirent à Atripalda, pas loin d'Avellino, où Daniela avait prévu une rencontre avec les responsables de la maison Mastroberardino.

En plus d'une dégustation de fiano di Avellino, de lacryma christi et de taurasi, qu'ils achetèrent sans hésiter, ils purent apprendre les tenants et les aboutissants du fabuleux projet de replantation à Pompéi.

Laura avait dormi comme un loir pendant une bonne partie du voyage de retour de Rome à Bordeaux, et elle profitait de la vie en toute innocence, en gratifiant ses parents et son entourage de sourires dévastateurs.

Vinexpo allait donner à Patricia l'occasion de reprendre ses activités professionnelles, et à Stéphane, le mandat de couvrir divers événements. Il n'allait surtout pas manquer la soirée du Conseil des Grands Crus Classés en 1855 pour la bonne raison qu'elle se déroulait au château Mouton Rothschild, qu'il y était invité personnellement par Sylvain Boivert, le directeur du prestigieux regroupement, et que sa chérie, pour ses premières armes avec le groupe qui venait de l'embaucher, œuvrait à l'organisation de cet événement en y mettant toute son énergie.

C'est donc sous un ciel d'été incomparable qu'ils se retrouvèrent curieusement au même endroit à Pauillac.

— Quelle soirée ! s'exclama Stéphane, fourbu après sa journée. Et pour l'organisation, tu leur diras chapeau, Pat. C'était impeccable.

— Ouais, mais tu auras remarqué que Philippine n'était pas au sommet de sa forme.

— J'étais triste pour elle, et aussi pour son mari qui s'est débattu comme un diable pour l'aider à livrer son discours. C'est pas drôle de vieillir. Mais j'ai adoré l'expo qui retrace la chronologie des étiquettes prestigieuses, et les œuvres originales de Jean-Paul Riopelle, l'artiste québécois qui a été le seul, je crois, parmi les Picasso et Chagall de ce monde, à pouvoir présenter deux œuvres qui figurent maintenant sur deux étiquettes distinctes.

Ils passèrent une bonne partie de leur temps libre, au mois d'août, à préparer le logement de Jorge en vue de sa vente, mais, du jeudi 22, Stéphane s'en souviendra toujours.

Tom avait accepté de l'aider à déménager son butin œnologique, qui dépassait les mille huit cents bouteilles, dans un grand cellier où les conditions d'entreposage étaient considérées comme le nec plus ultra, soit une bonne température, une lumière tamisée, une bonne humidité relative et l'absence de vibrations. La sécurité était garantie et on pouvait y accéder vingt-quatre heures sur vingt-quatre.

Cela faisait trois jours qu'ils exécutaient des allers-retours quand, soudain, en faisant un faux mouvement, Tom laissa échapper une caisse en bois du château Canon La Gaffelière, un grand cru classé de Saint-Émilion.

— *Shit! I'm sorry*, j'ai cassé deux bouteilles.

— Pas plus ?

— Non, je crois que j'ai limité les dégâts.

— Et c'est du très bon ! Tant pis, Tom, ça t'en fera deux de moins à boire.

— Je suis confus. Quelle gaffe !

— C'est même La Gaffelière, répliqua Stéphane. Ne t'en fais pas, Tom, il y a plus grave. Mais qu'est-ce qui dépasse là ?

Il distingua, coincée entre deux planches, une enveloppe décachetée qu'il scruta longtemps avant de satisfaire sa curiosité.

— T'as vu ça, Tom ? Une lettre du Canada adressée à Jorge, datée du mois d'octobre 2006 et tamponnée à Vancouver. Ça fait sept ans déjà.

— Mais qu'est-ce que tu attends pour la lire ?

Stéphane découvrit avec stupeur une lettre signée Henrique. Le ton avait changé. L'agressivité de sa missive précédente, en 1997, avait disparu. Il écrivait qu'il habitait au Canada, sans autre précision, depuis qu'il avait quitté la France, et non en Australie comme il l'avait fait croire, qu'il avait beaucoup réfléchi depuis le décès de Juliette et qu'il n'en voulait plus à Jorge. Il avait fait sa vie là-bas, heureux père d'une fille qui avait maintenant vingt et un ans.

— J'en reviens pas ! On a cherché du côté de l'Australie alors que, depuis tout ce temps, il était au Canada. Et ça lui a pris neuf ans pour réfléchir. Quelle famille !

— Et tu ne sais pas quand il a appris le décès de Juliette. Ça va encore te remuer, tout ça.

— Et le papi aussi était cachottier. Merde, je ne suis pas comme eux, hein, Tom ? Je n'ai rien à cacher, moi ! La lettre, il ne me l'a pas donnée. Il a préféré la mettre dans la caisse pour que je tombe dessus plus tard. D'après le tampon de la poste, il a dû la recevoir deux ou trois semaines avant de mourir. C'est probablement pour cela qu'il m'a demandé pardon sur son lit de mort.

— Bon, tu vois, ça va t'aider à avancer dans tes recherches, je suis presque content de ce qui m'est arrivé, dit Tom, qui était à l'évidence consterné pour son ami.

Dans les semaines qui suivirent, Stéphane et Patricia repartirent à la pêche sur les réseaux sociaux, mais cela ne donna absolument rien. Et le Canada, c'est plus grand que l'Australie !

Patricia put constater une baisse dans l'humeur de son compagnon, qui se sentait trahi par les siens, par ce paternel qui avait raconté n'importe quoi pendant trente ans, et son papi qui ne lui avait rien dit de cette lettre.

Stéphane traversa une fois de plus une période de nostalgie en pensant à sa jeunesse, à ces années avec cet homme, à qui il regrettait de ne pas avoir posé davantage de questions. Jorge avait-il été plus qu'un père de substitution ? Ou l'auteur de ses jours comme l'avait sous-entendu son fils dans sa lettre acrimonieuse envoyée neuf ans auparavant ?

Un soir, il décida de balayer ses idées négatives en songeant à sa dernière virée en Italie, et lui rendit hommage en ouvrant une bouteille de lacryma christi. Après tout, c'était bien Jorge qui lui avait inculqué l'importance de garder ses sens en éveil, pour le bonheur des yeux et celui des papilles, et la nécessité de raviver ses neurones et l'esprit en se frottant à d'autres cultures. Et il pensa à ce vigneron alsacien, œnologue et amant des grands espaces, qui lui avait dit un jour que lorsque la déprime nous importune une fois le soleil couché, c'est celui contenu dans la bouteille qui prend le relais et illumine notre moral. À ta santé, Francis Klee !

Trois mois plus tard, à cinq jours de Noël, Stéphane rentra chez lui complètement abattu.

— Tu es tout blanc, qu'est-ce qui t'arrive? s'empressa de lui demander Patricia.

— Je viens d'apprendre une terrible nouvelle.

— Mais dis-moi, tu trembles! Assieds-toi et raconte-moi.

— James Grégoire, tu sais, le château de La Rivière.

— Tu m'as dit qu'il venait de vendre son château à des Chinois.

— Oui, et aujourd'hui, c'était la passation officielle et il a décidé d'offrir une visite en hélicoptère au nouveau proprio, en compagnie de son fils de douze ans et de son conseiller, un autre Chinois.

— Et alors?

— L'hélico s'est abîmé dans la Dordogne. Ils sont tous portés disparus. Je dois aller faire des photos très tôt demain matin.

Le lendemain, il revint complètement abattu.

— Ils ont retrouvé le corps de l'enfant, par sept mètres de fond, dans la carcasse de l'hélico. C'est horrible. C'est ma pire expérience professionnelle.

— Qu'est-ce qui s'est passé?

— On ne sait pas, la panne sèche a été évoquée ou une faute d'inattention. Mais, ayant observé James, j'en doute. Il était méticuleux à l'extrême et ne prenait aucun risque. C'est totalement incompréhensible.

— C'est bien ce même château dont le proprio précédent s'est écrasé avec un petit avion?

— Tout à fait. De là à dire que le château est maudit, il n'y a qu'un pas que d'aucuns vont franchir allègrement. On entend déjà toutes sortes de rumeurs. C'est lamentable!

— Stef, tu vas te reposer ce soir, tu me le promets?

— Je ne peux m'empêcher de penser à ses proches, à sa femme et à ses deux fils qui ont perdu leur père.

— C'est vrai que ça fait réfléchir, tout ça.

Stéphane repartit prendre des photos sur la scène du drame l'avant-veille de Noël, où l'on avait sorti l'épave de la rivière.

Évidemment, la période des fêtes fut ternie par tous ces événements. On retrouva le corps du conseiller, responsable du groupe Brilliant en France, le 11 janvier 2014, et toujours aucune trace de James.

Un soir, en rentrant du boulot, Patricia entendit du bruit dans la chambre. Son amoureux interprétait à tue-tête *Papaoutai*, un succès de Stromae qui était sorti quelques mois plus tôt. Elle n'entra pas de crainte de le déranger, sachant que la musique était son exutoire, mais fut saisie par les trémolos dans sa voix. Elle ne l'avait jamais entendu chanter comme ça, avec une telle intensité, et elle saisit pour la première fois la force des mots de l'auteur dans lesquels Stéphane se reconnaissait, avec une indéniable pensée pour ceux qui venaient de perdre leur père.

Le corps de James fut retrouvé début février. Stéphane et Patricia assistèrent à ses obsèques à Royan le 13 du même mois, une semaine avant la découverte de celui du nouveau propriétaire chinois.

Canicules

Deux années plutôt paisibles s'étaient écoulées quand Sylvie, la rédactrice en chef du magazine *Terre de Vins*, appela Stéphane.

— Que dirais-tu d'accompagner Nathalie, notre nouvelle journaliste, pour un reportage dans le Douro ? Avec ta connaissance des vins, tu pourras l'aider.

Il n'avait besoin d'aucun argument supplémentaire pour manifester son accord et sa satisfaction, mais il la laissa parler.

— Ce serait du 17 au 21 avril à la maison Ramos Pinto, et ça devrait être sympa.

— Tu sais que je l'ai visitée il y a plusieurs années ?

— Raison de plus ! Vous irez dans les caves à Porto et dans un site exceptionnel, semble-t-il, où l'on a trouvé de nombreuses traces de l'ère préhistorique. Bon, Nathalie a tout le dossier.

— Tu peux compter sur moi.

Le lendemain, Stef profita d'une soirée à la maison en compagnie de Tom, de Martine, de Francis et de Léa pour leur annoncer la bonne nouvelle.

— Vous vous rendez compte, je ne suis pas retourné au Portugal depuis 1995. Mais je vais pouvoir faire d'une pierre deux coups.

— C'est-à-dire ?

— Faire des photos et répandre enfin les cendres de Jorge dans le Douro. Je le lui ai promis. Ça fait dix ans déjà.

— C'est une bonne saison pour aller là-bas ?

— C'est ce qu'on dit, car l'été tu cuis, paraît-il, pas au bord de l'océan, mais dans les terres.

— Les pauvres, ils ont connu des incendies spectaculaires l'été dernier, si je me souviens bien.

— La Californie n'y échappe pas non plus. J'y étais dernièrement et j'ai rencontré des... Ah ! comment on dit ?... des spécialistes du climat... Aidez-moi, implora Tom qui cherchait ses mots.

— Des climatologues, mon chaton.

— C'est ça, des climatologues. Ils disent que ça va être de pire en pire.

— J'ai un collègue qui vient de faire un papier dans le journal, et le réchauffement climatique est sur toutes les lèvres des acteurs de la filière vitivinicole. Entre les attaques de mildiou, les gels printaniers, les inondations dues aux fortes pluies, les orages de grêle et la sécheresse, c'est pas joyeux.

— *It's terrible what's going on !* Certains disent que la qualité des prochains millésimes dépendra des choix et de la faculté d'adaptation de chacun, mais on peut être sceptique.

— Vous ne croyez pas, intervint Patricia, qu'on emprunte des raccourcis quand on annonce que les effets du réchauffement climatique vont miraculeusement aider les vignerons à produire des grands vins partout dans le monde, notamment dans les pays froids ? Tout ça parce que la vigne aime être au chaud.

— Tu as raison, ma princesse. C'est un raccourci d'autant plus navrant qu'on élude une situation tout en camouflant aux gens la vérité ; c'est complètement insensé. Les désordres climatiques vont provoquer des dommages irréparables aux populations, comme la montée des océans et l'augmentation des ouragans, plus terribles à moyen et à long terme que pour la vigne.

— C'est sûr que ce n'est pas une bonne nouvelle ni un progrès pour l'humanité, ajouta Tom. Il suffit de voir ce qui se passe sur la planète pour le comprendre. Ce sera de plus en plus anxiogène.

— Oh ! tu t'es mis à la page côté vocabulaire, fit remarquer Patricia, pendant que Martine applaudissait. Sérieusement, beaucoup de vignerons se demandent s'ils vont pouvoir continuer à exploiter leurs vignobles séculaires et reconnus, sachant ce qu'ils vont devoir subir.

— Et puis, il ne faut pas se voiler la face, enchaîna Tom, pendant qu'on s'escrime à planter dans des zones ingrates, des milliers d'hectares ont disparu dans des régions traditionnelles parce que la rentabilité ou la qualité n'étaient plus au rendez-vous.

— En plus, insista Patricia qui s'intéressait à la production chilienne avec le Viña Almaviva produit par son employeur, même si cet aspect est primordial, c'est l'erreur récurrente qu'on fait de résumer la légitimité d'un écosystème viticole à la seule et unique climatologie. Ton papi nous en a parlé fréquemment. Il y a tellement de paramètres qui entrent en ligne de compte.

— En général, mon papi avait raison à ce sujet. On peut toujours contourner ou gommer une composante de l'équation pour produire un vin correct, le plus communément industriel et ennuyeux, mais soustraire un seul élément du casse-tête, c'est carrément hypothéquer les chances d'obtenir de bons ou de très grands vins.

— Je ne suis pas d'accord avec toi, lança Martine. Après tout, chacun peut cultiver ce qu'il veut chez lui, si le résultat est bon.

— Ah ! c'est facile à dire. C'est pas parce que tu plantes des cépages à la mode, même dans des régions à forte tradition viticole, que tu vas avoir du bon vin. Le discernement fera pencher la balance, et attention aux postures dogmatiques. À mon avis, il va falloir tout reconsidérer. L'irrigation, par exemple. Vous savez qu'on plante en Angleterre pour y faire des bulles ?

— Oui, et en même temps, répondit Patricia, on commence à penser à changer l'encépagement bordelais avec de nouvelles variétés résistantes aux maladies.

— Bon, cela dit, précisa l'optimiste Tom, ça permet aux variétés autochtones de prendre leur place. Il y en a en Grèce, en Italie ou en Espagne qui donnent des vins plus qu'intéressants. Il n'y a pas que le chardonnay et le cabernet-sauvignon dans la vie, heureusement.

— C'est très plaisant d'entendre ça de la bouche d'un Américain. Enfin, je suis content de revoir le Portugal parce que, là-bas, avec le touriga nacional, le baga et bien d'autres, on peut carrément s'éclater.

— Merci, Stef ! Et j'ai appris aussi que soixante-dix pour cent de la consommation du vin dans le monde se fait dans les pays qui ont la plus grande responsabilité dans les émissions de CO_2, c'est-à-dire chez nous aux USA, en Europe et en Chine.

— C'est évident que tout le monde va devoir œuvrer pour la décarbonation, les gouvernements, la finance qui va devoir passer au vert, et nous, les citoyens.

— Le vert justement, parlons-en. Si on revient au bio, il faut reconnaître qu'il y a des endroits où c'est moins facile qu'ailleurs. Mais si l'État met en place des actions drastiques et pécuniaires en faisant pousser des haies et en préservant les zones humides importantes pour la protection de la biodiversité, ça va changer les choses pour le mieux, vous ne croyez pas ?

— Dis donc, Martine, tu t'intéresses au bio ? Ça me rappelle Charlie qui me racontait que, dans les années 1960, il entendait son père pester après les instances locales et régionales qui favorisaient l'abattage des arbres et des haies dans le bocage.

— C'est ce qu'on appelait le remembrement, je crois, avança Patricia.

— Exactement, fit Martine. Et si on veut que la proportion des terres agricoles cultivées en bio augmente sensiblement comme on le prévoit au milieu des années 2020, il faudra interdire pour de bon les herbicides tels que la saloperie de glyphosate.

— Avec les labels en bio existants et le HVE pour « haute valeur environnementale », qui a été mis en place il y a environ cinq ans par le ministère de l'Agriculture, il y a un peu d'espoir, précisa Stéphane. À propos, Bérénice Lurton, au château Climens à Barsac, est passée en biodynamie il y a cinq ou six ans.

Léa et Francis, qui s'étaient jusque-là contentés d'écouter, voulurent apporter leur grain de sel.

— Moi, je suis à la recherche de vins fruités, peu alcoolisés mais pas sucrés. C'est possible ?

— Tu as raison, Léa. Nous voulons des vins digestes, surtout en vieillissant, approuva Francis avec un petit rire. Et avec le dérèglement climatique et les canicules, on est foutus, les potes !

— En passant, c'est amusant de parler d'un temps de chien quand il fait froid, expliqua Martine, alors que le mot « canicule » fait référence, en la nommant Canicula, à l'étoile qui appartient à la constellation du Grand Chien, mieux connue sous le nom de Sirius.

— Ah bon ! Tu es ma prof préférée.

— *Thank you, Tommy*, et, au cœur de l'été, cette étoile se lève en même temps que le soleil, si bien que l'on a établi autrefois un lien entre son apparition et les grandes chaleurs.

Le reportage au Portugal se déroula le mieux du monde. Dès leur arrivée à Porto, Stéphane et sa collègue prirent un taxi pour se rendre de l'autre côté du Douro, à Vila Nova de Gaia, où se trouve, avec toutes les autres caves, le siège social de la grande maison de porto, même si c'est la ville d'en face qui a donné son nom au célèbre vin fortifié.

Jorge Rosas, le grand patron, les attendait sur le pas de la porte de la grande demeure patrimoniale. Après la visite des immenses celliers où Stéphane mitrailla plus que de raison, ils visitèrent à l'étage les anciens bureaux transformés en un espace muséologique où l'on peut admirer une collection d'objets d'art, dont les fameuses affiches publicitaires Belle Époque du début du XXe siècle.

— Monsieur Almeida, je vous présente João Nicolau de Almeida, mon cousin qui a collaboré avec mon père, entre autres dans la sélection des cépages recommandés et la mise au point de la mécanisation pour améliorer le sort des ouvriers.

— Mon grand-père, Jorge Almeida, aurait très certainement aimé vous rencontrer. Nous avons peut-être des accointances familiales.

Ils passèrent tous les quatre une agréable soirée dans un restaurant spécialisé en poissons. Stéphane avait fraternisé tout naturellement avec Jorge qui s'exprimait dans un français irréprochable, et la jeune journaliste était impressionnée par João, lequel, derrière ses petits yeux rieurs, dissimulait une compétence et une érudition abyssales à propos de sa région.

— Je sais que vous avez visité Bom Retiro il y a longtemps. On va s'y rendre demain. Vous y passerez trois nuits, et vous aurez le loisir de travailler dans de bonnes conditions.

— C'est juste, votre société était dans le groupe Roederer depuis cinq ans, si mon souvenir est bon.

— Vous avez une bonne mémoire.

— J'avais pas vingt ans, un vrai gamin.

Entre le séjour à Pinhão et le reportage dans le Douro supérieur, notre photographe passa par toute la gamme des émotions.

Revoir la *quinta* qu'il avait visitée avec ses grands-parents, c'était déjà beaucoup.

Le lendemain de leur arrivée, leur hôte avait été touché par son nouvel ami qui lui avait demandé la permission de profiter du long trajet en bateau pour disperser dans le Douro les cendres du papi. Instants de tristesse et de recueillement que de se retrouver entre les deux rives de ce fleuve fier et imposant. Jorge Rosas avait eu la délicatesse d'apporter un tawny de dix ans qu'ils partagèrent afin de souligner ce geste marquant dans l'existence de ce fils et petit-fils de Portugais.

— Quand je pense qu'il me disait souvent : « Immigrant un jour, immigrant toujours ! »

Une voiture les attendait et ils filèrent à la Quinta de Ervamoira.

— Et voilà, c'est ici ! En 1974, mon père cherchait un terrain peu accidenté pour suppléer à la rareté et au coût élevé de la main-d'œuvre qui se faisaient durement ressentir. Deux ans plus tard, João et lui ont fait de cet environnement hors du commun un projet pilote, le premier du Douro à être planté en bonne pente, parcelle par parcelle.

— C'est un endroit merveilleux et même émouvant, releva Nathalie, qui n'avait jamais vu un paysage viticole comme celui-là. Le panorama à trois cent soixante degrés est incroyable !

— Malheureusement, avec le démarrage de la construction du barrage du Côa, l'exploitation courait le risque d'être submergée, et mon père en a été très affecté. Et puis, en 1996, un an après votre passage, la découverte des gravures rupestres de la vallée du Côa, que vous allez découvrir demain, nous a redonné l'espoir. Et le gouvernement portugais a tout arrêté.

— Mais c'est invraisemblable !

— Oui, et, l'année suivante, nous avons investi dans un musée archéologique qui a été inauguré à ce moment-là par le ministre de la Culture. Lorsque les gravures du paléolithique ont été inscrites au patrimoine de l'humanité par l'UNESCO, notre Quinta a eu le privilège d'en bénéficier.

Le soir, de retour à Bom Retiro, on passa à table pour se restaurer et relaxer avec le Duas Quintas blanc, un douro issu de plusieurs cépages, qui escorta parfaitement le *bacalhau à brás.*

Avec l'*arroz de pato*, un riz au canard recouvert de *chouriço*, c'est le Reserva en rouge, un 2010, que Jorge leur fit servir après un passage de deux heures en carafe. Le vin, élaboré avec les principaux cépages du porto et élevé en fûts de chêne neufs, prouva aux convives, par son intensité et sa qualité de tanins, le potentiel des vins secs de la région.

À la fin du repas, Stephane ne put s'empêcher le commenter le tawny dix ans d'Ervamoira.

— Nous avons affaire à un vin d'une grande classe ! La robe est magnifique, et que dire du bouquet opulent de fruits secs et des notes de torréfaction ? En bouche, il nous offre de subtiles saveurs d'agrumes confits et d'épices douces. Nous allons dormir comme des bébés. Merci, Jorge !

Le lendemain, ils furent éblouis en admirant les gravures de Foz Côa, témoignages de la préhistoire que l'on situe entre quarante-cinq mille et douze mille ans avant notre ère, et qui ont chambardé pour toujours la réalité viticole de cet environnement particulier. C'est la preuve que la vie est parfois bien faite, puisque c'est grâce à ce projet de barrage que des spécialistes mirent à jour ces milliers de gravures admirablement conservées en plein air sur une quinzaine de kilomètres le long de la rivière Côa.

Stéphane apprécia vivement son expérience, et suivit la suggestion de leur guide d'attendre encore une heure avant de prendre des photos. C'est ainsi, pendant que Nathalie posait ses questions, qu'ils virent apparaître progressivement sur la roche, comme par magie, les superbes gravures d'animaux dévoilées par un soleil éclatant.

— C'est amusant, cela me rappelle mes cours de photographie, quand on entrait dans la chambre noire pour tremper nos négatifs dans les solutions qui nous révélaient les images tant attendues. Mais là, c'est à l'envers, vu que nous sommes en plein jour !

Le 20 avril, tandis que les deux reporters se présentaient à la gare de Pinhão pour retourner à Porto, Stéphane, avec son œil de photographe, reconnut un personnage qui sortait du train.

— Vous êtes bien le Canadien de souche italienne que j'ai rencontré à Vérone il y a quelques années ?

Il n'avait guère changé, avec ce crâne à la Tarass Boulba qu'il couvrait d'un panama lorsqu'il sortait et, surtout, avec ce regard charmeur que Stéphane avait immortalisé lors de cette rencontre avec l'acteur italien dans les caves de la Valpolicella.

— Oui, mais qu'est-ce que vous faites ici ? demanda Donald Ziraldo en opinant du chef. En vacances au Portugal ?

— Non, nous rentrons en France, ma collègue et moi, après un reportage à Vila Nova de Gaia et dans cette vallée extraordinaire, répondit Stéphane, sans préciser qu'il en était tout remué. Et je suis toujours photographe. Et vous ? Un Canadien errant au pays du touriga nacional ?

Ziraldo, qui n'était pas du genre à s'esquiver, manifesta illico sa satisfaction d'être ainsi reconnu après plusieurs années, tout en sautant sur l'occasion pour leur raconter qu'après avoir vendu Inniskillin, le vignoble icône de Niagara, il avait décidé de se lancer dans une nouvelle aventure canadienne, appelée IceWine, et qu'il avait de surcroît accepté la direction d'une *quinta*, Senhora do Convento, blottie à un jet de pierre du petit village de Távora.

Un chauffeur attendait Ziraldo, mais celui-ci prit le temps de donner à Stéphane, un peu machinalement, sa nouvelle carte professionnelle.

— Vous en avez une ? demanda-t-il.

— Non, mais je m'appelle Almeida.

— Almeida ! Vous êtes Portugais ?

— Non, je suis Français, mais ma famille, du côté paternel, est Portugaise. Disons que c'est une histoire un peu tarabiscotée. Bah ! ça n'a pas d'importance... J'adore ce pays.

— Almeida ? Il y en a beaucoup ici, des Almeida. Allez, à la prochaine !

Almeida, Almeida ? C'est sur ces mots, vaguement décontenancé et le visage un peu figé, que Ziraldo s'engouffra dans l'auto.

Cette fois-ci, Stéphane décida aussitôt de garder précieusement sa carte de visite dans son portefeuille.

« Pour la suite des choses, ça pourra un jour me servir », nota-t-il dans un coin de sa mémoire, interpellé par le rictus du Canadien.

Il devait vivre une autre curieuse coïncidence, trois semaines plus tard, à Bordeaux. En effet, il tomba par hasard sur une affichette accrochée dans la vitrine de la Librairie Mollat, qui annonçait une séance de signatures, comme elle en tenait régulièrement.

« Ça alors, se dit-il, on dirait le Québécois que j'ai vu à Vérone avec Ziraldo, le type de Niagara que j'ai aussi rencontré au Portugal. » Et sur-le-champ, ça fit tilt dans sa tête. « Deux Canadiens en un mois qui croisent ma route, deux personnes que j'ai rencontrées il y a cinq ans et que j'avais complètement oubliées. C'est sans doute un signe... »

Toutefois, en lisant l'affiche, il constata que l'événement avait eu lieu la veille. Dans la librairie, on lui confirma que c'était trop tard. De retour au bureau, il eut d'autres informations qui apportèrent de l'eau à son moulin.

— Tu n'as pas lu ses chroniques ? lui demanda le directeur du magazine. Il écrit pour nous depuis un peu plus d'un an, et il vit au Québec. Il a été prof de sommellerie, Français d'origine, il écrit des bouquins et il voyage beaucoup.

— Ça alors ! L'avez-vous vu dernièrement ?

— Non, je l'ai loupé de justesse, mais je peux te donner ses coordonnées. Il préfère « courriel » à « mail » en passant. C'est comme ça qu'ils disent là-bas.

« "Le sommelier venu du froid"… C'est ça ! J'en suis sûr maintenant. »

Stéphane n'avait pas oublié ce titre d'article qu'il avait lu en quittant le château de Brissac ni le vigneron de l'Aubance. Au téléphone, Didier Richou lui confirma qu'il s'agissait bien du Québécois dont il lui avait parlé quand il lui avait raconté l'anecdote de la table cirée. Le vigneron angevin lui confia en même temps qu'il était au château de Brissac lors de la conférence de celui-ci et du reportage qui lui était consacré.

— Jacques connaît beaucoup de monde, notamment ici. Il nous a même fait une émission de télé.

Et il lui signala qu'il pouvait contacter Nicolas Joly à son sujet.

De retour à la maison, Stéphane ne put contenir son enthousiasme.

— Pat, c'est vraiment étonnant. Tu te souviens du château de Brissac que Martine nous a fait visiter, et la Coulée de Serrant avec Nicolas Joly, le type de la biodynamie ? Je vais tenter de l'appeler demain, et je vais ensuite écrire au Canadien de Niagara.

Il n'eut pas de peine à joindre le premier.

— Bonjour, Nicolas. Nous nous sommes rencontrés il y a huit ans environ et Didier Richou m'a dit que vous connaissiez bien « le sommelier venu du froid ».

— Jacky? Ben oui, on se connaît depuis trente ans environ. Il est né pas très loin d'ici, vous savez. Vous avez son courriel?

Mais, auparavant, voulant tout de même en avoir le cœur net, Stéphane décida d'écrire à Ziraldo qui pourrait assurément valider l'information. Ce dernier envoya un message confirmant que c'était en effet cet auteur de souche française installé au Québec qu'il avait rejoint en Italie pour le Premio Masi.

— Pat, c'est ridicule, je le connais sans le connaître depuis cinq ans. Depuis trois ans, je sais que mon père vit au Canada, et je n'ai rien fait. Je suis tombé sur le CV de ce sommelier sur la Toile et il a bien quitté la France un an environ après mon père. L'a-t-il rencontré? Allez, je n'ai rien à perdre, je lui envoie un courriel.

À sa grande surprise, Jacques lui répondit aussitôt. Oui à toutes les questions et, en plus, il ajouta des précisions de la plus haute importance.

Oui, j'ai connu un dénommé Henrique Almeida. Il était serveur depuis un mois, je crois, à La Sapinière, un Relais & Châteaux situé à une heure au nord de Montréal, lorsque j'ai été embauché au même endroit. Nous avions de bons rapports même s'il était assez secret. J'étais passé sommelier en janvier 1977 et il avait démissionné l'automne suivant pour aller travailler en Ontario. Il me semble qu'il avait trouvé un job à Toronto. Mais, après, je n'ai plus entendu parler de lui.

Pour la première fois en quinze ans, Stéphane avait enfin quelque chose à se mettre sous la dent. Il sentait qu'il brûlait.

— Écoute, Patricia, je crois que ça n'a jamais été aussi chaud. Entre cette expédition au Portugal et la séance de dédicaces chez Mollat un mois plus tard, je viens de faire une connexion importante.

— Tiens, puisque tu me parles de Mollat, regarde ce que je m'y suis procuré dernièrement: un livre sur les vins d'Amérique du Sud signé par ton sommelier. Il a bourlingué, ce type.

— Et il a connu mon père. Faut absolument que je lui parle. Je vais lui demander quand il revient sur Bordeaux.

Je suis censé revenir l'an prochain en juin, lui écrivit le sommelier, *pour les Citadelles à Bourg-sur-Gironde, puis pour un tournage. Je vais passer également à Vinexpo.*

Juin venu, les deux hommes s'appelèrent sur leurs portables respectifs, mais, avec leurs emplois du temps chargés, ils convinrent de se croiser à ce qui allait être la mémorable soirée de la presse internationale. Après tout, ils en avaient l'habitude.

Le temps était chaud et radieux en ce 18 juin 2017. Stéphane avait été dûment accrédité et pouvait entrer pour la première fois au château Latour, le saint des saints, ses deux appareils photo en bandoulière. Alors qu'il descendait de sa voiture, un air de cornemuse porté par les vents lui rappela les fêtes bretonnes de ses vacances au Pouliguen. Et quelle ne fut pas sa surprise de voir défiler un bagad breton entre deux rangs de cabernet-sauvignon, un groupe musical inspiré du *pipe band* écossais. En plus, il s'agissait du bagad de Lann-Bihoué, comme on pouvait le lire sur le bachi au pompon rouge de chacun des musiciens.

En se renseignant, il apprit que les propriétaires du château, des Bretons qui avaient particulièrement réussi dans les affaires, n'avaient rien négligé pour faire de cette soirée un moment très spécial. Les Pinault, père et fils, avaient en effet décidé de souligner, avec les musiciens de la Marine nationale reconnus parmi les meilleurs du pays breton, l'anniversaire de l'Appel du 18 Juin 1940, ce fameux discours radiophonique du général de Gaulle, qui faisait appel à la Résistance contre le Troisième Reich. L'actrice mexicano-américaine Salma Hayek, l'épouse de François-Henri Pinault, brillait de tous ses feux, et jouait cette fois-ci le rôle d'hôtesse de maison.

On n'était pas loin des coups de chaud de la canicule annoncée, mais, après l'apéritif, tout ce beau monde fut convié à se diriger vers la fraîcheur du chai à barriques aménagé expressément pour la soirée, recouvert d'un bout à l'autre d'un épais tapis rouge pour le confort des petits petons des invités.

Les bagadoù jouaient avec force et maestria, et c'est entre l'oreiller moelleux de mousserons et de morilles aux asperges et la tourte de petites volailles au foie gras du triple étoilé Michel Guérard que Stéphane reconnut son sommelier, avec lequel il avait si hâte de s'entretenir.

Rentré tard, il dut attendre le réveil de sa biche le lendemain pour tout lui raconter.

— Dis donc, notre sommelier québécois, il ne s'ennuie pas, il était à la table des Rothschild hier soir. Tu n'étais pas au courant ?

— Ah non, ils ne nous disent pas ce qu'ils font dans leur vie privée.

— Il était assis en compagnie de Jean-Pierre de Beaumarchais et des enfants de Philippine, Philippe et Julien.

— Oh ! oh ! la belle Carole Bouquet n'était pas loin…

— Exactement, ils étaient à la même table et je crois qu'ils se sont bien amusés. Il m'a dit qu'ils avaient discuté de vins lorsqu'elle a su ce qu'il faisait dans la vie et même de Pantelleria où madame cultive de la vigne.

— Tu lui as parlé ?

— Après une série de photos, j'ai juste pu lui dire que j'avais de la famille à Palerme et que j'avais rencontré Marco de Bartoli. Elle m'a souri et elle m'a dit que Marco était un grand monsieur, trop tôt disparu.

— Et le sommelier, qu'est-ce qu'il t'a raconté ?

— Nous avons parlé dix bonnes minutes à la fin. Il m'a expliqué qu'il était à cette table parce qu'il connaissait le deuxième fils de la baronne. Il m'a reparlé de mon père avec les souvenirs qu'il en avait.

— Et alors ?

— C'était un gros bûcheur, mais assez taciturne. Comme ils avaient à peu près le même âge et qu'ils étaient arrivés au Canada presque en même temps, ils sont allés prendre un verre ensemble deux ou trois fois.

— Il n'a pas gardé le contact avec lui ?

— Non, mais il m'a mis sur une piste. Il se souvenait que Henrique avait parlé de son ascendance vigneronne au Portugal. Il disait qu'il était fatigué de la restauration et qu'il se verrait bien vigneron à son tour. C'est tout. Et quand on s'est quittés, il m'a dit de passer à la réception du château, qu'il y avait un petit paquet pour moi.

— Qu'est-ce que c'est ?

— Tiens, voici son dernier livre dédicacé.

— C'est plutôt sympa !

— En tout cas, il est souvent en vadrouille dans les vignobles du monde.

— Eh bien, mon photographe préféré, tu ne vas pas pouvoir en faire autant dans les mois qui viennent.

— Pourquoi tu dis ça, tu trouves que je te néglige ? Pourtant, je suis la plupart du temps à la maison avec toi et Laura.

— Ne t'inquiète pas, mais il faut que je te dise…

— Que tu me dises quoi ?

— Tu vas être papa une seconde fois !

— Tu es sérieuse ?

— Eh oui, mon chaton, pour la deuxième fois !

— Mais c'est merveilleux ! Un garçon ou une fille ?

— Ah ! cette fois-ci, je n'en ai aucune idée.

Les deux années qui suivirent furent très chaudes, tant au thermomètre qu'en rebondissements, et, après cette rencontre,

Stéphane pensa à cet aparté au château Latour et fit le lien entre l'Ontario où, visiblement, son père était parti en 1977 et le vin de Niagara qui en était à ses débuts commerciaux. Peut-être que Ziraldo l'avait rencontré, finalement ? Il n'attendit pas pour le relancer par courriel, le lien étant établi entre eux. Donald lui répondit qu'il allait faire des recherches de son côté, mais que c'était difficile, puisque tout cela remontait à près de quarante ans.

— Ne te fais pas trop d'illusions, mon amour. Il a raison, ton Canadien, ça fait longtemps et c'est pas gagné.

— Tu n'as pas tort, mais je ne sais pas… je lui fais confiance. Et puis je sens que ça bouge bien, avec tout ce que j'ai appris sur lui dernièrement. S'il est toujours vivant, c'est jouable, non ?

Révélations

Patricia et Stéphane étaient comblés en cette troisième semaine de février 2018. Laura, six ans bien sonnés, avait à présent un petit frère que sa maman proposa d'appeler Henri.

Sur le coup, le papa n'était pas plus enchanté que ça, mais elle lui rappela le vœu de pardon qu'il avait émis à la naissance de sa petite.

— Tu sais, ce n'est pas parce que c'est un prénom à la mode, mais je l'aime beaucoup, et je ne crois pas que tu le regretteras. Tu auras ainsi bouclé la boucle, quoi qu'il arrive.

Dans les jours qui suivirent la naissance, le nouveau papa reçut un appel de son médecin.

— Il faut que je vous voie, et je dois vous parler.

— Vous pouvez m'en dire un peu plus ?

— Ne vous inquiétez pas, mais ce sera mieux si nous nous rencontrons dans mon bureau.

Inutile de préciser qu'il se précipita à la clinique dès le lendemain à l'heure prévue.

— Écoutez, ce n'est pas la fin du monde, mais vous allez devoir changer vos habitudes.

— Oui, mais encore ?

— Vous avez le diabète, un diabète de type 2. Vous allez devoir modifier votre alimentation, restreindre les sucres et faire plus d'activités physiques.

— C'est tout?

— Vous verrez, c'est déjà pas mal. Et puis vous allez entreprendre un traitement dès aujourd'hui. Plusieurs comprimés par jour et nous ferons un suivi aux quatre mois.

Après cette révélation, Stéphane rentra chez lui mi-figue, mi-raisin. Certes, il avait constaté qu'il perdait du poids et serrait d'un cran de plus la ceinture de ses pantalons et, surtout, il se levait chaque nuit pour aller uriner, ce qu'il ne faisait pas auparavant.

Mais en même temps, quand il annonça la nouvelle à Patricia, il n'avait pas l'air mécontent.

— Qu'est-ce qui te fait sourire? C'est une maladie sournoise, paraît-il. C'est pas spécialement drôle.

— Le docteur m'a expliqué tout ça. Mais tu te souviens lorsque je t'ai dit que Jorge pouvait être mon père?

— Oui et non, je ne comprends pas...

— Si c'est avéré que le diabète dans une famille peut sauter une génération, considérant que Jorge l'était, c'est que je suis sans doute son petit-fils.

— Ne me dis pas que tu penses à ça. Évidemment que c'est ton grand-père et non ton père!

— Justement, parlant de lui, j'ai relancé Ziraldo il y a deux semaines et il n'a rien trouvé.

— Tu l'as recontacté juste une fois depuis juin dernier? Faudrait mettre les bouchées doubles!

— Ah! je m'en veux un peu, mais avec le boulot, l'arrivée du bébé... Et puis, c'est vrai que je me sentais légèrement bizarre sur le plan physique, le diabète vraisemblablement.

— Je t'avoue qu'avec le petit, je n'ai rien vu venir. Pourquoi tu ne m'as rien dit?

— Bah ! je ne voulais pas t'inquiéter. Puis, tu sais, pour revenir à mon paternel, j'ai essayé à deux reprises de persuader mon patron de m'envoyer faire un topo au Canada, mais pour l'instant je ne l'ai pas convaincu.

Un an plus tard, Stéphane s'était habitué à son état. Il faisait plus de jogging et avait considérablement réduit sa consommation de vins sucrés. « Heureusement que j'en ai profité, pensait-il, mais le porto et le sauternes, je suis bien obligé de diminuer pour de bon. »

Les six premiers mois avaient été pénibles psychologiquement. Il s'était senti affaibli, mais il reprit du tonus et, comprenant la mécanique de la maladie, il se passa la remarque, après cette traversée du désert, qu'il devait foncer, ne serait-ce que pour sa progéniture, dont il était fier, il va sans dire.

Mieux que cela, il avait décidé de faire de ce diabète un allié qui allait sans aucun doute le maintenir en aussi bonne santé que ceux qui se croient invulnérables.

À la demande du magazine, Stéphane participa à la mise au point d'un reportage en Californie, gentiment aidé par son ami Tom.

C'était le moment ou jamais, songea-t-il, de convaincre ses patrons de les laisser profiter de cette virée nord-américaine, Charlie et lui, pour aller faire un tour au Canada. C'était tout à fait envisageable : au lieu de faire une escale à New York, ils pourraient s'arrêter quelques jours à Toronto et aller couvrir les vendanges à Niagara, sans compter que Donald Ziraldo avait accepté spontanément de lui donner un bon coup de main. Il pourrait ainsi se rapprocher enfin de son père si par bonheur celui-ci vivait encore dans la province où il était parti vivre quarante-deux ans plus tôt.

Par ailleurs, il était content de collaborer avec Charlie qui allait bientôt prendre sa retraite. Ce serait leur dernière collaboration, et ça ne pouvait pas tomber mieux.

Deux mois avant leur départ, Ziraldo lui annonça qu'il était sur la piste d'un certain Almeida qui avait travaillé chez lui très longtemps auparavant. Quelle providence ! Et deux semaines avant de décoller, Stéphane reçut de lui un autre courriel lui disant qu'il espérait en savoir plus sur cet Almeida avant son arrivée en sol ontarien. La chance, ou la bonne fortune, frappait encore une fois à sa porte !

Il ne s'imaginait donc pas quitter le Canada bredouille, comme il le ferait quelques semaines plus tard. Même si ses interlocuteurs à Napa et en Ontario avaient été accueillants et que tout s'était bien déroulé à Niagara, il ne put cacher à son retour sa déception et son amertume de n'avoir pu communiquer que par répondeur interposé avec celle qui était certainement sa demi-sœur.

— Voilà, tu sais tout, ma belle Pat. Ils ont été adorables, Donald en particulier, mais c'est tout de même frustrant, si près du but…

— Tu as le numéro de sa fille, tu vas pouvoir la rappeler dès que possible. Ne t'inquiète pas, ça va s'arranger, tu n'as jamais été si proche. Et je suis tellement contente de te revoir. Henri et Laura t'ont réclamé tous les jours.

La troisième semaine de décembre, Stéphane proposa à sa chérie d'organiser une petite fête.

— On fêtera Noël dans l'intimité et, le 28, on invitera ta mère, Tom et Martine, Charlie et son épouse. Tu es d'accord ?

— Et Francis ?
— Ah, ils partent dans un *all inclusive* en Martinique.
— Il paraît que les Québécois disent « un tout-inclus ».
— C'est eux qui ont raison. On fait pitié avec l'anglomanie qui nous gangrène. Même Tom trouve ça risible. Il m'a dit hier, quand on en a parlé au téléphone, qu'on est en train de se faire soigneusement coloniser par les Anglos. « Et en plus, votre prononciation est à ch… », m'a-t-il précisé, si tu vois ce que je veux dire. Au fait, en parlant de Francis, peux-tu te libérer la première semaine des vacances scolaires de février ? On pourrait se prendre une dizaine de jours avec les enfants.
— Ah ! C'est une bonne idée ! Ça devrait être possible. Mais dis-moi, tu m'as l'air un peu fébrile… Est-ce que je me trompe ?
— Je suis content d'organiser cette petite fête, voilà tout. Et puis je veux souligner le départ à la retraite de mon collègue et ami.

Stéphane mit les petits plats dans les grands, et fit sauter le bouchon d'un Taittinger Collection dont l'étiquette avait été illustrée par le peintre africain Amadou Sow, un 2002, une année qui lui rappelait de bons souvenirs avec Jorge.
— Pour fêter la retraite, Charlie, allez-vous aussi dans un *all inclusive* comme Francis et Léa ?
— Je ne comprends pas, Tom, on ne part pas en vacances.
— C'est parce que notre ami dit qu'on a un accent pourri en anglais, ne put s'empêcher de répéter Patricia.
— *My God!* Je vois que les nouvelles vont vite.
— Tom a raison, ajouta Martine. Nous discutions ensemble, il y a quelques jours, de l'anglophilie galopante des Français, et je viens de lire un article sur des vigneronnes qui animeront des dégustations dans des restaurants sur Toulouse, et ça s'appelle *Wine and Women by Sud-Ouest*. Édifiant ! Et ce n'est que la pointe de l'iceberg.

— Le pire, c'est que beaucoup de vos compatriotes pensent que ça fait *in* de parler en anglais. En Angleterre, oui, mais ici… *ridiculous, my dear friends! You can believe me.* Pourquoi vous ne la cultivez pas, votre langue? Elle est si belle…

— Dans les médias notamment et dans le monde du vin, l'anglais se répand comme une traînée de poudre, précisa Charlie. Vous voulez un exemple? J'ai été invité, il y a quinze jours, à un *bubble party* à Bordeaux et la semaine suivante à un *wine talk* à Paris, genre de table ronde présentée par un *hipster* qui a parlé des nouvelles *start-up* qui font la promo du *wise drinking*.

— Tu es sérieux? s'exclama Martine.

— Tout à fait! Alors, très content de prendre ma retraite si vous voulez savoir. Perso, ça m'est égal, ma carrière est faite, mais, pour nos enfants et nos petits-enfants, cette hégémonie anglo-saxonne qui confine à l'intox n'a pas sa place dans le monde latin du vin, entre autres avec les notes qu'ils ont imposées à la terre entière. Comme si un vin pouvait se résumer à une simple note.

— C'est juste, répondit Stéphane. Cette dérive risque de faire des dégâts dont on ne soupçonne même pas les conséquences dans les années à venir.

— C'est à ce point? demanda la femme de Charlie. Notre langue n'est pourtant pas menacée.

— Vous écoutez nos jeunes chanteurs? reprit Charlie. La plupart ne chantent qu'en anglais.

— Ah! j'aime bien, répliqua la mère de Patricia. Je les trouve très sexy.

— Maman!

— Hélas! dit Stéphane, je discutais dernièrement avec mon copain qui est sommelier à Lyon, et il me disait qu'avec ses collègues, ils sont catastrophés, et je reprends ses mots, par l'invasion des cours et des formations sur le vin en anglais, qui pullulent ici et sur le reste de la planète avec un parfum un rien mercantile.

— Mais ce n'est pas un peu de notre faute ? lança Patricia. On n'a rien vu venir et on s'est laissé damer le pion, tout bêtement.

— C'est comme les très *british masters of wine*, renchérit l'ex-journaliste qui semblait dans une forme olympique, vous ne trouvez pas que ça ressemble à une forme d'élitisme rétrograde et faussement intellectuel ?

— Tu n'y vas pas un peu fort, Charlie ? l'interrogea Stéphane. Tu ne m'en avais jamais parlé.

— C'est sûr qu'il y a un décalage entre les visions latine et anglo du vin, se permit de glisser Tom. Je sais de quoi je parle…

— Ouais, et tout ça pour terminer sa carrière dans l'épicerie de luxe ou dans une salle des ventes ! ajouta notre valeureux retraité, même que…

— Bon, je crois que nous sommes partis sur un terrain glissant, osa l'interrompre Stéphane. Je connais personnellement un *master of wine* anglais qui n'est plus tout jeune, qui vit sur Bordeaux et qui est charmant. Faut dire qu'il descend d'une noble lignée italienne. Ça aide, précisa-t-il en éclatant de rire.

Après cette joute qui faillit plomber l'ambiance, il remplit de nouveau les verres tulipes de ses invités.

— Écoutez, j'ai une grande nouvelle à vous annoncer et Patricia n'est pas au courant, car je devais vérifier plusieurs choses avant de le lui dire. J'ai parlé la semaine dernière à Livia, ma demi-sœur. Son papa, qui se prénomme en effet Ronaldo depuis qu'il vit en Ontario, est bien Henrique, mon père. Ronaldo était son deuxième prénom, mais je n'en savais rien. Il est un peu diminué et sa santé est précaire depuis son AVC en septembre dernier, et…

Il se mit à pleurer à chaudes larmes, entouré des siens qui partagèrent un instant de malaise.

— Papa, tu es triste ? demanda la mignonne Laura.

— Je ne suis pas triste…

— Mais alors, pourquoi tu pleures ?

— Parce que nous allons aller voir ton papi ! dit-il en se ressaisissant. Viens dans mes bras, ma petite Laura.

— Quoi ? réagit Patricia, légèrement affolée.

— Il me reste à vérifier deux ou trois détails, mais si tu acceptes, nous partons tous les quatre à Toronto et au Québec. Livia va arranger les choses pour que nous puissions le voir. Il a accepté le principe, et elle me dit qu'il est important de ne pas attendre trop longtemps. Et puis, il paraît que les chutes du Niagara sous la neige, c'est magnifique.

— Mais c'est fantastique ! s'écria la maman de Patricia, avant de proposer à tous de porter un toast. Pour la première fois, tu vas rencontrer ton père, et les petits, leur grand-père. Ça risque d'être poignant, vous savez.

— C'est tout un cadeau de Noël, mon beau Stef. Je suis contente pour toi, lui souffla Patricia dans le creux de l'oreille. Dis-moi, le petit Henri, il n'est pas un peu jeune pour aller au Canada ?

— Il aura deux ans. Tu verras, tout ira bien.

La soirée se déroula comme elle avait débuté, dans les rires et les émotions. Stéphane offrit au nouveau retraité un grand pomerol, un Château La Fleur-Pétrus de la maison Jean-Pierre Moueix, et un côte-rôtie La Turque de chez Guigal.

— Pour que tu te souviennes de moi.

— Je te remercie, mais tu sais que je n'avais pas besoin de ça.

Stéphane, qui aimait jouer avec les mots, se régala doublement avec le dernier service.

— Avec le soufflé glacé aux framboises que nous avons choisi chez le meilleur pâtissier de la ville, je vous propose dans ce flacon unique, soufflé à la bouche par des artisans verriers, une eau-de-vie de framboise sauvage de la maison Massenez. Quelques gouttes dans votre verre et, avec le dessert, vous allez être soufflés !

Malgré la maladie liée au coronavirus qui s'était installée dans l'est de la Chine, les voyages dans le reste du monde n'étaient pas compromis, et les préparatifs allaient bon train quand, un mois avant le départ, Stéphane s'adressa à son amoureuse.

— Est-ce que cela t'ennuie si Daniela se joint à nous ? Elle pourrait s'occuper de Laura.

— Tu penses que c'est une bonne idée ?

— Elle a été touchée par mon histoire, depuis le temps. Et elle m'a dit qu'elle aimerait visiter Montréal et Niagara. Tu sais, elle n'est pas compliquée et elle va assumer ses frais et payer son billet d'avion.

— Ça va être un gros voyage, tu sais, même si c'est pour dix jours.

— Mais ils sont organisés là-bas. Faudra surtout prévoir des vêtements bien chauds.

— Si tu es à l'aise avec ça, pourquoi pas ? Elle est gentille, ta cousine, et tu as raison, si elle peut surveiller Laura, ça me facilitera les choses avec le petit.

— Tu es formidable ! Je savais que je ne m'étais pas trompé.

— Moi non plus, tu sauras !

Le 19 février 2020, tout le monde se retrouva à Roissy pour un vol jusqu'à Toronto. Livia les attendait avec un panneau sur lequel on pouvait lire : « Bienvenue à mon grand frère et à sa famille *!* »

« Bon, ça commence bien », pensa Stéphane, avant d'enlacer un peu maladroitement cette demi-sœur dont le sourire venait de laisser place à de chaudes larmes de joie.

Patricia et Daniela se cramponnaient l'une à l'autre pour ne pas craquer, et se donnèrent une contenance en s'occupant des petits pendant que Livia bombardait de questions son frère, qui restait étonnamment placide même s'il était complètement chaviré.

— Je vous ai trouvé un *bed and breakfast* pas très loin de mon studio. Vous allez vous reposer et, demain, on prend ça cool, nous ferons un peu plus connaissance. Papa nous attend après-demain. Il réside actuellement dans un centre spécialisé.

Le jour fatidique, la matinée fut réservée à un huis clos entre Stéphane, son père et sa demi-sœur. Avec appréhension, il serra la main de cet homme qui était assis dans un grand fauteuil, visiblement diminué, et qui semblait aussi désarçonné que lui.

— *Dad*, je te présente Stéphane, ton fils, qui est également mon demi-frère. Je sais que vous avez beaucoup de choses à vous dire. Stef, prenez votre temps. Déjà qu'il cherche parfois ses mots en français, il est encore marqué par son AVC.

Ronaldo, alias Henrique, engagea la conversation en lui demandant pardon. Et insista aussitôt sur le fait qu'il ne savait rien de la grossesse de sa femme quand il avait décidé de partir et qu'il n'avait pas donné de nouvelles pendant cinq ans.

— J'ai été serveur à Montréal dans un grand hôtel et, pendant les Jeux olympiques en 1976, j'ai bossé très fort. Ensuite, je suis monté dans les Laurentides.

— À l'hôtel La Sapinière, n'est-ce pas ?

— Ah ! je vois que tu t'es renseigné. Et puis, un an plus tard, j'ai trouvé un boulot à Toronto, mais j'étais pas satisfait. C'est là que j'ai entendu dire qu'ils cherchaient du monde à Niagara.

— Chez Inniskillin.

— Oui, mais après j'ai été embauché dans d'autres vignobles, et j'ai adoré ça. C'est là que j'ai été pris de remords. Tu veux vraiment savoir la suite ?

— Prends ton temps, je t'écoute.

— J'ai contacté un vieux copain de jeunesse, Jean-Marie Lalonge, le fils des bouchers à Issy. Tu les as peut-être connus ?

— J'en ai peut-être entendu parler.

— C'est lui qui m'a dit que tu étais né et que tu avais autour de cinq ans. J'étais surpris d'apprendre que ta mère avait été enceinte de moi. Mais bon, passons à autre chose…

— Qu'est-ce que tu veux dire?

— J'ai mal jugé le paternel. Il s'était passé des choses qui m'ont fichu en colère sur le coup, et ça m'a pris du temps pour l'accepter.

Un grand silence s'installa entre les deux hommes, et Ronaldo en profita pour dire à Stéphane qu'il avait demandé à Livia d'apporter une bonne bouteille.

— Tiens, derrière toi, il y a un Stratus White. Je sais que tu connais bien le vin. Sers-toi un verre et verse-moi de l'eau.

— Mais je ne comprends pas, pourquoi tu as fait savoir à tes parents que tu vivais en Australie?

— Pour donner le change tout simplement et brouiller les pistes. Je voulais avoir la paix, tu comprends. Alors, je me suis fait appeler Ronaldo, mon deuxième prénom, et puis j'avais un copain australien à Toronto qui était retourné chez lui. Il a accepté de recevoir mes lettres qu'il renvoyait directement de Sydney à Issy-les-Moulinettes.

— Tu dis encore « les Moulinettes » ?

— Bah! on disait ça, c'est vrai… Et j'ai continué de passer par l'Australie pour donner de brèves nouvelles. Tu sais, quand on tombe dans le tordeur du mensonge, c'est difficile d'en sortir.

— Papi m'a raconté un peu ton enfance et ta jeunesse, et par où tu étais passé, le décès de ton petit frère et les mauvaises expériences dans la restauration.

— Je ne sais pas ce qu'il t'a dit, mais il y avait une chose que tes grands-parents ne savaient pas.

— Tu veux m'en parler?

— Une connerie d'adolescent! C'était en 1968, une période trouble en France, surtout à Paris et dans les banlieues. La nouvelle a fait grand bruit, mais les gendarmes n'ont jamais découvert le pot aux roses. Avec Jean-Marie, on avait vidé en une nuit les frigos de la boucherie familiale pour revendre au noir les morceaux de viande, comme pendant l'Occupation.

— Mais quel est le lien ?

— Tu vas comprendre. Toujours en passant par l'Australie, je l'ai contacté pour lui demander des nouvelles de mes parents. Ta grand-mère venait acheter de la viande chaque samedi. « Bonjour, bonsoir, que désirez-vous cette semaine, madame Almeida ? » Mais cela lui suffisait pour me dire que maman allait bien. Lorsqu'elle manquait un samedi, elle en donnait la raison la semaine suivante, ce qui permettait à Jean-Marie de m'en dire un peu plus. C'est de cette manière que, tous les six mois ou à peu près, j'ai reçu des nouvelles de mes parents.

— Mais tu as pris des risques. Il aurait pu tout raconter.

— Les parents Lalonge, qui avaient, il faut l'admettre, un nom prédestiné, n'auraient pour rien au monde pardonné à leur fils, au point qu'ils l'auraient déshérité s'ils avaient su ce qu'il avait fait.

— Je n'en reviens pas !

— Je savais qu'il n'était pas trop futé, et je le tenais par les animelles, si tu vois ce que je veux dire. C'est grâce à ça que j'ai eu de vos nouvelles de façon régulière. Quand j'ai eu totalement confiance, je lui ai dit de me joindre directement au Canada en lui donnant pour adresse une case postale. Il n'a jamais eu mes coordonnées exactes.

— Et mamie ?

— J'ai appris sa mort en 1995, quelques semaines après votre excursion au Portugal. Ça m'a fait mal et je n'ai pas donné de nouvelles pendant deux ou trois ans.

— Je peux comprendre. Mais pourquoi tu n'as pas essayé de me contacter ? Avec les réseaux sociaux, c'était facile, non ?

— La lâcheté, sans doute. Rien ne s'était passé comme je l'avais souhaité. En 1983, j'ai rencontré une jeune femme pendant les vendanges et puis Livia est née en 1985. J'avais peur de perdre ce que j'avais enfin réussi à construire. Quant à Facebook, je veux rien savoir. C'est pas pour moi.

Stéphane se leva pour reprendre ses esprits.

— Et dis-moi, c'est quoi, cette pile de revues que j'ai vue en sortant des toilettes ? Tu lis *Terre de Vins* ?

— Ça, c'est Jean-Marie aussi. Il m'a parlé de toi, de ton travail, et je me suis abonné pour voir tes photos.

— Décidément ! Il a toujours sa boucherie ? Je vais lui rendre visite.

— Non, il a tout vendu, je crois, il y a cinq ans.

— Et pour ma mère, c'est lui qui t'a mis au courant ?

— Il m'a écrit en 2000 et m'a raconté qu'avant de se suicider, des mois auparavant, ils avaient eu une bonne discussion. Elle lui avait dit qu'elle avait voulu garder son nom de femme mariée, qu'elle avait espéré mon retour, lui confirmant entre autres que je n'avais rien compris, que j'étais bien ton père, qu'en aucun cas elle n'avait eu d'aventure avec ton papi.

— Quoi, qu'est-ce que tu racontes ? Attends, je n'aurais pas lu quelque chose à ce sujet dans une de tes lettres ?

— Eh oui, c'est très con, je l'ai pensé à un moment donné.

— Le fameux complexe de persécution. Tu sais que papi a toujours été impeccable à mon égard ?

— Je ne sais pas quoi dire. Mais c'est comme ça. La vie est tordue parfois.

— J'insiste pas, mais si tu veux m'en dire plus…

— Ah ! c'est très compliqué… Nous venions de nous marier, je venais d'apprendre les origines italiennes de ta mère qu'elle m'avait cachées, et puis, deux fois, en rentrant de bosser, tard le soir, j'ai vu mon père sortir de notre appartement. J'avais la certitude que tout le monde complotait dans mon dos et me mentait sur tout. J'ai compris trop tard qu'elle n'avait pas voulu me déranger au boulot et que ton papi était venu en urgence lui apporter des médicaments et voir si tout allait bien.

— Ça ne m'étonne pas. Il était intègre et profondément bon.

— Je lui ai réécrit en 2006 en lui disant que j'étais désolé d'avoir gâché leur vie. Mais le mal était fait. Puis j'ai appris qu'il était décédé peu de temps après et que tu t'en étais bien occupé.

— Quelle tristesse ! Et dire que tu ne rêvais que d'exil, que tu voulais à tout prix quitter ce pays qui avait accueilli tes parents et bien d'autres démunis qui voyaient dans la France la terre d'accueil pouvant les aider à cueillir les fruits de l'espérance.

— Tu as sans doute raison, et si plus tard, bon an, mal an, j'ai fait les vendanges dans ce coin du Canada, ce sont plutôt les fruits du désespoir que j'ai récoltés.

— C'est terrible !

— Je sais… et, à partir de là, j'ai décroché. La maman de Livia m'a quitté et je me suis retrouvé seul à partir de 2008. Heureusement que ma fille a gardé le contact et qu'elle prend soin de moi.

— Elle m'impressionne beaucoup !

— Même si elle est très indépendante et même si vous vivez très loin l'un de l'autre, prends soin d'elle. Avec cet AVC qui est mon deuxième, ce qu'elle ignore, je sais que mes jours sont comptés.

— Ne dis pas ça. Cet après-midi, nous allons revenir avec ma compagne, Patricia, ainsi qu'une cousine du côté maternel, qui vient de Sicile, et tes deux petits-enfants, Laura et Henri. Tu t'en sens capable ?

— Je vous attends avec impatience.

Livia savait que cette journée qui s'achevait serait pour tous pénible et lourde à porter.

« Mon frère est incroyable, pensa-t-elle. Il a réussi à retrouver notre père, presque à son corps défendant, mais quelle détermination ! »

Pendant ce temps, dans l'intimité de leur chambre, Stéphane se confia à Patricia, plus qu'il n'avait pu le faire pendant le déjeuner.

— Tu sais, je me sens étonnamment calme et apaisé. Tu as vu comme il semblait serein lorsqu'il regardait ses petits-enfants ?

— Ce matin, il t'a expliqué ce qui s'était réellement passé ?

— Si on veut… mais, à la limite, je m'en moque. En fait, c'est quasiment anecdotique et, avec tout ce que j'ai appris aujourd'hui, je trouve ça bouleversant et décevant à la fois. Et puis tu réalises que le pire, bien souvent, c'est de ne pas savoir. Maintenant que je sais… Bref, je n'ai pas voulu l'accabler davantage.

— À ce point ?

— Oui… Bon, le plus important, c'est qu'en lui pardonnant sans tout à fait le lui dire, j'ai eu une révélation. J'ai compris une fois pour toutes que mon vrai père, celui qui a pris soin de moi, celui qui m'a aimé, celui qui m'a tout transmis, et je ne te parle pas de ma cave évidemment, c'est le grand Jorge qui ne m'a jamais tourné le dos. Mon père biologique, le pauvre, il a fui la vérité et il en a été malheureux toute sa vie et, à part sa fille, avec qui je vais pouvoir me rattraper, il n'a pas eu de futur du fait qu'il a raté son passé. En fin de compte, sa vie a été un tel gâchis qu'il n'a pas pu faire l'effort de retrouver la magie de l'existence.

— C'est fou ! Mais tu as certainement raison.

— Ma chérie, il faut que je te dise que quand on s'est quittés, j'ai pensé à toi, à nous, et j'ai compris combien les liens du cœur pouvaient être plus forts que les liens du sang.

— Tu me touches, Stef, embrasse-moi.

Livia avait loué pour les trois jours un minivan qui lui permettait de transporter la petite famille, en plus de son copain qui les suivit le lendemain aux chutes du Niagara.

— Une journée aux chutes ne nous fera pas de mal et nous aidera à faire le vide, si on peut dire. Je vous ai réservé une petite surprise.

Et c'est le cœur léger, à défaut d'embarquer sur le *Maid of the Mist,* le bateau emblématique qui s'approche à la belle saison des chutes comme on ne pourrait l'imaginer, qu'ils grimpèrent au sommet de la Skylon Tower pour jouir d'une vue imprenable sur la célèbre cataracte.

Laura ne savait plus où donner des yeux, et Stéphane admirait cette merveille de la nature qu'il avait prise en photo de l'hélico cinq mois auparavant, et qu'il photographia encore sans restriction.

— Merci, Livia, on n'oubliera pas ce que tu as fait pour ton frère et sa famille, dit Patricia en prenant la jeune femme dans ses bras. Et nous sommes des agglutins comblés. Même Henri est ébahi.

— Pat a raison, Livia, je suis fier de toi. Dommage que Ziraldo ne soit pas là... Il est au Portugal, je crois. Mais j'aurai l'occasion de le revoir et de le remercier personnellement.

Le lendemain, ils décollèrent de Pearson pour Montréal.

Pendant le vol, Daniela, qui s'était assise entre ses cousins, se laissa aller aux confidences :

— Merci infiniment de m'avoir permis d'être des vôtres. Quel périple ! J'ai hâte de marcher dans les rues de Montréal. Il paraît que c'est une ville ouverte, tolérante et agréable malgré un hiver rude et long, et où il fait bon vivre, même pour les gens différents.

— Qu'est-ce que tu veux dire, Daniela ?

— Stefano, je n'ai jamais su te le dire. J'ai une amie adorable. On s'est connues à Roma et elle fait un peu le même boulot que moi.

— Et comment s'appelle-t-elle ?

— Lucrezia ! Vous comprenez, je n'ai pas pu résister.

— Tu n'as pas résisté à quoi ? l'interrogea Patricia.

— Lucrezia est ma compagne de vie depuis trois ans. Elle est Sicilienne, elle aussi. À Roma, ça se passait assez bien, surtout dans notre milieu professionnel, mais, à Palermo, je ne vous dis pas, c'est très délicat en société.

— Mouais ! C'est toute une nouvelle ! déclara Stéphane en passant son bras autour de son cou, légèrement confondu en revivant en une fraction de seconde l'intimité de Mondello. Tu as l'air très heureuse ! Et ta mère, qu'est-ce qu'elle dit ?

— Oui, nous sommes très heureuses, mais maman, elle fait semblant de ne pas comprendre.

— Eh oui, c'est ancré dans la *famiglia*, le déni, encore le déni.

— Ça ressemble à ça. *Allora*, quand elle ne sera plus là, on viendra peut-être s'installer à Montréal. Qu'en pensez-vous ?

— Et pourquoi pas à Bordeaux ?

— Bah ! on n'en est pas là !

Ils visitèrent pendant trois jours la métropole québécoise, puis louèrent une voiture pour se diriger vers un village des Laurentides, à une bonne heure de route, direction nord.

— Jacques, celui qui a connu mon père, mon ami « ÉcriVin », comme il le précise sur sa carte, nous attend chez lui. J'ai hâte de voir où il vit, ce globe-trotter.

Après avoir jasé – comme on dit là-bas – à bâtons rompus, ce que ne semblait pas détester leur hôte, ils vidèrent la bouteille d'une grande cuvée chilienne qu'il avait spécialement choisie pour Patricia.

— Stéphane m'a dit que vous vous intéressiez aux vins chiliens. Alors, j'ai opté pour La Cumbre, de la maison Errazuriz, à base de syrah essentiellement, avec un peu de petit verdot, clin d'œil à vos origines.

Entre sommelier et photographe, ils échangèrent des propos sur leurs activités et même s'ils convinrent qu'ils étaient choyés, ils durent admettre qu'il est parfois fatigant de pratiquer un métier qui correspond aux loisirs des autres.

Puis ils partirent ensemble dans le village voisin.

— Voilà, nous sommes à Val-David, à La Sapinière ; c'est ici qu'on s'est connus il y a quarante-trois ans, votre père et moi.

Bon, c'était plus beau à l'époque, ils vont bientôt tout refaire, mais, en 1977, c'était un des lieux de villégiature les plus courus en Amérique du Nord.

— L'endroit semble d'une grande quiétude.

— Je me souviens à présent en revenant ici avec vous. L'hiver, on faisait les fous, les collègues et moi, sur les routes enneigées comme aujourd'hui. Des dérapages contrôlés avec de grosses américaines, pas loin d'ici. Et une fois ou deux, votre père s'était joint à nous. Je suis content que vous l'ayez retrouvé. Quelle histoire, quand même ! Vous devriez écrire un roman.

— Avec tout ce que j'ai vécu, et tout ce qu'il m'a dit la semaine dernière, j'aurais certes de quoi écrire.

La petite famille n'aurait pas le temps de se rendre à Québec pour admirer la fontaine devant le parlement, parce que Stéphane, toujours curieux, avait accepté l'invitation d'Hervé Durand, le vigneron gallo-romain, comme il l'appelait, qui lui avait proposé de venir le voir au vignoble de l'Orpailleur dont il était le copropriétaire.

— Profitez bien de votre visite dans les Cantons de l'Est ! insista le sommelier. Ces gens ont été des précurseurs et ils viennent justement d'inaugurer un magnifique espace pour les visiteurs. Prenez leurs vins pour ce qu'ils sont, ne comparez pas, et vous allez avoir de bonnes surprises.

Il aurait aimé leur parler des ficelles et des pièges de la comparaison, leur dire que trop de gens, dans le monde du vin en tout cas, comparaient des concombres avec des pois chiches, et qu'il fallait faire preuve de prudence, en tenant compte entre autres de la configuration d'une exploitation, du coût de la main-d'œuvre, des seuils de rentabilité, du fardeau des traditions ou de la concurrence internationale, avant de porter un jugement.

— Bon, vous devez partir, nous ferons la causette une prochaine fois, mais ce fut un grand plaisir.

— Merci, Jacques. On se revoit à Bordeaux ?

— Pourquoi pas ? Tenez, voici un petit cadeau pour le retour, c'est la vendange tardive du Marathonien. Un délice d'équilibre ! Et bon retour en France !

Dans la voiture, la conversation reprit de plus belle.

— Tu sais, Patricia, cet Hervé, c'est le grand barbu que j'ai rencontré il y a plusieurs années au Mas des Tourelles. Je l'ai revu l'an passé à Vinexpo et il m'a fait promettre de venir voir leur exploitation si un jour je passais au Québec.

— Tu l'as appelé dernièrement ?

— Il y a un mois. Il vient toujours passer deux à trois semaines pendant l'hiver. Laura, tu vas te régaler parce qu'il a une cabane à sucre et qu'il fait du sirop d'érable. Il m'a dit qu'il allait te faire goûter à la tire… Enfin, quelque chose comme ça…

Le patron de l'Orpailleur était un autre grand barbu sympathique qui les accueillit en compagnie d'Hervé.

— Ravi de vous revoir ici, Stéphane, dit ce dernier. Je vous présente Charles-Henri, l'âme de ce vignoble ou le chercheur d'or en chef, si vous voulez. Après la promenade dans la vigne, qui sera courte à cause de la neige, on va se faire une dégustation de vins québécois. Dix producteurs des Cantons de l'Est – on a dû se limiter à une seule grande région – ont accepté de nous faire parvenir un échantillon de leur production.

Stéphane prit beaucoup de photos et Patricia posa autant de questions. En plus du blanc classique et du cabernet franc tout en fruit de l'Orpailleur, ils apprécièrent les vins proposés par les autres maisons, deux effervescents, un vidal sec et deux rosés, un excellent assemblage de pinot noir et de zweigelt, ainsi qu'une vendange tardive très fine, un vin de glace étonnant et, pour terminer, un savoureux cidre de glace qui les réchauffa.

— Merci à vous ! Quel bonheur de découvrir ce cidre et tous ces vins. Aussi, j'aimerais profiter de ce grand moment pour faire une petite annonce. J'ai pris ma décision cette nuit.

— Bon, tu veux qu'on vienne s'installer au Québec, nous aussi ? demanda Patricia.

— Ce n'est pas tout à fait ça. J'ai fermé à Toronto un grand chapitre de ma vie, et vous connaissez tous l'existence de cette cave de deux mille vins que mon cher papi m'a permis d'amasser. J'ai décidé d'en remettre la moitié à l'association à but humanitaire SOS Recherche de personnes disparues que j'ai déjà contactée. Elle va les mettre à l'encan et gardera tous les profits de la vente.

Une salve d'applaudissements se fit entendre dans la salle de réception, et Charles-Henri décida d'ouvrir un magnum de Brut de l'Orpailleur.

— À propos, je vous ai présenté ma cousine, Daniela Ridolfi. Saviez-vous qu'elle vient de Palerme ?

Hervé sursauta.

— Ah, ça alors ! Il faut que je vous dise, puisque nous sommes entre nous : un de mes illustres ancêtres, un armateur montpelliérain qui avait un comptoir en Sicile, a été anobli par le roi Louis XVIII, pour services rendus.

— Et puis ?

— Il lui a octroyé le titre héréditaire de baron, baron Marie-Jacques de Durand-Palerme. C'est amusant, vous ne trouvez pas ?

— Le monde est petit, Hervé, le monde est petit, et tout particulièrement peut-être celui du vin…

Tout à coup, Stéphane aperçut une guitare dans un coin.

— Je peux ?

Et en faisant un joli clin d'œil à Daniela, il interpréta le grand succès de Robert Charlebois dans lequel ce dernier exprime son besoin de revoir l'hiver et de revenir un jour à Montréal admirer les aurores boréales.

Remerciements

J'ai écrit des livres sur le vin pendant trente ans, et chacun d'entre eux reste pour l'auteur que je suis un objet de fierté. Mais je dois avouer que je n'avais jamais ressenti autant d'émotions qu'en écrivant ce roman.

Deux longues années, dont une période de neuf mois dans une discrétion que je me suis imposée à cause d'un léger sentiment d'imposture, m'ont été nécessaires pour aller au bout de cette aventure littéraire parsemée de défis et de grands questionnements. Aussi, je tiens à exprimer ma reconnaissance aux personnes qui ont su m'encourager et me soutenir dans ma démarche.

Je veux tout d'abord remercier Judith Landry, directrice générale du Groupe Homme, qui a cru en mon projet et m'a fait confiance en acceptant de publier ce livre, et Liette Mercier, éditrice, qui m'a accompagné en mettant à ma disposition les ressources dont j'avais besoin pour cheminer.

Je remercie donc bien sincèrement Colette Lens qui, avec respect, efficacité et sensibilité, m'a permis de bien structurer l'intrigue de cette saga familiale s'étendant sur plus de quarante ans, ainsi que Patricia Juste, qui a su trouver les bons mots et m'aider, avec sa profonde connaissance de la langue française, à polir mes textes avec lesquels j'ai eu le bonheur de jongler.

Je veux également remercier Emanuele Pellucci, l'ami toscan qui m'a permis de préciser mes mots dans la langue de Dante, puisque l'Italie fait partie intégrante de mon histoire. Et pour toutes les étapes de la production de ce roman, de la couverture à la mise en pages, je tiens à souligner la collaboration constante et fidèle de Diane Denoncourt, de Roxane Vaillant, de Marie Gouret, de Sylvie Tremblay, de Fabienne Boucher, de Brigitte Lépine et d'Odile Dallaserra.

Je ne veux pas oublier le travail des équipes commerciales et les personnes qui assurent la diffusion d'un livre et sa promotion. C'est ainsi que j'adresse mes remerciements anticipés à Frédérique Grenouillat, directrice des communications, à Jacinthe Lemay, attachée de presse, et à notre précieuse antenne à Paris, directrice du bureau Europe, en la personne d'Hélène Murphy-Aubry.

Enfin, sans la patience de Josiane, mon épouse, les encouragements de mes enfants Jean-Nicolas et Julie, qui a été la première à me lire et à me donner son avis, et la présence de mes petits-enfants, à qui je dédie aussi ce livre, je ne suis pas sûr que ce projet d'écriture se serait rendu à bon port. Et pour cela, je les remercie du fond du cœur.

TABLE DES MATIÈRES

Suivez-nous sur le Web

Consultez nos sites Internet et inscrivez-vous à l'infolettre pour rester informé en tout temps de nos publications et de nos concours en ligne. Et croisez aussi vos auteurs préférés et notre équipe sur nos blogues !

EDITIONS-HOMME.COM
EDITIONS-JOUR.COM
EDITIONS-PETITHOMME.COM
EDITIONS-LAGRIFFE.COM
RECTOVERSO-EDITEUR.COM
QUEBEC-LIVRES.COM
EDITIONS-LASEMAINE.COM

Imprimé chez Marquis Imprimeur inc. sur du Rolland Enviro.
Ce papier contient 100% de fibres postconsommation,
est fabriqué avec un procédé sans chlore
et à partir d'énergie biogaz.

100% PCF BIOGAZ PERMANENT